阅读越美丽

开卷好心情

想看你脸红

沈南肆／著

广东旅游出版社
GUANGDONG TRAVEL & TOURISM PRESS
悦读书 · 悦旅行 · 悦享人生

中国·广州

图书在版编目（CIP）数据

想看你脸红 / 沈南肆著 . — 广州 : 广东旅游出版社，
2020.7
ISBN 978-7-5570-2212-9

Ⅰ . ①想… Ⅱ . ①沈… Ⅲ . ①长篇小说－中国－当代
Ⅳ . ① I247.5

中国版本图书馆 CIP 数据核字 (2020) 第 051310 号

出 版 人：刘志松
总 策 划：邹立勋
责任编辑：何　方　吴　娟

想看你脸红
XIANG KAN NI LIAN HONG

广东旅游出版社出版发行
（广州市越秀区环市东路 338 号银政大厦西楼 12 楼）
邮编：510060
湖南凌宇纸品有限公司印刷
（湖南省长沙县黄花镇黄龙新村工业园财富大道 16 号）
880 毫米 ×1230 毫米　　　　32 开
10 印张　　281 千字
2020 年 7 月第 1 版第 1 次印刷
定价：39.80 元

目录
CONTENTS

2

第一章　转学生

1.

日光倾洒，风混着花香拂过耳畔，尚含着几分冬末的凛冽。

A市南高是省重点高中，环境优良，师资力量雄厚，是国内数一数二的名牌高中。今日，南高正值开学，来往学生络绎不绝。

傅悦在办公室门口站定，礼貌性地轻叩房门，听到有人应声，便推门而入。

"是傅悦吧？"班主任是个风姿绰约的女子，她对傅悦笑了笑，抬手将颊边碎发别至耳后，"我叫赵茹，是高一年级十五班的班主任，你以后就是我们班上的一员了。"

傅悦应声，从包中拿出自己的入学资料递给她，道："赵老师，这是我的资料。"

"好的。"赵茹含笑接过，侧身看了眼手机上显示的时间后便对她道，"早自习快开始了，我先带你去教室。"

高一（15）班就在本层，过了拐角就到了。

赵茹推开门，对教室里正聊得火热的学生们拍了拍手："今天班上来了一位新同学，大家欢迎一下。"

教室里的谈笑声淡了些许，傅悦不紧不慢地走到讲台前，并未急着自我介绍，而是先将整个教室扫视了一圈。

在场的众人都盯着这个转校生。姜贤正百无聊赖地翻着书，闻言便扫了一眼站在讲台上的人，见她戴着口罩，便嗤笑一声："没意思。"说完便又继续翻着书。

傅悦拿起粉笔，在黑板上写下两个大字，放下粉笔后她回身拍了拍手，将口罩褪到下颌处，轻声道："请多关照。"

听到了不少人的吸气声，姜贤这才抬起头正经打量新来的转校生：柳眉杏目，模样标致，身穿深黑色棒球服，配同色系小脚运动裤，蹬着一双黑白运动鞋，衣品不错。这性冷淡的穿衣风格，和祁南骁倒是有的一拼。

姜贤打了个哈欠，随意扫了一眼黑板上两个大字：傅悦。他眉头轻蹙，摸了摸下巴，觉得这个名字有些熟悉，便问旁边的人："傅悦这个名字是不是在哪儿听过？"

旁边的人没注意他说的话，只紧盯着傅悦："美人……"

姜贤一脸不屑，挥手就是一巴掌落在他脑袋上："美什么美，祁南骁呢？"

"你打我干吗？他还没来呢！"

"你们俩都给我收敛点！"赵茹走过来敲敲他们的桌子，随即指着旁边靠窗的座位对傅悦道，"傅悦，你暂时坐这儿吧，如果觉得乱就跟我说，我帮你调。"

她是倒数第二排靠窗的位置，而她的前座此时没来，位置还算可以。

"谢谢老师。"傅悦道了谢，便将书包放在桌上，她看向倒数第一位的那个座位，只见那位置空空荡荡，干净得很。

"赵仙女，把这么乖的学生调到这儿不太好吧？"姜贤悠然地开口，"而且还是调在骁爷前面？"

"要不是你们这儿没人愿意来，我至于让傅悦坐这里？"赵茹没好气地道，根本不想接他的茬，嘱咐傅悦几句后便离开了。

今天早自习不讲课，老师进来后便让学生自行复习，准备即将到来的假期质量检测，学生们很自觉，也没人说话，于是整个教室里只有书页翻动的声音。

傅悦随意地翻着课本，南高的进度和她原来学校的不同，看来想跟上课程会有些费劲。

就在此时，教室后门被人打开，一个男生不紧不慢地走了进来，带上门时发出"嘭"一声巨响，教室里却没人回头，似乎是习以为常。傅悦抬眸，只觉得那人身材颀长，但还没待她看清他的模样，那人便已落坐到她身后的座位上。

他坐下那一刹，清冽的气息在空气中似有若无。祁南骁歪着身子坐着，对姜贤道："你明天跟我去职高。"

"哟，大清早的，骁爷戾气这么大？"

祁南骁长眉轻蹙："少给我阴阳怪气的。"

姜贤连忙认怂："得嘞。"

祁南骁拿出手机发了条短信，随即抬眸，这才发现前座不知何时坐了人。那人束着马尾，发质柔顺，脖颈纤细白皙，在阳光下整个人显得分外柔和。

"转校生。"姜贤见他看着傅悦，便凑过去低声道，"名字还挺好听的，叫傅悦，是个美人。"

祁南骁眸色微沉，他收回视线笑了声，意味不明。

傅悦认识了新同学，又办理了入学手续，最后赵茹还带她转了转南高校园，一天就这么忙过去了。

后座的那两个男生上完早自习后就没再出现过，她也没在意。晚自习结束时已是深夜，繁星、明月挂上天边。

傅悦背上书包正欲回家，手机却响了起来。她看了眼来电显示，蹙眉滑下接听键："姐，你今天没来上课？"对面没有传来傅淑媛的声音，傅悦眉头轻蹙，瞬间察觉到什么，问，"你哪位？傅淑媛呢？"

听着听筒中传来的女声，祁南骁眸色微动，指尖无声地摩挲着磨砂质地的杯子，淡淡地道："我是你姐的朋友。"

傅悦没接触过自家姐姐的朋友圈子，也不过随口一问，便"嗯"了声："傅淑媛什么情况？"

"她心情不好，非要妹妹来接，我从她手机里翻到了你的电话。"他低笑了声，嗓音含着几分沙哑，"在中区的 UG 咖啡厅，你过来接她。"

傅悦叹息，道了声谢，问好地址后当即出校门，打车去了 UG。

"你妹妹的声音挺好听。"祁南骁挂断电话，随手将手机甩给傅淑媛，将桌上杯中未饮尽的水一口喝下，"我出去接她。"

UG 位于 A 市最繁华的街道，人潮拥挤，嘈杂不已，不论何时，都是人放飞自我的好去处。

傅悦摸索到 UG 门口，蹙眉望着眼前这栋建筑物，她正要打电话询问，却见距离她几步远的地方，靠墙站着一个男生。那男生身穿深色牛仔外套，配着黑色牛仔裤，蹬着马丁靴，长腿轻搭。他眉眼清俊，薄唇紧抿，整个人流露出一抹清冷。

这人长得真好看。这是傅悦对祁南骁的第一印象。

他眯眼望向她，长腿一迈，就朝她走了过来。缭乱的灯光中，祁南骁在傅悦面前站定，偏了偏头，慵懒地对她牵了牵嘴角："傅悦？"声音低沉性感，含着稍许沙哑，竟是悦耳得很。

傅悦从声音辨认出他是打电话的那个人，便应声道："我来接傅淑媛。"

祁南骁长眉轻挑："这么快就到了？"

傅悦还没反应过来他问的是什么，祁南骁便自我介绍道："我叫祁南骁，是你姐的朋友。"

"哦。"她颔首，有些莫名其妙，却还是老实问道，"那我姐呢？"

"他们还在里面。"祁南骁说着，周围的气压却莫名其妙低了下来。

这人气场冷冽，傅悦在他面前没来由地发虚，她不禁蹙眉，拿出手机就要给傅淑媛打电话，谁知下一瞬，祁南骁便不紧不慢地伸手，修长指尖随意一挑一拨，五指微拢，傅悦的手机就乖乖躺在他掌心。

"还给我！"傅悦几步上前就要抢回手机。

谁知祁南骁却抬了抬手，有意不让她拿回手机，道："疑心真重，我带你过去不也是一样吗？"

"我不需要。"她抿唇，踮起脚尖去夺自己的手机，祁南骁便将手机抛到了自己另一只手上。

好巧不巧，傅悦收力不及时，撞入他怀中的同时，还握住了他刚好空闲下来的那只手。祁南骁始料未及，长眉轻蹙，不着痕迹地挪开身体，让两人之间的距离不至于那么暧昧。

肌肤相触的那一刹，几分熟悉的清冽气息氤氲开来，傅悦微怔，还没反应过来，便听祁南骁低声轻笑："这可是你自己撞过来的。"

夜色里，在霓虹灯的照耀下，他的眸中似是有光芒闪过，仿若有星辰。祁南骁从容地反握住傅悦的手腕，垂眸望着怀中愣神的她，似笑非笑地道："我是该说你太谨慎，还是该说你戒备心太差？"

傅悦猝不及防被祁南骁握住了手腕，反应过来后如触电一般地缩回去，抿着唇蹙眉看着他，眸中充满了戒备。

这是生气了？祁南骁将拿着她手机的那只手放低了些，本来也不过是个朋友间的玩笑，适可而止就好，于是将手机递给傅悦。

傅悦愣了愣，趁祁南骁没反应过来，迅速夺过自己的手机。待手机到手，她便往 UG 里面跑。

2.

祁南骁回过神来，侧首看向傅悦，便见她站在人群之中，对他得意地晃了晃手机。祁南骁略微眯眼，而后笑了笑。他收回视线。

这时才注意到傅悦还背着书包。难不成下了晚自习就过来了？

傅悦打傅淑媛的手机打不通，正愁着，便见有个女生与傅淑媛从电梯里走了出来。傅淑媛瞥见傅悦，当即展露笑颜，软绵绵地扑了过去，挂在她身上："悦宝，你怎么来啦？"

"接你回家。"傅悦叹了口气，摸摸傅淑媛的脑袋，似是安慰。明明傅淑媛才是姐姐，这么一看就像倒过来了似的。

韩莘有些忍俊不禁，抬头对傅悦笑了笑："你就是傅悦吧，听淑媛说，你要转学来南高？"

傅悦颔首应声："已经办理好手续了，今天是第一天上课。"

"我是高一的韩莘，有空去找你玩。你是哪个班的？"

"高一（15）班。"

话音落下，韩莘愣了愣，随即哑然失笑："哎呀，我们同班哦，不过我明天才去上课呢。"

傅悦也有些惊讶，嘴角微弯道："那很巧啊，日后多指教。"

　　"一定，我们明天见。"韩莘点头应声。

　　翌日，傅悦大清早就被傅淑媛从床上拉了起来，迅速收拾好东西后，二人便赶到了学校。傅悦整理着外套，有气无力地道："你知道我昨晚忙到什么时候吗？"

　　才踏入校园，傅淑媛便笑眯眯地看着她，"我在北二楼高二（3）班，你有事可以来找我。高一部一共十五个班，五个科技班，你们班虽然排在科技班第五，但也还不错。"傅淑媛简单同傅悦说明了一下情况，"下周学校要进行假期质量检测，准考证就是校卡，你记得办好。"

　　傅悦心里估摸了一下，便颔首应声："我今天就去处理好。"

　　"行，那我先过去了。"

　　傅悦和傅淑媛告别后，便径直去了自己的班级。她走到座位旁，见昨天空着的前座上正坐着一个女生。

　　韩莘本来趴在桌子上闭目养神，听到后座传来声响便转过身，看到傅悦后，她懒洋洋地道："早啊。"

　　傅悦认得她，对她笑了笑："韩莘，早上好。"

　　"原来你坐我后面啊，太好啦。"韩莘伸了个懒腰，随意一瞥，正好看到后门被人打开，便对来人挥了挥手，"哟，骁爷。"

　　祁南骁穿着一身黑色运动服，不紧不慢地走了过来，随手将书包扔到桌上，扫了眼前座的傅悦。半晌他收回视线，对韩莘道："舍得来上课了？"

　　话音落下，傅悦正拿书的手蓦然顿住。下一瞬，她难以置信地看向后座的人，见祁南骁仍是昨夜那副淡漠疏离的模样，而他此时也正望着她，眸中熠熠生辉。

　　所谓的"骁爷"，原来就是他。

　　韩莘没察觉出什么，只对祁南骁摆了摆手："好好学习。"

　　祁南骁没再多言，而是对傅悦嘴角微弯，带着几分说不清道不明的懒散和痞坏："还记得我？"

就当那声"小哥哥"没有存在过吧。念及此，傅悦瞥了他一眼："祁南骁。"

"行。"他颔首，倒也没提昨晚，似乎只是随口问了她一句。

就在此时，姜贤便哈欠连天地走了过来，对祁南骁道："骁爷，赵仙女找。"

祁南骁"啧"了声，蹙眉看向他："你把职高的事说出去了？"

"我冤啊！"姜贤叹道，理直气壮地把书包拍到桌子上："职高那几个人太闹腾，我可逮不住他们。"

韩莘翻了个白眼，挪了挪位置，凑近傅悦，然后对着祁南骁和姜贤道："你们别吓着人家悦宝。"

傅悦抬了抬下巴，不置可否。

"还真吓不着她。"祁南骁嗤笑一声，与傅悦对视了一眼后便对姜贤道，"走了。"

"那可不一定。"姜贤挑眉，对傅悦笑嘻嘻地道，"小妹妹，你刚来南高可能还不知道，但这片都归骁爷管。"

韩莘闻言叹了口气，摇首不语。

祁南骁虽觉得姜贤贫嘴，却也没出声，只看向傅悦，想瞧瞧她的反应，见她不紧不慢地抬头与他对视。她眸中漾着璀璨的光，明亮澄澈，看得祁南骁略微眯眸。

"嗯。"傅悦笑了笑，语气带着几分慵懒，道，"厉害。"不知怎的，明明只是简单的两个字，却让人觉得气场全开。

"我去。"姜贤难以置信地盯着她，"小妹妹，你有故事啊！"

韩莘也惊了惊："傅家人难道自带气场？"

姜贤傻眼："什么叫傅家人？"

"傅悦是淑媛妹妹啊，你不知道？"

他摇了摇头："才知道，难怪气场这么像。"

而傅悦正与祁南骁对视，她垂眸敛下眸中暗芒，视野中却出现一只修长干净的手，手指蜷曲，在日光下泛着光，指骨轻叩她的桌面。下一瞬，她听祁南骁似笑非笑地道："厉害啊，悦姐。"

傅悦愣住，韩莘"扑哧"笑出声来，趴在桌子上狂笑，笑得都直不起腰来。

"哎哟，骁爷，您别这样。"姜贤被这句话吓得不轻，忙不迭地揽住祁南骁的肩膀，"大哥，别吓人啊！"

傅悦摆摆手，没看祁南骁："别这样，你才是哥。"

祁南骁瞥她，低声轻笑道："我只是一个夜生活丰富的小哥哥而已。"他说这话时，"小哥哥"这三个字被他特意加重了语气，显出几分戏谑。

傅悦一时无话。这可真是愁人。

大课间时，祁南骁去了办公室，赵茹给了他一张纸条，上面是傅悦的个人信息。祁南骁看了看纸条，蹙眉道："什么东西？"

"转校生的个人资料，你给她带过去，然后让她去教导处办理校卡。"赵茹正忙着手中的工作，于是头也不抬地说着，"还有，我这边忙考试，职高的事就不跟你谈了，你自己看着办，别惹事。"

祁南骁正端详着傅悦的个人资料，便心不在焉地"嗯"了声，抬脚离开了办公室。他的视线一一扫过纸条上的文字，在看到傅悦年龄的那一栏时，"啧"了一声——居然比他小一岁。

祁南骁的脚步蓦然顿住，方向一转就径直去了教导处，找人将傅悦的校卡办理出来后，他收起校卡，回了班里。

傅悦正在为第三节课做准备，祁南骁的声音冷不防地在她耳边响起："这是你的校卡，我顺便帮你办好了。"

傅悦顿了顿，应声道："谢谢了。"

而祁南骁似乎并不想就这么走开，他单脚钩过一个椅子，坐到傅悦面前。

傅悦抿了抿唇，不想理会他，然而祁南骁仍坐在她面前，占了课桌些许空间，她便将书挪了挪，继续预习。

韩莘和姜贤对骂着回到班级，便望见傅悦在桌上认真学习，而与她相对而坐的是祁南骁，他正看着她学习。

"哈哈哈，哎哟！"姜贤一个没忍住就狂笑出声，弯腰扶着目瞪口呆的韩莘，"祁南骁太逗了，又是叫人家悦姐又是看人家学习，他没事吧？"

"啧……"韩莘摇了摇头，"祁南骁完了。"

那边的祁南骁听到二人的笑声，便眯眼看了过去，蹙眉道："干吗去了？"

"职高的人说要来堵我们，我有点怕，就跟着莘姐出去壮了壮胆。"姜贤话音未落，便被韩莘撞了一下，他当即倒抽一口冷气，扶住腰看向她，"下手轻点啊祖宗，我要是有个好歹的话，看你怎么办。"

韩莘冷笑："关我屁事。"

姜贤哑口无言，低声说了句什么，便没再跟她斗嘴，而是迈步走向祁南骁。

韩莘哼了声，也快步凑到傅悦身边，搬来椅子坐在她旁边："悦宝，我们玩我们的。"

傅悦对她笑了笑："我准备去楼下接水，一起吗？"

"好嘞，走！"韩莘忙不迭点头，笑眯眯地揽住傅悦的手臂，替她拿过桌上的空水杯，便拉着她出去了，"我正好带你熟悉一下南高！"

"她们俩倒是熟了。"姜贤翻了个白眼，收回视线，对祁南骁正色道，"祁南骁，明天放学职高的人就会过来，怎么着？"

3.

祁南骁正欲开口，然而就在此时，有娇滴滴的女声响起："南骁，你来上课啦！"

话音未落，一个长相甜美的女生便扑了过来，坐到了傅悦的位置上，和祁南骁面对面。祁南骁长眉轻蹙，没应，也没看。

姜贤却是叹了口气，暗自嘟囔道："又来了。"

傅悦和韩莘接完水回教室的时候，傅悦发现自己的位置被人占了。韩莘定睛一看，当即上前用手拍了拍桌子，道："何梦希，你有完没完？怎么又贴上来了？"

被称为何梦希的女生蹙着眉抬起头，不甘示弱地道："我碍你事了吗？你管这么多干吗？"

"那你挪一下，把位置让出来，可以吧？"

傅悦走近后才发现这女生是班长，当时她只认了脸没有记名字，原来她叫何梦希。何梦希瞥了眼傅悦，不甚在意地说："哦，新生啊，那你就站会儿吧。"说完她继续举着手机凑到祁南骁眼前，亲切唤道，"南骁，南骁……"

不待她说完，祁南骁便不冷不热地纠正道："祁南骁。"他说这话时始终看着手机，连正眼都没给何梦希。

何梦希面色微僵。傅悦没好意思笑出来，但韩莘是逮着机会就嘲讽何梦希，当即拍着桌子道："何梦希，你看看，人家祁南骁都表现得这么明显了，你还好意思待着？"

"那怎么了？"何梦希吃了瘪，不禁有些憋屈，坐在傅悦的位置上跷起二郎腿，"我就坐这儿玩手机了。新同学，麻烦你辛苦一会儿了。"她这是没处发火，看傅悦是新转来的，把火都撒她身上了。

韩莘本就不喜欢何梦希，听到这话当即便恼了："我说你……"

话还没说完，傅悦开口了："可我这会儿不想辛苦，所以你能不能回你自己的座位？"傅悦将水杯放在自己桌上，笑得无辜，说出的话却毫不示弱。

韩莘默默地给傅悦比了个大拇指，一旁的姜贤也忍不住点了点头，只有祁南骁自始至终都在玩手机，一言不发。

"同学，你这什么态度啊？"何梦希没想到傅悦会反击，面子上挂不住，不禁有些恼羞成怒，当即将手机重重地扔在桌上，"刚来南高就敢这么横吗？"

她声音有些大，此时临近上课，学生基本都已经回到教室了，因此这几个人在教室中尤为显眼，不少人已经看了过来，小声议论着什么。

大家都知道这何梦希不仅成绩差，还嚣张跋扈，能当上班长还是因为她是关系户，但当上班长却不管事，这样一来，大家更不怎么待见她了。而她此时针对转学生傅悦的行为，也没让人觉得惊讶。

场面正僵持着，祁南骁却突然放下手机，不耐烦地"啧"了声，随即便伸手将傅悦扯过去："这还不简单，你去坐她的位置。"

然而傅悦猝不及防地被祁南骁拽过去，脚下被桌腿绊住，一个没稳住，她竟不小心坐到了祁南骁腿上。全场哗然，班里同学瞬间出声起哄。

祁南骁始料未及，少女的馨香萦绕周身，叫人浮想联翩。他低声轻笑，垂眸望着怀中的傅悦，戏谑道："行啊，坐我这也不错。"

何梦希差点被气疯，险些砸了手机。韩莘目瞪口呆，怀疑祁南骁是不是故意的，她拍了拍姜贤，问："这是祁南骁？"

姜贤面色复杂地点点头，在她耳边低声道："你没看错，他的确是祁南骁。"

韩莘无语。

"我……对不起！"傅悦瞬间回神，如触电般起身退开。因为紧张，她显得有些手足无措，"我被桌子绊了一下，不是故意的。"

祁南骁抬眸，见她那张脸上终于多了几分人情味。

此时，傅悦的眼中泛满了水光，双颊浮上红晕，轻抿着唇，浑身透着几分窘迫，明明是窘迫的模样，却比任何时候都要动人。

祁南骁心头一紧，喉间微动，心下不禁乱了几分。他低声骂了句，当即将目光调转开，呼吸都有些乱了，侧身对何梦希冷冷地道："你不回自己的坐位，傻坐在这儿干什么？"

何梦希冷不防被他凶了句，吓得不敢吭声，而老师已经在门外了，于是她只得拿着手机回了座位，走之前还不忘瞪傅悦一眼。

老师走进教室，祁南骁不紧不慢地起身，将傅悦按回她的位置，这才坐回原位。剩下的人也只能按耐住自己的小心思，各回各位准备上课。

傅悦抿了抿唇，心跳因为方才的亲密接触有些加速，她连续做了几个深呼吸后，心跳总算正常。

然而，此时的祁南骁突然倾身，在她身后低声笑道："你脸红的样子真可爱。"态度轻浮，十分恶劣。

他凑得近，又是低声，那温热的呼吸便似有若无地拂过傅悦的脖颈，让她酥酥麻麻的，似蛊惑人心。心跳的声音仿佛就在耳边，傅悦捂住心口，好不容易平复的心跳，比之前跳得更快了，她握着笔杆的手略微收紧，掌心有了细密的汗。

傅悦抿了抿唇，眸光微动，实在忍无可忍，便将身子后仰，靠在祁南骁桌前低声冷冷地道："祁南骁，你少招惹我。"

话音落下，竖着耳朵偷听的韩莘和姜贤都被吓得没睡意了，无声地挺直了腰板。祁南骁闻言却没动怒，只是轻笑一声："你生气了？"

"没有。"

"因为我刚才靠得太近？"

傅悦蹙眉："不是。"

"嗯？"祁南骁嘴角微弯，仍是那副慵懒痞坏的模样，"那你耳根怎么红了？"

"厉害啊！"姜贤终于忍不住感慨出声，把脸埋在臂弯里憋笑，喃喃道，"祁南骁，你真就是个人才。"

傅悦咬牙，别说脸上了，连耳根都有些发烫，她连忙低声对祁南骁道："你闭嘴，听课！"

祁南骁似笑非笑地望着她，见她局促地将头发散了散遮住耳朵，结果却露出了那白皙纤细的脖颈，在日光下泛着莹莹玉辉，诱人不已。

傅悦的背影总给人一种柔弱的感觉，但她骨子里的傲气却分毫不失，让他忍不住想接近她。他敛眸捏捏眉骨，在心里默默叹息。她还不如不遮。

没了祁南骁捣乱，傅悦迅速集中起精神，接下来的时间她都在认真听课，一字不落地抄着黑板上的笔记。下课铃声响起，傅悦松了一口气，她将书包拿出，正欲收拾课本，却发现自己的英语作业忘交了。

她忙不迭地将作业本抽出，环顾教室寻找着英语课代表，恰好看到了准备去送作业的英语课代表，便唤道："同学，等一下，我英语作业忘交了！"

程晓依今天偷懒没数作业数量，冷不防听到有人在喊自己，条件反射地回过头去看，便见傅悦正拿着作业本小跑过来。

"不好意思，耽误你时间了，我的作业忘交了。"傅悦满脸歉意地将作业本放到那一沓作业本上。

作业本堆得高高的，程晓依一人抱着有些吃力，却还是偏偏脑袋对傅悦笑道："不用急啦，如果没交上的话，我再给你送过去也可以。"

傅悦颔首，见她这么辛苦，不禁好心提议道："这么多作业本，我帮你分担一下吧。"

"没关系，我小心点就好。"

"我正好没事，帮你抱点吧，也顺便去认认老师。"

程晓依闻言不禁有些感动，连连应声道："傅悦，谢谢你啦！"

"举手之劳。"傅悦嘴角微弯，从程晓依手中拿了一半作业本抱在怀中，"走吧。"

二人一同去往英语办公室的路上，程晓依主动向傅悦介绍了自己，还安慰她道："傅悦，何梦希虽然是班长，但她就是那样。她喜欢祁南骁，对祁南骁死缠烂打这件事人尽皆知，也因为这样，她很不喜欢祁南骁周围有其他的女生出现。你刚转学过来就坐祁南骁前面，难免被她刁难，尽量睁一只眼闭一只眼啦……"

原来是祁南骁的追求者，难怪对自己的态度那么差。

"看得出来。"傅悦想起刚刚何梦希浑身是刺的模样，心里了然，"我心里有数。晓依，谢谢你啊。"

程晓依笑眯眯地看着傅悦说："没什么，我只是觉得你人很好。能转到科技班，你成绩应该还不错吧？"

"还好，水平一般。"

二人聊着聊着，已经到了办公室门口，送完作业后便回了教室。接下来是午休时间，傅悦同程晓依走到班级门口，程晓依却蓦地拉住她，语气惊讶："那不是傅淑媛吗？"

傅悦闻言微怔，循着程晓依的视线看去，果真看到傅淑媛站在教室后门，她的校裤收成了小脚裤，黑白校服外套上别上了一些装饰物，长发披肩，发梢微卷。

"傅学姐怎么在这儿？"程晓依正疑惑，便见傅悦上前拍了拍傅淑媛的肩膀，神情轻松，围观全程的程晓依看到傅悦这个举动瞬间大惊失色。

毕竟谁都知道高二的傅淑媛是出了名的脾气冲，傅悦这么冒失肯定会被盯上！念及此，程晓依正准备上前替傅悦解释，却见傅淑媛侧首瞥了瞥傅悦，随即展露笑颜，顺便给傅悦来了一个拥抱："妹妹！"

程晓依目瞪口呆，未离开教室的学生也都瞠目结舌，尤其是何梦希，脸都黑了。谁能想到这美人转校生，居然是高二风云人物傅淑媛的妹妹。

"既然悦宝来了，那我们就去吃饭吧。"韩莘从姜贤背后冒了出来，又回头看了眼祁南骁，"骁爷，撸串！"

第二章　怦然心动

1.

五个人去了位于学校附近的烧烤店，店里有不少南高和外校的学生，祁南骁和姜贤去前台点菜，三个女生随便找了一桌坐下了。傅淑媛拿了几瓶可乐放在桌子上，随后侧首问傅悦："悦宝，在新的班级待得怎么样？"

傅悦指尖轻轻点了点下颌，神色平淡地道："挺好的，是个团结友爱、互帮互助的大集体。"

韩莘"扑哧"一声笑了出来，拍了拍傅悦的肩膀："小悦悦，你说话真好玩。对了，何梦希的事你别放心上，她这人就这德行，你别管。"

不待傅悦开口，傅淑媛便蹙眉道："何梦希招惹你了？"

"没什么，就是有点小矛盾，已经解决了。"傅悦摆了摆手，脸上挂着无谓的笑，"你知道的，我从来不会让自己吃亏。"

话音刚落，祁南骁的声音便响起："这么厉害？"尾音上挑，语气里透露着一股慵懒。

傅悦抬头看过去，恰好对上祁南骁的视线，只见他眼中深邃，似有暗流涌动。

"我妹妹怎么能不厉害？"傅淑媛哑然失笑，极为自然地跷起二郎腿，道，"爸妈离婚后傅悦跟妈，我跟爸，都说傅家人不好惹，那是因为你们没见过我妈。"

姜贤端着摆满肉串的盘子回来时刚好听到傅淑媛说的话，当即感兴趣地吹了声口哨："此话怎讲？"

"无法用语言描述。"傅淑媛尤为感慨地摆了摆手，道，"那女人太强势了，简直是我第二个爹。”

祁南骁懒懒地挑了挑眉：“照你这么说，你妹也不好惹。”

“小悦悦超可爱，不接受反驳。”韩莘噘嘴，揽过傅悦，“奓毛也可爱！”

“嗯，”祁南骁闻言看向傅悦，眸光微动，低笑道，“的确如此。”

他这句话总让人觉得是意有所指。

傅淑媛听他这么说，便笑骂道：“行了啊，你可闭嘴吧，别对我家悦宝有什么非分之想。”

“哪能啊！”他懒散地开口，“悦姐这么厉害，我可不敢动。”

傅淑媛白了他一眼：“行行行，骁爷真是谦虚了。”

韩莘被祁南骁这模样逗笑了，不禁半靠在傅悦的肩膀上笑着对她道：“小悦悦，我们不懂社会人。”

傅悦一副了然的模样，摆摆手：“低调，低调。”

姜贤将刚烤出来的串放到桌上：“来，撸串！”

然而几人刚将烧烤串拿在手里，身后便有人轻佻地出声：“哟，这不是骁爷吗？”

话音落下，傅悦清楚地看到桌上四个人的脸色全都沉了下来，心里也对来人的身份有些了然。

祁南骁不紧不慢地打开易拉罐，仰首喝了口饮料，神色从容。

那人走过来，冷笑道：“骁爷怎么不抬头看我，难不成是心虚了？”

傅悦抬眸，不着痕迹地打量着眼前的不速之客。为首的男生身穿黑色大衣，配上牛仔裤和豆豆鞋，身后跟着几个人，应该是他的跟班，一行人面色不善。而现在，他正俯视着祁南骁，挑衅之意尽显。

“高传昌。”祁南骁似笑非笑地开口，眼神微沉，他不紧不慢地从椅子上站起来，单手按住高传昌的肩膀轻捏了下，眼眸微眯，嗓音冷冽，“我没抬头看人的习惯。”

“祁南骁！”高传昌当着这么多人的面出糗，不禁有些恼羞成怒，挥拳就要揍过去。

偏偏就在此时，高传昌身后的一个男生戏谑地道：“骁爷旁边那位女生有点眼生啊，不知道跟骁爷是什么关系？"他说话的同时眼睛紧盯着傅悦，笑得意味深长。

高传昌闻言愣了愣，当即收住了拳头，微弯着嘴角看了过去，只见桌边坐着一个长相精致的女生，她没穿校服，也不知道是哪个学校的学生。

韩莘和姜贤对视一眼，没说什么，而傅淑媛已经一巴掌拍在了桌子上，冷冷地道："找碴就找碴，转移视线干吗？"

"这么说的话，难不成这女生还真跟祁南骁有点什么关系？"高传昌眯着眼打量着傅悦，"长得不错啊，南高的？"

傅悦闻言神色未变，目不斜视，好像根本没把眼前这剑拔弩张的场面放在心上。

"你怎么……"傅淑媛闻言不禁动怒，但话还没说完便被姜贤拉住了。

祁南骁眉头轻蹙，冷淡地道："有话直说。"

2.

高传昌神色阴沉，攥紧拳头，忍着想要出手的冲动，似笑非笑地说："祁南骁，你可得看好这女的。"

祁南骁懒懒地挑了下眉，不置可否。而那站在高传昌身后的人见势则帮腔道："骁爷，你真不怕出事？"

祁南骁面色冷淡地瞥了他一眼，目光森冷，竟生生让那人往后退了退，不敢再出声。祁南骁随即扬眉道："你试试。"

话音一落，傅悦面色微怔，抬头看了祁南骁一眼。

就在矛盾一触即发的时候，闻讯赶来的烧烤店老板当起了和事佬，在老板的调和下，高传昌准备带着其他人去别的店吃饭，但临走前还不忘挑衅一下祁南骁："骁爷，如果哪天街上偶遇了，你可千万别跑！"

"跑什么跑，还真让你能耐上了？"傅淑媛语气不耐地吐槽了一句，然而高传昌已经带人走了，自然没人回答她。

韩莘坐在椅子上叹息一声，撑着下巴开始吃串，一边吃一边道："以后有他受的。"

姜贤却是看了眼一旁默不作声的傅悦，而后蹙眉望向祁南骁："祁南骁，你刚才怎么不解释你和傅悦的关系？"

"否认有用吗？"他嗤笑一声，指尖搭在冰凉的桌面上，不紧不慢地开口道，"既然她已经被高传昌盯上，那我澄清又有什么用。"

也是。在场的人想了想便没再吭声。这顿饭吃得不算愉快，于是几人迅速地解决了午饭就回去上课了。

晚自习的时候，祁南骁和姜贤不在教室，傅悦乐得清净，一晚上都在忙着听课和写作业，时间流逝得飞快。

傅淑媛照旧到处玩，傅悦同韩莘在校门口道别后便独自向家走，没走几步，便撞见了以祁南骁为首的一行人。人群中，她一眼便能望见祁南骁，他太过耀眼，仿佛生来便是人群中的光点。

祁南骁正神情慵懒地同身边站着的女生谈笑，二人对话时，祁南骁垂眸望着女生，灯光落在他英气的眉眼上，整个人温柔得不像话。

傅悦收回视线继续往前走，偏偏就在此时，祁南骁瞥向她，懒懒开口："傅悦。"周围的嬉笑声随着这声"傅悦"渐渐弱下来，大家都顺着祁南骁的视线看向她。

傅悦不着痕迹地蹙了蹙眉，但还是停下脚步与他对视，用眼神询问他有什么事。

张彦新眯眸打量着傅悦，不怀好意地吹了声口哨："这小美女没见过啊。骁爷既然认识，怎么也不给我们介绍一下？"

"得了吧。"一旁的赵霆拍了他一下，笑容戏谑，"人家叫傅悦，十五班的转校生，谁不知道这事？"

"嚯，敢情是骁爷班上的美女啊。"

张彦新话音刚落，祁南骁旁边的女生便冷冷地道："张彦新，你是不是没完了？"

"陈姐，你这是心里不舒服了？"

陈姣姣轻咬红唇，无言以对。张彦新说得不错，她一直在祁南骁身边待着，无时无刻不在找机会接近祁南骁。但眼前这个女生，祁南骁跟她是怎么回事？

祁南骁看了眼傅悦，不理会众人诧异的目光，迈开长腿走向傅悦。须臾之间，他便站在了她面前。

傅悦抬头看向他，四目相对，祁南骁嘴角微弯，问："傅淑媛没跟你一起？"

"可能去哪儿玩了吧，不太清楚。"傅悦轻声答道，睫毛微颤，在灯光下，仿佛落下了一层明洁的光晕。

祁南骁定定地望着她，目光微动："我送你回去？"

"谢谢你，不用了，我家离学校挺近的。"

祁南骁没应声，只扫视了周围一圈，今天的街道十分安逸，并没有其他学校里不学无术的人在外面游荡。于是他放弃了送傅悦回家的念头，轻轻地拍了拍她的肩膀，嘱咐了一句"路上小心"，便转身走向人群。

傅悦略显冷淡地"嗯"了一声，随后便抬脚继续往家走，却听身后传来略微急促的脚步声，几秒后，她的手腕被人拉住。傅悦怔在原地，心下有个猜想，回头看向拉住她的人，果然是祁南骁。只见他长眉轻蹙，神情复杂，一副欲言又止的模样。她启唇，突然不知道该说什么，半晌才道："祁南骁，你……"

"傅悦。"祁南骁突然出声打断她，与她对视着，一字一句地解释道，"我不是那种人。"

傅悦几乎一瞬间就明白了祁南骁的意思，但她还是冷静地问："哪种人？"见祁南骁一时无话，傅悦嘴角微弯，礼貌又疏离地继续道，"祁南骁，其实你没必要和我解释什么，这是你自己的圈子，与我无关。时间不早了，我该回家了，你去找你的朋友吧。"说完，她便轻轻甩开了祁南骁的手，干脆利索地转过身往前走，逐渐消失在众人的视野中。

祁南骁站在原地，眸色渐沉。半晌后，他双手抄兜回到了人群中，脸色难看。

"挺上心啊。"张彦新"啧啧"出声，眼神轻佻地看向祁南骁，"还特意离这么远说话，就这么怕人家误会啊？"

陈姣姣见祁南骁拒绝回答的态度，便暗中记下了傅悦这个名字，随后笑道："我可没误会啊，毕竟骁爷对别的女生绅士惯了，这很正常。"

祁南骁闻言失笑，随即挑眉看向她："'绅士'这词你用我身上？"

"那可不？"赵霆低笑，望着祁南骁意味深长地道，"我可听说了中午在烧烤店的事，骁爷这是在英雄救美？"

"闭嘴。"祁南骁眼底的情绪让人捉摸不透，"她长得漂亮。"

"闹了半天，原来你是颜控啊。"张彦新撇了撇嘴，对陈姣姣道，"这就行了。陈姐，看来你还是有机会的。"

"不谈这些。"陈姣姣眉眼弯弯，眸中波光潋滟，"姜哥怎么没来？"

祁南骁瞥她一眼："去职高了，有事处理。"

"骁爷，高传昌那小子是出了名的狠，你小心点。"张彦新挑眉，随即又道，"我虽然人在三中，但也是能帮忙的，只要……"他顿了顿，双目微眯，"只要骁爷把刚才那女生的联系方式给我。"

赵霆笑道："你真看上人家了？"

祁南骁闻言，意味不明地嗤笑一声："那东西我都没弄到，你也真敢想。"

有人出言调侃："这么难摆平？"

祁南骁没应声，只静默地望着傅悦方才离去的方向，脑海中再度浮现出方才她拒人千里的模样，不禁心下微沉。

她是想和他彻底划清界限？不可能的。

斑驳的光影照入他眼中，荡漾开来，显得祁南骁格外深沉。"要想摆平也不是很难，"他意味不明地轻笑着，低声道，"就是觉得她可爱得很。"

翌日数学课，韩莘照常趴在桌子上闭目休息，祁南骁和姜贤低声聊着职高的事，傅悦自动屏蔽周围的一切声音，专心致志地听课。

数学一直是傅悦的死穴，她有一道题死活做不出来，但老师一下课就没影了，她只得去找数学课代表求助，然而她找了半天，也没见到人。

祁南骁本来坐在座位上玩着手机，见傅悦四下观望便随口问："怎么了？"

"找不到数学课代表。"傅悦找不到人，只好放弃，瘫坐在椅子上。

他长眉轻蹙："找他做什么？"

"问题啊。"

"我会。"

傅悦挑眉，将习题册放在他面前："你认真的？"

祁南骁扫了她一眼，拿起习题册看了看她用红笔标出的那道题，沉思几秒后，他伸出手，道："铅笔。"

傅悦见他这般自信不禁有些怀疑，但还是将自己的自动铅笔递给了他。笔落在祁南骁指尖，他习惯性地将笔放在指尖打了个转，轻轻巧巧划出流畅的弧线。

祁南骁略微侧身靠近她，以便于她看清解题过程，铅笔的书写声簌簌地响起，伴着他不紧不慢的讲解声，傅悦突然有些恍惚。她强行将自己的思绪拉回，故作镇定地听着祁南骁的讲解，他思路清晰，简单扼要，几句话便将她的思路点通。

姜贤刚睡醒，便看见祁南骁侧身坐在座位上，神色淡淡地在给傅悦讲题。看到这一幕，姜贤瞬间清醒了，他难以置信地掐了自己一把，才发现不是梦。不得了了，上次是看着人家学习，这次就直接插手人家学习了。

"看不透。"姜贤喃喃道，见韩莘在前面睡得正沉，便揉了揉头发，百无聊赖地盯着祁南骁和傅悦那边。

"看不出来啊。"傅悦惊喜地将习题册转过来，通过祁南骁的点拨，她几笔就将题目解出来了，"你学习不错？"

祁南骁还未开口，姜贤便伸着懒腰笑着说道："那是，骁爷可是南高的多项担当，学习更是不在话下。"

祁南骁瞥了他一眼，语气不咸不淡："也就年级前五十，不算理想。"

"哎哟，可把你厉害坏了！"姜贤单手掩面，拍桌感慨道，"祁南骁，你满脑子都是些不正经的东西，看你这次质检下降多少名吧。"

傅悦哑然失笑，伸手轻轻地叩了叩祁南骁的桌子，嘴角微弯："可以啊，挺好的。"

她笑的时候嘴角微扬，眸光潋滟。祁南骁在她的笑容下晃了神，心头微动，很快便不着痕迹地移开视线，从容地道："这还是你第一次对我笑。"

傅悦愣了愣："怎么了？"

"没什么。"祁南骁嘴角微弯，对她云淡风轻地道，"就是觉得你这么漂亮，真应该多对我笑一笑。"

姜贤听不下去这话，连忙捂上耳朵叹息："不行，我撑不住了，祁南骁，你迟早要完啊。"说着，他小跑到韩莘桌子旁，趴在她身边，韩莘咕哝了一声，偏了偏脑袋继续睡。

"省省力气，这些话对我没用。"傅悦轻声嗤笑，却并无恶意地道，"你只要少招惹我，我肯定就能平等对你。"

他懒懒地挑眉，手中把玩着傅悦的自动铅笔："但我更想要你的特殊对待，怎么办？"

傅悦望着他手中的笔，闻言只是动了动嘴角，觑准时机单指挑过铅笔，攥入手中。她轻笑，不紧不慢地道："那你试试。"话音落下，祁南骁眼眸微眯。

"你别只顾着跟我横了，免得最后自身难保。"他低声轻笑，几分沙哑，让人分不清是嘲讽还是无谓，"你以为我不敢试？"

傅悦攥紧手中的笔，抬眸与祁南骁对视，并不作声。

"傅悦。"祁南骁开口唤她，嗓音淡淡，不紧不慢地道，"我要是真对你有想法，你觉得你能防住我？"他的声音听不出情绪，但这是他第一次这样唤她的名字，傅悦难免有些异样的感觉。

傅悦微抿唇，即便是面对祁南骁此刻的质问，依然从容不迫。她转了转手中的笔，而后便嘴角微弯，对他道："祁南骁，你以为我好惹？"一语落下，傲气尽显，她似是本性毕露，但那锋芒也仅是一瞬，难以捕捉。

祁南骁无声挑眉，越发对傅悦背后的故事感兴趣。

"行啊。"他笑得轻佻，伸手捏住傅悦的下颌，眸中盛着熠熠光辉，"那你来试试我好不好惹。"

祁南骁冷冽的气场，直接熄灭了傅悦的火，她当即就蔫了，伸手想拍开他的手，尽快脱身。然而傅悦无论如何努力，都不能将他的手挪开。

"跑什么？你不是不好惹吗，那我来试试？"祁南骁低笑，指尖摩挲着她的下颌，温热的触感仿佛蔓延到了傅悦的心里。

傅悦蓦地回神，当即撤身挣脱了他，抬起手抚上方才被他触碰过的地方，惊得一时不知该说什么好，只得蹙眉盯着祁南骁。祁南骁与她对视几秒，眸中晦暗不明。随即他垂眸轻笑，最终没再说什么，继续低下头玩手机。

而傅悦此时的心绪已是乱作一团，她强行稳下心神，抿唇转身面对着自己的书桌，脸有些发烫，这怦然心动的感觉太糟糕了。

一天里，傅悦做了无数套卷子，不知不觉间便到了晚自习的时间。化学老师抱着一沓试卷进入教室，站在讲台上布置着这节课的任务。

发完卷子后，老师便去办公室拿东西了，教室里只剩下中性笔在纸上书写的声音，傅悦这才真正意识到，她身处的是一个学霸云集的科技班。

卷子难度不大，只是考一些知识点，她做完后粗略检查了一番，便准备休息一下。就在此时，肩膀被人轻轻地拍了拍。她顿了顿，眉头轻蹙，将身子后靠，侧首低声回他："没事别拍我肩膀。"

他望着她略显冰冷的侧颜，嘴角笑意渐深："这么冷淡？"

"我对你好像没有热情过。"

"那这个任务交给我。"

傅悦脸色变了变，回头望着他，见他仍是那副从容模样，心里不禁有些躁："祁南骁，你别乱开我玩笑。"

他牵了牵嘴角，意味不明："我觉得我挺认真。"

傅悦用眼神同他对峙着，然而最终还是她放弃了，转过头去不再理会他，闷头将作业整理好，摆在桌面上开始写作业。

这是给气到没脾气了？祁南骁哑然失笑，终于扯上正题："把选择题第九题的正确选项告诉我。"

傅悦翻了翻卷子："选 A，课本三十七页实验。"她声音很轻，落在耳中让人心痒。祁南骁转了下笔，不紧不慢地将答案填上。

而正在做卷子的姜贤却在此时接到了一个电话，挂断电话后，姜贤正色道："骁爷，有人来找了。"

离得近的学生闻言都偷偷看向祁南骁，刚才就有人发现南高门口的街对面站着职高的人，大家都好奇是谁惹来的，现在看来估计是祁南骁。

祁南骁叹息一声，起身准备离开，偏偏就在此时，何梦希回头看到他的动作，忙猫腰轻手轻脚地贴了过来，抓住他的手臂小声道："你出去做什么呀？"

他态度冷淡，"嗯"了声后欲挣开，何梦希却不依不饶收紧手："南骁，高传昌他们挺棘手的，你注意点。"

"你不用操那么多心，又打不起来。"祁南骁眉头轻蹙，不着痕迹地将手臂从她手中抽出，迈步走向姜贤，拍拍他的肩膀，"走了。"

姜贤颔首，挑眉看向何梦希，嬉笑道："何班长，做人心里也得有点数。"

周围有学生低声嗤笑，何梦希脸色不太好，当即驳了他一句"关你什么事"。姜贤无奈耸肩，同祁南骁一起下楼了。

韩莘对于这边的动静没有丝毫的反应，只懒散地打了个哈欠，摸出耳机插到手机上，翻了翻歌单，侧身对傅悦道："真聒噪。小悦悦，你要听歌吗？"

傅悦正做着题，闻言抬头笑了笑："都行。"

何梦希望着傅悦和韩莘，回想起祁南骁对傅悦的调笑，再对比方才他对自己的态度，心中不禁有些窝火。这傅悦不就是傅淑媛的妹妹吗，真就这么多人巴结着？还有上次，傅悦坐到祁南骁腿上的事，谁知道是不是她有意为之？何梦希咬了咬唇，坐回位置，歪头盯着傅悦，目光有几分阴冷。

徐歆雅刚和别人聊完天，转过头就看见何梦希面色不善地盯着那转校生，心里不禁了然。她拍了拍何梦希，问道："怎么，看那个傅悦不顺眼？"她红唇微抿，提醒道，"那丫头不是傅淑媛她妹妹吗？咱们不太好找她磕。"

"我知道，不用你提醒。"何梦希不耐烦地轻摆了摆手，道，"傅淑媛迟早会被劝退，警告一下她妹怎么了？省得傅悦来南高觉得自己找到了一个靠山，你看这都快上天了。"

徐歆雅拿出书包收拾东西："也是，韩莘围着她转也就算了，祁南骁是什么毛病？"

"谁知道他啊，平时也没见过他身边有什么女生，怎么突然就对这傅悦上心了？"

"小妮子长得漂亮，是个祸水。"徐歆雅轻笑，边收拾课本边道，"听我的，她不惹事我们就别找事。她要真想接近祁南骁，咱们到时再找她谈谈也不迟。"

"行吧，真是怎么看她怎么不顺眼。"何梦希蹙眉，眼不见为净，便也没再看傅悦那边，而是侧首看向徐歆雅，"走，去校门口看看。"

"我陪不了你太久，今晚有活动，他马上来接我。"

何梦希叹了口气，拽着她走出教室，不满地道："死丫头，天天就知道玩。"

两个人离开后，教室里便清静了不少，学生们都埋头写作业，没人说话。傅悦和韩莘一人分一个耳机听着歌，傅悦写作业，韩莘玩手机，互不打扰。半晌，傅悦伸了个懒腰，撑起下巴叹了口气。

"悦宝，你累了就休息啦。"韩莘玩手机时还看了她一眼，苦口婆心地劝道，"知道你是学霸，是傅家的骄傲，但下周才假期质检，你也不用这么急吧？"

"还好，主要是这儿跟我原来的学校教课的进度不一样。"

"小悦悦，你以前是哪个学校的啊？"韩莘玩手机有些无聊，便歪着脑袋随口问道。

傅悦没料到她会问这个问题，顿了顿道："邻市的某个普通高中而已，不出名。"

"这样啊，"韩莘点了点头，一脸了然，"听淑媛说你学习不错，转来南高也不亏，虽然十五班属于科技班的尾巴，但还是不错的。"

傅悦颔首，正欲开口，韩莘却不经意感慨道："不过小悦悦你学习这么好，居然还会转校。"这句话成功地戳到了傅悦的心口上。

3.

傅悦的笔下正进行着演算，中性笔在白纸上书写的声音格外清晰。傅悦闻言抿了抿唇，眸色微沉，对于正在解的题突然就没了思路，于是她放下笔望向窗外，打量着开始晕染暖橙色的天空。

流云微移，安谧而美好，和她曾经待过的那个地方一点也不一样。傅悦脑海中闪现出过往的零碎记忆，垂眸掩住轻颤的眸光，最终也没能开口。

她有个必须信守的承诺，绝不可食言。

对完卷子答案后，学生们惦记着门口有好戏要上演，纷纷收拾好书包迅速离开教室了。

赵茹下班前给傅悦送来了校服，校服折叠整齐，放在纸袋中。她轻声道谢，赵茹笑着摆摆手，便拎着包离开了。傅悦也背好书包准备回家，刻意避开了南高正门的街道，因知道在那儿会遇见祁南骁，所以她选择了避开。

到家后，傅悦从柜子中摸了一包方便面出来，打算去厨房煮了吃。

烧水的时候，傅悦百无聊赖地刷着校网，上面内容平淡，无非就是些贴照寻人、匿名表白的，还有讨论学校各种杂事的。高居南高学生话题榜榜首的赫然是祁南骁那大写加粗的名字。

看来南高还是作业太少了。傅悦抚了抚下颌，觉得实在是无聊，便点进祁南骁的相关话题，帖子应接不暇，她还没去翻看，便有人打来了电话。

与此同时，水沸腾起来，傅悦忙将方便面和调料倒入锅中，一边用筷子压着方便面，一边瞥了眼来电显示——妈妈。

她手微僵，紧接着便被蒸腾的热气烫到了手，傅悦倒吸一口气，忙将筷子放下，接起电话，咬了咬唇唤："妈？"

手机听筒中传来的女声悦耳从容，又透着几分清冷："悦悦，A市那边怎么样？"

"挺好的，南高的环境不错，姐姐也很照顾我。"

"那就好，我不在国内，没办法处处照顾到你，需要钱的话跟我说。"女人说完后明显迟疑了一瞬，但紧接着便对傅悦道，"傅悦，转学到南高是我给你的最后一次机会，记得你当初怎么答应我的。"

女人的声音通过听筒落在耳畔，傅悦的心头蓦地传来一阵钝痛，险些窒息。

她要洗心革面，改过自新，装也要装出个三好学生。思及此，她无声握拳，半晌才呼出口气，勉强地牵了牵嘴角，轻声道："好。"

母亲依旧忙碌，匆匆嘱咐她多穿衣服后便将电话挂断。傅悦心情复杂地吃完面，怏怏不快地将碗筷堆放在水槽中，打算明天早上有精神了再处理。她简单地收拾了书包后就老老实实地上床睡觉了，身陷柔软大床，终于得以放松。

只是可惜，今夜做的梦根本不让她轻松，梦里全是嘈杂人声，脚步声杂乱无章，熟悉的一幕幕深深刻印在脑海深处，而这些都是她最不愿回想的过去。梦里的时间线好似过了许久，每一分每一秒都是煎熬，画面停留在那一幕时，血红色的线贯穿视野。她条件反射地坐起身，大口喘息。

即将窒息的恐慌吞没了傅悦的感官，她仿佛濒死的鱼儿，妄图触到水流却无可奈何。心跳加速，浑身冰冷，无助而惶恐，傅悦捂着胸口，掌心感受到心脏的剧烈跳动。

过往记忆终成心魔。傅悦摸了摸额头，发现全是冷汗，屋内半分光源都没有，她在黑暗中蜷起身子，有些颤抖。傅悦脑中还浮现着方才梦见的东西，不禁低头骂出声，懊恼地环住膝盖，将脸埋在膝间，嗓音沙哑，在这空荡房间中回荡："救救我吧……"

翌日清晨，傅悦费了一番力气才从被窝中爬起。昨晚她夜不能寐，闭上眼便是噩梦，实在是糟心。她烦躁地揉了揉头发，下床拎起床边的纸袋，去厕所换上了南高校服。

校服材质优良，上衣是黑白色运动服，双肩处有两道反光条，在日光下闪烁着银白色的光辉；裤子是运动裤，似乎比正常码小些，傅悦穿起来有些修身，不过看上去没什么大碍，于是她放弃了去换的想法。洗漱过后，傅悦套了一件面包服就出门了，坐车去南高附近的美食街买了三明治和奶茶作为早餐，然后给傅淑媛打了个电话，无人接听，只能作罢。

坐在铺子前的木椅上，傅悦不紧不慢地吃着三明治，看着偶尔路过的南高学生，仍有些犯困。她懒洋洋地打了个哈欠，揉了揉眼睛，咽下最后一口三明治，捧着热乎乎的奶茶浅酌。

热气模糊了视线，入口的奶茶香甜可口，诱人的醇香扑面而来，温暖了面颊。傅悦摸出手机看了眼时间，见时候尚早，也不急了，慢悠悠地边玩手机边喝奶茶暖身子。

祁南骁刚拧开饮料瓶盖从店中走出来，抬头一眼就望见了坐在小吃铺前的傅悦。她身穿白色面包服，围着卡其色的围巾，一双腿在椅子边缘微微晃动着，手上正捧着热气腾腾的奶茶，可爱得不得了。

祁南骁眸色微沉，抬脚就要走过去，却又不知怎的，犹豫了半晌，他心下暗骂自己多心，随即迈步走向傅悦。

傅悦刚锁上手机屏幕，就见有人站在她面前，她抬头，顿了顿才道："祁南骁？"

"早。"祁南骁云淡风轻地应了声，坐到她身旁，长腿交叠，十分从容。

她轻轻地咬了咬吸管："你坐我旁边做什么？"

他嘴角微弯："等你啊。"

"可我更想自己上学。"

祁南骁扬眉道："这和我想等你有什么必然联系吗？"

傅悦被他这句话噎住，默了默，无奈地开口："祁南骁，你到底什么意思？为什么要对我这样？"

他望着她："对你哪样？"

傅悦没作声，只闷闷地喝了口奶茶。

祁南骁见她这副敢怒不敢言的模样不禁有些好笑，他突然伸手揽过她的肩膀，似乎是想要将她揽入怀中。但是并没有，他虽然揽过她，却还是保持着安全距离，只是贴近了些许。

二人的距离骤然缩短，让傅悦浑身僵硬，她没来得及反抗，祁南骁便握住她的手腕，略微俯首靠近她，哑声低笑："这样？"

二人的距离突然拉近，傅悦怔怔地望着他，他的眼眸似乎能蛊惑人心。傅悦蓦地回神，伸手推开祁南骁，脸颊绯红，声音含了一丝怒气，说道："祁南骁你……"

他似笑非笑地着看她，神色戏谑："我这不是还没做什么吗？"

这祁南骁简直得寸进尺！傅悦咬唇，对祁南骁实在无话可说，只得放下奶茶，起身就要离开。走了几步，见祁南骁也跟了过来，傅悦无奈地道："你为什么跟着我？"

祁南骁挑眉轻笑："我刚才说了，我在等你。"

傅悦没脾气了，也不想理会他，就这么笔直地向前走，她想加快步伐甩开祁南骁，奈何不及他腿长，总是被他轻松追上。

二人一前一后地走着，刚开始没学生注意，但久了就开始有学生投来疑惑的目光。祁南骁目不斜视地望着傅悦的背影，双手抄兜，步履稳重，笑着唤她："傅悦，你怎么不说话？"

"没什么好说的。"

"可我有想说的。"

"你为什么非要跟我搭话？"

祁南骁嘴角微弯，几步走到她身边，俯身在她耳边低声笑道："因为我觉得你超可爱啊。"

傅悦无语，将围巾往上扯了扯，遮住了双颊，没好气地瞥了眼祁南骁。傅悦的眼中水光莹莹，看得他喉间微动，硬生生移开了视线。

第三章　　我敢对你更好

1.

今天的课很无聊，一上午过得格外漫长，傅悦觉得自己浑浑噩噩了半天。终于熬到了午休时间，她伸了个懒腰，抬眸便见韩莘和姜贤之间的气氛诡异十足，一个睡觉一个玩手机，互不理睬。

这两个人居然也会吵架啊。傅悦恰好闲来无事，便搬着凳子坐到韩莘身边，轻声问："韩莘，心情不好？"

韩莘顿了顿，抬起脑袋笑了笑："这么明显吗？"

"和姜贤吵架了？"

韩莘鼓了鼓腮帮子，闻言有些气呼呼的："没什么，他脑子不好！"

傅悦无奈失笑，拍了拍她："没事，你们那么要好，肯定会和好的。"话音刚落，她便看到姜贤放下手机对祁南骁道："祁南骁，有人故意挑事。"

祁南骁刚醒，正眉头轻蹙，闻言，他揉揉太阳穴，起身走向姜贤，道："出去说。"

傅悦收回视线，见韩莘无精打采，叹了口气，也趴回自己的桌子小憩起来，她今天中午没什么胃口，干脆就用午休时间睡觉了。也不知睡了多久，最后还是韩莘轻声叫醒了傅悦，提醒她上英语课了，要进行当堂测试。

傅悦一觉醒来精神有些恢复了，便接过卷子道谢，随即扫视一圈，见祁南骁和姜贤仍不见踪影。她很快就将卷子做完，眼睛实在酸痛，便闭上眼想休息会儿，却听英语老师道："程晓依，你过来一下，帮我把这沓册子和这台录音机放到办公室去。"

程晓依应了声，忙过去提起录音机，然而册子太多，她单手抱不过来。英语老师见此情景，环视教室，目光锁定了傅悦，见她做完了卷子，正在休息。她记得傅悦是上次帮程晓依抱作业本的女生，翻了翻座次表，唤她道："傅悦同学，你做完卷子了吗？做完的话可以帮程晓依把东西放到办公室去吗？"

这下好了，想偷懒都没机会。傅悦无奈应声，起身走到讲台前抱起册子，同程晓依走出教室，走下楼梯。

"傅悦，谢谢你啦。"程晓依诚挚地道了谢，提议道，"册子比较重，要不然我们换换？"

傅悦摆摆手："没事，就几步路而已。"

英语办公室在另一栋楼，需要经过南高后墙才能过去，二人谈笑间不知不觉已经到了后墙，脚刚踏上后墙院内草地，便听见有声音传来："手机给我。"

居然是姜贤的声音。二人闻声望了过去，只见一个男生将后背贴在墙上，祁南骁站在一旁。距离有些远，傅悦看不清他的神情，但她能察觉到气氛的紧张。傅悦迅速拉过程晓依躲在墙柱后，对她做了个噤声的手势。

程晓依抿唇，有些紧张地点了点头。她是科技班的好学生，第一次遇到这种情况，难免有些不知所措。

傅悦抱稳怀中的册子，因为距离的问题，她也只能依稀听见几句话。

"我又没拍照又没录视频，你要我手机干吗？"那男生一副占理的模样，跟姜贤对峙着。姜贤见他这副态度，不禁长眉轻蹙，不耐烦地握了握拳。

"张子帆，你哪来这么多废话！"始终在旁边保持缄默的祁南骁突然开口，嗓音低沉，含着几分不悦，显然已是耐心尽失。祁南骁双手抄兜，不紧不慢地迈步上前，望着张子帆的眼睛冷冷地道，"交个手机的事，非要磨磨唧唧的？"

张子帆还是死鸭子嘴硬："我再说一遍，我没……"

祁南骁突然伸手："你以为我脾气好？"

"啊！"就在这时，程晓依以为二人要打起来了，不禁惊呼出声，惊恐不已。

这声音引来三人的注意，幸好傅悦反应快，伸手便扯着程晓依猫腰快速溜走，没被抓到。

祁南骁眯眸想要看清是谁，却只来得及捕捉到墙后一闪而过的白色衣角。他无声扬眉，对姜贤摆了摆手，示意他不用去追，而后便将张子帆禁锢住，强行从他兜中拿出手机。

敢情这人伸手是为了抢手机的，他还以为是要动手打人了。姜贤这么想着，不禁默了默。

张子帆的脸色不太好看，当即开口："祁南骁，你……"

"张子帆。"姜贤面色不耐，蹙眉看向他，"你是真不识好歹？"

张子帆哑然，狠狠啐了口，不敢再有动作。

与此同时，祁南骁翻看着张子帆的手机，果然从他的相册中翻出了昨天中午他和高传昌在学校门口的小吃店对峙的视频。祁南骁嗤笑，直接彻底清空了他的相册，不留一点痕迹，然后将手机扔回给张子帆，冷冷地道："没有下次，不然后果自负。"

张子帆黑着脸收起手机，他心有不甘，想骂出来，却只能忍气吞声，默默地走向教学楼。

姜贤见这事总算解决了，不禁疲倦地捏了捏眉骨，却突然想起了什么，蹙眉看向祁南骁："刚才是谁？"

祁南骁没立刻应声，他轻笑，沉声道："熟人。"

"刚才吓死我了！"程晓依同傅悦上楼后，才叹了口气，"张子帆跟祁南骁不和是众所周知的事，也不知道这次又是什么情况。"

"张子帆？"傅悦蹙眉重复了一遍这个名字，方才她没怎么听清他们的谈话，因此也没注意对话中提及的名字，"晓依，你认识那个男生？"

"嗯。傅悦，你毕竟刚来南高，可能不清楚。"程晓依握紧了手中的录音机，解释道，"南高老大是祁南骁，他的朋友姜贤也不简单，他们两个虽然读高一，但名声在南高却是压倒性的。而张子帆是个二世祖，在南高也是过得风生水起。"

傅悦挑眉，她倒是不知道这南高竟然还有等级划分："我们只是不小心目睹现场而已，应该没什么事。"她抿嘴，模样不慌不忙，"先放好东西回去吧，再耽误就要下课了。"

回到教室后，傅悦发现他们两人已经坐回位置，姜贤正趴在桌上小憩，而祁南骁则坐在座位上，不知在想什么。

傅悦落座后，百无聊赖地翻看着课本。直到自习结束，老师宣布收卷子时，祁南骁也没出声。

估计是没发现她们吧。傅悦正庆幸着，刚将课本放进课桌，便听身后的祁南骁不紧不慢地道："看了多久？"话音落下，他便见傅悦的背影僵了僵，不禁长眉轻挑，饶有兴趣地盯着她的背影，等待她的回应。

傅悦轻咳一声，缓缓进行着手中收拾课本的动作："我只看到你对张子帆动手的时候。既然你问我这个问题，我不信你什么都没看见。"

祁南骁倒也没否认，只问她："做什么坏事了吗？"

他尾音上挑，慵懒痞坏，傅悦听得耳根有些发烫，但还是瞬间会意，他是问她有没有拍照或者录视频。傅悦疲倦地吐了口气，转过头望着祁南骁，哑然失笑："我对你们的圈子不感兴趣，你大可放心。"

祁南骁略微挑眉，语气平淡："就这么想跟我划清界限？"

傅悦随口道："我们的界限本来就是划清的。"话有些重，祁南骁缄默不语时，傅悦也意识到了这点。

她顿了顿，正思忖要不要道歉，便听他意味不明地问她："傅悦，我是不是对你太好了，所以你敢这么跟我说话？"

傅悦手指微僵，经他这么提醒，她才反应过来自己对他的态度当真是越来越横了。

"傅悦，你挺能耐啊。"祁南骁似笑非笑地望着她。傅悦抿唇，刚要开口解释，便听祁南骁不紧不慢地又道，"行，你继续，我还敢对你更好。"

"今天提前放学，两节课后课代表留作业，放学后值日生进行大扫除！"赵茹走进教室，用书拍了拍桌面，下达了通知后笑眯眯地望着大家，"怎么样，惊不惊喜？"

全班先是寂静，紧接着便发出了如雷般的掌声与热烈的欢呼："惊喜，太惊喜了，太惊喜了！"

"我从未如此爱南高啊！"

"回家就可以好好复习了，我还以为下周质检肯定要挂了。"

学生们七嘴八舌地讨论着，无不喜笑颜开，纷纷击掌庆祝。人声嘈乱中，唯有祁南骁对赵茹的话没什么太大的反应，只与傅悦沉默对视着，神情带着几分戏谑。

傅悦慌乱地将视线从祁南骁处收回，脸颊微烫，有些窘迫。

祁南骁饶有兴趣地挑眉，似乎是发现了什么有趣的事："你很容易脸红？"

傅悦迅速回过身背对着他，没好气地道："不是！"

祁南骁闻言嘴角微弯，似笑非笑道："那你是见到我就容易脸红？"

他究竟是怎么得出这个结论的？傅悦有些崩溃，脸上更烫了，但她无言以对，只得趴在桌上不吭声了。

祁南骁见她此番模样，不禁垂眸失笑，眸中晦暗不明。这傅悦也太可爱了。

2.

韩莘看了看值日表，发现自己是负责擦玻璃的，不禁转过头来想同傅悦诉苦，却见傅悦趴在桌上，而她后面的祁南骁一脸惬意。韩莘不禁翻了个白眼道："你是不是又欺负人了？"

"她脸皮薄。"祁南骁嘴角微弯，看了眼早就等在后门的姜贤，于是对韩莘道，"先走了，今天有事。"

"玩去吧您。"韩莘叹息，目送祁南骁和姜贤离去后，垂首戳戳傅悦，"小悦悦，你今天等等我行吗？我要值日。"

傅悦闷闷地应了声，韩莘有些忍俊不禁，看她实在可爱得紧，便笑着揉揉她的脑袋，转过身去了。

放学后，值日生各自完成任务就回去了。韩莘是擦玻璃的，比较慢，于是傅悦就在旁边写着作业等韩莘擦完。此时教室里只有傅悦和韩莘二人，韩莘正坐在窗台上慢悠悠地擦着窗户，手机突然振动起来，她一惊，手中的抹布险些掉下去。她落地后拿出手机看了眼来电显示，眉头轻蹙，接起了电话："喂，什么事？"

打电话的人不知是在哪里，乱哄哄的，人声嘈乱，男生捂住一边耳朵，对手机话筒喊："莘姐，你过来吧！"

"我这边忙呢，你们玩吧。"

"不是啊！"男生的有些欲哭无泪，"今儿下午骁爷和姜哥被堵了，连邻市平城一中的徐迟知道后都打电话来了，说要过来帮忙！"

韩莘"哦"了声："所以？"

"刚才姜贤的额头被人弄伤了，他死也不肯去诊所，在包间里脸黑得跟阎王似的。"

"有伤不包扎？"韩莘挑眉，心头微动，冷冷地道，"你让他给我接电话！"

"他都不让我给你打电话，所以还是莘姐你过来吧，在 UG，赶紧带他走。"

韩莘想骂人，然而傅悦就在旁边，她有所顾忌，便将脏话悉数咽了下去，说道："行吧，我过去，等我几分钟，你看好他。"

挂掉电话，韩莘面露愁容地望着傅悦道："小悦悦，姜贤那边有事，我得过去一趟。在 UG，你跟我一起去吗？"

"不用了。"傅悦闻言忙不迭婉拒，"我写完作业就直接回家了，时间刚刚好。"

韩莘料到是这个结果，没继续劝傅悦，匆匆忙忙收拾好了书包，挎在肩上："嗯，那对不起啦。"语罢，她便同傅悦道别，小跑着离开了教室。

他们俩就算吵得再厉害，也不忘了关心对方啊。念及此，傅悦嘴角微弯，放下笔捏了捏眉骨，突然有些累。现在才四点多，天还没黑，反正作业也快写完了，她今天状态不佳，正好可以趴下休息会儿。这么想着，傅悦便打了个哈欠，揉揉眼睛，将脸埋在臂弯中，闭目小憩。

韩莘背着包赶出校门时，学校里已经没有什么人了，像是突然想起什么，她眉头轻蹙，掏出手机给祁南骁打了个电话。过了好一会儿，电话才被接起。

"喂。"祁南骁略微沙哑的声音透过手机听筒传来，带着几分低沉，背景是嘈乱的人声，他果然还在 UG。韩莘正欲开口，便听电话那边传来了女生的声音，有些耳熟，她不禁蹙眉，没好气地道："何梦希跟你在一起？"

"什么叫跟我在一起？"祁南骁声音冷漠，似乎对于她的说法有些不满，"你话别这么多，赶紧过来把姜贤带走。"

"我马上就过去。"

"傅悦还在教室吗？"

"在，她要写作业的。"韩莘抿了抿唇，"今天作业挺多的，你就别打扰人家好好学习了。"

祁南骁眉头轻蹙："正好，你帮我个忙。"

"又是什么忙啊？"韩莘叹息，无奈道，"我现在就要过去了，如果有什么事，你赶紧跟我说。"

包厢内很是嘈杂，待在里面让人有一种近乎窒息的感觉，不太舒服。祁南骁听着震耳欲聋的音乐，突然有些头疼。他对电话那头的韩莘道："你赶紧过来，我正好脱身。"

韩莘扬眉，听着祁南骁这厌烦似的语气，不禁有些感慨："怎么了？骁爷，是心情不好还是厌倦了？"

"吵得烦人。"祁南骁冷冷地道，扫视四周，"待会儿你过来后就说你找我有事，需要让我撤场。"

韩莘撇了撇嘴："行行行，搞不懂你想干什么。你去哪儿啊，这才几点？"

祁南骁眸色微沉，他听韩莘说傅悦在教室写作业时，心中便有了目的地。

"回学校。"他轻笑，对着手机话筒道，"跟人学习。"话音刚落，祁南骁便将电话给挂了。

韩莘目瞪口呆，半晌她才将手机放回兜里，摇头默默感慨：祁南骁真的要栽跟头了。

灯光迷乱中，祁南骁整理好外套，起身就准备走。何梦希离他最近，见此连忙扯住他，迫于音乐嘈杂，她只得抬高声音："南骁，你怎么了？"

祁南骁神色淡淡地拂开她的手："出去一趟，你们继续玩。"

他说的是笼统的"你们"，而不是特指的"你"。何梦希咬了咬唇，见他这样，估计也不会说究竟去做什么，她只得不甘心地坐了回去，有些闷闷不乐。

赵霆见祁南骁要走，便拦住他："骁爷，干什么去啊？"

"韩莘找我有事。"语罢，他便抬脚迈步走向门口，头也不回，看似从容，却分明能瞧出几分急切。

赵霆见此，眯眸起身坐到何梦希身边："什么情况？"

何梦希低骂了声，冷冷地道："别提了，祁南骁跟魔怔了似的。"

赵霆饶有兴趣地抚了抚下颌，倒也知道些，祁南骁最近对班上那个转校生格外上心，能让祁南骁认栽的人他还没见过，有空真得去瞅瞅。赵霆"啧"了一声以示感叹，随即对走到包间门口的祁南骁随口道："骁爷，路上稳当点！"

祁南骁没应，径直推开了门，离开这乌烟瘴气的地方。一走出 UG，冷冽的风便撞了祁南骁满怀，让他瞬间清醒不少。他今天是步行过来的，要回南高只能打车。

祁南骁叹息，便随手打了辆车。到达南高后，祁南骁付了钱便走向教学楼，南高里已经看不见学生了，就连老师也走得差不多了，空旷的走廊里回荡着他的脚步声，踏碎了校园本有的寂静。

祁南骁推开教室门的那一瞬间，眼眸眯起。夕阳西下，阳光透过窗户折射入室内，洒在桌椅和地板上，泛着莹莹微光。霞光笼罩着在窗边熟睡的女孩，此情此景，比这落日景色更令人惊艳。

祁南骁眸色微沉，突然长腿一迈，走向了傅悦。

3.

韩莘推门进去时，里面的音乐声震耳欲聋，包间内男男女女身影绰绰，让人眼花缭乱。

"跟明天不上学了似的。"她低声骂了句，蹙眉关上包间门，一眼便望见沙发角落处的姜贤，还有他身边快倚到他怀中的女生。

韩莘眸微眯，几步上前，却听到他们二人的谈话，女生问："姜贤，你干吗冷着脸呀？"

姜贤正埋首玩着手机，女生娇滴滴的声音让他眉头轻蹙，不耐烦地说："别跟我说话，玩你的去。"

"别这样嘛。"女生眨眨眼，偏偏身子靠近他，"是因为和韩莘吵架的关系？"看姜贤没反应，神情也未曾有变化，女生继续道，"韩莘脾气臭还不学习，也就长得好看，你还不如……"

"她跟你有关系？"姜贤突然出声，抬眼看她。

女生见他眸中冰冷，没敢再说话。

"没关系是吧？"他笑，"那你有什么资格评判她？"

姜贤话音落下，韩莘脚步微顿，她抿了抿唇，突然轻咳一声，大步跨上前去扯住姜贤的手臂："还要我亲自来劝你？姜贤，你给我起来！"

姜贤始料未及，见她来了便沉下脸色，轻轻地甩开她的手，闷闷不乐地道："别碰我，你不乐意理我，我没必要自讨没趣。"

这孩子缺心眼吧！韩莘叹了口气，扫了眼他身边的女生，对方自知理亏，忙不迭起身走了，她才坐到他身边。她一把扳过他的脸，果不其然，他的额角还有残留的血丝，伤得不重，却也不轻，再这么拖下去迟早发炎。韩莘蹙眉，松开姜贤："赶紧的，找个诊所处理一下额头。"

姜贤嗤笑一声，漫不经心地拿起桌上的易拉罐："这时候怎么又这么好声好气的了？"

"你不知道我担心你？"韩莘心头无名火起，当即夺过他手中的易拉罐，随即反手便丢进了桌旁的垃圾桶中，盯着他一字一句地道，"现在去处理你的伤口！"

本来就有人偷看他们二人的情况，见韩莘发了火，心中都惊了惊。姜贤今天心情不好，韩莘这么吼，他们俩不得骂起来？

然而就在此时，姜贤蓦然起身，一把攥住韩莘的手腕："早这么说不就好了？"他俯首，对她笑眯眯道，"真是把我骂得神清气爽。走，去诊所！"

众人无语，韩莘哑然失笑："姜贤，你受虐狂啊。"

姜贤扬眉："才知道？"

她笑叹一声，突然想起方才电话中男生提起的事，便问道："今天下午怎么回事？"

"提起这事我就生气。"姜贤啐了口，眉眼间尽是阴霾，"高传昌喊邻市的人来偷袭了。"

"邻市的？"

"嗯，挺烦的，详细的等我处理好了再跟你说吧。"姜贤摸了摸额头的伤，转过头打算跟祁南骁说一声他要离开，然而寻了半天都没见到人影，不禁愣住，"祁南骁呢？"

"早走了，你都没注意啊？"

"干吗去了？"

韩莘嘴角微弯，慢条斯理地吐出两个字："认栽。"

与此同时，傅悦的美梦泡泡被人戳破。察觉到有人拍了拍她的肩膀，她轻蹙眉头，睡眼蒙胧地抬头揉揉眼，不满地道："怎么这个时候……"在看到祁南骁那张淡漠至极的面孔后，到嘴边的词她给忘得一干二净，憋了半天，才轻唤道，"祁南骁？"语气中有些不确定，她以为自己是在做梦。

"醒了？"祁南骁单手置于桌面轻叩，发出了清亮的响声，"我看你睡了很久，时间也不早了，就把你叫醒了。"

"哦，谢谢。"傅悦有些窘迫地揉了揉脸，瞥了眼窗外，果然天色已暗。本来只想小憩一会儿，结果她究竟是睡了多久啊。要不是祁南骁来了，她可能都要睡到晚上了。

傅悦疲倦地捏了捏眉骨，起身裹了裹雪白的面包服，单手拎起书包："你怎么来了？"

"我送你回去，这边有点乱。"

"你特意过来的？"

祁南骁沉默着伸手，极为自然地接过她手中的书包，单手拎上右肩："顺路而已。"

傅悦看了看他，手中没了书包，她顿在空中的手握了握，最终放回兜中取暖。

二人一路无言。祁南骁腿长，迈的步子也大，把傅悦落下一截，她要快步才能赶上他。祁南骁回头看她，见她穿着宽松肥大的面包服费劲地追上来的模样，像只小企鹅，竟觉得有些可爱。他几不可闻地叹了口气，步伐逐渐慢下，待傅悦赶上来。

傅悦见他放慢了速度，忙加快步伐追上他。

等傅悦赶上后，祁南骁尽量与她保持平行，他垂眸看她，边走边问："之前就想问你了，你家在哪儿？"

"中区星光路。"

"龙熙花园？"

见傅悦点头，祁南骁牵了牵嘴角："我住在你家附近的商业街的后面，离得挺近。"

傅悦"嗯"了声，祁南骁颔首，他本就极少在同女生说话时找话题，便也没再开口，和傅悦一起走着。二人走得近，傅悦隐约能闻到从他身上传来的淡香，不知怎的，竟盖过了他原有的冷冽气息。

在走到南高外的街道时，傅悦瞥到了一群在小吃摊前嬉笑打闹的学生，他们的校服搭在一旁，有南高的，也有外校的。傅悦敛眸，看来祁南骁说得不错，夜晚，南高附近的确不太安全。

有几个人看了过来，饶有兴趣地对着这边指指点点，也不知是冲着祁南骁还是她。傅悦尚且茫然，祁南骁已然长眉轻蹙，伸手揽过她的肩膀，将她护在道路内侧，看似意味不明，却是成功挡住了那些人探究的视线。

傅悦抬头看他，有些纳闷："你确定他们是在看我，而不是看你？"

"确定。"

"为什么？"

祁南骁脚步微顿，低声轻笑，突然伸手抬起她的下颌，垂眸打量着她。

下颌传来的微凉触感让傅悦僵在原地，他的指尖似有若无地摩挲着她的肌肤，酥酥麻麻的触感仿佛蔓延到了心底。祁南骁眸色深沉，眸中映着街道两侧的光晕，似是染上了星光。

傅悦微怔，从他的眼中寻到了自己的身影。

不待傅悦推开他，他就松开了她，似笑非笑地道："漂亮。"

傅悦闻言愣了愣，反应过来后便红了脸，忙轻咳出声，一声不吭地低头快步往前走。

祁南骁见此哑然失笑，长腿一迈便轻易追上了她，弯腰观察着她的神情，戏谑道："怎么不说话？"

"有什么好说的？"

"那你抬头看看我。"

傅悦抿唇："凭什么？"

"你脸红了吧。"祁南骁嘴角微弯，故意逗她，"悦姐，你见到我就这么心动？"

这人是不是从来都没正经过？傅悦实在忍无可忍，抬首瞪他："祁南骁！"

他语调慵懒地道："嗯？"尾音上扬，坏坏的。

傅悦被他这一声给弄得心都酥了，脸又烫了起来，忙懊恼低头，斥道："你给我正经点行不行？"

"可以是可以。"祁南骁似笑非笑地看着她，侧了侧首，轻笑出声，"但我一见到你就没辙了。"

二人走到街道尽头的路口处，傅悦望了望远处繁华的商业区，侧过身对祁南骁道："我到了，先走了。"

"等等。"祁南骁却在此时伸手，轻扣住她的手腕，不紧不慢地道，"留个电话。"

她纤细柔嫩的手被他握在手中，祁南骁能感受到她皮肤的柔软触感，他的指腹贴到她的手腕处，清晰地感着她的脉搏，一下又一下，灼热了他的指尖。

傅悦如触电般想收回手，奈何祁南骁不松手，她只得作罢，抬眸无奈地看着他，道："你先放开我。"

祁南骁略微眯眸，哪有半分妥协的模样："松手了你肯定会跑。"

傅悦的小心思被猜中，一时默了默，轻咳一声："祁南骁，我是真的想安安稳稳地度过高中这几年。"话音刚落，傅悦便觉腕间一紧，猝不及防地被那力道拉扯过去，下一瞬，她与祁南骁之间的距离不过咫尺。

由于身高差距，傅悦只看得到他黑色领口下的精致锁骨，视线上移，停留在他的喉结处，待反应过来后，面色慌张地收回视线，暗骂自己沉迷美色。

"我总有办法问到你的手机号。"祁南骁垂眸看她，"所以你还不如干脆点。"说完，他微微俯首打量着傅悦，入目便是她那鲜嫩红润的唇，一时有些口干舌燥。

傅悦尚存几分倔强，开口拒绝："我……"

"傅悦。"祁南骁突然低声唤她，嗓音有些哑，望着她的眼神深邃，"你再这么拖下去，我就要采取点手段了。"

傅悦抬眸与他对视，仍旧硬气地道："祁南骁，我跟你说过，别招惹我。"

"这个我还真控制不住。"祁南骁轻声嗤笑，握着她手腕的手紧了几分，他略微贴近傅悦，在她耳畔沉声道，"见你这副模样，我何止是想招惹你，连更过分的想法都有了。"

傅悦再怎么横，听到这句话瞬间怂了。她缩了缩脖子，彻底不敢跟他呛声了。她知道，祁南骁既然已经这么说了，就真敢这么做。

祁南骁见她终于服软，便嘴角微弯，松开了握着她的手，拿出手机调出通讯录页面递给她："存上。"

傅悦叹了口气，指尖在手机屏幕上点了几下，将自己的电话存了进去，她也不多看，径直将手机还给了祁南骁。

祁南骁看了眼她输入的备注，是老老实实的"傅悦"二字。他垂眸，不着痕迹地将备注改了，随即便拨了出去。下一瞬，傅悦的手机铃声响起，祁南骁伸出手："手机给我，帮你存上我的号。"

傅悦这次老实了，也没再反抗，直接掏出手机交给他，见他几下便存好号码，将手机还给了自己。傅悦接过手机，见他这么从容不迫，不禁低声吐槽了一句："脸真大。"

也不知祁南骁听没听见，他一言不发，只伸手捏了捏她的脸颊，眸中如星光一般闪耀。

傅悦怔住，放在兜中的手微动，不小心触碰到冰冷的手机外壳，凉意透过指尖直达胸腔，让她瞬间清醒了几分。她移开视线，侧身躲开他，正抬脚准备离开："那我先走了。"

祁南骁似笑非笑地挑眉，对她道："明天见。"

傅悦低声回他："明天见。"语罢，便迈步径直向前走去，背影在祁南骁的视野中渐行渐远。

祁南骁望着她的背影，半晌后抬起那只攥过傅悦手腕的手，回味般地攥了攥掌心。祁南骁眸色微沉，回想起傅悦方才脸红的模样，他心里突然乱了几分。

傅悦晚上同傅淑媛打了电话，听傅淑媛抱怨她在接受一对一辅导，被没收手了机，所以才联系不上他们。得知傅淑媛考完试就能解脱了，傅悦便安慰了她几句，没一会儿就困了，挂了电话上床睡觉去了。

傅悦今晚的睡眠质量格外好，次日起床的时候犹如重获新生，连去学校的路上心情都格外好。

课间休息的时候，傅悦余光瞥见正联机打游戏的韩莘和姜贤，不禁感慨这两个人的和好速度当真是惊人。

"韩莘和姜贤的相处模式很神奇啊。"程晓依看着他们有些忍俊不禁，收回视线对傅悦低声道，"傅悦，你有没有觉得他们俩跟欢喜冤家一样？"

傅悦无奈地笑了笑："的确有点。"

"大家都这么觉得呢。"程晓依颔首道，她随意看了眼时间，这才惊觉课间已过大半，是时候去操场了，便喊傅悦一起下楼。

今天是傅悦第一次上体育课，她提前准备好了水杯，刚好拿在手里。

第四章　为你撑腰

1.

两人来到操场，程晓依发现篮球场被堵了个水泄不通，根本挤不过去。傅悦正发愁，程晓依便灵机一动，拉着她从看台下去，轻松进到篮球场内圈，傅悦略微眯眸，待她看清楚了球场主角，不禁轻声嗤笑。

果不其然，是祁南骁在打球。

程晓依见年级里几个风云人物都聚集在一起，难免有些迈不开腿，傅悦只得跟着她一起观看这场篮球赛。周围尽是呐喊尖叫，吵得傅悦眉头轻蹙，只好将注意力转移到球场上。

球场上最显眼的就是祁南骁，他身穿黑色运动服，神情笃定。他侧身带球过人，动作干脆利落，身子跃起单手扣篮，行云流水中带着一股狠劲儿，傅悦甚至能听见篮筐震动的声音。

掌声与呐喊声四起，他轻松落地，转身同队友击掌，面上从容自信的笑容格外耀眼，看得傅悦有些发怔。

比赛结束，祁南骁随意地拭去额前的薄汗，漫不经心的模样再度引起一众少女的感叹，他扫视一圈，最终将目光定格在人群某处。

傅悦正出神，冷不防被程晓依紧张地扯住了衣角："傅悦！"

傅悦蓦地反应过来，只见祁南骁神色淡淡地望着她这边，眸光微动。下一瞬，他不紧不慢地朝这边走了过来。

何梦希望着离自己越来越近的祁南骁，心跳越发急促起来。以前都是她主动去给他送水，难道这次他主动过来找她了？何梦希心里这么期待着，不禁抿了抿唇，目光炯炯地望着祁南骁。

傅悦与祁南骁的视线交会，她握着水杯的手暗自收紧。由于紧张，手心竟出了一层薄汗。

何梦希本还在原地期待着祁南骁的到来，然而下一瞬，他却径直越过她，连正眼都未曾给过她。

何梦希浑身僵硬，她身旁的徐歆雅也有些难以置信，蹙着眉转过头去看祁南骁的真正目标：转校生。

"我去……"徐歆雅震惊不已，不禁低声骂了出来。祁南骁居然会主动走向一个女生？！

何梦希的脸色不太好看，她微低着头，不用回头也知道祁南骁走向了谁，拳头暗暗收紧，此情此景令她难堪。

祁南骁在傅悦面前站定，俯首看她，从容开口道："傅悦，水借我喝口？"

傅悦一时无话，众人也有些无语。他放着别人送的水不喝，居然来借水喝？

祁南骁找傅悦借水喝，傅悦不好拂他面子，只得将水杯给他。而围观全程的男生女生们都对傅悦和祁南骁之间的关系产生了怀疑，纷纷用探究的眼神打量着他们。

体育老师吹响哨子催学生集合，韩莘姗姗来迟，脚步轻快地站到傅悦身边。

这节课的主要内容是篮球，听韩莘说，是为了准备下个月的市运动会。韩莘瞥了眼不远处站着的两人，像是想起什么，对傅悦道："对了，小悦悦，你注意一下那边站着的两个女生，最近祁南骁跟你走得近，她们可能会盯上你。"

傅悦看过去，见是何梦希，而她身边的女生背影窈窕，不知其名。

"何梦希你认识，她旁边的女生叫徐歆雅，这可不是什么简单角色。"韩莘轻轻摇头，叹息一声道，"何梦希喜欢祁南骁，但凡祁南骁身边的女生，她都看不顺眼。"

看不顺眼？傅悦略微眯眸，拨了拨手中的篮球："还有这样的？"

"就这样啊。"韩莘耸肩，面上带着几分无谓，道，"何梦希这人吧，也不好评价，不过无论她怎么示好，祁南骁都不理会她。"韩莘摸着下颌，思忖半晌道，"你是淑媛的妹妹，她们明面上应该不会做什么，但难保不会有什么小动作。"

"知道了。"傅悦了然颔首，"我会注意的。"

韩莘刚颔首，便听体育老师让女生集合，走过去后，老师简单地宣布这堂课自由活动的消息。

傅悦站在后排百无聊赖地把玩着篮球，全然没注意身边就是何梦希和徐歆雅，她们正和班上一名女生传球，气氛好不愉悦。就在此时，身后有人轻呼出声，傅悦反应快，迅速回头去看情况，便见一个篮球飞速砸了过来。傅悦正准备往后躲开，谁知耳边忽然传来何梦希的尖叫声，紧接着她便觉得手臂一紧，被何梦希给扯过去挡在身前，当即就被球撞了肩膀。

这一下很结实，传来的闷响声让人听了都觉得疼。傅悦倒抽一口冷气，无名怒火涌上心头，她伸手甩开何梦希，冷道："你做什么？"

何梦希愣了愣，神色闪现一丝尴尬，她蹙眉看向傅悦："不就被球撞了一下吗？又不疼，你这么娇贵的吗？"何梦希方才完全是下意识的举动，她见对面的女生传球时用力过猛，篮球直接砸了过来，条件反射下就拉着旁边的人去挡，谁知这么巧，刚好是傅悦。

傅悦咬了咬牙，即便不知道何梦希是不是故意的，心里还是憋屈得很，道："何班长，那你的道歉呢？"

何梦希脸色变了变，似乎没想到傅悦这么直接，当即就有些生气："我凭什么跟你道歉？"

傅悦轻笑，神色从容："行，那你说说你凭什么不跟我道歉？"

"那边好像出什么事了。"不远处练球的姜贤眯眸望着女生集合的地方，对身侧的祁南骁道。

祁南骁单手扣球，漫不经心地瞥了眼那边，本来没放在心上，但他见傅悦站在人群中央不禁蹙起眉头。紧接着他将球丢给了姜贤，眸色微沉道："过去看看。"

"何梦希，你怎么回事？"韩莘蹙眉上前，面露不善地盯着何梦希，神情透着几分烦躁，"你把人当挡箭牌，道个歉难道不是应该的？"

何梦希愣了愣，随即轻声嗤笑，模样很是不屑，道："那她凭什么刚来南高就这么张扬？"

傅悦闻言轻蹙起眉，心头有些冒火。

"你这话我就不乐意听了。"韩莘不怒反笑，越过傅悦站在何梦希面前，"何梦希，你这话说得好像你在南高不张扬一样，你在南高是什么样你心里没数吗？"

何梦希的脸色不太好看，正欲开口，一旁的徐歆雅却轻笑出声："哎呀，韩莘，消消气，同学一场何必这样？"徐歆雅这么说着，衬得韩莘像个无理取闹的人似的。

傅悦心知韩莘这脾性在徐歆雅那里肯定讨不到好处，便伸手拦下韩莘，轻声道："韩莘，别太冲动，小心点。"

韩莘抿紧了唇，也清楚徐歆雅的为人，只是她还是有些气不过："我真是受不了这两个人，阴阳怪气的。"

场面僵持不下，围观的学生越来越多，傅悦要不到道歉也不想跟何梦希她们扯上关系，打算掉头就走，谁知就在此时，她的肩膀被人按住了。何梦希有些意外："南骁？"

傅悦面色微僵，看向身侧的祁南骁，而祁南骁正望着何梦希眸色深沉，他笑问："怎么回事？"

方才传球的那名女生主动站了出来，神色有些尴尬："是我。那个，我刚才传球的时候没控制好力度，就给砸过去了。"

祁南骁瞥了眼傅悦，而后看向说话的女生，一字一句地道："给她道歉。"女生倒是十分配合，但那声"对不起"刚说到一半，就被何梦希打断了。

何梦希难以置信地望着祁南骁，蹙了蹙眉，对他说道："我觉得没必要道歉吧，不就砸了一下肩膀吗，又不疼，她不也什么都没说？"

"那个，我道歉吧，本来就是我的失误。"女生弱弱地开口，对傅悦诚心诚意地鞠躬道歉，"对不起啊傅悦同学，我传球砸到你了，真的十分抱歉！"

这女生倒是真心实意在道歉，傅悦点了点头，虽然她对何梦希的态度有些意见，但眼前这女生这么诚恳，她的无名火也消了些许。

"谁让你道歉了？"就在此时，何梦希对祁南骁冷冷地道，"反正我不会道歉。祁南骁，你凭什么让人道歉？傅悦自己都没有要求，你还为了她跟我闹僵，难不成这南高的规矩是你定的？"

祁南骁有些啼笑皆非地看了她几秒，而后低笑出声："规矩？"他嘴角微微弯，不紧不慢地开口，字字铿锵，落在众人耳中，"在南高，我就是规矩。"

祁南骁简单的一句话，直接把何梦希的势头给压了下去。

"不对啊，何梦希，你为什么道歉？"姜贤状似随意地问道，"这么说来，傅悦是因为你才被砸到的？"姜贤的问题一出来，全场瞬间陷入死寂。这个问题太尴尬了。

韩莘扫了眼何梦希，扯了扯嘴角："咱何梦希何班长给傅悦特殊关照，想锻炼傅悦的筋骨。"

傅悦眉头轻蹙，心知韩莘是为她打抱不平，但她不想招惹何梦希这类人，便扯了扯韩莘的衣服，轻声道："那个女生已经道歉了，我没事。"

韩莘抿了抿唇，有些无奈。傅悦根本不想和何梦希她们扯上关系，人家不愿意较真，她又能怎么办？

"你这会儿倒是当包子任人揉捏了。"祁南骁突然嗤笑出声，有些不耐地伸手拎过傅悦，冲着何梦希抬了抬下颌，问傅悦，"她是不是推你了？"

何梦希的脸色瞬间白了几分，她抬眸怔怔地望着祁南骁，似乎不敢相信出言怀疑她的人是祁南骁。徐歆雅柳眉轻蹙，有些看不下去，便上前一步，背着手对祁南骁温言软语："骁爷，你这么对梦希是不是不太好？话有些重了哦。"

祁南骁丝毫不为所动，淡淡回道："我觉得我说话没毛病，要是觉得话重，就是你的事了。"

韩莘意味不明地笑了声，这让何梦希脸色更难看了几分。

徐歆雅闻言干巴巴地笑了几声，语气却强硬了些许："话不能这么说啊，梦希跟你关系不错，你现在这样不太合适吧？"

不等祁南骁开口，姜贤就插话道："你这话不对，明明是我跟祁南骁关系最好，而且你把他们绑在一起是为什么？"

"我也不是非要把他们绑在一起，但毕竟他们来往的确挺多的，不是吗？"

徐歆雅说着，用指尖卷了卷垂在肩头的长发，垂眸笑了笑，轻声道，"但是骁爷这次当着这么多同学的面怀疑梦希，还是为了个转校生，这可就有点过分了啊。"

只听祁南骁轻笑出声，透出几分嘲讽，淡淡地道："不然呢？"

徐歆雅被他这副欲动真格的模样吓了一跳，不禁愣了愣："不……不然什么？"

"我必须得相信何梦希？"他显然已经有些不耐烦，摁住傅悦肩膀的手松了松，冷笑，"徐歆雅，你威胁我？"

徐歆雅没见过祁南骁这副模样，撞上他眸中的冰冷，当即被惊得退了退："我……"徐歆雅咬了咬唇勉强开口，却不知道该说些什么，只得沉默。

朋友替自己说话却反被呛，何梦希僵直着身体站在原地，面色复杂。

"傅悦，我问你呢。"祁南骁却在此时突然开口，垂眸凝视着傅悦，不耐烦地道，"她是不是推了你了？"

傅悦抬首看向祁南骁，没有立刻回答，只是握住他的手腕，将他放在她肩头的手移开。傅悦仍旧是那副固执模样："祁南骁，可以了，砸我的人已经道歉了。"

祁南骁长眸微眯，心里突然烦躁异常。这小丫头分明不是善茬，最该挺直腰板的时候她却在这儿忍气吞声，她脑子里究竟在想什么东西？

2.

就在此时，何梦希深吸一口气，定定地直视着祁南骁，启唇冷冷地道："是，傅悦就是我推的。当时球马上就要砸到我脸上了，我就条件反射地拉身边的人挡了，不可以吗？"

"这么理直气壮。"祁南骁眯眸看她，嘴角微弯，模样慵懒，"可不可以是你的事，认不认同是我的事，你给我解释这么多有用吗？"

这话有点划清界限的意味，何梦希无声咬唇，说出口的话冰冷无比："无论如何，我不会道歉的。"

傅悦蹙眉看了眼何梦希，越发不能理解她。

祁南骁与何梦希对视半晌，低笑出声，眸中毫无温度："我也没指望你道歉，随口一问罢了。"

何梦希扯了扯嘴角："那就行。"

随着何梦希话音落下，女生们面面相觑，男生们练完球回来也不知道这边发生了什么，场面一时有些尴尬。最终还是下课铃缓解了气氛，祁南骁扫了一眼傅悦后便转身离开，姜贤忙不迭地跟了过去，傅悦看着祁南骁的背影，总觉得那背影含了些许怒气。

真叫人头疼。傅悦叹了口气，想起自己方才的确有些不领情，但是她的确有不能跟何梦希硬来的理由。沉思几秒，傅悦敛眸打算离开，何梦希跟徐歆雅也准备回教室，彼此正好打了个照面。

何梦希快步经过傅悦，看来她的怨念不是一般的大。徐歆雅望着迅速走远的何梦希，心里有些乱，一方面是不知道祁南骁意欲何为，另一方面也是不清楚傅悦的底细。她想了想，最终还是站在傅悦面前，眸光阴冷地望着她，道："我告诉你，南高最不能招惹的就是祁南骁，你可别引火自焚了。"

傅悦本就被何梦希弄得烦躁不堪，徐歆雅这时还站出来挑衅，她不禁哑然失笑，重复了一遍："引火自焚？"随后嘴角微弯，一字一句地道，"我们看看究竟是谁引火自焚。"

徐歆雅蓦然顿住，见傅悦眼底一层阴霾，不禁惊了惊。不知怎么，傅悦此刻给人的感觉竟同祁南骁有些相像，虽然不明显，却令人生出些许危机感。

韩莘见徐歆雅似乎想继续说些什么，忙上前揽住傅悦道："我们走。"

"好。"傅悦应声，嘴角挂着微笑，方才的锋芒被她无声敛起。

徐歆雅饶有兴趣地笑出了声，拍了拍傅悦的肩膀，径直越过她离开。傅悦眸色微沉，却被她迅速掩过，侧首对韩莘道："我们走吧。"

与此同时，祁南骁和姜贤并肩走着，而祁南骁眉眼间有些阴郁。姜贤见他这样就知道是因为傅悦，不禁开口道："祁南骁，傅悦那种好学生你也感兴趣？"

祁南骁长眉轻挑，似嘲讽似无谓："她没这么简单。"

"对啊，所以那傅悦是什么性情我们也不知道，没准不好惹呢，你认真的？"

祁南骁闻言，饶有兴趣地轻笑道："谁说我要认真？"姜贤顿了顿，似乎没想到他会给出这样的回答。而祁南骁敛眸，沉声又道，"认真这种事，太累了。"

晚自习结束后，傅淑媛愁眉苦脸地背着书包来班上找傅悦，才两天不见，她竟老实了不少。傅悦靠在后门调侃她："从锻造炉里爬出来了？"

"早着呢，下周考完我才能出去玩。"傅淑媛叹息，"这几天我都没碰手机，太痛苦了。"

韩莘刚接完水过来，见到傅淑媛便笑眯眯地道："呀，被会长一对一辅导的感觉怎么样啊？"

"什么怎么样啊。"傅淑媛想起来就气，她伸手比画出一个大概高度，"秦致远逼着我做了这么多题，这么多！"

"把握住机会啊，近距离接触会长的机会不多哦。"

"得了吧。"傅淑媛说话的同时翻了个白眼，低头看了看腕表，无奈地摇了摇头，"我今晚还要过去，先走了啊。"

傅悦颔首，傅淑媛便头也不回地走了，傅悦将道别的话语咽下，叹道："以前没见她这么爱学习。"

韩莘意味深长地拍拍傅悦："你姐是因为秦致远而爱上学习的，有空我给你讲你姐的传奇故事。"

傅悦哑然失笑："行啊，好像挺有趣。"

二人正聊着，赵茹来了，学生们回到各自的位置，只见她叩了叩桌面，将手中的表格放在桌上，道："下周进行假期质量检测，这次会打乱考场顺序，你们抄下自己的考试信息。"

有人疑惑出声："打乱考场顺序？"

"别闹了，那不就是普通班和科技班一起考了吗？"

"也真不怕作弊啊……"

赵茹拍了拍手，结束了教室里的议论声："这是学校的决定，我们只能执行。"她将表格放在通知栏中后，韩莘第一个冲了上去，姜贤仗着个子高视力好，隔着讲台记下了自己的信息。

韩莘顺便将傅悦和祁南骁的信息也抄在了纸上，抄完后递给了祁南骁和傅悦："小悦悦，你和祁南骁都是北三楼十八考场，我在你们隔壁的十九考场。"

祁南骁闻言不紧不慢地拿过纸条看了看。

"我是十八考场三十号。"姜贤回想自己的考试信息，不禁挑眉，"哟，跟骁爷一个考场，我是不是能作弊了？"

祁南骁嗤笑，将纸条放下："我二十三号，不同列也不同行，你别想了。"

傅悦扫了眼自己的座位号，二十一号，她想到考试时祁南骁就坐在自己后两位，不禁在心底默叹。

知晓了自己的考试信息，同学们都收拾好东西回家了。

傅悦回家后冲了个澡，裹着湿发在桌前复习，一时间，屋内只有纸笔簌簌的声音，直到她感觉到脖子有些酸痛，才抬头休息一会儿。然而就在此时，旁边的手机响起，她有些疑惑地查看消息，发现是微信好友申请。

这大半夜的，谁会加她？傅悦眉头轻蹙，点了同意，正欲询问对方来意，对方便已发来消息：还没睡？

看到消息，傅悦脑中有了想法，当即打字发过去："祁南骁？"

对方回复："嗯。"

果然是他。傅悦翻了个白眼，捏了捏眉骨，想了想还是回复他："我在复习呢。"

这次，祁南骁很久都没有再回复。她顿了顿，突然想起自从体育课后他们似乎就没怎么说过话，傅悦潜意识里认为是因为她那时在操场的态度惹怒了他，现在想想毕竟是祁南骁主动帮她，就算她当时有自己的原因而没有领情，也的确不太好。傅悦叹了口气，踌躇着打出一行字，点了发送："今天我说话说重了，对不起。"

祁南骁这次秒回了："你也知道？"

傅悦迅速回复他："因为你很奇怪啊，莫名其妙就帮我，而且我不想跟她们扯上关系。"联想到他先前的言行，傅悦就觉得胸口发闷，于是又发送了一条："你知不知道你这些行为很容易给别人一种错觉？"

就在傅悦怀疑祁南骁是不是睡着了的时候，他终于给了她回复："不是错觉。"

傅悦吓得手机都砸在了桌上。不是错觉？那他是什么意思？难不成是变相地承认了他的态度的确暧昧？念及此，傅悦的心竟加速跳动起来，她察觉到自己的异样，不禁有些慌，不敢多想，直接给祁南骁发了一句"先睡了"，接着便迅速退出了微信。

傅悦的额头起了一层薄汗，她单手捂住胸口，感受着丝毫不见慢下来的心跳，有些懊恼地咬了咬唇。

与此同时，某高楼中。屋内的灯尽数熄灭，室内布置简洁，显得毫无生气。祁南骁靠坐在落地窗前，倚着玻璃，背后是霓虹璀璨的繁华都市。半晌，他随手将手机扔到一旁，抬手捏了捏眉骨。

夜色蔓延，祁南骁想着傅悦方才的道歉，突然想起先前与她的种种接触皆令他回味无穷，忍不住低声骂了句"该死"，有些烦躁地将手肘支于膝上，扶着额头。

认真的吗？祁南骁敛眸，想起上午自己给姜贤的回答，不禁狠狠"啧"了声。

完了，有点打脸。

恰逢周日，傅悦周六晚上熬夜赶了作业，今天本想赖床补眠，却被傅淑媛一个电话从床上揪了起来。她嘟囔一声，接起电话没好气道："傅淑媛，你不去接受辅导吗？"

傅淑媛的声音听起来格外畅快："巧了，我就在市图书馆学习呢。"

"加油，我再睡会儿。"

"别啊，悦宝！"傅淑媛提高声音，拍了拍手下的习题册，"过来一起复习怎么样？"

傅悦揉揉头发，叹息道："算了，我还在跟数学必修四死磕，南高和青中进度不一样，我现在赶不上南高的。"

"赶不上？"傅淑媛愣了愣，在心里估算了下时间，不禁倒抽一口气，"悦宝，难道你后几个月都休学？"

傅悦眯眸，低声回她："那时在风口浪尖，妈直接给我办理了退学。"

"算了，都过去了。"傅淑媛撇撇嘴，突然转移话题道："你确定不过来吗？高二年级第一在这儿呢，可以帮你补课哦！"

她话音刚落，傅悦立刻从床上坐起，她双眸一亮，当即对话筒道："等我。"挂断电话后飞速爬下床收拾去了。

3.

半小时后，傅悦从市图书馆的电梯中走出，看到了站在门口等她的傅淑媛。傅淑媛今天穿了身白裙，散着长发，难得的小清新风格让傅悦略微眯眸，不禁感到有些奇怪。

"悦宝，来啦？"傅淑媛见了她便挥挥手，几步上前挽住她的手臂，笑眯眯地带着她走进图书室，"我就说嘛，大好的周日时光要用来学习。"

傅悦诧异地看向她，半晌才憋了句："被洗脑了？"

傅淑媛翻了个白眼，没理她，径直将她拉到一张宽敞的桌子前坐下，拍了拍正埋首做题的男生，笑道："秦致远，这就是我妹妹傅悦！"

秦致远不紧不慢地抬首与傅悦对视。傅悦打量着他，见他容貌俊朗，气质清冷，戴着一副无框眼镜，很是斯文。只看一眼，傅悦便知这人铁定是三好学生，不禁怀疑傅淑媛是如何认识这么一个人的。

秦致远推了推眼镜，对她牵了牵嘴角，从容地伸出手："秦致远。"

"傅悦。"傅悦颔首应声，同他握手，很快便松开。

"听傅淑媛说，你原来的学校和南高进度不同？"秦致远嘴角微弯，神色温柔，"有什么不会的可以问我，我刚好在复习数学。"

"好，那谢谢学长了。"傅悦从包里拿出课本和习题册，她早就将不明白的知识点标记出来了，既然有机会了，当然要毫不客气地请教秦致远一番。

傅淑媛见总算有人能转移秦致远的注意力了，便偷着跑去外面窗口透气，这几天她在秦致远手底下恶补功课，真的是给憋坏了。

然而傅淑媛刚给朋友发了几条消息，就有人拿过她的手机。她正要骂，只见秦致远蹙眉扫了眼她的手机屏幕，随即将屏幕按灭。他一个字都没说，她却瞬间怂了，拿过手机讪笑道："这么快啊？"

"傅悦聪明，点几句就会了。"秦致远道，神色慵懒，哪还有半分方才的温润形象，"下次再让我看见你约人出去乱逛，等着，有你好受。"

傅淑媛垂眸，半晌她抬首，嘴角笑意微冷："你还真想管我啊秦致远，你有什么资格管我？"

秦致远与她对视着，突然意味不明地笑了，不急不慢地道："有没有资格，我说了算。"

不愿再同他说什么，傅淑媛懒散地靠在窗边玩着手机，重新打开聊天窗口同朋友聊天。

"傅淑媛。"秦致远突然唤她，语气微冷，"你就这么好面子？"

话音落下，傅淑媛蓦地顿住，随即难以置信地抬头，定定地望着秦致远，她惊得不能言语。半晌她才反应过来，啼笑皆非地唤道："秦致远。"然后将手机收好，在秦致远面前站定，伸手就去扯秦致远的衣领。

秦致远始料未及，被迫俯下身来。二人距离极近，呼吸交缠，暧昧不已。傅淑媛昂首逼近他，望着他的眸中闪耀着锋芒。她一字一句地道："我劝你别激我，把我惹急了，小心我把你撂倒。"

傅悦翻阅着秦致远的笔记本，上面是对高一高二数学所有知识点的总结，精简到位，令她十分受益。幸好她基础不错，稍微用点心便能学会，并没有费太大力气。

傅悦拿出手机，将自己需要多加研究的几页拍下来，打算回去再看。她看完笔记便拿过习题册，发现秦致远不知何时将她需要做的习题圈了出来，还省去了她找题的时间。

傅悦指尖略微上挑，抬起笔，抬眸扫了一眼门口，暗自思忖着傅淑媛和秦致远出去的时间，觉得有些不对劲。

傅淑媛叫她来的目的，傅悦再清楚不过，无非就是想转移秦致远的注意力，好去偷个懒。但秦致远怎么会猜不中傅淑媛的心思，方才见她溜走，秦致远并没立刻追上去，而是从容地将知识点给傅悦整理出来，这才将笔记本给傅淑媛，而后起身离开。

也不知过了多久，等傅悦连答案都订正过了，两个人才回来。傅悦见秦致远面色如常，傅淑媛脸色阴沉，心下不禁动了动。这两个人的关系绝对没那么简单。

傅悦轻咳一声，对这些事不是太感兴趣，只在秦致远坐下时找他问了自己不会的题目。秦致远很有耐心地给她一一讲解，过程精简，几句话的工夫傅悦便通晓其意。

一上午时间过去，傅悦受益匪浅，虽然是临时抱佛脚，但参加考试的话也是绰绰有余了。

秦致远说要请吃饭，询问她们姐妹二人有没有什么想吃的。傅悦表示都可以，傅淑媛便不客气地道出一个店名，秦致远颔首答应，似是知道地方，抬脚便朝着某个方向走去。

路上，秦致远一边在手机上预订座位，一边随口问傅悦："傅悦，你以前是哪所学校的？"

傅悦沉吟几秒，老实道："邻市的某所普通高中。"

秦致远闻言眸色微沉，随意地道："这样啊，转来南高的话，觉得南高环境如何？"

傅悦想了想，挑了个最官方的答案来回答他："学习氛围和师生言行我都很满意，南高的确不错。"

秦致远闻言便颔首，不再开口，旁边的傅淑媛抬眸打量了他一眼，随即有些赌气地"哼"了一声。傅悦站在这两个人中间，觉得实在是太尴尬了。

就在此时，三人刚接近一个巷子，秦致远便敏感地止步，长眉轻蹙，盯着那巷子口。傅悦和傅淑媛也停下脚步，神色微变。

巷子中传来隐约的谈话声，声音有些杂乱，应该不是简单的聊天。秦致远侧首看向她们二人："必经之路，走还是不走？"

傅悦没把巷子里发生的动静放在心上，只道："走。"

傅淑媛自是不怕，又听傅悦都这么说了，直接往前走去，经过巷子口时还瞄了一眼。这不瞄还好，一瞄便惊呆了，傅淑媛难以置信地道："祁南骁？！"

傅悦听到这个名字心头微动，顿了顿，忙往前走了几步，只见巷子中，祁南骁正对着一个男生，面色如常，开口却冰冷："张子帆，你到底怎么回事？"

张子帆？傅悦眼眸微眯，这才想起那人是先前拍了祁南骁和高传昌视频的男生。

"是高传昌要找你的，不关我事啊！"张子帆靠在墙上，心里害怕得不行，身子都有些颤抖，略微抬高声音道，"对不起，对不起，但是我真的只是被高传昌叫来的！"

最终，祁南骁不耐烦地"啧"了声，也不知是不想追究还是怎么的，他随手拉开张子帆，力气不小，似乎不太想看见他，神情也有些烦躁。张子帆见祁南骁这样，当即就松了一口气，悬着的那颗心也终于慢慢放了下来。

祁南骁不经意间侧目，便望见了站立在巷子口的三道身影，他顿了顿，抬脚走出巷子，在三人面前站定。他眸色复杂地打量着秦致远，而后意味不明地笑了笑，对他道："好久不见。"

秦致远牵了牵嘴角，神色淡淡："的确是好久不见。"

"张子帆怎么在那儿站着啊？"傅淑媛眉头轻蹙，狐疑地道，"我听说姜贤前几天受伤，难道是张子帆搞的鬼？"

"张子帆把我跟姜贤的行踪告诉了高传昌，然后就发生了这些乱七八糟的事。"祁南骁淡淡地解释道，眉宇间浮上些许烦躁，"看看再说吧，我懒得掺和这些。"

傅淑媛闻言略一耸肩，拉住身旁傅悦的手："那你们自己处理好就行啦，反正尽量别起什么大冲突就好，我们赶着去吃饭，你来吗？"

祁南骁看了眼傅悦，最终还是摆了摆手，示意自己不去。

二人正说着，巷子里便走出几个男生，其中一个男生上前对祁南骁道："骁爷，既然你问完张子帆了，那就走吧。"

祁南骁不咸不淡地"嗯"了声，那男生见此便准备离开，却不经意间瞥到了傅悦，当即顿了脚步，指着她难以置信地唤道："等等，你是青中的……"

糟糕！他话还没说完，傅悦便暗道不好。傅淑媛更是快一步将她拉到自己身后，打断那男生的话："你认错了，她是南高的学生。"语罢，傅淑媛干脆利落地道别，扯着傅悦和秦致远迅速离开，似乎一秒都不愿多待。

"奇怪了……"男生摸了摸头，怀疑自己是不是认错人了。

祁南骁侧首看他，淡淡地问："你刚才想说什么？"

"也没什么，就刚才被挡住的那女生，特别像我们邻校青中的那个傅悦。"他讪笑几声，紧接着便开始否认，"不过估计是我看错了，毕竟这儿是 A 市，而且那个傅悦早就退学了。"

退学？祁南骁闻言眸光微动，并不多言，若有所思。

男生见他这样不禁倒抽一口气，怀疑道："骁爷，那女生不会真是青中的傅悦吧？那青中的傅悦可不是一般的……"

"她是南高的人，重名而已。"祁南骁斩钉截铁地打断了男生要说的话，那男生当了真，颔首打算离开时，祁南骁突然出声，看着他道，"你别走，先跟我说说那个青中傅悦是怎么回事。"

第五章　你对我笑了

1.

傅淑媛扯着傅悦和秦致远跑了很远，彻底离开了祁南骁和那些男生的视线后，她才敢停下来。傅淑媛拍了拍胸口，如释重负地吐出一口气，佯装赶着去吃饭的模样，道："我们赶紧去吃饭吧，不然就过了饭点了。"

秦致远却不着痕迹地拂开了傅淑媛的手，垂眸看向傅悦："怎么，青中傅悦和南高傅悦是重名了吗？"

"就是这么巧啊，不行吗？"傅淑媛见秦致远对此表示怀疑，不禁眉头轻蹙，不悦道，"你问这个问题干什么？"

"随口一问罢了。"秦致远轻笑，随即望向傅悦，"回不回答都可以。"

傅悦眸光微动，抬首对他笑了笑："是啊，纯属巧合。"

她看上去神情疏冷，显然没有多做解释的打算。秦致远意识到这点，面上不动声色，虽然他心下怀疑方才那男生并未错认傅悦，但终究是缄默相对。

这个傅悦似乎不简单。

当晚，傅悦将考试用具装进书包，放在床头柜上。她伸了个懒腰，觉得有些头疼，就伸手将大开的窗户关上，去倒了杯热水喝。

脑袋有些晕，傅悦没放在心上，定好闹钟后便安稳睡下了。半夜，她听到手机铃声响了，接起电话后应一声，才惊觉自己的喉咙干涩不已，发出的声音十分嘶哑。

傅淑媛听出傅悦的声音有些不对劲，当即谨慎道："悦宝，你是不是发烧了？"

傅悦想起自己开窗户吹风的事，应该跟这个有关系，她咳了声："没事，明天就好了。"

"要不我过去？"

她忙开口拒绝，嗓子里火辣辣的："不用，我起来吃药就好。"

傅淑媛见她如此也不好执意过去，不放心地挂断了电话，但在临睡前给祁南骁发了条短信：悦宝有点发烧，你家离得近，明早替我去龙熙花园三号楼下接她，看她退烧没。

发完短信，她便叹了口气，悬着心睡下了。

翌日醒来时，傅悦整个人蒙蒙的，她昨晚接完电话后便睡着了，连药也忘了吃。她惦记着今早的考试，慢吞吞地起床梳洗，手脚软绵无力，也没什么胃口，由于不想耽误时间，随便吃了两粒感冒胶囊后就背上书包下楼了。

傅悦每走一步都像是踩在云端，一进电梯便觉浑身发冷，可她今天已经穿得很厚实了。傅悦叹了口气，疲倦地捏了捏眉骨，盯着电梯上逐渐变化的数字，听到"叮咚"的声响，便迈步走向门口。

门口停了一辆车，傅悦眯眄认了认，是一辆保时捷。哪个土豪会把车停在门口？随着一步步接近，她发现有个人靠在车门前略微低着头。

望着那人的面部轮廓，傅悦蓦地顿住，这下是无论如何也迈不开腿了。那人慢条斯理地玩着手机，却让人看得怦然心动。他闻声抬眸，直直望向她，眸中犹如有熠熠星光闪烁。

傅悦怔怔地站在原地与他对视，难以置信地用指甲扣着掌心，掌心传来的痛楚清晰地告诉她这不是幻觉，站在那儿的人是祁南骁。

"你怎么在这儿？"傅悦几步上前在他面前站定，蹙眉道，"我姐告诉你的？"

祁南骁手中握着手机，闻言只是懒懒地挑眉，不置可否："傅悦，你是烧糊涂了？真打算去考试？"

傅悦抿了抿唇，并不回答，就这么同他对峙着，仿佛是默认了。

祁南骁神态自若，闲适地靠在车前，他长腿交叠着，单手把玩着手机，垂眸饶有兴趣地望着她。

一个装傻，一个假装不知道对方在装傻。最终，还是傅悦率先败下阵来，叹道："我没事，我现在要去学校，你走吧。"语罢，她便迈步打算绕过他离开，却在下一瞬被祁南骁握住了手腕。

似有若无的叹息声拂过耳畔，傅悦尚未反应过来，祁南骁便单手发力扯过她的身体，轻松将她带入怀中，随即扣住她的腰肢，伸手摸了摸她的额头。整个过程不过几秒钟的时间，傅悦尚未有所反应，便身处祁南骁怀中，额头也已贴上他微凉的手背。

傅悦气急，奈何手上又没劲，只得凶道："祁南骁，你别动手动脚的！"

祁南骁眼神轻佻地看向她："那我动口？"感受到掌心下她额头的温度，他面无表情地淡淡地道，"还在发烧。回家和去校医务室你选一个。"

傅悦推他，冷冷地道："我要去考试！"

祁南骁略一挑眉："好，那去校医务室。"语罢，他单手拎起傅悦，打开车门便将她扔进后座，随后自己也坐了进去，紧接着他果断地对司机道："锁车门。"

"啪嗒"一声，车门被锁上了。

傅悦彻底没脾气了，她愤愤地砸了下车窗，侧首正欲开口，却见祁南骁突然俯身接近她，吓得她缩了缩脖子，下意识闭上了双眼。

祁南骁止了动作，似笑非笑地看她，神情戏谑，然后拉过安全带，慢条斯理地为她扣好，轻笑："扣个安全带而已，你紧张什么？"

傅悦闻言蓦地睁眼，心中羞愤难当，只得佯装凶狠地道："祁南骁，你离我远点，不然你信不信我把感冒传染给你？"

"信，怎么不信？"祁南骁哑声低笑，不退反进，单手撑在她耳边，俯身贴近她，"来，亲密接触一下，传染得更快。"

这人是不是就没正经的时候？随着祁南骁的话音落下，傅悦当即伸手就要推开他，他却先挪过身子，让司机开车去学校。

他嘴角微弯，似乎很是愉悦。傅悦却十分不痛快，抿紧了唇望着窗外，只能在心里安慰自己很快就能到学校。

明明十分钟不到的车程，傅悦却觉得仿佛过了一个世纪那么久。祁南骁的司机将车驶入南高停下，司机刚将车门解锁，傅悦便立即伸手去拧车门把手，谁知她还没将车门打开，祁南骁的右手便越过她颊边，将手撑在了车窗上，发出了一声闷响。

　　傅悦被惊动，手一滑便松开了车门把手，紧接着，手腕就被祁南骁的左手紧扣住。

　　"祁南骁，你……"傅悦动了怒，当即侧首去看他，却被二人极近的距离逼得靠紧车门，尽量拉远彼此的距离，"你赶紧下车！"

　　"下车可以，你跟我去医务室量体温。"

　　"我不需……"

　　"三秒。"祁南骁松开握着她的手，转而扣住她的下颌淡淡地道，"跟我去医务室，或者我亲自动手，不过后者我不能保证你的安全。"

　　傅悦："祁南骁，我真是服了你了。"

　　"一。"

　　傅悦咬唇，对上祁南骁的视线，看见他清冷的眸中映着她的面孔。

　　"二。"

　　"我去，我去！"傅悦实在没办法，只得在祁南骁的逼迫下弃械投降。

　　祁南骁这才满意地放开她，下车带着她去了医务室。

　　傅悦找医生要来电子体温计，乖乖地去测了体温，结果出来一看，果然发烧了，三十八度五。所幸不是高烧，校医便拿了份退烧药，语重心长地对傅悦说道："最近是感冒多发期，痊愈慢，你可要多注意。我赶着去开会，你一会儿吃了药就去床上休息。"

　　傅悦接过退烧药，却是缓缓地摇了摇头："不用，我还要参加假期质检，不能缺考的。"

　　校医闻声蹙眉，却也没再多说，匆忙换下白大褂去开会了。校医一离开，祁南骁便看向她，冷笑："傅悦，你越病越倔是吧？"

　　傅悦抬眸与他对视，眼神澄澈，毫无惧意："祁南骁，跟你有什么关系？"

　　"没关系，半点关系都没有。"祁南骁眉眼间浮上阴霾，拎起她按到医务室的床上，将被子铺开盖在傅悦身上。

傅悦猝不及防间被遮住视线，忙伸手将罩在脸上的被子掀开，只见祁南骁双手抄兜站在床前，俯首望着她，嘴角笑意微冷。他一字一句道："我如果想跟你有关系，你挡得住？"

随着祁南骁话音落下，傅悦的眸光凛冽："祁南骁，我没跟你开玩笑。"她一把掀开被子，背好书包、抿紧了唇就要起身，冷冷地说道："我现在就要离开！"语气强硬，含了几分怒气。

祁南骁长眉轻蹙，当即攥住傅悦的手腕，她也不肯示弱，反手就扣住祁南骁，逐渐施力，似乎是打算硬生生挣脱他的桎梏，好像折了手腕也要离开似的。

"傅悦！"祁南骁忍不住冷冷地唤她，他手上不敢使劲，怕伤了傅悦，但他又拗不过她，只得将力气稍微放松了些。

傅悦则干脆地甩开他的手，脚步尚且不稳就要走向门口，倔强得出奇。

这傅悦有多犟，他祁南骁今天可算是领会到了。祁南骁狠狠"啧"了声，终于肯向她妥协，伸手拉住她的书包，无奈地软下声道："最起码把药吃了行不行，嗯？"

他向来只会硬碰硬，想不到有朝一日也会有妥协的时候。念及此，祁南骁默叹一声，心想：自己真是彻底栽跟头了。

傅悦本就不舒服，方才祁南骁跟她硬碰硬，令她心头火气更甚，但此刻见他示弱，心中瞬间熄火。她默了默，无声服软，去拿了医生给的退烧药。

见她乖乖服药，祁南骁才轻声叹息，烦躁地捏了捏眉骨，长腿一迈走出了医务室，看背影有几分郁结。

傅悦缄默不语地跟在他身后往考场走。她心知祁南骁是好意，只是这场考试于她的确意义重大，所以她才会如此激动。傅悦跟在祁南骁身后时一直纠结着要不要同他解释一下。

姜贤正和韩莘在考场外的走廊上聊天，他蹙眉道："奇了怪了，祁南骁怎么还没来？"

"悦宝也没来，他们俩怎么回事？"韩莘撑着下巴打了个哈欠，纳闷地观望了周围一番，"不会是遇见了吧？"

姜贤闻言低声嗤笑，眸微眯："那就好玩了，祁南骁肯定是玩脱了。"

就在此时，韩莘饶有兴趣地笑了声，微抬下颌示意他看走廊的尽头。姜贤侧首望过去，便见祁南骁和傅悦一前一后往这边走来，两人之间的气氛有些古怪，祁南骁神情冷冽，傅悦低着头，面上神情看不分明。

"哇哦！"他抚了抚下颌，挑眉轻声道，"不是吧，真玩脱了？"

"我看像。"韩莘耸了耸肩，几步上前揽过傅悦，嘴角噙着一抹笑，"悦宝，你今天怎么来这么晚？"

傅悦揉了揉太阳穴，声音有些哑："昨天受凉了，还没退烧，不过已经吃药了。"

"那怎么行？得去医务室坐着呀！"韩莘说着，蹙眉看向祁南骁，"祁南骁，你怎么也不带悦宝去医务室？"

"我没带她去？"祁南骁本就因为这事糟心着，闻言更是面色不耐，冷冷地道，"你问问她，我到底带没带她去。"

韩莘愣了愣，一脸纳闷地看向傅悦，却见她心虚地看向别处。姜贤打量着祁南骁的脸色，又看了看傅悦，不禁哑然失笑："不会吧，傅悦小妹妹，你这么拼？"

傅悦抿唇，良久才憋出来一句解释："我妈不在国内，她很看重成绩，我不能缺考。"

祁南骁眸色微沉，垂下头见她眸光微激，蜜唇微抿，看起来楚楚动人。不可否认，最初的时候祁南骁对傅悦的确是单纯的感兴趣而已，可现在看来……

"刚才我没控制好情绪。"傅悦闷声道，默默地伸手扯了扯祁南骁的衣角，轻声道，"那个，对不起了。"

她嗓音软糯，也不知是不是生病的缘故，整个人显得柔柔的。这声道歉落在耳畔，听得祁南骁心都软了。

真是没脾气了。祁南骁没应声，只伸手探了探傅悦的额头，而后又摸了摸自己的额头，这才轻声叹道："你进去吧。"

傅悦闻言点了点头，走进了考场。

确定傅悦听不见他们的谈话声后，韩莘才侧首看向祁南骁，神色戏谑地道：

"怎么，这是栽跟头了？"

"说什么呢？"姜贤闻言不禁嗤笑一声，想起先前祁南骁给他的回答，便出言调侃道，"骁爷可说过了，认真太累，他怎么可能栽人家手里？"

韩莘挑眉未应，只盯着祁南骁。

只见祁南骁不紧不慢地将手臂搭上窗边栏杆，半响后他眸色微变，哑声道："栽了。"

2.

随着祁南骁话音落下，韩莘和姜贤都难以置信地望向祁南骁，姜贤正欲开口，却听身后有人不悦地道："祁南骁，你闲聊什么呢？还有你们两个，都什么时候了，怎么还不进考场备考？"

韩莘当即一个激灵，条件反射地转身就做乖巧状，对来人笑眯眯地道："周主任呀，我这不马上就回去了吗？"语罢，她给站在原地的两人使了个眼色，便匆匆跑进自己的考场了。

来人神情冰冷，体态圆润，手中拿着一沓卷子，正是周震。周震是南高的教导主任，韩莘和姜贤在他手里吃过不少苦头，就连祁南骁也被他抓过，是一个令南高学生闻声色变的狠角色。

姜贤讪笑两声："我们马上就进去，马上！"

祁南骁倒是从容不迫地扫了眼周震，然后才抬脚走进考场。

考场的学生都已将书包放到讲台，祁南骁什么也没带，径自寻找自己的座位。祁南骁是二十三号，坐最后一排，他走向自己的位置，却发现坐在他前座的是张子帆。张子帆本来和旁边的人聊得正欢，然而在看到祁南骁的那一瞬间脸都黑了。

冤家路窄。祁南骁低声嗤笑，路过二十一号座位时，他瞥见了傅悦，只见她正摆弄着中性笔，不知是紧张还是什么。

第一场考的是数学，监考老师是个女老师，而周震负责巡视考场。考试开始，考场里十分安静，除了纸笔相触的簌簌书写声再无其他。

傅悦虽然感冒了，但她目前的状态对做题没有太大的影响，所以解题异常顺畅。随着时间的流逝，答题纸上的空白处越来越少，卷子也翻到了最后一面。

终于到了最后的压轴题。傅悦捏了捏眉骨，正准备读题，后背却冷不防被人用笔戳了戳。

由于考场开着空调较为暖和，傅悦便脱了外套，此时的她只穿着薄毛衣和校服，因此后背传来的触感尤为明显。她眉头轻蹙，瞬间就明白后座的人想要做什么，但她没有搭理，只继续认真读着题。然而张子帆又戳了她一下，傅悦依旧不为所动，认真思考如何解题，直接无视了张子帆。

几次都没有得到回应，张子帆的耐心被磨光，不耐烦地拧紧眉头，将笔翻转过来，伸出较尖细的那头。傅悦刚有了思路，正准备动笔做题，后背却清晰地传来被尖锐之物抵住的感觉，这令她猝不及防，蓦地变了脸色，身子僵住，不敢乱动半分，抿紧了唇。

"把卷子给我看，不然我用力了。"张子帆身子前倾，低声道。

祁南骁做卷子做得有点累了，便抬头活动了下脖颈，结果便看见前座的张子帆正用笔抵着傅悦后背，而傅悦背影僵硬，显然是张子帆在威胁傅悦给他抄答案。

祁南骁长眉轻蹙，偏了偏头仔细去看，见张子帆握着笔的那只手似乎是要使力将笔往前推。反应过来发生了什么后，祁南骁蓦地站起来将笔摔在桌上，动静太大，惊得全场考生纷纷看向他，就连监考老师也受了惊。只见祁南骁面色阴沉地绕过桌子，一把捏住张子帆的肩膀将他狠狠往外提，张子帆猝不及防，险些摔倒在地上。

傅悦回头，见是祁南骁扯着张子帆，便知他是看到了张子帆的所作所为。她心情复杂，还来不及想别的，便见祁南骁面色阴冷地望着张子帆，开口说道："张子帆，你这么喜欢挑战我的底线？"

张子帆正欲开口，但肩膀上酸痛难忍，顿了顿他喊："你放开我！"

"放什么放，"祁南骁冷冷地道，捏着张子帆肩膀的手渐渐施力，"傅悦你也敢动？"

傅悦闻言蓦地顿住，抬首怔怔地望向祁南骁。

在场的众人都盯着他们这边，无人敢出声，也无人继续做题。就在此时，考场大门被人推开，周震一脸怒容地走进来，将手机重重地砸在桌上，大声地喝道："祁南骁，你给我出来！这南高是不是容不下你了？"

祁南骁"嘁"了声，狠狠甩开手中的张子帆，垂眸对他冷冷地道："等着。"

张子帆仗着周震在场也不怕了，当即便放话："等着就等着，我还真就不信你祁南骁今天能脱身！"

祁南骁眸光一凛，刚平息了怒气又要爆发，傅悦手疾眼快地拦住他，语气慌张地唤道："祁南骁，等等！"

话音落下，祁南骁当真停手，蹙眉扫了眼傅悦，强忍着心底的躁郁拍了拍她的肩膀，尽量软下声音道："这件事你什么都别说，你做你的题就好。"

傅悦抿唇，缓缓点头应下，祁南骁抬脚便准备离开，却听她低声道："你小心点。"

他顿了顿，没再回她，径直迈步走向周震，而后重重带上了门。

姜贤探头探脑地观察着窗外，确认周震带着祁南骁离开后，这才冷下脸质问道："张子帆，你到底搞什么鬼？"

之前祁南骁就因为犯错被周震抓过一次，不仅全校通报给了处分，而且还惊动了祁南骁的父亲，祁南骁那次下场很惨，导致他们几个之后都尽量避着周震，谁知这次因为一个张子帆，祁南骁又被抓了。

张子帆本就一肚子火，这会儿姜贤又用这种不耐烦的语气质问他，闻言后当即便骂了回去："关你什么事！"

"嘿，你现在厉害了。"姜贤气笑了，"你非要惹是生非才开心是吧？"

监考老师实在忍无可忍，用力地拍了拍讲台："保持安静，做完题的可以提前交卷，没做完的就给我继续做题！"

教室里彻底没人说话了。张子帆没心情做题，走到讲台前将卷子扔到老师面前，径直推门而去。

姜贤的脸色也不太好，强行忍住离场的念头，回头看向傅悦。傅悦微低着头，正认真在答题纸上写着答案，似乎完全没有将刚才的事放在心上。但是……姜贤眸光微动，瞥见她的另一只手握紧又松开，显然内心也是焦灼的。他心情复杂地收回视线，想到刚才祁南骁那副模样，能让祁南骁动怒的情况很少见，也不知道这张子帆究竟是犯了什么事。

这考试怎么还不结束？姜贤烦躁地揉了揉头发，把玩着手中的笔，也没心思检查试卷了，只操心着祁南骁和周震那边到底怎样了。

傅悦总算做完了最后一道题，字体歪扭，与前面娟秀的字迹形成了鲜明的对比。她脑中思绪混乱，就连试卷都检查不下去，只得咬了咬唇，放下手中的笔，想让自己冷静下来。然而她现在满脑子都是方才祁南骁发怒的模样，挥之不去。她心情复杂，是感动，是委屈，或是其他的，但最终剩下的只有担忧，她担心祁南骁会因为这件事受到校方处分。

啊……烦死了。傅悦正烦躁着，考试结束的铃声及时响起，她交了卷子便跑到姜贤的座位前道："祁南骁他们会去哪里？"

姜贤尚未开口，韩莘便风风火火地挤进了考场，神色仓皇："怎么回事？我考试的时候看见周震带着祁南骁走了。"

"我还想问清楚呢。"姜贤想起来就生气，咬了咬牙，蹙眉问傅悦，"傅悦，张子帆到底干什么了，居然惹得祁南骁那么生气？"

"先不谈这些，刚才张子帆出去了，他要去做什么？"傅悦头疼地捏了捏眉骨，道，"我不知道你们有什么过节，但今天祁南骁被带走了，他会不会去使坏？"

"我先去找赵仙女问问情况。"韩莘当机立断，说着便冲出了考场。

姜贤叹了口气，对傅悦道："我去趟周震办公室，也许能找到祁南骁。"

傅悦刚点完头便见刚离开的韩莘脸色苍白地回来了，她一把扯过姜贤，难以置信地摇了摇头。姜贤看她的脸色就知道不对劲，当即问她："怎么回事？"

韩莘快速地报出了一串车牌号，而后急迫地问姜贤："这不是祁叔叔的车牌号吧？是我记错了吧？"

姜贤在听她说完车牌号后脸色微变，喃喃地骂了句什么，然后坐回座位，瞬间蔫了。他长叹一声道："完了。"

韩莘见姜贤这般，当即便颓了，坐到姜贤对面，一声不吭地趴在桌上。

"祁南骁和家里关系不好？"傅悦顿了顿，一时也不知该如何是好，只得干站在原地。

"何止是关系不好，简直恶劣至极。"韩莘嗤笑一声，有气无力地道，"上次祁南骁被周震批评了，还逮着祁南骁去见他爸，祁叔叔当时正跟人打着高尔夫，听到这事后脸色当场就变了，没控制住手里拿着的高尔夫球杆。"

傅悦闻言眸光微动，并不言语。

"就那样祁南骁都没吭声呢，硬是给扛了下来。"姜贤无奈耸肩，苦笑道，"毕竟祁氏父子关系恶劣这件事人尽皆知。"

考生和监考老师都已离场，此时考场中只剩下他们三人。

"我去找他。"就在此时，傅悦蓦地出声，将书包扔到自己的位置上，"周震是吧？我去他办公室。"语罢，她便头也不回地离开考场，留下韩莘和姜贤大眼瞪小眼。

傅悦一路打听，终于找到了周震的办公室。办公室的门虚掩着，傅悦抬手便要推门，却冷不丁听屋内传来祁南骁的声音："怎么，不是不管我了吗？"

傅悦收回手，静默地站在门口，竖耳听着屋内的谈话。

祁南骁说完，很快便传来中年男子的声音："祁南骁，你就不能让我省省心？"嗓音醇厚，沉稳中却掺杂着一丝怒气，想必是祁南骁的父亲了。

"然后呢？"祁南骁不冷不热地道，"没事的话我就走了，您工作忙，平时少操心我。"

显然他这句话彻底惹怒了男子，男子当即便怒道："我是你爸！"

祁南骁轻笑："所以呢？"

傅悦默了默，觉得自己不该再听下去，在确认祁南骁和他父亲不会打起来后，她便悄无声息地离开了。傅悦回到考场时，韩莘和姜贤已然不见了踪影，不知去了何处。

她疲倦地捏捏眉骨，拎起自己的书包正欲离开，却听考场某处传来了手机的振动声，她闻声望去，发觉是从祁南骁的课桌里传来的。

难不成祁南骁把手机落在这里了？傅悦蹙眉，走过去摸了摸祁南骁的桌洞，果真摸出了他的手机，屏幕上显示一条未读短信。

傅悦拿着祁南骁的手机左右为难，她不知道韩莘和姜贤在哪儿，也不知道祁南骁何时回来，只能待在考场里等祁南骁。

念及此，傅悦便乖乖地坐到自己的位置，然而时间长了也会无聊，她打了个哈欠，思忖着祁南骁待会儿肯定会来考场拿手机，如此一来，也不怕等不到人，小憩一会儿也无妨。打定了主意，傅悦便安心地趴在桌上闭目养神，她本就因感冒的关系没精神，所以很快便陷入睡眠。

3.

祁南骁从周震的办公室出来后便回考场找手机，结果开门就见空旷的教室中，只剩下傅悦一个人趴在桌子上睡觉。他不自觉地将脚步放轻，慢慢走向她。

傅悦枕在臂弯中，微侧首，正浅睡着。祁南骁坐在她面前，右臂随意地搭在桌上，也不出声，只垂眸打量着傅悦的睡颜。

她的眉眼精致诱人，此时阳光透过窗户落在她周身，竟是美得让祁南骁不忍打扰。他将手抬起遮挡住视线，掩住眸中的暗波汹涌。

透过指间缝隙，他恰好能望见她的手在光晕下莹白修长，尤为好看。像是犹豫了很久，祁南骁伸出了手，却在即将触到她的手背时听到傅悦在低声喃呢，似乎是察觉了什么。

他蓦地回神，暗骂一声正欲收手，然而下一瞬手上传来的温热触感让他僵住。傅悦无意识地翻身握住了祁南骁的手，两人掌心相贴，丝丝缕缕的温度顺着血脉寸寸游走，到达他的心脏处，竟炽热非凡，使得他心跳都快了几分，祁南骁忙将手收回。

祁南骁刚从外面走进来，本就带了一身寒气，连手指都是凉的，与傅悦的体温对比鲜明，这种不适感让傅悦悠悠转醒，她揉了揉眼睛，不经意间望见对面不知何时坐了个人，定睛一看，原来是祁南骁。

祁南骁正低头看着手机，侧身坐在她桌前，窗外洒入的日光映入他眸底，熠熠生辉。

傅悦略微眯眸，指骨轻抬叩响桌面，轻声唤："祁南骁。"

话音落下，他的指尖停在手机屏幕上，云淡风轻地瞥向她："睡好了？"

"嗯。"傅悦有些局促地抚了抚手背，佯装不经意地道："你刚才被周主任带走了，没事吧？"

祁南骁闻言眸光微动，将手机收起，撑着下巴与她对视，一副似笑非笑的模样。盯了她半晌，他嘴角微弯，饶有兴趣地道："你很担心我？"

傅悦的手蓦地收紧，她抿唇："不是，只是觉得这事因我而起，有些愧疚。"

他没听到想要的回答，便挑眉："嗯？"

这语气听得傅悦眉角一跳，旋即皮笑肉不笑地道："不过看你这样，应该是没什么事了。"

"我可因为你被请家长了，还被我爸给揍了，你就这态度？"

傅悦当即反驳他："胡说，你爸没动手。"话音刚落，她蓦地顿住，暗骂一声糟糕便捂住了唇，眼神憋屈地望着祁南骁。

"原来站在门口的人真是你。"祁南骁见套出话来了，不禁勾唇轻笑，"我的家事只有家人才能知道，你围观了我的家事，四舍五入，我们就该在一个户口本上了。"

这是什么四舍五入法？"我不跟你闲聊了，下午还有两门考试，我要回家了。"她蹙眉起身，拎起书包就想离开。

祁南骁也慢条斯理地起身，伸手拿过她手中的书包挎到肩上，长腿一迈就走到了她前面。傅悦呆愣在原地，半晌才反应过来，问道："你这是做什么？"

"回家啊。"他笑，"你牵了我的手，又见了我爸，不要对我负责吗？"

"你要送我回家？"傅悦蹙眉，瞬间会意，两步并作一步紧跟着祁南骁，"为什么？"

"你姐去忙了，照顾你的任务就落到我头上来了。"祁南骁扫了她一眼，嘴角微弯，淡淡地道，"跟我去停车场。"

傅悦哑然道："听你这语气似乎不是很想照顾我，所以还是我自己走吧。"

"不错。"祁南骁突然停下脚步，旋即长眉轻挑，垂眸望向她，嗓音沙哑地道，"伺候女孩子要从小练起，而我的练习对象只绑定你一个。"

傅悦顿时僵在原地，心跳加速，不可抑止。这祁南骁真是……傅悦脸上当即滚烫起来，她忙不迭拿手掩面，又羞又怒："祁南骁，你能不能别总是跟我开这种玩笑？"

"因为是你，我才不正经啊。"他哑然失笑，略微歪了下脑袋，盯着她道，

"小可爱，你遮什么？"

傅悦被他堵得半天才憋出两个字："我热！"

祁南骁闻言嗤笑出声，眉眼间尽是散漫戏谑："正好我冷，要不你给我抱一下？"

"抱……"她对祁南骁实在是无可奈何，红着脸恼怒不已，"你闭嘴！"傅悦开口时，已经将捂着脸颊的手拿开了，只见此刻她眸中水光潋滟，娇羞的模样让人看了怦然心动。

"好好好，我闭嘴。"祁南骁见此不禁轻声笑道，他伸手揉了揉她的脑袋，"傅悦，你真是太有趣了。"

傅悦快被祁南骁逗得没脾气了，只得轻轻推了推他，无奈道："你别乱讲。"

祁南骁极为自然地握住她的手，似笑非笑地望她："这就害羞了？"

傅悦的思绪本就被他搅乱，又猝不及防被他握住了手，脑子瞬间就空白了。

"你松手！"傅悦满脸窘迫，当即就要甩手，祁南骁却紧紧攥住，她蹙眉轻喝，"祁南骁。"

祁南骁见她一副生气的模样，只得轻声笑叹，乖乖松手："别生气，我这就松手。"

傅悦撞见他眸底的柔和，不禁怔住，低头抚了抚手背，并不说话。就在此时，她听到他淡淡地问："对了，张子帆还对你干什么了？"

傅悦微抿唇，侧首看向祁南骁，见他神色自若，眸光却是冷的。"没什么，他只是威胁，还没开始行动就被你发现了。"她低声答道，谈及此事仍是心有余悸，"这件事要谢谢你。"

"没必要道谢。"他倒是一副满不在乎的模样，哑然失笑道，"我都没敢做的事，怎么可能让那小子尝试。"

傅悦愣了愣，旋即失笑："祁南骁，你这家伙简直……"

祁南骁望着她的笑脸，默了半晌，突然唤她："傅悦。"

她抬头，嘴角是残留的笑意："嗯？"

"你对我笑了。"

"所以？"

"所以……"祁南骁不紧不慢地咬着字，长腿一迈便站到了傅悦面前，他俯身靠近她，似笑非笑地道，"礼尚往来，我是不是该亲你一口？"

骤然缩短的距离让傅悦猝不及防，她还未反应过来，那混着薄荷清香的清冽气息便生生包围了她周身。傅悦缩了缩肩膀，心跳又开始加速，下意识地将声音放软："你别总这样。"而且，他只对她这样。

拐角处，何梦希脸色阴沉地望着站着的那两人，眸光冷冽。她不知道那两位当事人是否察觉，但祁南骁和傅悦之间的相处氛围已经变了味道，尤其是祁南骁看向傅悦的眼神，纵容与宠溺仿佛要从眸底溢出，他却还不自知。

"不行……"何梦希不愿再回想祁南骁方才的眼神，转身就冲下楼梯。然而脑海中的那幅画面始终挥之不去，何梦希心底暗骂一声，止步拿出手机，拨出一个电话。半晌，电话被人接起，她眸光微动，道，"张彦新，你有空没？帮我堵个人。"

第六章　　驯兽师与猛虎

1.

这三天考完便进入了轻松期，全校师生一扫备考的沉重，开始筹备即将到来的男子篮球赛。篮球赛今年添加了一个新项目，决赛当天，参赛班级要在自己班上挑出一名女生投篮，分数计入班级总分，也意味着这个项目十分重要。

由于是班长决定，何梦希便做主将傅悦推荐上去，确认了名额后再不能更改。韩莘听到这件事后还很生气，但傅悦说自己打篮球还不错，便只能做罢。

又逢周一，学校图书馆正在施工，边角某处摇摇欲坠，学生们纷纷自觉地避开，生怕被掉落下来的碎石砸中。

韩莘和傅悦刚接完水准备回教室，傅悦正打量着操场上奔走的学生，却被韩莘扯了一下。她愣了愣，转头望向韩莘："怎么了？"

"那不是姜贤和祁南骁吗？"韩莘望着某处兴高采烈地道，"我正好想问问篮球队的事呢，悦宝，你陪我过去一趟吧。"见傅悦点头，韩莘便脚步轻快地走向了不远处的祁南骁和姜贤。

祁南骁和姜贤正走着，冷不防听见身后传来声音："嘿，两位小哥！"

一听声音就知道是韩莘了。祁南骁侧头扫了眼，本是漫不经心，却在看到韩莘身边的傅悦后，眼睛亮了亮。

"今天这嘴巴怎么这么甜？"姜贤说着，走向韩莘，满脸怀疑，"奇怪了，你是不是有事要求人啊？"

韩莘闻言翻了个白眼，正欲开口，却见图书馆某处的碎石已经迫近边缘，随时可能砸落下来。

就在祁南骁上方，极其接近，很是危险。傅悦显然也发现了，当即提醒他："祁南骁，你过来点……"然而话还未说完就见一块碎石蓦地歪斜，直直从铁架上掉落下来。砖头落地碎成块的瞬间，全场寂静。

傅悦顿在原地，难以置信地望着祁南骁，全身血液仿若静止。

直到有鲜血滴落在地，才有路过的女生惊声尖叫："啊！"

"见血了？！"

"老师呢？快去医务室啊！"

来往的学生们瞬间混乱起来，姜贤变了脸色，当即冲上前去查看祁南骁的伤势，却被他一把推开，剩下的人见状也没敢上前去劝他。

傅悦怔怔地望着他，祁南骁的眸中充满着戾气，这副冷冽至极的模样是她从未见过的。就连韩莘都不知道该如何开口，只能怔怔地站在原地。

最终，还是傅悦不紧不慢地走向了祁南骁，伸手拉住了祁南骁的衣袖，面色平淡。有围观的学生见此忍不住倒抽了一口气，似乎是不能理解这女生为什么要在这个时候去招惹祁南骁。

然而让人意外的是，祁南骁只是看了看她，虽然脸色依旧不太好看，但并没有甩开她。傅悦轻声道："祁南骁，你跟我去医务室。"

温言软语落于耳畔，竟瞬间消融了他心头的戾气，如春风拂过，融化了千里冰封。祁南骁长眉紧蹙，半晌后狠狠"啧"了声，将额前被血液黏住的发丝撩起，显然是服了软。

很快，年级主任和施工负责人被学生叫来处理此事，见祁南骁的伤口有些大，主任便让他先去医务室。傅悦本以为自己可以功成身退，谁知祁南骁却一把拉住她，道："你不跟我去，我就不去医务室。"

傅悦无语，这人是小孩子吗？！

医务室的执勤校医不在，祁南骁便自顾自地拎起医疗箱坐到床边，从容不迫地拍了拍身边的位置，对傅悦道："过来。"

傅悦走了过去，却没坐下，同他保持着一定距离。

他淡淡地道："我看不见伤口，你帮我包扎。"

傅悦闻言顿了顿，缓缓地摇头："我不会。"

祁南骁扫了她一眼，眸光微冷，旋即他轻声嗤笑，打开医疗箱，拿了沾水的毛巾就打算直接去擦拭伤口，被傅悦眼疾手快地拦下："你干什么？！"

"处理伤口啊。"祁南骁嘴角微弯，语气恶劣，"我看不见，只能随便来了。"

故意的。傅悦暗自咬牙，只得搬了椅子坐在他面前，拿镊子夹起消毒棉球，语气生硬地道："低头。"

祁南骁轻笑，用手撩起额前的碎发，将额头露出来给她看，原本光洁白皙的额头上，如今划开了一道伤口，周围血迹斑斑，有些骇人。傅悦眼睫微颤，迅速稳下心神，专心致志地给祁南骁处理起了伤口，动作轻柔。

而祁南骁此时正望着傅悦，见她神情认真且拘谨，眸底仿佛藏着浩瀚星辰。兴许是怕他会痛，他能察觉到她刻意放缓了力度，从他的角度看过去，恰好能望见傅悦的双唇好看精致，引得他喉间微动。

傅悦正给祁南骁包扎伤口，冷不防听他哑声唤她："傅悦。"

傅悦下意识偏了偏脑袋，看向他："嗯？"

下一瞬，祁南骁俯首靠近她，眸中晦暗不明，使得傅悦靠上椅背，退无可退。他望着她，似笑非笑地道："你喜欢过谁吗？"

当天下午，南高在大礼堂召开了临时校会。周震站在演讲台上，字字铿锵有力，砸在众人耳边："今日上午的施工意外，导致我校学生受伤，现已按照流程处理妥当……"

傅悦低着头坐在椅子上，一言不发地把玩着手指，似乎是在出神。

韩莘眨了眨眼，伸出手在她眼前晃了晃，轻声唤："悦宝？"

傅悦蓦地回神，略带歉意地笑了笑："刚才走神了，怎么了？"

"我见你发了许久的呆了，就想喊喊你。"韩莘摇摇头，顾忌着台上的周震，便小心翼翼地倾身凑到傅悦耳边道，"悦宝，上午你跟祁南骁在医务室是不是发生什么了？"

话音刚落，傅悦怔住，她无意识地握紧掌心，有些僵硬。被戳中心事，她有些无措，却迅速稳下心神，佯装无谓地问韩莘："没什么，为什么这么问？"

"自从你们俩从医务室回来后就没再说过话，感觉有点奇怪。"

有点奇怪？傅悦掌心微拢，指腹触及肌肤，有些湿润，竟不知何时出了汗。

"韩莘。"她听见自己轻声道，"你们觉得我和祁南骁的相处模式是怎样的？"

韩莘蹙眉，若有所思，半晌才憋出来一句："驯兽师与猛虎？"

傅悦无语，这是什么比喻？

"敢在祁南骁面前横的人本来就不多，能把他横得心服口服的人更少。"韩莘嘴角微弯，想起祁南骁对傅悦前后态度的转变，不禁有些好笑，"祁南骁在你面前完全没脾气。"

傅悦张嘴想说些什么，却又无从解释，看来祁南骁对她的纵容当真是众所皆知。傅悦想起上午在医务室发生的事，祁南骁的那句"你喜欢过谁吗"仿佛还停留在耳畔。

当时祁南骁的话音刚落下，他就转身走了，而他也没强行留下她。她垂眸，心头百般复杂，让她手足无措。

傅悦有些恼，忍不住回头看了眼祁南骁那边，却正好对上了他的视线。傅悦忙不迭收回视线，瞥见身旁的韩莘并没有注意到自己的异样，她才佯装放松地看向演讲台，只是脸颊似乎红了几分。

校会结束后，祁南骁便被周震叫去办公室谈话了，直到晚自习结束才被放回来。彼时傅悦刚做完题，想挺直身体，便听身后传来了桌椅碰撞的声响，声音不小，能听出来踢椅子的人现在火气十足。

姜贤没说话，韩莘回头看了眼祁南骁，抿唇不语。学生们都开始收拾起书包，无人开口。

傅悦转过头看向祁南骁，见他脸色并不好看，正闭目养神。天色渐晚，教室内暗下来，祁南骁的神色也有些难以捉摸。她犹豫半晌，最终还是收拾起了书包准备回家。

"悦宝。"韩莘小声唤她，晃了晃手机，"傅淑媛今天有课，估计一时过不来了，你怎么回去？"说完，她看了眼祁南骁，却见他没什么反应。

姜贤快速地收拾好了书包，闻言笑嘻嘻打岔道："这还不简单，骁爷正好顺路，把她送回去。"

"不用了。"傅悦婉拒，背好书包后道，"我打车回去就好，先走了。"语罢，她抬脚就往门口走。

在经过祁南骁身边时，傅悦的手腕蓦地被他攥住，她蹙眉看向他，用力扯了扯却是徒劳。只见祁南骁不紧不慢地抬头与傅悦对视，他长眸微眯，面上没什么情绪，手上却丝毫不松。

两人暗自较着劲，谁也不肯先服软。傅悦的力气不敌祁南骁，最终她只得对他道："放开我，我要回家了。"

清朗悦耳的声音落于傅悦耳畔，他说出来的话却不怎么顺耳。祁南骁低声嗤笑，淡淡地问她："傅悦，躲我是吧？"

话音落下，傅悦眸光微动，她轻轻地叹了口气，服软道："你松手，我跟你走。"

祁南骁闻言才干脆松手，迈步走向门口。

祁南骁家的司机将车停在校外，韩莘在校门口同三人道别，姜贤今天是打车上学，因此也需要坐祁南骁的顺风车，便一起去了。

2.

傅悦乖乖地站在校门口等着，等待的时间有些无聊，便拿出手机看了看，谁知玩了没几分钟，传来了清晰的脚步声。

傅悦眸光一凛，当即抬头谨慎地打量着来人。对方是个男生，身穿深色棒球服，身材颀长，长相俊朗，而此刻他正神色戏谑地望着她。

"南高放学挺久了吧，怎么还没回去？"他哑声轻笑，不紧不慢地迈步走近她，"你是叫傅悦吧？我们之前见过的，不知道你还记不记得？"

"不好意思，我好像忘记了。"傅悦想也不想便道，心下却当真觉得这男生有几分眼熟，仔细想了想，才想起先前在学校门口遇见过他。

当时祁南骁和他的那群朋友在门口谈笑风生，祁南骁冷不防叫住她，她多少也算是和他那些朋友打了个照面，只是时间隔得有些久，她有些淡忘了。而眼前这男生，似乎就是当中一个。

"也好，那我正式自我介绍一下。"他嘴角微弯，"我是三中的张彦新，之前和祁南骁在校门口见过你。"

"有点印象。"

张彦新无视了傅悦对自己的冷淡，对她笑了笑，从容道："我当时就想要你的联系方式了，不过祁南骁不肯给我，不知道你本人愿不愿意呢？"

虽然他这么说着，嘴角噙着无辜的笑容，但傅悦望见他了眸底的冰冷。这个人的目的绝对没那么单纯，他到底想做什么？傅悦眯眸，总觉得摸不透这个张彦新，不知道他接下来要做什么。

"还是算了吧。"她淡淡地婉拒，"我们不熟，而且还不同校，没有什么联系的必要。"

张彦新长眉轻挑："别这么绝情嘛，电话号码而已，给我个面子？"见傅悦坚定地摇了摇头，他不禁叹了口气，终于有些不耐烦，蓦地伸出手打算上前抓住她的肩膀，眼看着就要抓住，偏在此时，张彦新的手腕便被人攥住了，停在半空。

祁南骁一言不发，直接将张彦新的手甩开，下手不轻，疼得张彦新闷哼一声。

"骁爷，你怎么也在？"张彦新见是祁南骁便没敢发火，忙讪笑道，"消消火，我这不是惦记你们班的转校生吗？"

祁南骁冷笑道："这人能不能动，你心里没数？"

张彦新没想到祁南骁会这么生气，不禁有些愣怔，他动了动唇才道："我怎么知道她不能动？"

话音刚落，祁南骁长眸微眯，字字铿锵："傅悦是我的，懂了吗？"

正是剑拔弩张的时候，一辆车停在了三人面前，副驾驶座的车窗被降下，姜贤探出脑袋笑眯眯地道："张彦新，祁南骁今天被主任训了一顿，心情不好，你可别往枪口上撞。说说看，谁让你来的？"

张彦新略微眯眸，旋即讪笑几声："什么谁让我来的？我不就是自己惦记这转校生吗，只是没想到是骁爷的人，这下长记性了。"

姜贤撇了撇嘴，虽然觉得张彦新有些古怪，但为了防止祁南骁跟人打起来，便挥了挥手道："骁爷，上车吧。"

祁南骁望着张彦新，面上没什么表情："何梦希？"

张彦新心头一紧，却仍旧嬉皮笑脸地道："骁爷怎么突然提希姐啊，她怎么了？"

祁南骁长眉轻蹙，正欲动手，衣袖却被人轻轻扯住。傅悦轻声唤他："祁南骁。"张彦新见祁南骁挑眉，并不言语，冷汗都下来了，过了几秒，他听傅悦继续道，"我们走吧。"

祁南骁薄唇微抿，不再理会张彦新，几步上前打开后车门，让傅悦先坐了进去。他在车门前停了一瞬，侧首望向张彦新，看得张彦新手脚冰凉。

"张彦新，我今天把话撂这儿。"祁南骁开口，一字一句地道，"谁都不能动傅悦。"语罢，关门声响起，轿车绝尘而去，独留张彦新站在原地难以置信地瞪大了双眼。许久，他像是回过神了，掏出手机给何梦希打了个电话。

另一边，司机先送走了姜贤，最后才将傅悦送到她家小区门口。傅悦下车时，冻得打了个喷嚏。她捏了捏鼻尖，接着便有一件外套落于双肩，外套尚存的余温包围了她，四周皆染上了那人身上独有的清香，她仿佛落入了他的怀抱。

傅悦尚未反应过来，祁南骁便在她面前站定，低头不声不响地替她整理好衣服，力道柔和。她眨眨眼，半晌才道："谢谢你。"

祁南骁懒懒地挑眉："你说哪件？"

一句话，便让傅悦哑口无言。是啊，他帮了她太多了，一句"谢谢"根本不够。

祁南骁盯了她半晌，突然意味不明地道："小可爱，你除了说谢谢，就没点实质性的道谢方式吗？"

"你想让我怎么谢你？"

"简单，"祁南骁嘴角微弯，笑意漫入眼底，"你亲我一口就行。"说这话时，他眸中犹如有星光闪耀，熠熠生辉。

傅悦抿唇，难得没去计较他的不正经，沉默半晌，才低声唤道："祁南骁。"

"嗯。"

"你刚才对张彦新说的话是什么意思？"

祁南骁眯眸："什么话？"

傅悦抬头看向他，本以为他是在逗她，却见他眼神无辜，似乎是真的听不懂她在说什么。她只得重复了一遍他当时说的话："我是你的。"

"嗯，你是我的。"祁南骁这次接话倒是快，他似笑非笑地望着她，"就这意思，很难懂？"

傅悦没说话，蹙着眉与他对视，不知道该怎么问下去，难不成直接问他"你是不是喜欢我"？刚念及此，便听祁南骁轻笑道："傅悦，你看不出来吗？"

傅悦一时有些蒙，答道："看出来什么？"

祁南骁长眸微眯，突然俯身靠近她，嘴角噙着一抹耐人寻味的笑意，低声唤她的名字："傅悦。"声音低沉温柔，落于耳畔显得格外动听，"给我个通行证，去你心里的那种。"

翌日清晨，南高校墙的电子屏上公布了每个学生的成绩与年级名次。

傅悦去得晚，因此还不知道发了成绩，而她踏入教室的那一刻，所有学生都看向了她。什么情况？傅悦有些不自在，快步走到自己的座位上坐下，前座的韩莘立刻回头对她兴冲冲地道："悦宝，你太棒了！"

"嗯？"

"假期质检的成绩出来了！"韩莘看起来很激动，"你知道吗？你是第……"

话还没说完，赵茹便踩着高跟鞋进来了，手中拿着一份成绩表，神色从容愉悦。她将成绩表放在桌上，笑眯眯开口："同学们，成绩出来了，想必大家一定很期待。"

韩莘止了声，正过身子，听赵茹讲话。

"校墙的电子屏幕上已经更新了每个人的成绩和年级名次，直接去看就可以。"赵茹不紧不慢地开口道，"在这里呢，我还是要提一下那些在这次考试里名次出现大幅度变化的同学。"

傅悦的双手不自觉地交叉相握，垂眸，心跳骤然快了几分。

"首先，陈志成依旧是班级第一，年级第一。这次班级第二呢，大家应该都知道了。"赵茹柔声细语地说着，念出成绩单上的那个名字，"傅悦，班级第二，年级第三！"

傅悦先是一愣，旋即嘴角笑意逐渐加深。而何梦希则是面色微沉，狠狠扣下了手中的笔盖。

　　徐歆雅看看何梦希，又看看傅悦，随后饶有兴趣地扬眉，从书包中摸出手机。她从通讯录中翻出了一个备注名为"陈姐"的联系人，思忖几秒，指尖轻巧地在屏幕上点了几下。编辑好短信，徐歆雅干脆利落地点了发送，嘴角微弯，收起了手机。

　　讲台前的赵茹继续念着名次，截止到前十五。然后，她开始批评退步的同学："刘晓枫，你本来能考进班里前二十的，怎么还下降四名？要继续加油呀。还有你许冬，虽然班级名次没变，但你的年级排名可是跌出前五百了，要好好反省一下自己。"

　　看向那个名次变动最大的名字时，赵茹顿了顿，抬头看向了傅悦身后的位置，那里空荡一片。赵茹叹了口气，声音低了下来，无奈地道："祁南骁，班级排名退步十名，年级排名从第五跌至第一百五，名次变动最大。"

　　话音落下，班里陷入了不可思议的死寂，韩莘没想到祁南骁会退步这么多，一时也是震惊不已。不知过了多久，有人低声讨论起来："我没听错吧？骁爷怎么退步得这么厉害？"

　　"祁南骁以前最差都是年级二十啊，这次怎么回事，难道题没做完？"

　　"不知道。不过我听说第一天考试的时候，祁南骁把张子帆给打了，可能真因为这个耽误了考试？"

　　傅悦听着旁人的低声臆测，一时间情绪复杂，她也不知道自己究竟应该作何感想，难道祁南骁真的是因为她？

　　"现在祁南骁和姜贤都不在，我也跟大家说清楚，这只是一次假期质检，不要仅凭这场考试就给人贴标签。"赵茹正色道，"祁南骁只是因为数学卷子没做完才导致分数大幅度下滑，所以大家不要借题发挥，这次考试就算它过去了。"

　　数学卷子没做完？傅悦的手紧了紧，心里越发愧疚，这股愧疚几乎要尽数吞没她方才的喜悦。那天上午考的就是数学，他是因为她的事才耽误了做卷子。

韩莘几不可闻地叹了口气，略有些惆怅道："祁叔叔要生气了吧，周震好不容易逮住机会，估计也要批评祁南骁了。"

傅悦刚要说话，早读的下课铃声便响起了，赵茹收起成绩单离开教室，刚出门便撞见了正与周震对峙的祁南骁，姜贤在旁边站着，满脸无奈。

3.

周震面色阴沉，祁南骁却是从容不迫，二人的脸色与态度形成了鲜明的对比。"祁南骁，你这是什么态度？！"周震训斥道，"这是你跟老师说话的态度？！"

祁南骁略微不耐烦地扫了他一眼："你怎么成天管我闲事？"

"我怎么不能管了？"周震闻言冷笑道，"你这次可退步了一百多名，还不接受教训？"

"关我什么事？"

"行，不关你事。"周震蹙眉，被祁南骁气得不轻，"那你有种今天就别进这南高的大门！"

祁南骁闻言无声挑眉，当即道："你凭什么……"话还没说完，他便看见周震身后不远处正看着这边的傅悦，见她神色慌张，难得不是以往那副沉稳的模样，想起昨晚她给自己的答复，祁南骁心头无名火起，当即对周震冷笑道，"成，我今天走了之后如果再回来，我就是孙子！"

昨晚，祁南骁对傅悦撂下那句话后便好整以暇地等着傅悦给出答复。他胸有成竹，那一瞬他断定傅悦会溃不成军，而他势在必得。然而事实证明傅悦是一个例外，她颔首敛眸，嗓音柔似春水，却让他察觉不到丝毫温暖："祁南骁，你走吧，我们不是一路人。"

心跳慢下来的那一瞬，祁南骁便知道，他撞上傅悦无异于撞了南墙。只是眼前这南墙他即使撞了也不愿离开，反而更想尝试去翻越，实在不行，蹲墙头也未尝不可。

可现下，祁南骁在对周震放下狠话后便越过周震望着教室门口的傅悦，眼神倔强。傅悦见此眸光微动，忙转移视线，不再去看他。

旁人看不出来这其中暗藏的玄机，韩莘却是瞬间反应过来，眼神疑惑地望向傅悦，动了动唇，终究没有作声。

　　祁南骁头也不回地离开了，姜贤"哎"了声，抬脚就要追上去，周震却怒道："姜贤，你给我站住，我看这南高是容不下他祁南骁了！"

　　姜贤蓦地停下脚步，在心底狠骂了声，站在原地看着祁南骁的背影彻底消失在自己的视野。周震见姜贤止步，便冷哼一声，转身离开了。

　　韩莘这才看向傅悦："悦宝，你和祁南骁怎么回事？"

　　傅悦思忖良久，最终叹了口气，无奈道："我……拒绝他了。"

　　姜贤刚回教室，冷不防就听见这句话，吓得他差点没站稳，难以置信地看向傅悦。

　　"什么？！"韩莘一脸不可思议，她扶住傅悦的双肩，震惊地道，"你说你拒绝……"

　　话还没说完，她便被傅悦捂住了嘴，傅悦"嘘"了一声，低声道："小声点，有人在看。"

　　韩莘愣了愣，环顾四周，果然有不少人看着他们这边，想必是方才声响过大。

　　"就算他被拒绝了，也不至于这么生气吧？"姜贤稳了稳心神，蹙眉问她，"傅悦，你怎么说的？"

　　"我说……"傅悦顿了顿，将昨晚的回答重复了一遍，"你走吧，我们不是一路人。"

　　话音落下，姜贤和韩莘皆倒抽一口冷气。姜贤酝酿许久，才面色复杂地道："这拒绝真是不给人面子。"

　　"但是没办法啊。"傅悦眉头轻蹙，似乎也有些苦恼，"我的确没那个心思。"

　　这种事情只有当事人才能解决，他们这些旁观者也不好说什么了。韩莘听傅悦这么说，不禁叹了口气，捏了捏眉骨，半响无言。

　　"算了。"傅悦抿唇，拿出自己的空水杯，"我先下楼去接水，待会儿见。"说完便要走，留下韩莘和姜贤站在原地。

"傅悦，你等我一下，我也去接水！"程晓依刚从办公室回来，见傅悦拿着空水杯似乎是要去接水，忙不迭唤住她，手忙脚乱地顺走桌上的空水杯。

傅悦忍不住出声提醒她："不用急，我等着你。"

"好的，好的！"程晓依快步走到傅悦身边，揽住她的臂弯，笑眯眯地道，"你这次考得很棒啊，之前我问你是不是学霸，你还那么低调！"

傅悦牵了牵嘴角："可能这次超常发挥了吧。"

"你超常发挥也很厉害呀。我要是超常发挥能有这么好的成绩，还有什么可担心的？"

"我记得你考得也不错呀，班里前十五呢。"傅悦哑然失笑，侧首看向她道，"年级排名应该也挺好的吧？"

"这个嘛……我这次的确是进步了，年级排名是第一百七十名。"程晓依撇了撇嘴，笑叹一声，"虽然跟你是不能比啦，但我还挺满意的。"

"已经很不错了，继续加油。"

二人闲侃的工夫，已经快要经过高一（10）班的教室。十班正混乱，一群男生站在窗边，突然有人高声说了一句，瞬间便吸引了周围人的视线："你们看见没有，就那个女生，长得特漂亮的那个？"

一群人都顺着他所指的方向望了过去，只见有两个女生正缓缓接近，其中一名女生容貌精致，身段柔和，即便穿着校服也难掩姿色，在人群之中，她出挑得近乎耀眼。

"对对对，就是她！"有个男生口中正嚼着口香糖，气冲冲地扒开他们，冷冷地道，"就这女的，祁南骁为了她让张哥当众出糗了，还落了处分！"

"这么厉害，和祁南骁什么关系啊？"

"这个就不清楚了。"那人说着，随即啐了口，拿起桌旁的篮球，随手就将那篮球扔了出去。可偏偏有人没望见砸来的篮球，顺手就把窗户给关上了。

就在窗户关严的那一刻，篮球重重地击上玻璃，只听碎裂声响起，碎玻璃纷纷落地，周围的嘈杂声尽归寂静。无论走廊中来往的学生，还是十班的人都白了脸色，瞪大双眼难以置信地望着傅悦这边。

程晓依的杯子掉落在地，她惨白着脸色，哭喊出声来："傅悦！！"

祁南骁正待在朋友家中，朋友刚才出门了，此时就剩下他一个人，倒是清闲得很。他坐在电脑前，本来玩得好好的，突然就没来由地烦躁不堪，感觉像出了什么事似的。

正烦闷着，手机便猝不及防地振动起来，祁南骁随意拿起手机，没看来电显示便滑了拒接键，将手机重新放回桌上，身子后仰靠在软椅上，长腿交叠搭在桌沿。

他指尖抵着太阳穴，心中烦乱不已，只想清净清净。谁知没过几分钟，手机再度振动起来，祁南骁狠狠"啧"了声，拿过手机，见是姜贤打来的，便蹙眉接起电话："有话赶紧说。"

"唉，我都没话说了。"姜贤哭笑不得，叹了口气道，"祁南骁，你回趟南高吧。"

祁南骁挑眉，有些啼笑皆非："我今天说什么你忘了？"

"这不特殊情况吗？"姜贤的嗓音有些哑，"南高出事了，你真不回来？"

祁南骁冷冷地道："我不爱操心。"

"哦。"姜贤翻了个白眼，直接将情况说明了，"傅悦被玻璃划伤了，挺严重的，现在正在医务室紧急消毒呢，我看着都疼……喂，祁南骁，祁南骁？"

姜贤喊了几声都没人应，他不禁愣了愣，旋即将电话挂了，起身蹙着眉喃喃道："不是吧，真回来当孙子了？"

"你们都给我靠墙站好！"周震坐在办公室的椅子上，拧紧了眉，很是不耐地望着对面几个男生。

没一个好好穿校服的，全都是年级里的问题学生。这一天到晚都什么事？周震有些发愁，他长叹一声，将手中的笔狠狠砸到桌子上，冷冷地训斥他们道："我这刚送走一个祁南骁，之前的张子帆也受处分了，难得清净的时候，你们又给我找麻烦是吧？"

"这不是手滑吗？"始作俑者撇了撇嘴角，手中还捧着那篮球，"医药费我出行了吧，实在不行我再去道个歉呗。"

身边的人忙不迭蹙眉应声："就是啊，又不太严重，私下解决不就好了。"

"你们还好意思给我说！"周震深吸一口气，险些将桌子给掀了，"祁南骁跟张子帆那事跟这女生有关系？你以为我不知道你们想什么呢？"

几人面面相觑，紧接着，那抱着篮球的男生便无辜地道："周主任，这事可不能阴谋论啊，你去调录像看看是不是意外！"

"得了吧你。"周震嗤笑，冷冷地道，"整个年级就你们十班的摄像头坏了，故意的？"此言一出，无人再多言。

事已至此，没有任何证据能够证明他们是故意的，学校调了走廊的监控录像来看，只能看见十班窗户关闭时被飞来的篮球意外砸碎窗玻璃，误伤了路过的傅悦。无论怎么看，这都是场意外。

这下子倒好了，两个问题学生之间的矛盾居然牵扯了一个转校生，还让人家刚来学校没多久就见了血。

听说这女生假期质检的成绩十分优异，这群浑小子干什么非得去招惹人家？周震念及此，不禁再次叹息。就在此时，办公室的门被人大力推开，傅淑媛冷着一张脸快步走进来，环顾四周，似乎在找谁。

"淑媛，你冷静一下，别冲动！"韩莘手忙脚乱地跟了进来，忙不迭拉住她劝道，"十班的摄像头坏了，现在我们还没有证据，你先坐下来消消火！"

周震见又是两个典型的问题学生，只觉太阳穴突突的，不禁蹙眉头疼地道："你们两个又来胡闹什么？不知道我这儿忙着呢？"

韩莘偏过脑袋，讪笑着解释道："周主任，对不起，我们很快就处理好。"话音刚落，傅淑媛的眼神迅速锁定了抱着篮球的男生，一把甩开韩莘，几步走过去，"你干的是吧？不知道傅悦是我妹妹？"她脸色不太好看，阴沉可怕。

众人都知道她是高二的傅淑媛，嚣张护短，在南高是出了名的不好惹。那男生愣了愣，也不心虚，径直回道："怎么了？你妹又没什么大事，而且是她先犯事，害张子帆被——"

傅淑媛突然抬眸冷笑，张口便打断他："没什么大事，你就可以心安理得了吗？张子帆的事跟你有半毛钱关系？你真该庆幸傅悦有不能动手的理由，不然你就站不到这儿了。"

男生蹙眉，听出了她语气中有明显的不屑，不禁有些动怒，几步上前冷道："你什么意思？"

"淑媛。"韩莘察觉傅淑媛有想要动手的意图，便蹙眉拦住她，冷冷地扫了眼那男生，"你给我闭嘴！"

男生啐了口，狠狠将篮球砸地上，眉眼间满是阴郁。

一时间局势僵持不下。

第七章　傅悦，我在

1.

祁南骁站在医务室门口的时候，医务人员正在给傅悦的伤口进行紧急处理。他脚步顿住，站在门前恰好能够透过玻璃窗望见医务室内的情景。

傅悦坐在医务室的检查床上，医务人员正埋首给傅悦的伤口消炎，旁边的椅子上摆了一个碟子，里面尽是泛着血光的玻璃碎片。祁南骁看完后只觉得心都揪了几分，他长眉轻蹙，打量起傅悦的神色，却没看见想象中她蹙眉难忍的模样。

傅悦神情寡淡，垂眸望着医生给自己处理伤口，似乎不痛不痒，习以为常。祁南骁眸光微动，双手抄兜，在门口站了会儿便走进医务室，反手带上了门。

听到声响，医务人员和傅悦都看向门口。看到祁南骁的那一瞬，傅悦的表情终于有了几分松动，似恍惚似惊讶，但随即便都被她迅速掩去。

医务人员见两人似乎认识，便重新转过头去给傅悦包扎伤口，边忙着手上的活边问："这位同学，你有什么事吗？"

祁南骁不急不忙地迈步走上前，瞥了眼一旁被血浸湿的纱布："她什么情况？"

"伤口主要集中在右手，她的手被玻璃划伤，导致出血较多，现在已经止住了。"正说着，伤口包扎好了，医务人员满意地起身舒了口气，"大功告成！"

傅悦面上依旧没什么表情，静静地看了看自己的右手，裹得和小粽子似的，行动起来很不方便。

麻烦。傅悦眉头轻蹙，想起当时突然被篮球砸碎的玻璃窗，眼底便蒙了一层阴霾，不禁在心底暗骂了一声。

"这小姑娘是你的同学吧？"医务人员抹了抹额头，笑眯眯地看向祁南骁，道："她真的很能忍，这种程度的伤不算小伤，但在处理过程中她却一声不吭，换作别的女生早就哭出来了。"

祁南骁牵了牵嘴角，不置可否，只眸色深沉地望着傅悦，见她低着头，始终不肯看他。每当这时，祁南骁是真的很想掐住傅悦的下巴，强迫她看着他，让她眼里只有他。但碍于有外人在场，他只能作罢。所幸医务人员将手套摘下后，便离开医务室去洗手了，这才给了祁南骁和傅悦独处的机会。

二人每次独处都没好事，傅悦很清楚这点。她当即起身要走，却被祁南骁毫不客气地按了回去。

傅悦轻蹙起眉，不耐地抬眸看向他："你来做什么？"

祁南骁挑眉，没应声，毕竟他也想知道自己是抽了哪门子的风才会来找她，真够欠的。

"没什么事我就先回去了。"傅悦说完后又起身推开了祁南骁，抬脚就走向门口，似乎一秒都不想多待。

"傅悦，你真就这么躲我？"祁南骁怒从心头起，伸手便攥紧她的手腕，略一施力便将她重新拖了回来。二人距离极近，祁南骁长眸微眯，偏了偏头，带着懒散笑意，"你跑啊。"

恶劣至极。"祁南骁！"傅悦想推开他，手却使不上力，一时气急，便慌忙移开视线，蹙眉道，"我到底为什么躲你，你心里没数吗？"

祁南骁闻言不屑地嗤笑一声，垂眸盯着她，说道："我心里有你就够了，要什么数？"

傅悦头疼得很，不愿跟他理论这些，便道："你先起来。"

祁南骁干脆地回："想得美。"

傅悦咬牙，这祁南骁真是……

"我话都说这么绝了，你还不懂我的意思？"她蹙紧了眉，被他气得说话少了几分谨慎，"你就不能离我远点吗？你不知道我要控制自己不能产生别的想法吗？你怎么这么固执？"

祁南骁安静地听她说完，嘴角微弯，突然意味不明地重复了一遍："控制自己？"

傅悦的手指动了动。他轻笑，挑眉望她，说道："你的意思是你承认你已经动心了？"

糟糕，话题又绕回来了。"你不是说不回来了？"傅悦果断地结束了这个话题，抬眸与他对视，眉梢轻挑，"怎么，这就急着出尔反尔了？"

她有意激他，想让他走，谁知他居然不按套路出牌。只见祁南骁顿了顿，旋即俯身凑近傅悦耳畔，轻声咬字道："是啊，小祖宗。"温热的呼吸掠过耳畔，祁南骁嗓音沙哑，柔和得不像话，刻意将"小祖宗"三个字加重了语气，含笑的尾音听得傅悦的手都险些软了。

傅悦的心很不争气地跳乱了几分，她抿唇，不想看见祁南骁似笑非笑的模样，却又无处可躲，不禁有些恼："你……祁南骁，你给我起来！你不是说不回来吗？关键时刻认怂算什么？"

"认怂这东西跟别人不行，跟你行。"祁南骁嘴角微弯，心情朗起来，"我反悔了。"

傅悦闻言不禁蹙眉看向他，没好气地出声："反悔什么？"

"我不走了，就赖你身边。"

这是哪门子的反悔，分明就是耍赖。傅悦没脾气了，也懒得同他理论这些事，便干脆起身："随你吧，我先回教室了。"

祁南骁长眉轻挑，双手抄兜，仍是那副闲散痞坏的模样："你先去吧，我待会儿就走。"

他当着那么多人的面撂了狠话，怎么可能还会回班里。傅悦是算准了的。她离开医务室，走在空旷的走廊上，脚步声回荡在耳边。

四下寂静，教室内都在上着课，傅悦目不斜视，径直走向楼梯。不知怎的，包扎好的右手隐隐作痛起来，烦躁得她直皱眉头。

玻璃碎裂的那一瞬，她条件反射地推走了身旁的程晓依，举起右臂挡住面部和脖颈处。如此近的距离，她反应依旧迅猛。回过神，傅悦将指尖搭上脖颈，指腹轻贴上那不太起眼的淡粉色痕迹，勾起傅悦不好的回忆。

为什么她会条件反射？不过是因为曾受过那般重创。

傅悦眸色微沉，收回手继续向前走去，走到拐角处的楼梯口时，撞上一个人。傅悦蹙眉往后退了退，尚未开口那人便骂开了："你是不知道怎么走路吗？"

傅悦本来就烦躁，闻言不禁抬眸打量对方，却蓦地顿住——这男生就是用篮球砸碎窗户的人。

那男生看清她的长相后也愣了愣，随即难以置信地冷笑道："这么快就从医务室出来了，看来没什么事啊。"

傅悦抿唇，左手掌心微拢，轻笑道："你故意的？"

"你猜啊。"他挑衅道，语气尽是不屑。

"张子帆的事，是他先招惹我。"

"我只看结果，管什么谁先惹谁。你害得我和我朋友被周震骂了一顿，我还没算账呢。"他说着狠狠啐了口，突然挑眉望向她，笑得嘲讽，"哦对了，你还是傅淑媛的妹妹？"

傅悦眉头轻蹙，却是嘴角微弯："怎么？"

"那个丫头不自量力来找事，居然还想直接动拳头，你们家的人都这么粗野吗？"

傅悦笑意更甚，并不言语，就这么听他说。

"还有你，你说是张子帆惹你，那怎么最后又是祁南骁出手，难道不是因为你的关系？"男生嗤笑一声，笃定她不能拿他怎样。

傅悦笑得慵懒，轻声问他："所以呢，傅淑媛跟你动手了？"

"她怎么可能跟我动手……"他话音未落，却蓦地顿住，未说出口的话被尽数堵在喉中，甚至下意识地向后退了半步，只因傅悦笑了一声。

不知怎的，他面对傅悦会有些慌乱。冷汗淋漓间，他想起方才接过的电话，蓦地清醒过来，刚才听陈姣姣告诉他消息时，他本来还不信，但现在看来……他狠狠咬牙，从牙缝中挤出几个字："青中傅悦，就是你吧。"不是疑问，而是笃定。

话音刚落，傅悦的笑意骤然冰冷，她沉下脸，迈步上前，冷冷地质问他："谁跟你说的？"

男生似乎有些恼羞成怒，不愿再继续回答傅悦的问题，就这么冷冷地同她对峙着。

"我在问你。"傅悦蹙眉望着他，语气冰冷，"是谁跟你说的？"

男生被她这副模样吓得不敢再反抗，这才道："是……是三中的陈姣姣。"

傅悦眯了眯眸，记下这名字，继续问道："关于我，她还跟你说什么了？"

"她清楚的基本上都说了吧。"

"你怎么这么多废话？我问的是详细说了些什么！"傅悦本就不是什么好脾气，遇事易躁，偏生这男生还磨磨唧唧的，简直是火上浇油。

男生实在忍不住道："就是那女生畏罪自杀了啊，整个青中都传开了！"

话音落下，傅悦的瞳孔蓦地一缩，她似是被触及底线，目光突然阴冷得骇人，冷冷地重复道："畏罪？"

胡说八道！受害者成了畏罪，真相被埋藏，这就是她傅悦离开后的结果？傅悦如坠冰窖，松开他，当即后退了几步，胸腔传来一阵阵的痛意，而这股痛意瞬间翻涌而上哽住了咽喉。

2.

太无力了。傅悦因为这会儿情绪波动大，先前又受伤流了不少血，不禁有些头晕目眩，脚步不稳要往后栽去，却被人从后面扶住了肩膀。

傅悦没有回头去看来人身份，心中却已了然。果不其然，待她站稳后，施加在她肩膀上的力道不见了，她身侧传来祁南骁冷冽的质问声："你刚才说是陈姣姣？"

男生没想到祁南骁居然会出现，难免有些慌了神："我……对，就是她。"

祁南骁长眸微眯，随即便迈步上前，慢条斯理地站在男生面前，一言不发地盯着对方，眼神晦暗不明，但周围的气压却明显在降低。

傅悦缄默不语地望着他的背影，心头一时五味杂陈，百感交集。

男生站在那儿提心吊胆，见祁南骁没什么动作，心中犹疑许久。半晌后，他连忙跑下了楼梯，生怕晚一步的话祁南骁会做出什么可怕的事来。

原地只剩下祁南骁和傅悦。祁南骁侧首看向傅悦，神情漫不经心，难得没开口。最后还是傅悦先淡淡地问他："全听见了？"

祁南骁颔首，补充道："也全看见了。"

好极了。傅悦哑声失笑，轻轻地摆手示意他离开："行，既然已经目睹完了全程，那你现在可以离开了吧？"

祁南骁没回应，就这么一言不发地望着她，眸色深沉，看不出情绪。

"我不是什么好人，我的过去也并不都是干净的，我更不是你心里的白月光。"傅悦说着，表情已经有些僵硬，"所以失望了吧？那就离开吧。"

既然她谁也保护不了，倒不如孑然一身，落个自在。念及此，她压下心头百转千回的苦涩，偏在此时，落入了一个温暖的怀抱。

熟悉的清香氤氲周身，她微微怔住，听见头顶传来温和低沉的声音，轻声说着她的名字："傅悦，我在。"

他说他在。没有多余的疑问，他当机立断，给予她绝对的安全感，紧紧地拥住她。

傅悦再说不出半句话，满腔酸涩。最初是她让他离开，如今看来，是她逃不掉了。

傅悦是独自回到教室的。当她叩响十五班教室门的那一瞬，本在讨论问题的学生们不约而同地噤声，纷纷看向门口处被绷带裹紧右手的傅悦。

讲台前的老师也颇为震惊地望着她，又看了看她的右手，一时不知该说些什么。

"报告。"傅悦倒是没什么特殊情绪，对老师笑了笑，轻声解释道，"我去了趟医务室，上课来晚了，不好意思。"

"没关系，你快进来吧，回自己的位置坐好。"老师闻声忙不迭招了招手，唤她进来。

傅悦颔首，反手关上门，快步走向自己的位置坐好，却没看见韩莘。她眉头轻蹙，侧首去看姜贤的位置，果然也是空荡无人。

十班的那个男生说傅淑媛去办公室跟他动手了，不会真闹出什么事了吧？傅悦无声叹息，捏了捏眉骨，暂时放下这些乱七八糟的事，老老实实地拿出课本上课。由于她来得晚，因此听了不到十分钟的课，下课铃声便响起。

程晓依下了课便跑到傅悦身边，抓住她的肩膀将她好生打量了一番，见她右手被绷带裹着，眼眶当即就红了，眼看着就要掉眼泪。

傅悦见不得女孩子哭，见此连忙挥了挥右手，示意自己并无大碍："你别哭呀，我没事的。"

程晓依抽了抽鼻子，有些蔫蔫的："谢谢你啊傅悦，要不是为了推开我，你也不会来不及躲开玻璃。"想起在十班门口发生的事故，她便满心自责，听课都迷迷糊糊的，满心只想着傅悦的情况。

玻璃碎裂的时候傅悦第一时间推开了她，但傅悦自己却没来得及躲开，导致右手被大面积划伤。当时傅悦捂着手没吭声，血却一滴一滴地流了下来，把一群人给吓得不轻，程晓依从未见过这样的场面，更是惊得六神无主。

现在想起当时的情形，程晓依仍心有余悸，脑中浮现傅悦受伤时的神情，淡漠不已，无关痛痒，与周围学生的惊慌失措形成了鲜明的对比，仿佛对这种伤口习以为常。

"没事，反正也不严重，过段时间就好了。"傅悦嘴角微弯，似乎根本没将今天的事放在心上，"对了，韩莘和姜贤他们呢？"

"听说你出事，他们就出去了，到现在都没回来。何梦希跟徐歆雅不知道因为什么事早退了，反正很奇怪。"

傅悦弯了弯嘴角，道："这样啊，那我待会儿问问情况吧。快上自习了，晓依，你不去要英语作业吗？"

经傅悦这么一提醒，程晓依才想起来还没记作业，忙跟傅悦打了声招呼便跑去办公室了。程晓依走后，又有不少同学上前询问情况，傅悦颇有耐心地一一回应后才落得个清闲。

她看了眼时间，不知不觉已经过去一上午了，已经有不少人准备结伴去食堂。傅悦起身走出教室，一路走到校门口，掏出手机正要给傅淑媛打电话，便听见急促的脚步声传来，她蓦地侧首，却被来人紧紧抱住。

"悦宝，你没事吧？"

是傅淑媛。傅悦哑然失笑，伸手拍了拍她的后背："还好，就是写东西比较麻烦。"说完她看向傅淑媛身后，韩莘正小跑过来，而姜贤正和祁南骁说着什么，祁南骁本来神色阴郁，然而在看见傅悦的那一刻，便将眸底的戾气尽数收起。

这细节被姜贤尽收眼底，不禁道："怎么的，认完祖宗了？"

祁南骁没理他，径直走向傅悦，姜贤只得跟上去："不说就不说吧。不过祁南骁，你可别冲动，咱们没证据。"

祁南骁扫他一眼，淡淡地道："到时候再说。""十班那群小子！"韩莘看了傅悦的手都觉得肉疼，难以想象当时是何等景象，"张子帆到底搞什么鬼啊？前脚刚跟祁南骁认尿，后脚就这样。"

"这件事我来处理吧。悦宝，你好好养伤。"傅淑媛撇了撇嘴角，道，"下午还去上课吗？要不回家休息？"

傅悦看了眼祁南骁，正欲拒绝，却突然想起有事要问他，于是那声拒绝便化作了踌躇。姜贤适时提醒道："下午自习比较多，没什么主课。"

她想了想，这才颔首："那我下午在家休息，麻烦帮我跟赵老师请个假。"

"周震有事找我们三个，所以我们要回学校，就不能陪你啦。"韩莘凑过来道，而后看向祁南骁，"不过他今天不回学校，你受伤不方便，要不让祁南骁送你？"

祁南骁闻言后长眉轻挑看向傅悦，似是在等她的答复。就在姜贤想要开口打趣时，傅悦却破天荒地答应下来："好。"

祁南骁低声轻笑，旋即对她道："走，午饭我请。"

祁家的司机效率果然很快，打完电话没几分钟，便已经将车停在校门口等候着了。上车后，傅悦和祁南骁坐在车后座，祁南骁刚同司机说了要去的地方，便听旁边的傅悦淡淡地问他："陈姣姣，你认识吗？"

他闻言微顿，指尖拂过座椅，声音里混了几分冷意："认识。"

果不其然。傅悦蹙眉捏了捏眉骨，突然不知道该说些什么。

"怎么，上车就为了问这事？"祁南骁警向她，沉下嗓音似笑非笑道，"你这样可是会伤我心的。"他嗓音微沉，听起来还当真有几分委屈的意味。

"你可行了吧，帮我的忙多，给我找的麻烦也多。"傅悦嗤笑，丝毫不领情，

"陈姣姣是吧，她调查我做什么？"

"你们见过。"祁南骁长眉轻挑，神色淡淡，"那天晚上放学，在校门口。"

"在你旁边靠得特别近的那个？"

他突然失语，侧目望着傅悦，半晌才哑声道："我跟她没关系。"

"你给我惹的事，你就要利索地解决。"傅悦抬手抚了抚脖颈，淡淡地道，"至于你们是什么关系，不在我关心的范围。"

最后一句话，祁南骁听得格外刺耳。虽然不情愿，但祁南骁不得不承认，他是真栽傅悦身上了。这么多年，他没怕过谁，也没服过一次软，然而半道冒出的傅悦成了他的绕指柔，让他自觉地拔去獠牙，平生第一次有了从良的念头。

"解决归解决。"祁南骁望着她，眉头轻蹙，一字一句地道，"你就不能别老跟我划界限？"

"我生来就爱独来独往，圈里容不下第二个人，你进不来。"

"那也得试试。"他嘴角微弯，"给个机会，让我接近你。"

傅悦闻言，眉头轻蹙地看向他："祁南骁，我奉劝你别接近我。"

"我天生反骨，不爱听劝。"

"我说了我不是什么好学生，我的过去也并非是一张白纸，你根本就不了解我。"

他答得利索："我的过去也不是一张白纸，正好互相了解，彼此救赎。"

傅悦头疼，内心某处突然有些酸软："祁南骁，你会后悔。"

"我认定了就不后悔。"祁南骁坦然道，面色从容不迫，"既然我说了要接近你，那我就死也不放手。"

3.

她怔怔地与他对视，眸光微颤，动摇之意再明显不过。

"我喜欢你，要是说谎你就打我。"祁南骁望着傅悦，一字一句地道，"你的过去我慢慢了解，我只需要你答应我。所以我再郑重地问你一遍，"他柔下嗓音问道，"能不能给我个机会？让我努力拯救你，也拯救我？"

傅悦无话可说，她想她终归是逃不掉的。在她数次对他心动时，在她被他揽入怀中时，她就该清楚祁南骁就是她傅悦命里的死结。

半晌后，傅悦听见自己说："好。"

半个月后，南高篮球赛于校篮球馆如期举行。馆内的音响正播着电音，气氛热烈，各班级依次落座，负责相关事务的学生前来协助老师们统计参赛班级和人员。

由于这次是全校性的篮球赛，学生会人手有些不足，秦致远身为学生会主席，便去播报厅播报征收志愿生的消息，消息一播出，报名处瞬间来了不少人。这样一来，杂事就解决了。不过他接下来的工作是去统计预备区的选手，这个活一个人不好做，他还要找个帮手。

秦致远长眉轻蹙，双手抄兜走出播报厅，脑海中最初的想法是找傅淑媛，但他想了想还是决定作罢。就在此时他路过阶梯看台，那儿坐的恰好是高一（15）班。秦致远眸光微动，侧首去寻找那道熟悉的身影，不一会儿，便在看台的后排处寻见了傅悦。

傅悦抱胸懒洋洋地靠在看台上，黑色鸭舌帽盖在脸上，她身后是过渡区，没有人来往，正好落个安静。她正准备小憩，冷不防听见女生的嬉笑声："会长好呀，怎么想起来找我们啦？"声音娇滴滴的，一听便知是何梦希的声音。

傅悦打了个哈欠，偏了偏脑袋准备继续睡，便觉有脚步声停在身边，紧接着，盖在脸上的帽子被人象征性地轻碰了碰。

阳光透过缝隙而入，傅悦眯眄，将帽子拿下："谁……"

那个"啊"字尚在唇边，她便见到一张熟悉的俊脸，斯文干净，无框眼镜泛着微光。

秦致远嘴角微弯，对她笑得友善："傅悦？"

傅悦记得他叫秦致远，忙不迭收起散漫的态度，起身正色道："秦学长。"

"不用这么生疏，叫我秦致远就好。"他说着，指了指篮球场，"有没有时间帮我个忙？"

韩莘跑去后勤部帮忙了，程晓依是播报厅的学生，自然忙得焦头烂额，只有傅悦清闲无聊得很。她用余光瞥见何梦希不善的表情，不禁心下无奈，对秦致远颔首应声："有的，帮什么忙？"

"跟我来。"

见傅悦跟着秦致远走下看台，渐行渐远，何梦希很是纳闷。她戳了戳身边正同朋友打电话热聊的徐歆雅，难以置信地道："你说这傅悦到底什么来头，怎么南高什么风云人物都跟她熟？"

"长得漂亮，学习好，姐姐还是高二出了名的傅淑媛，能不厉害吗？"徐歆雅低声轻笑，同朋友简单道别后便挂断了电话，意味不明地补充了一句，"况且，傅悦本身也不是什么简单角色。"

何梦希闻言愣住，当即蹙眉看向她："什么意思？"

"我问了邻市的朋友，又打听确认了一下，才知道这转校生可没表面这么乖。"徐歆雅说着，嘴角笑意高深莫测，"我们邻市的某高中去年出了件事……"

何梦希正兴致勃勃地等着听徐歆雅爆料，却蓦地被赵茹的呼唤声打断："何梦希呢？过来跟工作人员统计运动员啦！"

"我马上过去！"她不耐烦地应道。

徐歆雅摆摆手，示意待会儿再说，何梦希只得叹了口气，起身从包中拿了人员名单，去统计人数了。

与此同时，傅悦手中拿着秦致远递给她的名册，听秦致远解释接下来应该做的事。无非就是去准备区统计各班级参赛选手的到场情况罢了。

秦致远见她听明白了，便不再说什么，他看了眼她的右手，突然出声问她："你的手好了吗？"

傅悦顿了顿，才苦笑出声："没好利索，现在手腕还不能大幅度转动。"

"我听说了，是高一（10）班张子帆唆使人干的。"

"嗯，该教训的也教训了，算是翻篇了吧。"

"翻篇？"秦致远闻言不禁哑然失笑，眸光微动看向她，道，"傅悦，你还真不知道祁南骁睚眦必报的性格。"

傅悦眉头轻蹙，抬头与他对视，突然有些不明白他的意思："睚眦必报？你指怎么报？"

"比赛开始你就知道了。"他轻笑，对她指了指某个方向，道，"我统计前五个班，以及剩余双数班级的参赛学生，你负责后面十个班中的单数班级，可以吗？"

"好，统计完去哪里找你？"

"你在你们班篮球队那里等我就好。"

傅悦比了个"OK"的手势，便利索地走向七班篮球队的等候区。挨个班级统计下来，等到十三班的时候，她没找到队伍负责人，便蹙着眉询问这支队伍的队长。

队长见这次的统计人员是个从未见过的女生，还生得精致，不禁动了心思，对她笑道："我们队伍负责人有事，要不你问我吧？"

傅悦见他态度轻佻，抿了抿嘴，却还是公事公办地问他："说一下你们队员的名字以及到场情况，谢谢。"

队长笑了笑，继续不正经地道："不用谢，不用谢，要不小妹妹你先把你电话号码给我？"

还没完了。傅悦眉头轻蹙，强忍着想转身就走的欲望，"麻烦你认真回答我，可以吗？"

"可以啊，QQ或者微信也可以，不然我给你我的联系方式？"

"我没有QQ，也没有微信。"她语气已然冷了几分，握着笔的右手动了动，轻声道，"如果你还不说的话，我就直接写全部缺席了。"

"不就给个联系方式吗？"队长不吃她这套，笑得肆意，伸手就要搭上傅悦的肩膀，"小妹妹这么好看……"话还未说完，他的手就被人狠狠拍开，"啪"的一声很是清脆，吸引了周围不少人的目光。

"好看就要多笑？"祁南骁眸光冷冽地与十三班的篮球队队长对视着，"我也好看，要不我给你笑笑？"

篮球队长正揉着手，见是祁南骁来了，吓白了脸色，忙不迭地退后几步道："不用了，骁爷您就别笑了！"

傅悦叹了口气，对祁南骁道："行了，我还要统计人数呢。"

"你跟他啰唆了那么久还没好？"祁南骁长眉轻蹙，显然不太开心，于是语气不耐地问队长，"到场情况？"

"全齐，全齐！"

傅悦闻言便慢悠悠拿出笔，准备拔下笔盖，却被祁南骁接过了笔和名册板。祁南骁利索地将十三班和十五班的人员到场情况写清楚，扣好笔盖，将笔放入她的衣袋，他则替她拿着名册板。

傅悦有些不明所以："你干什么？"

"你右手手腕刚拆绷带，还没恢复好，不能用力，尽量少用右手。"祁南骁说着，蹙眉翻看着名册板，"学生会的人叫你来的？"

"是秦致远。"

祁南骁"啧"了声，没再多言。

"对了，祁南骁。"傅悦突然出声唤他，似是不经意地问道，"这次篮球比赛是怎么排赛的？"

"比赛五天，一天三场，我们是第一轮的第一场比赛，对手是十三班，接下来的对手从晋级班里面挑。"

大概了解后，傅悦便看了眼大屏幕上的时间，见差不多了便对祁南骁道："好，比赛快开始了，你好好打。"

祁南骁长眉轻挑："就这么简单？"

"不然呢？"

他双手抄兜，突然俯身凑近她，似笑非笑地看她："你也不亲我一口，给我加油？"

傅悦不给他面子，扯过他臂间夹着的名册板，没好气地道："别得了便宜卖乖！"

"当时在车里谁说好的？"

"我那是迫不得已。"傅悦蹙眉回他，一眼望见正走过来的秦致远，便迎上前几步，将名册板和笔递给他，"秦学长，都统计好了，你看看吧。"

秦致远接过，对她道了谢："谢谢你了，不然我现在还忙不完。"

"举手之劳。"

秦致远颔首，望向祁南骁，朗声问他："你还不去准备比赛？"

"这不是还没讨到助威吻吗？"祁南骁耸肩答道，模样有些无奈，他迈步走过来，经过他们二人时脚步未停，只伸手轻轻捏了捏傅悦的脸颊，"记得看着我啊。"语罢，不待傅悦有所回应，便快步走向了篮球队。

随着时间的流逝，富有节奏感的电音到达高潮，播报员宣布比赛开场的声音响起，全场的气氛被点燃，掌声与欢呼声齐响。紧接着，十五班和十三班的篮球队队员上场，播报员简单介绍后，音乐渐弱直至消失，裁判和相关工作人员已然就位完毕。

傅悦站在看台低处望着站在队长位的祁南骁，他嘴角噙着一抹肆意的笑，在两班队员中耀眼得如身披万丈光芒。她指腹贴上方才被他触碰过的地方，那处的温暖似乎仍存，暖暖的。

只听哨声划破全场寂静，裁判将球抛起至最高点，起跳声与夺球声几乎同时响起，祁南骁单手扣球率先落地，利索地带球过人，直奔对方篮下。

全场爆发喝彩声的那刻，气氛火热到了极点。比赛开始了。

第八章　篮球赛

1.

高一（15）班和（13）班的比赛很快便以（13）班的败北落幕，三十多分的差距让观众们唏嘘不已，却也没几个人出言讽刺。南高上下皆知，校篮球队正选五位，副队是祁南骁，十班占了两个位置，余下两位正选则是前辈。姜贤曾是校篮球队主力，虽然后来因故退出了篮球队，可实力还是摆在那儿的。

十五班有祁南骁和姜贤在，冠军班候选的位置毋庸置疑。但十班也是一个强劲对手，上学期的篮球赛，十五班仅以一分之差险胜，今年尚且不知这冠军头衔花落谁家。

篮球赛共举行五天，而最后一天的决赛往往都是十五班对战十班，那天才是重头戏。除了这两个班级之间的比赛，其他比赛还真没什么值得观看的，毕竟实力悬殊，十五班篮球队永远都是碾压式的胜利。

接下来的三天里，十五班和十班皆以绝对实力并列出现在篮球馆大屏幕，紧接着便迎来了这场活动的巅峰——决赛。

这日，南高篮球馆内全场沸腾，欢呼声此起彼伏，两个班级的选手都待在各自的准备区交流着什么。

"悦宝，悦宝，我们班终于闯入决赛啦！"韩莘被气氛所感染，伸手挽住一旁正玩手机的傅悦，兴冲冲地提议道："比赛快开始了，你要不要跟我一起去慰问一下他们？"

傅悦顺手将手机屏幕锁上。比赛尚未开始，她情绪并不高涨，听到韩莘的提议，犹豫了半晌。

"跟我一起去嘛，我自己去很无聊的！"

傅悦想了想，在这里待着也是无聊，便随着韩莘起身："好，走吧。"

韩莘顺手拿了两瓶水，打算等祁南骁他们中场休息时送过去，随后便拉着傅悦从小道绕去了十五班的准备区。

祁南骁正倚墙玩着手机，不经意间抬眸，结果就与球场对角准备区的张子帆视线相撞了，只见张子帆冲他抬手，拇指向下。见此，祁南骁抓着手机的指尖略微发力，他垂眸哑声低笑，意味不明。

就在此时，姜贤瞥见小门被人推开了一条缝隙，他定睛一看，不禁挑眉失笑道："你们两个怎么过来了？"

祁南骁闻言便侧首望了过去，韩莘正拉着傅悦快步走过来。

"这不是来给你们加油助威呢吗？"韩莘笑眯眯地道，看了眼祁南骁，"喂，你赛前还玩手机啊？"

他懒懒地扫她一眼，不甚在意道："清理清理消息。"嗓音低沉沙哑，听起来有些奇怪，含了几分病态的意味。傅悦听着他的声音不禁蹙了眉，总觉得不太对劲。

韩莘耸肩，也就随祁南骁去了。她走向姜贤，嬉笑着拍了下他的肩膀，姜贤略有些夸张地揉了揉，韩莘嗤笑以对，二人便闲侃起来。

察觉有脚步声接近，祁南骁眸光微动，望向走到他身边的傅悦，嘴角微弯："你也来了？"

傅悦没接茬，只狐疑地打量他："祁南骁，你嗓子发炎了？"

"嗯？"他顿了顿，将手机放在一旁，清了清嗓子淡淡地回她："是有点。"他没把这当回事，也没摸清楚傅悦问这问题的目的，但随即便见傅悦伸手递来了一瓶水。

祁南骁顿了顿，没接，只长眉轻蹙地望着她，似乎是在问她这是什么意思。

"我看你今天好像一直都没喝水。"傅悦默了默，补充道，"赛前要补充水分，不能缺水。"

祁南骁长眸微眯，见她说这话时神情从容自然，没有丝毫波动，说得跟真的似的。他低笑，神色戏谑，俯身贴近傅悦，"小可爱，你这是担心我呢？"

"没有。"傅悦略微后仰，同祁南骁拉开些许距离，依旧淡定扯谎："就是不希望你给班级拖后腿而已。"

"我有个治嘴硬的办法，还没用过，要不你试试？"祁南骁似笑非笑地望着她，凑到她耳畔轻声道，"能让你腿软的那种。"他说最后一句话时刻意咬重了字，意味深长，加上他嗓音本就低沉，听起来蛊惑得很。

傅悦的脸瞬间就红了，没好气地推他："我担心你行了吧！"

祁南骁这才心满意足地拉开些距离，伸手拿过她手中的矿泉水，拧开盖子喝了口："知道你心里有我就行。"

傅悦发现她跟祁南骁说话总会被堵得哑口无言，此时竟觉太阳穴都在隐隐作痛，不禁摇头叹息，看了眼时间。

差不多了，决赛要开始了。傅悦正估摸着，便听姜贤唤祁南骁："祁南骁，该我们上场了！"

祁南骁颔首，迈步就要走向队伍。傅悦顿了顿，下意识地扯住了祁南骁的衣摆，却突然不知该如何开口，只能面色复杂地僵在原地。

祁南骁长眉轻挑："要跟我说什么？"

"那个……"傅悦踌躇着，支支吾吾道，"比赛……你……"

队伍那边已经开始催，有队员打算过来喊人，祁南骁正欲开口，便见傅悦视死如归般地合上眼喊："祁南骁，比赛加油！"

说完后，傅悦不敢睁眼，脸也越发滚烫，简直无地自容，所以她看不见对面的祁南骁正眸色微沉地看着她。

傅悦紧闭双眼，红着脸喊出加油的那个表情，可爱得祁南骁想把她按到怀里抱紧，但是比赛将至，全场人都在看着这边，祁南骁的理智最终还是占了上风。他默了默，眸底的情愫无可抑制地泛滥开来，他突然抬手揉了揉傅悦的脑袋。力道温柔，竟然有些宠溺的意味。

不远处传来姜贤震惊的呼喊声，傅悦意识到什么，正欲睁眼，却被祁南骁用手遮掩了视线。紧接着，祁南骁便俯身靠近傅悦的耳畔，轻声开口："傅悦，接下来，我要你的眼里只有我。"

话音落下，眼前再无遮挡，傅悦听见祁南骁迈步离开的声响，听见周围嘈乱的人声，也听见自己控制不住的心跳声。

傅悦缓缓蹲下，却是自行捂住了双眼，发出了苦恼的声音："浑蛋……就算我闭着眼，眼前也都是你的模样了啊。"

比赛刚开始，节奏便紧张起来，战况激烈。姜贤持球后被防，于是当机立断传给祁南骁，祁南骁接球后利索地投篮，三分得手。

"不是吧？"韩莘笑出声来，低声道，"祁南骁这小子居然都没让张子帆摸球。"傅悦没作声，只观察着战况。

张子帆知道祁南骁针对自己，不禁狠狠啐了口，回归原位，开始认真起来。接下来的比赛更是激烈，十班迅速追上，两班的比分不相上下，就算产生分差也会迅速拉回，看得人提心吊胆。

"很奇怪啊……"何梦希与徐歆雅并肩站在看台上，何梦希蹙着眉喃喃道，"这次比赛，祁南骁和张子帆怎么这么针锋相对？"

徐歆雅闻言不禁抬头："怎么啦？"

"说不上来，但我感觉他们俩和之前比赛时不一样。"何梦希"啧"了声，没多想便继续观看下去。

就在此时，观众席爆发出惊呼，只见赛场上祁南骁持球，张子帆防住了他。

傅悦蹙眉打量着祁南骁周围，见可传球区域皆有十班队员防范，眸光瞬间一凛。

王牌对决，在所难免。"不容易，可算逮住机会了。"张子帆拦在祁南骁身前，笑容得意，"你这球是别想过去了！"

祁南骁听他说完，只低声嗤笑，似是不屑："废话倒是一堆。"话音刚落，祁南骁单手持球向张子帆左侧迈步，张子帆也移动过去，却见祁南骁迅速将球换到另一侧进行突破，张子帆条件反射地抬脚跟去，心中却警铃大作。

果不其然，紧接着张子帆脚下一软，成功被晃倒在地，坐在地上难以置信地仰视着祁南骁。

"Ankle Breaker"是指在篮球场上单手持球突破，假装向一侧突破，当防守人上当而移动时，持球人迅速将球换到另一侧进行突破，有时会将防守人晃倒，会这种技术的便被称为"Ankle Breaker"，译成中文叫"脚踝终结者"。祁南骁居然会这招？！全场哗然，校队教练也是微怔，竟不知祁南骁会这等篮球技能。

就在此时，篮球落进篮圈，发出巨响，全场却是寂静无比。祁南骁不紧不慢地收回手，垂眸望着坐在地上的张子帆，淡淡地吐出了两个字："垃圾。"

可惜好景不长，自从祁南骁让张子帆摔倒一次后便是全场攻防对象，始终脱身不能。姜贤也被人盯着，十五班两大主力无法发挥，而张子帆擅长远距离投篮，即使有人盯防也不耽误他得分，两班分差自然而然就拉开了。

第三节中场休息的哨声响起时，十五班和十班的分数比竟是七十比六十九，两个班的比分居然追得这么紧。

"这次怎么回事？节奏不对啊！"韩莘说着，眉头轻蹙，拉着傅悦就小跑向休息区。

傅悦看了眼正在休息的祁南骁，他头顶搭着毛巾，发梢微湿，汗滴顺着棱角分明的面庞滑落，滑过他的喉结，最终淌到胸膛。她看了只觉得血脉偾张，忙调转视线，将水递给他。

祁南骁看了她一眼，接过水，没说话。

气氛似乎不太对。姜贤正同队员要喷剂，韩莘过去问他情况，他却叹了口气，沉默地看向祁南骁。

傅悦本就觉得不对劲，见姜贤这般后瞬间会意，忙问祁南骁："你脚腕扭伤了？"

他蹙眉"嗯"了声。

"他的脚腕本来就在比赛中扭伤过。"姜贤苦笑出声，叹息道，"这次不走运，又伤了。"

祁南骁突然"啧"了声，握着矿泉水瓶的手收紧几分，发出了清脆的响声，带着一股狠劲儿。

2.

偏就在此时，学生会的工作人员慌张地跑来，一把拉住傅悦，气喘吁吁地说道："我可算找到你了！"

傅悦愣了愣，没反应过来所为何事，便问他："什么事？"

"什么事？！"工作人员目瞪口呆，似乎对她的回答十分不满，当即抬高了声音，"你忘了吗？决赛第三节结束后，两班各有一名女生要投篮啊！"

傅悦还真给忘了。她正欲开口，祁南骁便率先不耐烦地道："你不知道她右手没痊愈？"

工作人员见是祁南骁，态度瞬间就软了，低声道："但我们去各班统计人员时就再三强调了，这个统计后会上报给校方，不能更改的。"

必须上场？韩莘听后也急了："但她手还没好利索呢，还不能……"

"我跟你过去。"傅悦打断韩莘，示意自己没关系，对工作人员道，"现在吗？走吧。"

祁南骁的语气有些冷："傅悦，没那个必要。"

傅悦没理祁南骁，伸手扯了扯工作人员，语气坚定："走。"

工作人员看了眼脸色阴沉的祁南骁，心有余悸地带着傅悦去投篮场地了。二人前脚刚走，祁南骁眸色便沉了下来，将矿泉水瓶重重地砸在椅子上。

声音很大，却无人敢看他，都知道祁南骁现在心情不好。

决赛马上就要进行最后一节，这仅一分的分差是否会被追上还不可知，可现下祁南骁的脚腕还……韩莘和姜贤对视一眼，皆是面色复杂，却都十分默契地没有作声。

比赛开始前一分钟，傅悦回来了，两班的比分也随之发生了变化，变成了七十三比六十九。敢情傅悦投三球中三个，十班女生投三球一个没中。众人不禁舒了口气，四分的分差，也算是安全了一些。而在十五班看台处的何梦希却是哭笑不得，她没能让傅悦出糗，但班级分数上去了，也不知是该喜还是该忧。

傅悦正蹙眉轻揉着手腕，见祁南骁和队员走了过来，她忙装出若无其事的模样向前走。祁南骁扫了眼她略有些僵硬的右手腕，心情复杂，是怜惜还是无法理解，他此时也搞不清楚。

算了，不想那么多了。祁南骁稍微整理了下护腕，径直往篮球场走去。

最后一节比赛，祁南骁的动作格外狠厉，就连灌篮都带着一股狠劲儿，砸得篮圈震颤不止,气势逼人。没人拦得住他,张子帆本以为祁南骁脚腕受伤了,十班胜利就已成定局,可此时面对祁南骁的迅猛攻势,他也难以招架。

就这样,比分迅速拉开,场外的欢呼声越发热烈,火热的气氛感染了在坐的每个人。最终哨声响起的那刻,高一(15)班的学生率先高声欢呼,掌声如潮。

"赢了,我们赢了!"

"十二分的分差啊,骁爷太棒了!"

此次南高篮球赛决赛,高一(15)班以八十四比七十二的比分战胜了十班,获得了冠军。周围的队员欢呼雀跃,祁南骁却是回座位拿起矿泉水猛灌了几口,随即便不声不响地走向了通往更衣室的小道,走路时右脚的动作显得很是僵硬。

韩莘和姜贤正同队员们商量如何庆祝,傅悦见他们这么开心,也不太想去上前打扰,只好拿了祁南骁的外套,独自快步跟过去。

祁南骁拐弯走进更衣室,伸手就要关门。

"祁南骁!"她小跑过去,一把撑住门,"你先去医务室处理你的脚腕。"

祁南骁却径直走向自己的衣柜:"无所谓,反正不严重。"

简直是不可理喻,他到底在赌气什么?傅悦见祁南骁跟没事人一样就来气,更衣室没别人,她扯住他冷冷地问道:"喂,你也没那必要吧,为什么那么拼?"

祁南骁闻言,长眸微眯望向傅悦,见她怒气冲冲的模样,他沉声答道:"我觉得有必要,那就有必要。"

傅悦蹙眉,实在是无法理解祁南骁:"你怎么这么固执,就非要打张子帆的脸?"

祁南骁闻言,叹了口气,也不知是为了什么。他转过身面对这傅悦,淡淡地道:"傅悦,我这辈子就顽劣到底,眼里容不得沙子。"傅悦眸光微动,正欲开口,却见祁南骁俯身与她平视,神色认真,一字一句地道,"但我也是打心眼里,不想让你为我受半分委屈。"

祁南骁话音落下,傅悦陷入了沉默,怔怔地与祁南骁对视着。难得见到他正经的模样,半晌后,她才轻声道:"祁南骁,是不是没人能让你听话?"陈述的语气,傅悦对此十分笃定。

"那是因为你没试过。"祁南骁嘴角微弯，眼神柔和得不像话，他低声对傅悦道，"傅悦，你管管我吧，我很听话。"

傅悦只觉得心跳加速，脸颊发烫，又是那种小鹿乱撞的感觉。她用手背掩住脸，避开祁南骁的视线，不太自在地道："谁要管你。"

"那你还让我去医务室？"

"爱去不去。"

"去，怎么不去？"祁南骁轻笑，"我这么听你话。"

傅悦没脾气了，咬了咬唇正欲开口，就见祁南骁神色淡淡地翻起衣摆，反手就要将衣服脱下。

篮球队服宽大，祁南骁随便一动便露出了腰身，流畅的肌肉线条一览无遗，身材好得让傅悦目瞪口呆。

在他彻底将衣服脱下来前，傅悦蓦地回神，忙不迭地闭眼将手中的外套丢给他，后退几步，惊慌失措地道："祁南骁，你脱什么衣服啊？！"

祁南骁接住自己的外套，嘴角微弯，心情没来由地晴朗。"这里可是更衣室。"祁南骁见不得傅悦脸红的模样，只觉得可爱得紧，便忍不住出言逗她，"小可爱，你看了就得负责啊。"

"谁看了？"傅悦条件反射地回道，伸手捂住眼睛，"我才没看！"

"你怎么知道我说的是什么？"

傅悦被堵得半天憋不出一句话，只得气鼓鼓地对他道："你快穿上衣服！"

祁南骁也懂适可而止，知道再调戏下去傅悦就要炸毛了，便从衣柜中拿出自己的衣服换上。等到听见他拉上拉链的声音，傅悦舒了口气，这才将信将疑地移开手，缓缓睁开眼。

祁南骁已经换好了衣服，好整以暇地打量着她。傅悦咬了咬唇，怒目而视，"你下次再敢这样……"

"你觉得我敢不敢？"祁南骁歪着脑袋打量她，笑意闲适，"我可没说什么，你自己清楚就好。"

傅悦："你闭嘴。"然后别过头去，走向更衣室门口，"我要回去了，医务室你自己去。"

"行，不逗你了。"祁南骁哑然失笑，长腿一迈便跟上傅悦，可她越走越快，他的脚腕又实在有些撑不住。

眼看着二人的距离就要拉开，他唤道："傅悦。"

傅悦脚步未停。祁南骁想了想，突然倒抽一口冷气，止步蹲下身去。

傅悦本赌气往前走着，听身后没声音了，便疑惑地回头看了看，却见祁南骁低头单膝跪在地上，手搭着右脚腕，似乎疼痛难忍。

她当即就慌了，也顾不得别的什么，快步上前蹲下身扶住他，担忧道："喂，祁南骁！"

话音刚落，祁南骁便伸手握住了她的手腕，抬头后脸上哪有半分忍痛的神色，他似笑非笑地与她对视，开口低声道："我抓住你了。"

傅悦眸光微动，心跳蓦地慢了半拍。

二人未曾注意到在通道口站立着的何梦希，她面色苍白，攥紧拳头，满眼都是祁南骁颔首低眉的柔情模样。那是她喜欢了一年的人，此刻他脸上是她从未见过的神情。明明他们认识的时间更长，可他所有的美好与温情，却都给了一个转校生。何梦希狠狠咬牙，眸色渐沉，在心底狠狠地刻上了两个字：傅悦。

傅悦回去时，十五班学生们用热烈的掌声欢迎了她，赵茹也颇为感动，过去抱了抱她，夸赞道："傅悦，你太棒了！"

明明就是投三个球的事，可同学们都这么热情，倒让傅悦有些不好意思了。她忙摆摆手，"没什么啦，这本来就是我该做的。"

"你的手还没痊愈吧，投篮有影响吗？"同班女生凑上前来关心她，眼里是满满的真挚，无半分虚伪。

这种眼神，傅悦已经很久没有看到过。"没事。"她嘴角微弯，心软了几分，平添了些许暖意，"谢谢。"第一次，她感觉自己融入了班集体。

祁南骁一言不发地站在不远处，看到她露出少有的温柔笑意，他不自觉地翘起了嘴角。姜贤悄无声息地走到他身边，见他此般模样，不禁愣了愣，心里突然有了底：祁南骁，认真了。

姜贤眼神复杂地摇了摇头，望着人群中的傅悦，对祁南骁轻声道："一见她就笑，你是有多喜欢她？"

"有多喜欢？"祁南骁低声轻笑，"喜欢到她可以成为我从良的理由。"

话音落下，姜贤难以置信地看向他，见他神色认真，不禁哑然："祁南骁，你确定认准了？"

祁南骁没立刻回答姜贤的问题，只望着傅悦，眸中柔成一潭春水。半晌后他嘴角微弯，轻声道："嗯，她很好。"

3.

当晚，篮球队商量去饭店开单间庆祝。傅淑媛本来也想跟去，却被秦致远带走，据说是因为她质检成绩不理想，但傅悦觉得他们两个不对劲。

"祁南骁。"傅悦站在篮球馆门口，扯了扯身边的人，"我姐和秦致远是什么关系？"

"藕断丝连的关系。"祁南骁随口应道，似乎不是很想说下去。

傅悦只得再次开口询问他："再多告诉我一点，我想知道详细的。"

祁南骁嘴角微弯，好整以暇地望着傅悦调侃："这种事情我可是知情人啊，你找我打听消息，都不给点报酬？"

傅悦蹙了蹙眉，认真地道："祁南骁。"

得，他认怂。祁南骁无奈叹息，不再继续开玩笑，对她耐心道："秦致远以前不是好学生，傅淑媛那时候就挺普通的一名女生吧，不过她喜欢秦致远，秦致远也有那个意思，两个人的关系就一直挺不错的。"

傅悦颔首："后来呢？"

"秦致远家里的长辈不愿意让他继续这样混下去了，不知道用了什么方法就让秦致远学好了，但傅淑媛对这件事有心结，就成了现在这个样子。"祁南骁顿了顿，继续道，"我怎么不知道你还对这些事感兴趣？"

傅悦闻声摇头，淡淡地道："只是因为很少有人能管住傅淑媛。"父母是在她们记事后离婚的，记忆里，傅淑媛似乎除了对母亲示弱，还真没怕过谁。

"哦？"他盯着她，一副似笑非笑的模样，"那你呢？"

傅悦扫他一眼，意味不明地笑了声，道："没人能管住我。"

恰到好处的傲气，却让祁南骁眸光微动。"我虽然管不了你，不过惯着你还是可以的。"他开口，眉眼里是柔和的笑意，"所以你考虑一下，要不要做我的小姑娘？"

自从上次她答应给祁南骁一次机会后，他就无时无刻不在寻找说好话的机会。傅悦对此毫无脾气，只往旁边挪了挪，无奈地道："不要。"

祁南骁正欲开口，却被人拍肩打断了要说的话。

"聊够没啊？我们都准备打车走了。"

他侧目看向来人："UG？"

姜贤打了个响指，"没错。"

祁南骁点头，却是问傅悦："你去吗？"

"韩莘在那边等着呢。"不待傅悦开口，姜贤便笑道，"傅悦小妹妹，我们不乱玩，你放心。"

傅悦想了想，答应下来，同二人去门口接到韩莘，这才一起打车去了UG咖啡店。听韩莘说，篮球队的几个人已经开好包间准备就绪了，祁南骁到了UG门口就给人打了电话，没一会儿便被人接起。

那边已经响起音乐声，接电话的那人提高音量："喂，骁爷，过来没？你快来吧，咱们还碰见熟人了。"

挂断电话后，男生回到位子上，赵霆坐在桌前，闻声抬眸："谁啊？"

"骁爷和姜哥他们快来了。"

"你说谁来了？"张彦新听他这么说，瞬间傻眼了，当即从沙发上蹦起来，"骁爷也过来？你怎么没给我说啊？"

"你也没问啊。"赵霆嗤笑，往桌上一拍。

张彦新骂了声，他还记得上次自己听何梦希的话去找傅悦，结果被祁南骁逮住的事，不由得心虚起来。他正想着要不要溜，便见大门被人推开，姜贤和韩莘率先走了进来，走在他们俩身后的则是祁南骁和傅悦。

张彦新蓦地顿住，难以置信地擦了擦眼睛。傅悦？

傅悦看见张彦新，眉头轻蹙，显然对他很是警惕。

"哟，骁爷、姜哥、莘姐来了？"赵霆忙不迭地打招呼，笑容满面地起身去迎接他们，"刚才和几个朋友在底下准备吃饭呢，正好碰上你们南高的了，就凑了一间。"他眼神一撇，望向祁南骁身侧的傅悦，哑然失笑道，"这不是上次在校门口那小妹妹吗？骁爷果然下手了？"

"你们骁爷还没追上呢。"韩莘拍了拍赵霆的肩膀。

赵霆比了个手势，还给张彦新道："骁爷来了，也不打招呼？"

张彦新就差骂人了。祁南骁扫他一眼，眉宇轻蹙，终究没说什么，只是侧首看了看傅悦。

张彦新在心底苦笑，敢情要是傅悦不乐意，他祁南骁还不准备进来了？接着他便偷偷溜去厕所给何梦希打了个电话，找借口没让她过来，不然他们碰面的话可就成修罗场了。

众人很快便热络起来，玩游戏的玩游戏，聊天的聊天，傅悦逢人便能聊起来，丝毫不会冷场，这倒有些出乎祁南骁的想象。

就在赵霆提出要玩真心话大冒险的时候，傅悦找了借口出去，她玩不好这种游戏，风险又太大，所以能躲就躲。待久了有些燥热，她正好出来透透气。

傅悦反手掩上门，隔绝了室内的嘈杂，随即便靠在墙上出神。就在此时，拐角处传来一道女声："傅悦吗？她是邻市青中的学生。我打听过了，她可不是什么三好学生，当时在青中可是出了名的横。"

傅悦闻言后脸色蓦地阴沉下来，她双手抄兜，也没想去制止，就静默地听着那女生打电话。祁南骁刚拉开门便见傅悦冷着脸靠在墙上，他正欲开口，却被傅悦抬手制止。

他眉头轻蹙，却还是依言没作声，也因此听清了那人说的话。

"青中之前出过一件事，还搭了条人命，据说那人是傅悦的朋友。那女生把人污蔑后就畏罪自杀了，我也是听邻市的朋友说的……嗯，当时好像闹得很厉害，傅悦她妈妈也不简单，给傅悦办理退学后把事给压下去了……我知道的不多，等打听清楚再说，先挂了，我还有事呢。"

那女生每说一句话，傅悦的眼神便冷一分，双手无声攥紧，似乎在极力隐忍着什么。祁南骁沉着脸，他听着这熟悉的声音，心里已然有了答案。

脚步声渐近，一名靓丽的女生出现在二人的视野中，她脸上本挂着闲适的

114

笑意，却在看见傅悦和祁南骁的那一瞬，转为错愕。

祁南骁看着她，蹙眉沉声道："陈姣姣。"

随着祁南骁声音落下，傅悦嗤笑出声。

陈姣姣变了脸色，没想到祁南骁和傅悦会出现在这里。事发突然，她有些手足无措，抿了抿唇，强行扯出笑容道："这么巧啊。"

"真巧。"傅悦蹙眉看向她，语气发冷，"你调查我也是巧合？"

陈姣姣闻言嘴角笑意微僵，却无法解释。毕竟先前她便有意调查了傅悦，但 A 市没有任何消息，她就暂且打消了调查傅悦的念头，只是后来徐歆雅亲自发短信说祁南骁最近对这傅悦很上心，陈姣姣这才起了警戒心，跟徐歆雅打听后得知傅悦不是 A 市的，才将目标转移到邻市。

没想到经过几番打听，陈姣姣竟知道了不少关于傅悦的惊人底细，刚才她打电话告诉了徐歆雅一部分，谁知被当事人撞了个正着，真是够倒霉的。

"关于这件事，其实我只是中间人。"陈姣姣心中波澜四起，面上却是不动声色，略有些无辜地笑了笑，轻声道，"傅悦，我要先向你道歉，但我真的是受人委托才会调查你的。"

她为了应付眼前的状况，也只能这么办了，就算要把人给供出去。念及此，陈姣姣的心跳开始加速，望着傅悦，尽量让自己的表情看起来自然一些。

"陈姣姣。"不待傅悦开口，祁南骁便轻笑出声，道，"你这就没意思了。"他没挑明，但这话就有些刺耳了。

"我没说谎。"陈姣姣抿了抿唇，虽然心里不太舒服，但她还是决定破罐子破摔，于是她解开手机锁屏，翻出徐歆雅当初给自己发的短信，随即举起来给二人看，"不信你们看，这是徐歆雅拜托我的。"

短信内容：陈姐，骁爷对那个傅悦挺上心的，你认识傅悦吗？

虽未挑明，但字里行间暗示意味十足。祁南骁长眸微眯，拿出自己的手机对了一下徐歆雅的电话号码，对完后发现还真是徐歆雅发的短信。

"我不管这些有的没的。"傅悦心头生出一股无名火，她伸手就攥住陈姣姣的手腕，冷冷地道，"陈姣姣，我劝你就此收手，别再继续了解我，青中上下都知道我到底是个什么样的人，你别自讨没趣。"

陈姣姣细眉微蹙，睁着一双杏眼，其间水光莹莹，瞧上去委屈无辜。

"这事到底有什么内幕，你自己有数。"傅悦只觉得自己耐心用尽，也不管会不会原形毕露了，手下略微发力，陈姣姣顿时轻声痛呼起来。

傅悦沉下脸色，一把甩开陈姣姣，开口道："你管好自己就行了，别再让我从A市哪个学生口中听到半点风声。"字字铿锵，带着一股不容抗拒的狠厉，竟压得陈姣姣半句话都说不出口。

语罢，傅悦转身就走。祁南骁扫了陈姣姣一眼，眸光发冷，看得陈姣姣有些茫然无措。似不屑对她开口，祁南骁转身跟上傅悦，背影决然，步履稳重。

明明才过了几分钟，却像是过了好久。陈姣姣方才被傅悦捏住的地方仿佛还在隐隐作痛。太难堪了，她就在祁南骁面前被傅悦这样对待。

"该死。"陈姣姣狠狠地咬了咬牙，眸中恨意翻涌，她与二人背道而驰，心下做了个决定。

第九章　　吃可爱长大的

1.

坏心情来的时候，坏天气也来得及时。出了门后，外面正在下瓢泼大雨，傅悦蹙眉站在屋檐下，被雨水打湿了衣裳，浸入丝丝冷意。

祁南骁迈步立于她身侧，缄默不语。傅悦不说话，他没来由地觉得心烦气躁，便伸手随意地揉了揉碎发，心中郁闷不已。过了半晌，祁南骁突然开口："傅悦，你为什么放不下？"

"我为什么要放下？"傅悦反问，语气偏激，攥紧的手有些颤抖，"我最好的朋友因为我被别人盯上，遭人污蔑后不堪压力自杀，又被污蔑成畏罪而死，而我却只能束手无策地躲在这里。一条人命压在我头上，你要我放下？"

祁南骁眸色复杂，淡淡地问道："那她的意愿呢？"

随着他话音落下，傅悦陷入了沉默。

四下寂静，只余淅淅沥沥的雨声回荡在耳畔。"她的意愿？"她苦笑道，心头涌上几分酸楚，"她要我好好活着……可是我做不到啊。"

雨滴打在手背，冰冷的雨水顺着肌肤滑落。傅悦垂眸，掩去眸底的酸楚，低声自嘲道："连身边的人都保护不了，我还有什么资格好好活着？"

明明并没有什么异样，祁南骁却觉得胸腔间蔓延着苦涩。傅悦说得没错，他无法劝解她，只因他也有执念，沉淀多年未曾化解。半晌，祁南骁无奈地开口道："我劝不动你。我劝了自己那么多年都没成功，何谈劝你。"他哑声低笑，嗓音微沉，"但是傅悦，所有的苦难都由我来担，我希望你能先我一步走出阴影。"

"成为恶徒或好人，于我来说，并没有什么区别。"祁南骁望向傅悦，目光柔和，"可你那么好，我舍不得。"话音缓缓落下，融化在清冷的雨声中，砸在傅悦心头。

傅悦微合眼，半晌轻声道："改邪归正这种事，不好做到。"

"那你就别改邪归正了。"祁南骁嘴角微弯，抬手揉了揉她的脑袋，语气柔和似水，"归我吧。"

傅悦心头微动，恍惚间，她有种十分不妙的感觉。方才那一瞬，她险些就要说好。"走吧。"她见雨势渐小，便出声对祁南骁道："麻烦你把我送回去了。"

祁南骁轻笑，捏了捏她的脸颊："求之不得。"

傅悦正欲叫他不要动手动脚，便隐约听见路旁的草丛中传来了什么声响。她凝神去听，发现是猫叫声。祁南骁显然也听见了，抬脚便从门口拿了把伞，准备上前去看看情况。

傅悦同他一起，二人走过去后，她扒开草丛发现是一只白猫，幽蓝色的瞳孔中映着暗芒，极为漂亮。

它的右腿似乎受了伤，祁南骁想查看它的伤势，结果这猫很是警惕。傅悦试探性地伸出手，猫却没有反抗，任凭她轻抚上它受伤的右腿。

"人为造成的伤口。"傅悦瞬间断定，随后蹙眉道："不算太严重，但继续放置不管，伤口会感染的。"

祁南骁颔首："伤口好处理吗？"

"只要有基础的消毒工具。"

他闻言起身，将伞向她这边偏了偏，道："你抱着它，我家的车里常备有医疗箱。"

傅悦默了默，没问他车里为什么会常备医疗箱。她试了试，见猫儿并不反抗，便小心翼翼地将它抱了起来，尽量不牵动它的伤口。

祁家的司机是一直等候在车库的，傅悦跟随祁南骁上车后，她便从医疗箱中翻出了需要用到的基础用品，东西齐全，也不用她再想别的办法了。

傅悦三两下便将猫的伤口包扎利索了，她手法熟稔，没让猫承受多大的痛苦。收拾利落后她舒了口气，捧起猫打量，不禁道："是只母猫，小家伙长得这么漂亮，怎么就惨遭毒手了呢？"

傅悦的话音落下，猫儿就软软糯糯地叫出了声，很是温顺地蹭了蹭她。

"它喜欢你。"祁南骁嗤笑一声，即便知道是母猫也有些吃味，"怎么，你要带它回家？"

傅悦对这小家伙喜欢得紧，却没考虑到这份儿上，闻言愣了愣，半晌后她才苦笑道："算了，我连自己都养不好。"

"我来养它。"见她有些失落，他便淡淡地提议，"你取个名字。"

傅悦闻言瞬间喜笑颜开，眸中熠熠生辉，她望着小猫，思忖半晌道："叫'糯米'吧。"

糯米，糯糯。糯米叫了一声，仿佛听懂了什么。

祁南骁将傅悦送下车的时候，糯米依依不舍地扒着车窗，可怜巴巴的。祁南骁对此嗤之以鼻，伸手将傅悦拉了过来，对糯米冷冷地道："别想了，我的。"糯米当即一爪子拍在车窗上，表情凶悍。

傅悦见此有些忍俊不禁，伸手轻轻推了推祁南骁："我走了，你好好对糯米啊。"

他长眉轻挑，俯身凑近她，笑容戏谑，"有晚安吻没？"傅悦没接茬，毫不客气地转身进了居民楼，脚步迈得很大，她听见祁南骁在身后轻笑道，"记得梦见我啊，糯米妈妈。"

傅悦愣了愣，旋即失笑，走进了电梯。电梯门缓缓合拢时，她望见祁南骁正温柔地望着她，整个人像是镀上了一层光晕。与他目光相对的那一瞬，傅悦的心跳蓦地慢了半拍。

电梯门无声紧闭。她出神许久，恍惚间才反应过来去按楼层键，随即她抚上心口，感受着心脏的跳动。

糟了……傅悦闭上眼，无奈地笑出声来。她好像真的快要沦陷了。

祁南骁目送傅悦上了电梯，他在楼下等了会儿，拿出手机打开微信，给傅悦发了条消息：记得想我，最好夜不能寐。

没一会儿，傅悦便回他：再说这种话，我就拉黑你。

看来是到家了。念及此，他收起手机，绕过车身，拉开车门坐入车后座，准备回家。他对司机淡淡地道："刘叔，送我回去吧。"

刘叔知道什么该问什么不该问，虽然他心里有些好奇那个女生的身份，却也只是缄默着将车启动，缓缓驶向大道。

他刚从衣袋中摸出手机，顿了顿，像是突然想起什么，微侧过身子，看向身旁座椅的角落处，果然看到糯米眼神戒备地贴着车门，也不知道这小家伙到底在防什么。

他轻声叹息，也没理它，解锁手机后清理着未读消息，途经一家宠物店时，他下车去买了些东西。

祁南骁的住处离傅悦家不远，开车没几分钟就到了，他下车后目送刘叔开着车渐行渐远，这才不紧不慢地拎着糯米坐电梯上楼。

到家后他换好鞋，将糯米轻放于地上，也没开灯，借着落地窗外的灯光，室内的事物尚且都能看清楚。祁南骁在家素来不喜欢开灯，他对灯光心有抵触。

将外套随意搭上衣架，他站在落地窗前，窗外灯火通明，繁华的夜景被他尽数收进眼底，灯火阑珊也不过如此。他默了默，将袖口往上挽了挽。糯米目光戒备地躲在沙发后，露出半个脑袋谨慎地望着他，生怕他有什么动作。

祁南骁长眸微眯，同它对峙半晌，终是轻声叹息，从纸袋中拿出方才买来的食盒与猫粮，将猫粮倒入了食盒中。他蹲下身去，将食盒放在地上，指尖敲了敲木质地板，吸引糯米的注意力。

终于，糯米经受不住诱惑，没一会儿便迈着小碎步来到祁南骁手边，低头小口吃起了猫粮。

这会儿倒是温顺了。祁南骁嘴角微弯，盯着糯米看了半晌，他启唇，声音极轻："都说动物喜欢亲近好人，难怪你那么喜欢她。"话音落下，糯米似是吃饱了，坐在地上懒洋洋地舔了舔小爪子，很是悠闲。

祁南骁瞧着有趣，伸手欲摸它，糯米却瞬间炸了毛，一爪子拍开他，迅速躲回沙发后，对他低声叫唤着。他长眉轻蹙，指腹抚过被糯米抓过的地方，眸色微沉。

"糯米。"祁南骁正色，冷冷地唤它，"过来。"

糯米眨巴眨巴眼睛，竟渐渐不再出声，敛起一身锋芒，乖乖地走向了他，随即温顺地蹭了蹭他的手背。祁南骁见它这般模样，不禁顿了顿，觉得此情此景让他瞬间联想到了某个人。

"你不愧是她发现的。"半晌，祁南骁哑然失笑，他抬手揉了揉糯米的脑袋，眸底漾开了清浅的笑意，开口喃喃道，"横完就尿的样子还真像她。"

傅悦收好手机，打开客厅的灯，反手关上了家门。傅悦的肩头上此时挂着一个人，傅悦轻声叹息，将傅淑媛拖到沙发上，静默地望着她。

傅淑媛现在这副惆怅落寞的模样，傅悦想象不出她究竟发生了什么。方才傅悦刚出电梯，便见傅淑媛呆呆地坐在她家门口，这落魄的模样是傅悦前所未见的。

一定是发生了什么。傅悦心里隐约有了猜想，却并没有问出口，只是将傅淑媛扶进屋里。她从冰箱里拿出一瓶饮料，递给了傅淑媛。不管傅悦递来了什么，傅淑媛二话不说给喝干净了，喝完后一抹嘴巴，红着眼圈低着头，始终不说话。

傅悦没作声，只从冰箱里拿了瓶饮料，坐到傅淑媛身边，拉开拉环。她喝了口，凉爽的液体入喉，果然让她静了心。

半晌后，傅悦抬起手轻轻地拍了拍傅淑媛的后背，将傅淑媛揽入自己怀中。她一句话都没说，只是简单的两个动作，却让傅淑媛蓦地落下泪来。傅淑媛用手撑着额头，不愿让妹妹看到自己失态的模样，泪珠不断地涌出眼眶，无法遏制。

"傅悦，你说我和他为什么会走到这一步？"傅淑媛苦笑，不声不响地抹着眼泪，"好累啊，为什么忘不掉呢？"

她也曾是小女生，有过写满无数秘密的小本子，上面一笔一画都是他的名字。后来，本子丢了，他也丢了，为什么会走到这一步呢？

何苦执念深重。傅悦不知怎的想起了一些往事，她眉头轻蹙，开口道："姐，委屈谁都别委屈自己，别让自己后悔。"

话音落下，傅淑媛眼眶泛酸，抽了抽鼻子，没再说话。

2.

今天下午篮球赛结束后，秦致远便将她带走了。傅淑媛虽不乐意，但秦致远的确帮了她一把。她先前和班主任吵架，声称这次考试年级排名不进步一百名就辍学回家，班主任记下了这句话，就等着她这次假期质检的成绩出来。

傅淑媛是一时赌气，多少有些心虚，所以考前认真找秦致远补习了，但成绩出来依旧不理想，兴许她真的不是什么学习的料。班主任早就看她不顺眼，正好找着机会赶她走，祸从口出说的就是傅淑媛。

秦致远来时，班主任正在找傅淑媛的碴，傅淑媛梗着脖子就要跟人对峙，秦致远却先一步将她护在身后，把责任揽到自己身上。他说："老师，是我答应你给她补习后自己没有尽心，她很努力。"

由于秦致远这次依旧是年级第一，班主任闻言也不好说什么，而且这次傅淑媛的确是小有进步，即便训斥也找不到合适的理由，便眼不见为净地挥了挥手，示意傅淑媛离开。

傅淑媛出了办公室后一脸得意扬扬地跟在秦致远身后，走前还给班主任做了个鬼脸，见对方黑了脸，这才哼笑着揽住秦致远的臂弯，仿佛是自然而然下做出的行为。

秦致远顿了顿，垂眸扫了她一眼，却也没挣开她的手："这次能救你，但是以后就得你自己解决，别净说空话。"

"那不是气话嘛。"傅淑媛一副美滋滋的模样，随口问他，"对了，我们不同班啊，只有同班的同学才知道我顶撞了老班，你又是怎么回事？"

秦致远闻言蓦地顿住，眸光微动，没立刻回答。傅淑媛却瞬间反应过来，当即难以置信地抬头看向他，试探着开口道："秦致远，你是因为关心我才打听我的消息吗？"

"不是。"他否认得极快。

傅淑媛觉得秦致远就是口是心非。她喉间微动，心跳开始加速，有个想法破土而出，于是她问了出来："秦致远，你有没有觉得我们就这样结束了的话很可惜？你还喜欢我吧？如果只是因为家里人的关系你就跟我疏远了，你真的甘心吗？"她说，"反正我是不甘心。秦致远，你还要不要站在我身边？"说完，傅淑媛面色紧张地等待着秦致远的答复。

然而什么都没有，她等到的只有秦致远的迟疑与沉默。傅淑媛在那一瞬间突然懂了。最坏的答案不是他的拒绝，而是他的沉默。

"好。"傅淑媛松开手，后退几步，与秦致远拉开距离，垂首轻声道，"我懂了。"

臂弯处的温暖突然消失，秦致远有些不适应，他不知道该如何向她解释家中的事，正懊恼着怎么开口安慰她，可在看向傅淑媛时，他却蓦地顿住了。

傅淑媛哭了。秦致远觉得自己的心突然揪得生疼，蹙眉唤她："傅淑媛。"

"你不用为难了。"傅淑媛擦了擦眼泪，没有歇斯底里，也没有继续挽留，她嘴角微弯，对他笑道，"秦致远，我不要再喜欢你了。"

那一刻，秦致远很清楚自己失去了什么。

翌日，傅悦头痛欲裂地从沙发上醒来时，傅淑媛已经做好早饭了。傅淑媛没提昨晚为什么会哭，傅悦自然也没有过问，洗漱过后，她醒了醒神便去吃早饭了。

"悦宝，"傅淑媛摆弄着盘中的蛋包饭，不经意地道，"你还打算回家看看吗？"

傅悦显然顿了顿："怎么？"

"也没什么，就是傅朗前几天突然问起你。"

这么多年过去了，傅淑媛还是喜欢直呼父亲的名字。傅悦对傅朗是没什么印象的，倒是对傅家那些顽固严肃的长辈印象深刻，她以前作天作地的时候，可没少引起那些长辈的不满。

"看看再说吧，没什么必要就不回去了。"她无所谓地耸了耸肩，迅速解决完早餐，换好校服后，拎起书包就打算出门。

傅淑媛整个人摊在沙发上，摆摆手示意今天不去学校。傅悦作罢，自行打车去了南高。在校门口下车的时候，她余光瞥见旁边有辆车，车上有校徽模样的标志，有些眼熟，但傅悦没放在心上，只随意走过。

秦致远正站在门口和值勤老师说着什么，见傅悦走了过来，他顿了顿，和老师说了声抱歉，示意自己要离开一会儿。见老师点头，他便快步走向傅悦，拦住她。

傅悦本没注意到他，结果身前冷不防地出现一个人，她不禁蹙眉抬首，见是秦致远，她愣了愣，脸色却更差了。

　　让傅淑媛哭得那么凶的人，她难免会迁怒。她抿唇，还算好脾气地问他道："你有什么要说的？"

　　"傅淑媛她……"秦致远倒是开门见山，只是语气稍有迟疑，"她昨晚去找你了吗？"

　　"怎么？"

　　"我昨晚去她家，没有等到她。"

　　傅悦默了默，突然有些烦躁，她一直觉得自己没傅淑媛脾气好。

　　"秦致远，"她定定地与他对视，"你喜欢傅淑媛就大方地接纳她，可你到底在隐瞒她什么？"

　　秦致远闻言眉头轻蹙，却是无话可说。他有很多话想要对傅淑媛说，然而也有无数个理由横贯在前，让他无从解释。半晌他叹息道："算了，就这样也好，是我的问题。"

　　傅悦启唇正欲说什么，值勤老师却开始呼唤秦致远："致远，你准备一下，那边的学生代表团就快过来了。"

　　秦致远应了声，看了眼傅悦便转身离去。傅悦眸色复杂地望着他的背影，有点搞不懂傅淑媛和秦致远这两个人在搞什么名堂。

　　现下已是四月中旬，温度开始回升，但风仍有几分凛冽，学生们都换上了薄外套，傅悦老老实实地裹着棒球服，生怕再受凉感冒。

　　由于在校门口耽误了点时间，傅悦到教室的时候，大部分学生都已落座。她扫了眼何梦希和徐歆雅的方向，抿了抿唇，一言不发地走向自己的位置。

　　在经过几名女生的时候，傅悦不经意间听到了她们讨论的内容。

　　"你知道吗？今天会有外校的学生代表团来南高试听，听说他们学校的学生会长是个特别帅的小哥哥！"

　　"我听说了，他们什么时候来？"

　　"估计快到了，正好我们第二节是体育课，能碰上他们。"

　　傅悦对这些东西没什么兴趣，便径直路过她们，却也因此成功地错过了几人接下来的对话。

"对了，是哪所学校的？"

"我想想啊。"有个女生抚了抚下巴，半晌她一拍手道，"是邻市的青中！"

傅悦习惯了每天看祁南骁和姜贤的座位时都空空荡荡的，放下书包坐到位置上，不紧不慢地收拾起自己的书来。

韩莘伸了个懒腰，见傅悦过来了，便眨眨眼笑道："悦宝，我看到秦致远在校门口把你叫住了，是有什么事吗？"

"傅淑媛和他昨天可能发生了什么，估计是闹崩了。"

"他们两个还是这样啊……"韩莘眉头轻蹙，"真搞不懂秦致远那么隐忍做什么，有事说事不就好了。"

傅悦顿了顿，将书整理好，淡淡地道："谁知道他们呢。"

"悦宝，那你呢？"

"我？"傅悦没反应过来韩莘的意思，不禁蹙眉望向她。就在此时，教室的后门被人推开，紧接着，傅悦身后脚步声渐近，不用想也知道是谁来了。

"不。"祁南骁将书包置于桌上，走到傅悦身侧轻笑道，"是你和我。"

傅悦抬眸瞥他一眼，不置可否。

"对啊。"韩莘见二人这般，不禁嘴角微弯，笑意里混着一丝坏，"我看你们两个进展不错。悦宝，你快跟我说说，祁南骁追到你了没？"

傅悦眸光微动，佯装不在意地翻动着课本："怎么可能？现在说这些事还早。"

"她都答应给我机会了，估计离最后一步也快了。"祁南骁嘴角微弯，垂眸望着她轻声道，"我们都有定情信物了，你可别赖账。"

韩莘傻眼："定情信物？！"

他是指糯米？傅悦挑眉，隐约想起了昨晚的事，意识过来后难免有些窘迫："那不算。"

"不算？"祁南骁笑得意味深长，"那你脸红什么？"

傅悦赌气不理他，竖起课本佯装认真地看着，实则根本看不进去任何。

韩荦幸灾乐祸地道："骁爷，你看人家都不理你的，你的路还长着呢。"

"不理归不理。"祁南骁耸了耸肩，垂眸将指尖搭上傅悦的课本，"我先提醒一下你。"

傅悦没好气地道："你干吗？"

"书拿倒了。"

傅悦黑着脸将书正了过来，一时有些尴尬。

祁南骁没说的话，韩荦都没发现，闻言便笑得直不起腰来，感叹这两个人的互动实在是可爱。

姜贤这会儿也来了，见韩荦乐呵成这样，不禁凑过来问："怎么了？怎么了？"

韩荦笑着摆了摆手，也不知是该说还是不该说，憋笑憋得双肩都有些颤抖。

祁南骁抬手揉了揉傅悦的脑袋，低声笑叹："吃可爱长大的吧。"

姜贤愣了愣，突然开始怀疑自己是不是没睡醒，忙蹙眉出声："不是吧，你们两个到底什么情况啊？"

韩荦张口正欲说什么，老师却过来了，她便示意姜贤先回位置。姜贤撇了撇嘴，乖乖落座。

早读和第一节课用来进行随堂测验，美其名曰篮球赛过后，让学生收心，然而只有课代表知道还有好几摞卷子在办公室囤积着。南高毕竟是重点高中，学习氛围终究是好的，虽说学校里出了几个混世魔王，但精英还是有不少。

考完试便是体育课了，恰好有了放松的机会，班里的学生一窝蜂地冲出教室直奔操场，而如此却不是为了上体育课，而是为了偶遇今天来的青中精英团。

傅悦倒是不紧不慢的，同韩荦下楼接了一趟水，接完正好赶上上课，她便放下杯子去站队。见韩荦望着某处，她也顺着看了过去，见不远处的秦致远正同几个别校的学生代表谈话，兴许是在介绍南高。

真忙啊。傅悦也没注意其他的，随意扫了眼就收回视线，乖乖地听体育老师讲话。其实主要就是说关于篮球赛的事情，体育老师先是祝贺一番，随后点名表扬了傅悦三投三中的光荣事迹，掌声四起，傅悦笑着摆了摆手。

她原来在青中是校篮球队的主力队员，投篮这种小事，她的确是没放在心上的，但能为这个新班级做出贡献，她还是挺高兴的。

3.

"悦宝，你现在已经融入十五班了呢。"韩莘轻声笑道，想起傅悦刚来南高时的冷漠疏远，不禁感叹道，"你变化很大呢，真好啊。"

傅悦顿了顿，嘴角微弯，"嗯"了一声："我比较慢热吧，可能适应环境比较慢。我在原来的学校也就一个好朋友。"

"那你转校来南高，她会不会很伤心？"

"也许会吧。"傅悦说，"她也不在原来的学校了。"

"这样啊，你们居然没有转同一所学校。"韩莘闻言有些失落，似乎是在为傅悦感到遗憾，"你来了A市，那她现在在哪里呢？"

"她啊……"傅悦思忖几秒，嘴角笑意越发柔和，轻声道，"和父母一起去了个偏僻安谧的小镇生活，邻里热情，待人友好。"若那个女孩还活着，这便是她能想到最好的结局了。

"听起来不错，她应该会很幸福吧。"

"是啊，"傅悦颔首道："她会很幸福的。"自从离开青中，傅悦每天都如此祈祷着。

这么想着，傅悦难免有些出神，若不是韩莘叫她，她都不知道已经开始自由活动了。

不远处，秦致远微抬下颌，示意着刚开始自由活动的高一(15)班，对身侧的几位青中学生代表道："这是高一的学生。"

"嗯，这是高一(15)班吧，南高篮球赛的冠军班，我记得其中一个男生。"青中学生会长眸光微动，回想了一番，"是叫祁南骁？"

秦致远闻言顿了顿，旋即哑然失笑道："没想到他的名声都传到邻市了。"

"道听途说罢了。"青中会长轻笑，侧首看向秦致远，似笑非笑地道，"秦会长的名声也不一般。"

"哦？"秦致远不置可否，只略一挑眉，"你是指好的方面，还是坏的方面？"

"各占一半。"

"这都是过去的事了，没什么提起的必要。"秦致远垂眸掩下眸中的汹涌，正欲开口，却见有个青中的代表蹙着眉在青中会长的耳边低语了几句。

紧接着，青中的学生会会长脸色微变，当即抬头望向不远处高一（15）班的学生，迅速地锁定了一抹背影。虽说只是背影，但因为过于熟悉，所以他一眼便从人群中认出了那个人。不可能，怎么可能是她？

秦致远眼尖，见青中的会长突然变了脸色，还以为发生了什么，便沉声问："怎么了？"

"秦会长。"青中会长突然开口，话语里含着几分复杂的情感，还有几分似有似无的颤抖，"你认识那个女生吗？"说完，他伸手指向他锁定的那个目标。

秦致远刚开始没反应过来，却在下一秒，脑中蓦地闪现什么，他微怔，顺着青中会长所指的方向看去，见是傅悦。

秦致远想起很久以前，他和傅家姐妹在巷子口遇见的事，以及当时那个邻市男生的神情和话语。

果然。"不认识。"虽是如此，但秦致远还是果断地否定道，旋即扯开话题，"走吧，南高很大，多的是可逛的地方。"

然而为时已晚，青中会长已经率先走了过去。

祁南骁和姜贤跟班里的男生打篮球去了，一群女生正对着走来的几个学生代表，小声议论什么。

见班里女生这般，韩莘也忍不住看了眼，感叹道："我的天啊，带头的那个是那学校的会长吧，长得还真挺帅。他快走过来了，好像还是朝着我们这边。"

傅悦对这些不感兴趣，况且那边还有秦致远，她当真不想看过去。

"是吗？"她随意问了句，接过体委传来的篮球，"哪个学校的？"

"这我不清楚，只知道是邻市的。"韩莘便去问旁的女生，得知答案后便告诉傅悦，"是青中的。"

傅悦的手颤了颤，她轻声道："哪个学校？"

"青中的啊，怎么了？"韩莘见傅悦这样，不禁开口关心道，余光却瞥见那个青中的帅会长面带诧异地站在傅悦身后，正眼神复杂地望着傅悦。而他身后的几个学生代表也是面色复杂，似乎都在纠结该不该出声，一旁的秦致远眉头轻蹙，一头雾水。

一时间无人说话，这诡异的气氛感染了周围的学生，都默默地盯着这边。韩莘未察觉出什么异常，便笑眯眯地搭话道："小帅哥，你好啊。"

青中会长没理会她，只踌躇半晌，盯着傅悦的背影，突然轻声唤："悦姐，好久不见。"

闻言，傅悦背对着青中的会长，纹丝不动。

青中的会长看不见傅悦的神情，韩莘却清楚地看到傅悦在听到那声"悦姐"后，瞬间变了脸色。

"那边怎么回事？"姜贤蹙眉望着那边，对祁南骁招招手，"骁爷。"

"怎么了？"祁南骁将外套脱下挂在肩头，长眸微眯，看向十五班的活动区。那几个学生代表怎么……

同班的男生喝了几口水，随口问道："青中会长认识傅悦？"

祁南骁的手僵了僵："哪儿的会长？"

姜贤不明就里，替男生重复了一遍："青中，就我们邻市的。"

"该死。"祁南骁低骂了声，快步走向傅悦那边，步伐急迫。

难不成这其中有什么秘密？姜贤和男生对视一眼，随即他便不紧不慢地跟在祁南骁后面，想看看是什么情况。

"悦姐……"韩莘低声重复一遍，心头微动，却是薄唇微抿，对青中会长笑道："嗨，认错人了吧？"

傅悦叹口气，转身看向来人，眸中的情绪复杂难辨，最终还是轻声道："陈程，好久不见。"

"没必要'悦姐'这么叫吧？"祁南骁走过来开口道，长腿一迈便站到了傅悦身边，伸手拍了拍陈程的肩膀，"傅悦刚转过来，三好学生的形象在这儿呢，开玩笑可不能过火啊。"

陈程眸光微动，瞬间了然，嘴角微弯地对傅悦道："原来如此，那刚才真是抱歉了，开了这种玩笑。"

可只有傅悦知道，陈程故意唤她一声"悦姐"，无非就是在提醒她，提醒她别轻易忘了欠谁一条命。傅悦觉得陈程是恨她的，不过他也应该恨她，不然她反而会良心不安。

另一边，何梦希蹙着眉将徐歆雅拉扯到暗处，在她耳畔低语道："对了，上次篮球赛的时候你还没跟我说完呢，这傅悦到底什么情况？"

徐歆雅闻言看了眼傅悦那边，随即低声道："傅悦以前是邻市青中的风云人物，我打探了好久才确认她的消息。"

何梦希心头微动，忙不迭地道："怎么回事？说来听听。"

"据说傅悦在青中的时候，比现在的傅淑媛还难管，学校都拿她没办法，但因为成绩好就没人敢说她，这个跟祁南骁的情况有点像。"徐歆雅想了想，继续补充道，"傅悦不是跟妈吗，她妈是女强人，在国外有公司，因为不常回国，所以就更管不了傅悦。"

"我去，这傅悦的来头还真不小。"何梦希越听，眉蹙得越紧，"那她好好在青中待着不就好了，干吗非要转学过来？"

"我先说好，关于傅悦转学的原因都是别人传的，因为学校封锁了消息，所以真正的知情人，除了傅悦，其他都已经退学了。"

"行行行，你赶紧说正经的！"

"傅悦在青中虽然强势霸道，但她不搞小团体，喜欢独来独往，身边也只有一个叫陈糯的朋友，这陈糯就是那个青中会长的妹妹。我听朋友说，这陈糯陷害了一个女生，还污蔑那个女生，被揭穿后就畏罪自杀了，傅悦她妈怕她受影响，强行给她转的学。"

何梦希听完后，陷入了长久的沉默，也不知在思忖什么。半晌，她道："这傅悦，我们不能沾惹。"

徐歆雅闻言愣了愣，第一反应是问她："你就打算这么放过她了？"何梦希是出了名的记仇，徐歆雅还真不敢相信她会放过傅悦。

"怎么可能？"何梦希低声嗤笑，"陈姣姣知道傅悦吗？"

徐歆雅本就是背着何梦希偷偷联络陈姣姣的，这会儿冷不防地从何梦希口中听到陈姣姣的名字，吓得一个激灵，没立刻回答何梦希。

何梦希没听见回应，便有些狐疑地伸手推了推徐歆雅："喂，我问你话呢，你怎么了？"

"我刚才走神了。"徐歆雅讪笑道,指尖卷了卷发尾,"她知道啊!你想想她在南高认识的人有多少,祁南骁跟傅悦走得这么近,她肯定知道了啊。"

何梦希颔首:"行吧,不过这也不好说,等我去问问十班的那几个男生。"

二人说话的工夫,秦致远已经成功地将青中的几个学生代表带走了。傅悦的脸色不太好看,韩莘没敢问她,见不远处的姜贤给自己使眼神,便会意,悄悄地溜向他那边,只留下祁南骁和傅悦站在原地。

祁南骁垂眸看向傅悦,轻声问她:"你在青中的熟人?"

傅悦默了默,笑意苦涩:"不,他是我在青中的债主。"祁南骁长眉轻挑,见傅悦这般模样,没想继续问下去,却听傅悦自行解释道,"我那个死去的朋友是他的妹妹,他妹妹是因为我才会出事,所以我欠他一条命,这辈子都还不清。"

话音落下,祁南骁伸手轻轻地拍了拍傅悦的脑袋,力道温柔,似是安慰。他说:"既然过往沉重,那我陪你承受。"

没有多余的劝解与开导。因为祁南骁知道,重新来过很难做到,所以他干脆不去劝她。他唯一做的,只是不停地告诉她:不论前路有多难,我都愿为你披荆斩棘。

傅悦抿了抿唇,轻轻"嗯"了声,心下却是柔软异常。

"他们两个真是……啧啧。"韩莘望着傅悦和祁南骁,不禁摇了摇头,不知是该喜还是该忧。姜贤则是一副若有所思的模样。

"哎,姜贤。"韩莘突然出声唤他,伸手扯了扯他的衣摆,面色复杂地问道,"你说他两个人都有不太好的过去,如果真的要一起走下去,最后会是什么样?"姜贤闻言微怔,张口想要说什么,最终却是哑然。毕竟他只是旁观者,也不好妄自揣测。

两个人在这儿婆婆妈妈操心了大半天,不知不觉间一节课都过去了,下课铃声响起后,韩莘便若无其事地跑过去找傅悦。

"悦宝,悦宝,你原来是青中的啊!"韩莘揽着傅悦的手兴冲冲地道,"青中这学校也挺不错的啊,你在那边就是小学霸?"

傅悦摆了摆手,谦虚地道:"还好,我只在那边待了半个学期,经历的考试都没几场呢。"

"你谦虚什么啊，连青中的帅会长都叫你'悦姐'呢，看来我家悦宝还挺威风的。"

傅悦嘴角微弯："玩笑话而已，开玩笑时叫姐叫哥的很常见啊。"

祁南骁和姜贤在后面不紧不慢地走着，没人说话。姜贤受不了这沉默，忍不住侧首看向祁南骁，却见他一副若有所思的模样。

"祁南骁。"姜贤开口唤他，随即一本正经地问，"你和傅悦是认真的吗？"

祁南骁扫他一眼，面上看不出什么情绪："我俩还没在一起。"

"不是，我不是说这个。"姜贤有点纠结，他不知怎样问才显得比较委婉，最终只是叹了口气，"我是说，你觉得你们俩真能有什么结果吗？"

姜贤问得直白，祁南骁顿了顿，思忖了几秒才道："我也不知道。"

这就是你认真思考过后得出的答案？

"别闹啊，兄弟。"姜贤叹了口气，拍了拍祁南骁的肩膀，正儿八经地道，"这事不能打马虎眼，傅悦不简单，你真想清楚了你们会有什么结果？"

祁南骁沉默半晌才轻声道："如果我哪天察觉到我们不会有好结果，我会放她走。我堕落无所谓，可她不行。"

姜贤愣了愣："祁南骁，你……"

"她是光，我身处暗处，自知配不上她。"祁南骁哑声轻笑，眸中恍若有光，"但我还是想再挣扎一番，即便不能站在她身边，也想靠近她。"

他祁南骁这一生，变坏是为了爱她，变好也是为了爱她。他所有的悲喜善恶，都是为了她。

第十章　送早餐

1.

在学校的日子总是过得很快，一转眼，A市的天气就热了起来。褪去薄外套，只穿着单衣，有时也会出一层薄汗。A市，似乎永远都是最先热起来的城市。

恰逢周五，傅悦扯了扯领口，靠在窗上抬头望着眼前的万里晴空，手肘随意地搭在窗沿。日光灿烂，洒满傅悦周身，像是给她镀了一层柔和的光晕。

午后难免懒散，祁南骁将书盖在额前遮挡阳光，望见了傅悦昏昏欲睡的模样。

祁南骁长眸微眯。她现在这副样子，像极了糯米在落地窗前打盹的模样。祁南骁百无聊赖，便打量起了傅悦，他的视线自她额头滑落，扫过她的眉眼、鼻尖，定格在她的唇。

祁南骁正出神，冷不防被人拍了下肩膀，他蓦地顿住，随后眼疾手快地扶住额前摇摇欲坠的书本。动静太大，惊动了正闭目养神的傅悦，她睁开眼看向这边，眼中茫然。

难得的好兴致还被人打扰，祁南骁蹙眉看向来人，见是傅淑媛便"啧"了一声道："你来干什么？乱闯低年级教室？"

"你还好意思说我啊？"傅淑媛毫不客气地伸脚勾过一把椅子，坐在椅子上跷起了二郎腿，抱着胸哼哼道，"我可盯着你看好久了，祁南骁，别以为你头上顶着本书，我就没发现你偷看我家悦宝！"

祁南骁大方承认："我看了，有什么不好意思的？"

傅悦闻言有些发蒙："什么？"

"这人脸皮厚，我说不过他。"傅淑媛撇了撇嘴，看向傅悦时立刻就换了一副表情，笑眯眯地对她道，"悦宝，悦宝，你看看明天下午有空没？"

"怎么……"傅悦条件反射地问出口，却瞬间反应过来，"明天好像是你生日了？"

"对啦，我要过生日啦！"傅淑媛见傅悦居然记得自己的生日，不禁感动得一塌糊涂，倾身就给了傅悦一个拥抱，"果然是亲妹妹。悦宝，你太好了！"

祁南骁听傅淑媛这么说，长眉轻挑，道："怎么，那位不记得？"

傅悦瞬间会意，祁南骁指的是秦致远。距离傅淑媛哭着来找她的那天，不知不觉已经过去快两个月了。

"那位是哪位？我现在不太关心别人。"傅淑媛从容地回道，用手肘撑着下巴道，"嗨，你还操心我的事呢，先追上我妹妹再说吧。"

"这种事不能急啊。"祁南骁哑然失笑道，"而且这个过程中的乐趣可多着呢。"

傅悦闻言忍不住白了他一眼，无奈地道："你闭嘴吧。"

祁南骁耸了耸肩，当真不再多言，安安静静地待在一旁。

"我去。"傅淑媛感叹道，"悦宝，你竟然让祁南骁变得老实了，了不得。"

"回归正题。"傅悦知她是调侃，便叹了口气道，"明天是你生日，我肯定会去的。地点定好了吗？"

"我就知道悦宝最好了！"傅淑媛笑眯眯地揉了揉她的脸颊，"订好啦，在城北的一家大饭店。你不认识路，我明天过去找你，我们两个一起去。"语罢，她换了一副凶巴巴的模样，对祁南骁没好气地道："还有你也要过来，别忘了跟韩莘和姜贤说一声！"

祁南骁嗤笑道："我要说我没空呢？"

"那你就别来了，反正你不来会后悔。"

"我？"他难以置信地轻笑出声，"后悔？"

"不告诉你别的了，我先回去，你爱来不来啊。"傅淑媛说着看了眼时间，起身同傅悦道别，便离开了十五班的教室。

与此同时，高二（3）班内，学生们打闹不止，嘈乱一片。秦致远正坐在位置上翻阅着学生会的资料，对周围嘈杂的人声充耳不闻，一本正经的模样与班内的气氛有些格格不入。他在文件上签好了自己的名字，放下笔想活动下手腕，尚未有动作，便发现桌面上出现了一双手。

秦致远长眸微眯，身子略微后仰看向来人，见这女生有几分眼熟，想了想原来是傅淑媛的朋友。他面上没什么表情，虽然心里隐约猜到了什么，却还是淡淡地问她："找我有事？"

"你就装傻吧。"女生嚼着口香糖，见秦致远这样子瞬间没脾气了，"秦致远，你知道明天什么日子吗？"

秦致远翻了翻资料中的学校通知，对她道："双休日学校的老师要开会，学生不用上自习。"

女生狠狠地咬牙，耐着性子道："你这笑话不太好笑，你肯定知道是什么日子，但你口是心非，就是不说。"

秦致远没说话，也不知道是默认还是什么。

"傅淑媛是不是没邀请你啊？"她歪了歪脑袋，"生日Party（聚会）。"

秦致远捏了捏眉骨，不动声色地道："没有。"

女生撇了撇嘴，意味不明地道："秦致远，你知道吗？傅淑媛最近跟隔壁班的某个男生走得挺近的。"

秦致远挑眉，缄默不语，并不发表态度。

"傅淑媛说不喜欢一个人，就真的不会再喜欢了。"她深吸一口气，决定将话挑明，"秦致远，你要怎么办？"

"她不喜欢我也好。"

"那你呢？"女生闻言急了，"可你还喜欢她啊！"

秦致远笑了笑，对此没否认，也没承认。他从未输给情敌，只是输给了她，还有他自己。他们的故事已经结束，从此他和傅淑媛就是两条平行线。

"算了。"女生似乎放弃了，疲倦地对他摆了摆手，道："秦致远，你自己好好想想吧。究竟是傅淑媛不愿意回来，还是她每次回来，你都将她推开。"

翌日，傅悦吃完午饭，正准备去换身衣服，便听有人敲门。她揉了揉头发，穿着拖鞋过去开门，是傅淑媛。

"我来啦！"傅淑媛示意了一下手里拎着的东西，是个小箱子，她这么一晃，里面却没什么声音，也不知道是装了什么。

傅悦有些疑惑，谁知还没问出口，便见傅淑媛迅速反手关上门，扯着她就跑向卧室，二话不说将她按坐在床边。傅悦愣了愣："你做什么？"

"我来给你个 surprise（惊喜）。"傅淑媛随口答道，干脆利落地将她带来的那小箱子打开，里面装着一件精致的小白裙，看起来价格不菲，款式也很显气质。

傅淑媛打量着傅悦的头发，最终决定拿卷发棒将她的发梢卷了卷，弄完后见效果不错，又让傅悦将小白裙换上。大功告成后，傅淑媛满意地将傅悦从头到脚打量了一遍："就这样啦，这是我挑了好久才挑出来的衣服呢！"

傅悦好奇，就去照了照镜子，效果的确是不错。傅淑媛看了眼时间，见差不多了，便拖着傅悦出了门，打车前往最终目的地。

祁南骁到场比较早，便站在门口玩着手机来消遣时间。韩莘到时会和姜贤一起过来，他们俩都是会磨时间的主，估计还要好一会儿才能到场。祁南骁长眸微眯，倚靠在墙边，随意地玩着手机打发时间，等着傅家姐妹到场。

等了也就几分钟的时间，他眼前突然停了一辆出租车，车门打开，傅淑媛下了车，见他来了，便换上一副嘲讽的表情。她仿佛是在讽刺他心口不一，最终还是来参加生日 Party 了。

祁南骁懒得理她，侧过头，便发现傅悦缓缓地出现在他的视野中。祁南骁蓦地顿住，手指下意识地动了动，手机险些掉落在地，幸好被他及时抓稳。

只见傅悦黛眉杏目，肤如白玉，墨色的长发披散着，搭配着一袭白裙，简直美得不可方物，惊艳得祁南骁移不开眼。

傅淑媛见祁南骁出神的样子就知道自己得逞了，于是趾高气扬地走到他面前，拍了拍他的肩膀。祁南骁一言不发地对着傅淑媛比了个大拇指的手势。傅淑媛看到后喜笑颜开，直接就乐呵呵地进饭店了。

傅悦不知道他们这是什么交流方式，只见祁南骁长腿一迈走向她，嘴角噙着一抹温柔的笑意。

"傅淑媛还真说准了。"他细细地打量着傅悦，心里不禁赞叹这小姑娘真是生得精致。

傅悦眨眨眼："什么？"

祁南骁低声轻笑，俯身在她耳畔道："我要是错过了今天的你，得后悔一辈子。"

2.

没一会儿，参加傅淑媛生日 Party 的人都陆陆续续到场了，几十个人里，还有不少外校的。身为傅淑媛的妹妹，傅悦并没有在傅淑媛的圈子里正式出现过，也因此，傅淑媛将她正式地介绍给了众人。

傅淑媛的朋友原先都不知道傅淑媛还有一个妹妹，但现下发现傅淑媛的妹妹竟还是一个小美人，下意识便增加了一些好感。其中有几个男生见了傅悦，都想过去搭讪要个联系方式，然而在看见她身边寸步不离的祁南骁后，便迅速地打消了这个念头。

他们都知道祁南骁不好惹，他护在傅悦身边，看见有男生凑过来就紧蹙着眉，整个人气场冷冽，根本没人敢靠近。然而这猛虎看着凶残，可只要傅悦开口说一句话，他转身便能换副神情，温柔得不像话。

傅淑媛在饭店包了一个大房间，一群人吃饱喝足后，该回家的回家，困了想睡觉的也都各自打车离开了，最后还精神着想去玩的也就十个人了。

傅悦自然是在这十个人里面的，一行人去了 UG，折腾下来，已然是深夜了。傅悦实在困得不行，见傅淑媛他们还在疯玩，便打了声招呼，准备先回去了。

有人不知从哪儿要来了话筒和音箱，祁南骁硬是被朋友拉着唱歌，他正想着该用什么借口来婉拒。就在此时，他看傅悦似乎打算离开了，便也跟着起身走向门口。

有男生留他："骁爷，不唱就不唱，怎么还要走了？"

"傅悦累了要回家，我去送她。"祁南骁脸不红心不跳地回答完，便走出了房间。

傅悦走出 UG，打了个哈欠，望着凄清寂静的街道，正愁怎么打车回去，祁南骁的声音便传来："我送你？"话音刚落，他已经走了过来，站在她身旁。

冷不防冒出来一个人，傅悦吓了一跳，侧首问他："你什么时候出来的？"

"跟在你身后出来的。"祁南骁看了她一眼，道，"都这个时候了，打车也不方便，我给人打电话送你回去。"

"你不继续玩了吗？"

"早就累了，也该回家看看糯米了，正好有借口离场。"

傅悦闻言便点头道："那谢谢你了啊。"

祁南骁揉了揉她的脑袋，顺便给刘叔打了电话。刘叔每天的工作就是当祁南骁的司机，时间清闲，问清楚地址后，没多久便到了。

刘叔先前跟着祁南骁送过一次傅悦，知道她家的地址，所以傅悦上车后也就没多说什么，懒散地靠在座位上休息。她生物钟很准，因为今天是傅淑媛的生日才熬了夜，现在时间也不早了，她又跟着一群人玩了一天，此时当真是又困又累，眼睛都快要睁不开。

困意袭来，傅悦忍不住打了个哈欠，吹着开了暖风的空调很是舒服，她便打算闭目养神一会儿。

一路无话，安谧不已。等红绿灯的时候，祁南骁侧首看向傅悦，才发现她不知何时靠在座位上睡着了，车停下的时候，她脑袋还歪了歪。

兴许是睡得不太舒服，傅悦支吾了一声，眉头轻蹙，换了个姿势继续睡。祁南骁见此不禁愣了愣，旋即无奈地笑了笑，心想这小姑娘是有多困。

刘叔通过后视镜看见了傅悦正在熟睡，过了红绿灯，他为了让车身尽量平稳些，便有意将速度放慢，让傅悦睡得更安稳些。祁南骁察觉出这点，便轻声道了谢。

然而到了傅悦家楼下的时候，她还是没醒，看上去睡得还挺香。刘叔下车去小区外的二十四小时便利店买东西，留祁南骁和傅悦二人在车中待着。

祁南骁叹了口气，靠着座位望着傅悦的睡颜。傅悦睡着的时候，模样柔弱无害得很。月光透过车窗，给傅悦镀上了一层光辉。他的视线下移，定格在傅悦的嘴唇上，只见她的双唇水润诱人，似是在邀人品尝。

傅悦现在是睡着的。意识到这点，祁南骁喉间微动。

很奇怪，祁南骁此时不知为什么竟有些醉意。那醉意悄然发酵，却又来势汹汹，几乎要吞没了他的理智。祁南骁的手鬼使神差地轻轻搭上车座椅的软垫，倾身凑上前去，想要贴近那抹温软美好。

二人的距离越发接近，祁南骁清晰地听到了自己心跳加速的声音，"怦怦"撞击，在胸腔回荡。然而就在此时，驾驶席的车门被人打开，是刘叔买完东西回来了。

祁南骁顿时清醒过来，面不改色地正身坐好。他靠在软椅上，合眼想要稳住心神，然而却是徒劳。方才那一瞬的心动太过短暂，意犹未尽，他是真的想要接近她，想让她彻底属于他，却又怕自己的行为会惊动她。

祁南骁都开始怀疑自己是不是禽兽，心下躁动不已，他现在与傅悦处在同一空间内都仿佛不受控制，这感觉当真是难受得很。

祁南骁低骂了声，指腹抚上嘴角，有些懊恼。

傅悦睁开眼的时候，祁南骁和刘叔都不在车里。她蹙眉，缓缓推开车门，下车去看，结果发现祁南骁正靠在车门上同刘叔聊天。刘叔不知说了什么话，祁南骁随即点了点头，面色复杂，不知是在想什么。傅悦看了看四周，发现已经到了她家楼下，看来自己是睡了一路。

"醒了？"祁南骁见她下了车，便看向她，对她轻声道，"见你睡得沉，没舍得叫你。既然你醒了，就快点回去好好休息吧。"

傅悦望着祁南骁，见他仍是以往的温柔模样，便抿了抿唇："嗯，那我先上去了，你也早点回去休息。"

祁南骁嘴角微弯："晚安。"

"晚安。"傅悦回他一声便走进了居民楼，刚好电梯停在一楼，她便直接按键进去了。电梯门合上的那一瞬间，傅悦眸光微动，缓缓蹲下身子，指尖搭上自己的唇，心情复杂。

刚才在车上，祁南骁接近她的时候，她其实是醒着的。傅悦想起方才两人之间那如纸薄的距离，脸颊便不禁滚烫起来。她有些懊恼，却也不知道究竟是为了什么。

她本来可以直接睁开眼，为什么那时又要装睡给他机会？她那时明明清楚祁南骁想要做什么，虽然最终刘叔及时回来了，祁南骁并没有得逞，但是……

傅悦纠结半晌，最终还是决定不再欺骗自己。傅悦，承认吧，你已经完完全全地陷入祁南骁设下的温柔陷阱了。

傅悦心情复杂地到达自己所居住的楼层，打算摸出钥匙开门，结果翻了翻包，却没找到。她变了脸色，再三确认包中和身上没有钥匙后，她火急火燎地拿出手机给祁南骁打电话，电话打通后被秒速接起。

祁南骁的声音自听筒传来，有些不正经的意味："怎么，要我给你说睡前情话？"

傅悦没接茬，慌张地道："祁南骁，你能让司机回来一趟吗？我钥匙可能落车上了！"

"我就在楼下。"

"啊？"傅悦愣了愣，"这么长时间了，你没走吗？"

祁南骁的语气毫无起伏，仿似理所当然："你还没回我短信，在确认你没到家之前，我是不会走的。"

话音落下，傅悦的心不受控制地越跳越快："这、这样啊。"她突然结巴了一下，随即轻咳一声道，"我这就下楼，你等我一下。"

祁南骁果然就在楼下等着，傅悦上车找了几遍都没有，祁南骁和刘叔都帮着找了，一无所获。

"啊，钥匙怎么能丢了呢？"傅悦头疼不已，看了看远处的门卫室，见门卫室的灯已经熄了，便打消了去拿备用钥匙的念头。

祁南骁安抚地拍了拍她的脊背："你家的钥匙，还有谁？"

"对了，傅淑媛有！"

祁南骁闻言便拿出手机给傅淑媛打了个电话，结果傅淑媛遗憾地表示备用钥匙被她放在了傅家，没有随身带着。祁南骁只得挂断电话，问傅悦："要不然回傅家拿？"

傅悦哭笑不得地摇摇头："傅家在别墅区，我去这一趟都到明天早上了。"

他长眉轻蹙，半晌后叹了口气道："我家旁边有家酒店，要不然我让刘叔带你过去？"

"好吧。"傅悦也跟着叹了口气，慢吞吞地坐到车后座上，有些懊恼地低声道，"只能这样了。"

3.

傅悦刚好带了一些钱，她借了刘叔的身份证，这才畅通无阻地开了房。这家酒店虽然不大，但好在环境温馨，设施齐全。

祁南骁将傅悦送到房间后，嘱咐了一堆关好门、拉好窗帘等如此尽显关心意味的话，虽说是这样，但祁南骁离开的时候还是很不放心。傅悦关上门，将包扔在床头，整个人倒在柔软的床上，长叹一声。钥匙居然都能丢，大半夜的还折腾了那么久，明天甚至还要早起，去找小区的门卫大叔要备用钥匙。

唉，不太走运啊……傅悦伸手揉了揉眼睛，这一天下来又是 Party 又是丢钥匙的，她现在已经有些累了，再不休息的话估计就要吃不消了。于是傅悦强撑着精神去冲了个热水澡，穿上浴袍后就裹着头发躺上了床，结果刚躺下就直接睡着了。

一夜无梦，这大概是傅悦睡过最安稳的一场觉了。也不知过了多久，在傅悦睡得正迷迷糊糊的时候，隐约听见了敲门的声音。

日光熹微，傅悦被突如其来的敲门声吵醒，裹着被子在柔软的床上打了个滚，眉头轻蹙，这才缓缓睁开双眼。她一觉醒来，已经是早上了。

"来了，来了。"傅悦没好气地道，将裹着头发的毛巾扯下挂在一旁，随手顺了顺头发便迷迷糊糊地走向了门口，"大清早的，干什么呀？"她丝毫没有想起自己昨晚是穿着浴袍睡着的。

所以当她打开门的那一瞬，门外的人眸光微动，当即侧身进入房间，反手迅速关上门，似乎生怕走廊上会有人经过。

傅悦还没完全清醒，揉了揉眼睛，有些发蒙地道："祁南骁？"

祁南骁眸色微沉，并未应声，只蹙着眉将她上下打量一番。浴袍宽大松散，傅悦腰间的系带已然松垮，锁骨诱人，香肩半露。祁南骁不敢再看，逼迫自己移开视线，轻声笑道："傅悦，你可真没什么戒备心。"

傅悦闻言愣了愣，隐约意识到什么，低头看了眼自己的衣着，脑中轰然炸开，当即背过身手忙脚乱地将浴袍整理好。

太尴尬了，她昨晚居然洗完澡就躺在床上睡着了？！傅悦的双颊滚烫不已，揉了揉脸，转过身没好气地道："那你还看啊！"

"傅悦，"祁南骁俯身凑近她，望着她一字一句地道，"我是男生。"
这人浑蛋啊。

"幸好敲门的是我，如果换成别人的话，后果不堪设想。"他叹了口气，伸手揉了揉她的脑袋，"看来我还是不能离开你。"

傅悦白了他一眼："你够了，没事就赶紧走吧。"话音刚落，她眼尖地瞅见了祁南骁手中拎着的纸袋，纸袋中散发着诱人的香气，勾得她喉间微动。

祁南骁见傅悦终于发现了自己手中提着的袋子，便有意在她眼前晃了晃，佯装无奈地道："可惜了，这早餐还没吃就该走了。"

傅悦抿了抿唇，实在是没脾气了，只得拉过他："好好好，不让你走了。"

"我平时都会晚起，这还是第一次早起给人买早餐呢。"祁南骁扫她一眼，点了点自己的脸颊，"你也不给点奖励吗？"

你昨晚都动歪念头了好吗，不是应该保持距离吗？！傅悦强忍住想要吐槽的欲望，没接他的茬，二人一同坐在饭桌前，她接过了他递来的纸袋。

傅悦闻着这香味觉得熟悉得很，将纸袋打开来看，不禁愣了愣，道："是蛋饼啊？"傅悦有些惊喜地看向祁南骁，眸中有光闪耀。

祁南骁正将豆浆的杯盖掀开，放进吸管，闻言嘴角微弯地看向她："喜欢吃？"

"最喜欢吃了。"傅悦已经吃起来了，有些口齿不清，"好巧啊，你居然买来了。"

他轻笑，将豆浆推向傅悦，指节轻叩桌面："没办法，心有灵犀。"
傅悦闻言撇了撇嘴，没应声，专心致志地吃起了蛋饼。

祁南骁撑着下颌，恍惚间却是想起了自己凌晨到家后有些失眠，便给傅淑媛打了电话，问她傅悦早餐喜欢吃什么。

傅淑媛那时已经快睡着了，冷不丁接到这电话还以为是有人冒充祁南骁，确认身份后，她才告诉了他傅悦喜欢吃什么。好不容易抓住机会，傅淑媛定是要好好嘲笑祁南骁一番的，祁南骁不予理会，让她好好睡觉梦见秦致远，便将电话挂掉了，也成功地截断了傅淑媛的那声即将说出口的粗话。

祁南骁正出神，傅悦却已经迅速解决完了早餐，她抬头问他："祁南骁，你是吃完了？"

他摆了摆手："我没有吃早餐的习惯。"

"哦。"傅悦闻言蹙了蹙眉，却也没说什么，"我收拾收拾就回去找门卫拿备用钥匙，你可以回去休息了。"

"我送你过去。"祁南骁淡淡地道，"休不休息什么的无所谓。"

"睡觉不重要？"

"你比睡觉重要，"他说着，偏了偏脑袋，笑容戏谑，"和你睡觉更重要。"

就不能指望他变正经。傅悦感慨着。

祁南骁突然语气正经地开口道："别动。"

傅悦闻言当真没动，还以为他要做什么。然而祁南骁只是从旁边抽了张纸，倾身将她嘴角的豆浆渍抹去，力道轻柔，生怕弄疼了她。

二人距离极近，傅悦不知怎的有些紧张，便敛了眸。祁南骁本心无旁骛，见傅悦移开了目光，不禁心头微动，不由自主地联想起昨夜在车中的那个未成功的吻。

刹那间，便有一股燥热自胸腔升起。祁南骁暗骂一声，忙收手正过身子，轻咳一声："你去收拾吧，我在外面等你。"

傅悦疑惑地看了他几眼，总觉得祁南骁有点不对劲，但具体的她又说不上来，便只得作罢。

"嗯，我很快就好。"她颔首应声，起身将垃圾丢入垃圾桶中后，便去洗洗手间洗漱了。

傅悦动作利索，没一会儿就收拾干净出来了，准备去楼下退房。祁南骁在门口等着她，见她出来了，道："走吧，我们待会儿打车过去。"

傅悦点头，忙不迭地跟上他。二人走到半路，傅悦的手机突然响起，她从包中摸出手机来，看了眼来电显示，见是傅淑媛，愣了愣才将电话接起："喂，姐姐？"

傅淑媛一听电话接通，忙问她："悦宝，你昨晚找到钥匙了吗？"

"没有，估计是丢了吧。我昨晚住的酒店，现在正准备去退房。"

"这样啊……"傅淑媛这才放心，却又像是突然想起来什么，"对了，悦宝，你吃早饭了吗？"

"早饭？"傅悦愣了愣，不知道傅淑媛为什么突然聊起这个话题，却还是乖乖回答道，"已经吃了。"

祁南骁闻言不着痕迹地看了她一眼。

然而傅淑媛闻言却并没有再多说什么，只是"嗯"了一声便将话题转移，道："那你今天退房之后怎么办啊？"

"我回小区找门卫调备用钥匙出来吧，昨晚门卫室熄灯了，我就没找到人。"

傅淑媛想了想，道："行，我这边有两把备用钥匙呢，你就算调出钥匙了手上也只有一把，我正好待会儿要回傅家，顺便给你拿一把出来。"

傅悦下意识地点了点头，意识到傅淑媛看不见后，她才开口道："好，那你帮我找找吧，谢谢啊。"

傅淑媛笑眯眯回她："一家人说什么谢谢嘛。那就先这样，我赶紧坐车回傅家给你找，今天下午或者明天就给你！"

傅悦应了声，便将电话挂断了，正好电梯门开，她和祁南骁便进去了。随后，二人退了房便打车去了傅悦所居住的小区，车停在门口，傅悦忙不迭地下车跑向门卫室。简单说明情况后，门卫知道她是这里的住户，便没有多问什么，让傅悦报了房门号后，拿出好几串钥匙，按照房门号翻找备用钥匙。

没一会儿，门卫便将钥匙抽了出来，上面标记的房门号正是傅悦所住的房门号。傅悦接过钥匙："麻烦您了。"

"没事，没事。"门卫乐呵呵地摆了摆手，对她道，"不过小姑娘，备用钥匙我们这里是要留着的，你要是有空的话就去配一把，到时候还回来。"

"这样啊，谢谢提醒。"傅悦点了点头，收好钥匙后便转身回到了出租车上，旋即意味不明地叹了口气。

祁南骁蹙着眉，不明白她怎么又回来了："怎么？"

"备用钥匙门卫室要留着，我需要再去配一把，你陪我一起去吗？"

祁南骁长眉轻挑，示意没问题，紧接着跟司机说了声，司机打开导航找了一会儿，便锁定目标，将车启动。

傅悦捏了捏眉骨："谢谢啊，让你跟着我跑来跑去的。"

"我心甘情愿。"他轻笑，侧首看向她，道，"那你要不要考虑一下，顺便配把钥匙给我？"

第十一章　儿时旧事

1.

祁南骁望着傅悦，似笑非笑的，让人分不清他究竟是认真还是玩笑。

日光透过车窗，洒上他的面庞，描摹着他的眉眼，无声地惊艳了岁月。傅悦愣了愣，果断别过头不再去看他，淡淡地道："不考虑。"

"这么无情？"祁南骁轻笑，语气无奈，"那要不然我把我家的备用钥匙给你？"

傅悦蹙眉瞥了他一眼，反问他："我要你家备用钥匙做什么？"

"你把糯米忘了？"

傅悦默了默，一时间找不到什么反驳的话，只得叹了口气道："你行了啊，废话少说，不然你就回家算了。"

祁南骁略一耸肩，停止了对傅悦的调侃，转而去问司机最近的一家钥匙店在哪里。司机简单地说明了一下方位，祁南骁心里便有了数。

虽然是最近的，但车程少说也得有十几分钟，再加上配钥匙的时候耗费了不少时间，所以祁南骁送傅悦回到小区时，已然是中午了。

傅悦去门卫室归还了备用钥匙后，无意间瞥了眼墙上高挂的钟表，见不知不觉到了中午，不禁愣了愣。折腾了一上午，时间竟然过得这么快。

傅悦眸光微动，侧首看向出租车的方向，想到祁南骁还坐在车里，她心下有些犹豫。祁南骁昨晚陪她四处跑，估计凌晨回家后也睡得晚，而他今天早上还放弃了补眠的机会，起了个大早给她买来了早餐，又陪她到处跑了好久……

146

关键是，祁南骁还没吃早饭。

念及此，傅悦越发良心不安起来。正好家里还有不少食材，要不然请他上去坐坐，顺便让他蹭顿饭？她沉吟半晌，像下定决心般迈步走向了出租车。

祁南骁正百无聊赖地玩着手机，已经到了正午，他难免觉得有些饿，但傅悦还没过来跟他确认情况，他也只能再坚持一会儿。

指尖漫无目的地在手机屏幕上滑过，就在此时，车窗被人从外面轻轻叩响。祁南骁抬眸，放下手机按下车窗，见是傅悦，便歪了歪脑袋笑问道："怎么样？这次处理好了？"

"嗯，多亏你帮忙，不然我估计下午都解决不完。"傅悦犹豫了一会儿，道，"那个，祁南骁，你饿不饿？"

"当然啊。"祁南骁笑得无辜，"我现在还没吃饭呢，又陪你转来转去，可饿得不轻。"说完，他又懒散地问道，"怎么，你要请我吃饭？"

"啊，请你吃饭也行。"傅悦经他这么一说才反应过来，好像也没必要请他去家里，便嘴快地道，"我本来还想请你去我家……"

"好，就去你家。"祁南骁一本正经地打断她的话，当即对她道，"不能浪费钱，你等我一会儿，我给司机付好钱就跟你走。"他话音落下，傅悦正欲开口，然而祁南骁已经问好了价格，快速地掏出了两张一百元递给司机就下了车，连找的钱都不要了。

傅悦哑然，她刚才就不该嘴快的。傅悦叹了口气，只得带着祁南骁回了家。

二人进屋后，傅悦换了鞋，对祁南骁道："随便坐。"

祁南骁也没客气，直接坐在了沙发上，随意地打量着傅悦的家。简单精致，没什么特别出众之处，但也还算顺眼。

祁南骁却从中察觉出一丝和自己家里一样的感觉：缺少温暖。他不着痕迹地收回视线，见傅悦打开了冰箱，而冰箱里一堆食材，见此，祁南骁不禁有些咋舌，问道："你想好要做什么饭了吗？"

"嗯……"傅悦摸了摸下巴，一本正经地询问起了祁南骁的意见："要不我煮面条？"

"还有别的选择吗？"

"呃……炒米饭？"

"还有吗？"

傅悦憋了半天，轻咳一声道："那个，我其实不太会做饭来着。"

祁南骁闻言微怔，有些难以置信地望着她："你的意思是，除了这两样你不会别的了？"

"基本是吧。"

他默了默，突然出声感慨道："傅悦，这么多年你是怎么活过来的？"

傅悦想了想，正儿八经地道："我不挑食啊，有什么吃什么。"

祁南骁挑了挑眉毛，无奈地对她摆了摆手："算了，你让开点，我看看冰箱里有什么。"

傅悦乖乖退开，见祁南骁打量着冰箱内，随即迅速地挑出了一些食材后，她才反应过来："你这是要做什么？"

"亲自下厨。"祁南骁掂了掂手中的食材，侧首对傅悦似笑非笑，"我养你。"

与此同时，傅淑媛刚刚从朋友家离开。因为她要回家给傅悦找钥匙，所以从朋友家出来后，也没在外面多逗留，径直打车回了处于别墅区的傅家。

到达傅家后，她同门口的保姆打了声招呼，随即便小跑进门，在客厅翻找着各个抽屉。时间有些久远，傅淑媛只记得备用钥匙被她放在了一起，但具体放在哪里她已经记不太清楚了，所以要回来好好翻找。而傅淑媛在翻找过程中太过专心，来了人都没注意。

又过了一会儿，她正纳闷钥匙究竟被自己放在了哪里，便听身后有人淡淡地问她："你在做什么？"

傅淑媛没当回事，还以为是经过的保姆，便也没回头，直接答道："悦宝的钥匙丢了，我这里有备用钥匙，找到之后要去给她，你看见没有啊？"话说出口，她又重新翻了一遍抽屉，却一无所获。

傅淑媛叹了口气，正无奈着，却冷不防想起方才那道声音，好像隐约有些耳熟。虽然时间有些久远，但是……想到某种可能性，傅淑媛浑身僵住，一时竟连转身的力气都没有。

不会吧。她在心里嘟囔了声，却仍抱有侥幸心理，试探性地侧了侧脑袋，想看看来人究竟是谁。可她尚未转过头去，那人便打碎了她的侥幸。

"你说谁？傅悦？"

傅淑媛浑身巨震，讪笑两声，站起身来，转过身轻声唤道："是啊……祖父，祖母。"

冤家路窄，这二老这么多年没回来了，偏偏就挑今天，真是倒霉。

由于食材都是清理过的，因此简单冲洗后就可以进行处理了，而厨房的事情也用不着傅悦操心。

傅悦抱胸靠在厨房门口，目瞪口呆地望着祁南骁忙碌的身影，他手法娴熟，动作行云流水，这样的场景简直难以想象。祁南骁居然会做饭，而且还很熟练。这事说出去恐怕还真没几个人信，毕竟傅悦以往以为，像祁南骁这种纨绔的二世祖，平时都是靠下馆子或者订外卖过活的。

同样是一个人生活，这么一对比，反而显得她过得很随便，饮食方面没仔细研究过，学做饭这种事更是想都没想过。

"想不到啊想不到……"傅悦不禁感叹道，心情复杂地看着祁南骁将饭做好盛出，端上饭桌。色香味俱全，看了便让人食欲大增。

祁南骁将碗筷递给傅悦，伸手示意着桌上的饭菜，嘴角微弯："尝尝看？"

傅悦有些动心，脸上却还是一副淡然的模样，随便挑了一道菜浅尝一口，心里当即便感叹人不可貌相。她默默地对着祁南骁竖起了大拇指："一级棒。"

祁南骁低声轻笑："这样的居家好男人，打包送你要不要？"

傅悦抬眸扫他一眼，回道："说得我都动心了。"

吃过饭后，祁南骁坐在沙发上休息，傅悦在收拾碗筷。祁南骁有些无聊，见客厅的角落里有个不显眼的相框趴在桌上，他好心将相框扶正，望见照片的那一瞬却顿了顿。

照片里有两位少女，其中一人是傅悦，脸上开心的笑容是祁南骁前所未见，而另一位少女模样可爱小巧，留着微卷的短发，笑容俏皮，气质干净。祁南骁联想到了什么，他正出神，便听身侧传来傅悦的声音："你看见了啊。"

傅悦不知何时走过来的。她坐到他身边，望着相框中的照片，眼神柔和，面上没有异样的情绪。

祁南骁看了看她："你想介绍吗？"

傅悦望着照片中的女生，沉默半晌，她启唇轻声道："她叫陈糯，我唯一的朋友。"

"傅悦来 A 市了，为什么我们不知道？"沉稳苍老的女声打破了大厅内的寂静。

傅淑媛撇了撇嘴，下意识地缩了缩脖子，她不着痕迹地看了眼傅朗，又看了眼坐在沙发上的祖父祖母，没吭声。傅家二老极为顽固，尤其是她祖母，格外难缠。

傅朗有些烦躁地捏了捏眉骨，眸色晦暗。傅淑媛难得回趟傅家，谁知道偏偏就赶上今天二老回来，还把傅悦回 A 市的事情给曝出来了。

"我刚把你们接回来，这段时间的事还没跟你们说。"傅朗轻咳一声，开始打马虎眼，解释道，"过会儿再谈这些吧，你们刚下飞机，先去休息。"

"少给我扯开话题。"祖母冷着一张脸，显然不打算接傅朗的茬，"当年不是说这丫头不回来吗？今天给我解释清楚这是怎么回事。"

"有什么好解释的？"傅淑媛实在忍不住，便低声吐槽了一句，"傅家上下，谁不知道你跟傅悦有仇？"

她声音虽然放得低，但仔细听还是能听清楚的，傅朗当即变了脸色，正欲开口训斥她，她的祖父便已冷冷地唤道："傅淑媛！"

2.

傅淑媛眉头轻蹙，却没多说什么，颔首乖乖地听着祖父训话，模样憋屈。

"你这是什么语气？我平时怎么教育你的，身处傅家，连最基本的礼节都不懂？"祖父紧蹙着眉，显然是对傅淑媛方才的行为感到不满，"让你解释你就好好解释，非要跟长辈顶撞是不是？"

傅朗知道这二老脾气不好，傅淑媛跟他们硬碰硬也捞不着好处，便暗地里给傅淑媛使了个眼神，示意她别说话。

傅淑媛咬唇，双手无声攥紧。她对这两位所谓的"傅家长辈"全无好感，因为儿时的事，她本就心存芥蒂，此时却还要让她好声好气地解释，心里的不乐意当真不止一星半点。

"爸、妈，刚来 A 市生什么气？"傅朗开口打圆场，嘴角微弯，走上前对二老轻声解释道，"傅悦转学过来才几个月而已，苏若在市中心给她买了一套房子，没什么需要操心的，所以才没跟你们说。"

苏若是傅朗的前妻，也是傅悦和傅淑媛的母亲，现下在海外忙于事业，傅家二老也不曾待见过她。眼下，傅淑媛便听见祖父轻声嗤笑道："那苏若还真是有本事。"

语气听着就让人感觉不舒服。紧接着，一旁的祖母便冷嘲热讽地接话："谁知道是靠自己还是二嫁了，她以前在傅家，我就觉得她不正经。"

这话说得过分，傅朗听了冷了语气："妈……"

然而他话还未说完，身旁的傅淑媛便上前一步，冷冷地道："我说，当着我的面说我妈不正经，这就是傅家的礼节是吧？"

"傅淑媛，你说的这叫什么话？"祖母冷笑，她本来也不喜欢傅淑媛，闻言更是恼怒，"行啊，我倒要看看你离开傅家的话还能有什么资本狂！"

傅淑媛狠狠咬牙，却是再也说不出半句话。她无话可说，毕竟自己骄横任性的资本就是傅家，没了傅家，她什么都不是。

该死的！傅淑媛沉下脸色，当即甩手就要上楼，却被祖母呵斥道："你敢上楼试试！"

傅淑媛停下脚步，回头哭笑不得地看着她："祖母，您老人家操心的事还真多啊。"

老人家虽然年事已高，但骨子里的好强与傲气不减半分，当即开口讽刺傅淑媛道："是傅家给你任性的资本，让你在外面猖狂，所以你觉得我有没有资格操心你？要不是你在傅家，你以为我想操心？"

什么叫吃人嘴短？傅淑媛现在是真真切切体会到了。傅家的长辈真把事情挑明的时候，傅淑媛悲哀地发现自己一点办法都没有，平时伶牙利嘴，此刻却一个字都憋不出来。

"是，我就是吃你们傅家的、用你们傅家的，还真没资格说什么。"傅淑媛沉默半晌，突然抬起头，毫不畏惧地直视着祖母，轻笑道，"不过，估计您也就只能说说我了吧？"

傅朗蓦地顿住，眸光微冷地望向傅淑媛："傅淑媛，够了。"

傅淑媛嗤笑出声，不再多言，毕竟事实的确如此。傅悦从小便同傅家水火不容，自己的烂摊子自己收拾，张扬跋扈却让人摸不到弱点，根本无从批评。

正因如此，祖母才会格外讨厌傅悦，毕竟这大半辈子过来，她早已习惯了掌控别人，突然出现一个难以管教的傅悦，她自然将傅悦视为心头刺。

隐秘的心思突然被人揭穿，祖母难免有些恼羞成怒，正欲开口，却被身旁的丈夫按了下来。

"行了，我回家一趟不是为了看你们在这儿吵架的！"祖父一开口，语气微冷，含着几分威严，"淑媛，你祖母的话的确不太好听，但你也要反省自己的态度问题，这事就过去了，以后别再多谈！"

傅淑媛垂眸，只冷淡地应了声："哦，那我上楼了，还有东西没找到。"语罢，她便干脆利落地上了楼，走路带风，仿佛在这里多待一秒都是煎熬。

"你看看这丫头！"祖母气得不轻，很是头疼地揉了揉太阳穴，"这傅淑媛真是要气死我……"

傅朗在心底叹息，有些不耐，却只能开口安慰母亲："是我管教淑媛少了，平时工作太忙，我顾及不上她，是我的错。"

"过去就过去了，傅家也欠她一个童年，都别说了。"祖父不耐烦地叹了口气，面色微沉地看向傅朗，"傅朗，现在傅淑媛上楼了，你是不是该给我们说说这到底是怎么回事？"

话题扯来扯去，最终又落到了傅悦的身上。傅朗眸中晦暗不明，关于傅悦转校前的事，他多少有些了解，可这些事是万万不可同这二位说的，否则后果不堪设想。然而傅悦现在的确就在A市南高就读，才引得二老如此在意，毕竟当年说再也不会靠近傅家的，也是傅悦。

"其实具体情况我并不是很了解。"傅朗淡淡地道，面上没什么波澜，"我和苏若早就没了联系，也很少关心她们母女两个。"

"哦？"祖母闻言脸色逐渐好转，"你们两个原来没联系了啊，那么说，傅悦来 A 市的事你也才知道没多久？"

"是，如果不是傅淑媛，我可能还不知道。"

祖母得到满意的答案后，这才点了点头："那就行。"

倒是旁边的老爷子闻言陷入了沉思，令人捉摸不透他的想法。半晌，他突然抬头对傅朗道："今天晚上，把傅悦那丫头叫过来吃顿饭。"

傅朗闻言愣住："爸，你……"

"你想什么呢？把那丫头叫过来干吗？"祖母难以置信地看向他，还以为他是在开玩笑，"况且她跟傅家水火不容的，也不可能来吧？"

"我有我的想法，你们不用管。"老爷子字字铿锵，摆明了态度，冷冷地道，"跟她说傅老爷子在傅家等着她，我倒要看看那丫头来不来。"

祖母眉头轻蹙，见自己的丈夫态度坚决，便摆了摆手道："真搞不懂你一天天的在想什么。行，来就来吧，我也不管了，这姐妹两个都能捣乱，今晚还不得翻了天。"

傅朗见此也不好说什么，只得语气含糊地应了下来，随即便迅速将话题绕开，让二老去别处好好休息了。终于处理好这两位的事情，傅朗的心情却也不见轻松，眼下叫傅悦来傅家吃饭的事情还摆在这儿，真是愁人。他烦躁地捏了捏眉骨，隐约记得傅淑媛方才是去了书房，便上楼走向书房。

推开门，傅淑媛果然坐在椅子上跷着二郎腿，抱胸生着闷气，脸色难看。见傅朗进来了，她蹙眉道："做什么？"

"给傅悦打个电话。"傅朗松了松领带，眉眼间的阴郁逐渐显露，"让她晚上过来一趟，老爷子叫她一起吃饭。"

傅淑媛目瞪口呆。

傅朗见她这样，顿了顿，而后蹙眉拿出手机，迅速翻出傅悦的电话号码拨了出去，边等待电话的接通边道："算了，不能指望你。"

傅悦正要起身送祁南骁出门，手机却在此时响起。她看了眼来电显示，变了脸色，却还是接起电话："是我。"

祁南骁见她这般，当即止步，坐回她身边。

傅悦应了几声，脸色却是越发阴沉，最终挂断电话，撑着额头不知在想什么。祁南骁突然伸手，轻轻地拍了拍她的肩膀，力道轻柔，却让傅悦心头微颤。

唉，乱七八糟的事情总是喜欢一起来。"有时候觉得自己真倒霉，'欠债'一堆，还不讨喜。"傅悦哑然失笑，却是自嘲地道，"除了我妈和傅淑媛，我身边还真没什么人了。"

祁南骁默了默，轻声对她说："我不会离开你。"

他说他不会离开她，真的不会吗？她怀疑，但她也相信。傅悦陷入沉默，半晌后，她抬首与祁南骁对视，眼中澄澈，看得祁南骁怔在原地。

她说："我把我的故事告诉你，你要听吗？"

从傅悦记事起，她周围似乎就没有什么好人。具体来说，是对她好的人。

她生在傅家，本该是含着金汤匙出生，却因是女孩而备受冷落。傅家在 A 市算得上是个上层社会家族，所以终究是希望有一个能传宗接代的男孩，因此，傅家便将傅悦的金缕衣给褪了下来。

苏若身为傅太太，算不上传统意义上贤惠的女人，她本就是事业型女人，而傅家人的意愿是让她安心在家做全职太太，因此双方没少闹过矛盾。苏若刚怀第一胎的时候，婆媳关系尚且不错，然而得知出生的是个女孩，傅朗的母亲便有些不耐烦了。

苏若虽然要强，但终究是要顾及家庭的，只得再要了一个孩子，却还是女孩，这下就彻底给傅家二老泼了一盆冷水。傅淑媛还好，已经被娇养了两年，傅家便也继续惯着了，然而后来出生的傅悦却是无人问津，受尽了傅家人的冷待。

彼时，傅朗正是事业上升期，根本无暇顾及家中这些事，他对孩子的性别不甚在意，却不知自己的父母十分介怀。

3.

傅悦出生那天，傅淑媛也在医院。孩子出来的时候，祖父和祖母率先冲上前去，保姆抱着傅淑媛紧跟其后。当尚且年幼的傅淑媛看到护士怀中抱着的小婴儿时，明明自己还是个小孩子，却萌生了要保护妹妹的想法。

傅淑媛对傅悦喜欢得紧，祖父却叹了一口气走到一旁，而祖母从护士怀中接过那小婴儿后哭了。

她哭得十分悲痛，仿佛恨透了怀中这个孩子。傅淑媛彼时年幼，对这些事还很懵懂，却觉得世界灰暗了下来。

这显然不是喜极而泣，护士尴尬不已，毕竟还没见过抱着新生儿悲伤痛哭的家属。后来，这件事隐隐约约地成了傅淑媛心头挥之不去的阴影，似乎从那时起她就隐约明白，妈妈和妹妹以后的生活不会很好过。

事实证明的确如此。苏若与傅家长辈的关系越发紧张，随着傅悦长大，各种矛盾层出不穷。而傅悦是百分之百地遗传了苏若的好强，对自己的妈妈也极其护着，和长辈那边的关系也十分恶劣。

而这一切，忙于工作的傅朗都毫不知情。终于，苏若提出了离婚，彻底离开了傅家，带着傅悦远走国外，傅家的钱她也一分都没有带走。

打离婚官司的时候，傅悦住在傅家，时间不长不短，几个月的时间，但她却成功地将傅家上下的亲戚、长辈得罪了个遍，顶撞是常有的事，却也只冲撞那些对她和母亲不好的人。

傅淑媛始终看在眼里，记在心里，只有她知道傅悦会在深夜窝在被子里哭，而傅悦笑起来时，稚气又好看。

一个家庭将傅悦逼上了绝路。似乎从那时起，傅淑媛就开始进入了叛逆期，也不知道是不是受了傅悦的影响，自从苏若带着傅悦离开后，她便成了傅家人见人愁的孩子。

是想替妹妹分担恶名还是心有不甘，傅淑媛自己也不清楚。她只是觉得，妹妹这么好的一个女孩子，太可惜了。

而彼时的傅悦，却是无暇顾及别的，突然来到一个全新的环境，母亲忙于事业，她几乎只与家庭教师接触，时间久了，傅悦便养成了沉默寡言的性格。

苏若本不觉得有什么，直到某天她带着傅悦去参加聚会，傅悦见到人群后害怕得立即跑回了车里。苏若愣住，不知怎的，突然想起傅悦这孩子已经很多年没有表现出太过强烈的情绪了。那一瞬间，苏若心里好像有什么东西断裂了。

诊断结果出来后，苏若才得知傅悦患上了自闭症。

是啊，她自小早熟，缺乏关爱，多年足不出户，世界里只有课本、网络和家庭教师，这孩子哪里还能有社交能力呢？苏若不知道该如何弥补，却也知道此时再弥补，已经为时已晚，她开始考虑给傅悦换个环境，而傅悦恰好到了该上初中的年龄，苏若便将她送回了国内。

正好在那里有苏若的亲人，可以帮忙照看，也可以让这孩子多接触别人。那时的傅悦只觉得自己的母亲是不合格的，她不知道自己究竟需要什么，但傅悦已经疲于开口，便任凭那国内的亲戚将自己接走，安置到一个新的环境。

傅悦第一次进入学校，便是就近的一所中学，即便是新的环境，她也觉得和以前没什么两样。由于她性格孤僻，又是插班生，也因此身边没有一个朋友。

由于苏若不在国内，而亲戚也有自己的孩子要管，所以每次家长会和各种需要家长来参加的活动，属于傅悦家长的位置都是空荡荡的。时间一长，班里也开始有了闲话，私下里都在讨论傅悦是什么来头，家里情况如何。

傅悦不予理会，对这些事情也丝毫不感兴趣，她学习成绩始终名列前茅，只是平日里不苟言笑。同班同学都觉得傅悦就是一个怪人。其实，那时就连傅悦都觉得自己奇怪。

毕竟她上课被点名回答问题，就算知道答案也要站着不说话，仿佛是在和老师较真；下了课要么趴在桌子上睡觉，要么望着窗外发呆，整个人无趣得很。

她性格孤僻，沉默寡言，整天摆着一张厌世脸，估计谁看了也不会愿意接近吧。

恰好傅悦对处理人际关系这种事也没什么兴趣，她便任凭周遭议论了。

时间一天一天地过去了，她周围没有亲人、朋友，连可以说话的人也没有。傅悦在那段时间里，没有任何的喜怒哀乐可言。

时间一长，搞得同班同学都觉得傅悦不对劲了，也有人觉得她好欺负，可以随便拿捏。

于是乎，某天午后，傅悦正趴在桌子上闭目养神，便听身边有男生冷嘲热讽道："你不觉得奇怪吗？咱班里的某个转校生，她的家长可是从来都没露过面啊。"

"怎么啦？"有人帮腔，抬高声音佯装惊讶地问道，"你这么一说，不会这里面有什么隐情吧？"声音很大，别说是傅悦，基本上在班里的人都能听得清清楚楚。

不用想都知道是故意的。傅悦理都没理，只觉得无趣，也没什么反应。

那男生见没能惹火傅悦，便变本加厉地道："嗨，谁知道她呢，我听说她是借住在亲戚家。不过你看她成天这样子，谁知道是不是有什么心理问题？"

傅悦无声地睁开眼睛，眼神空洞，没什么感情。她只是静静地听着那男生说着，没有动作，也没开口出声。

那男生说了很久都没见傅悦有反应，不禁有些恼羞成怒，便伸手推了一下傅悦："喂，我说你呢，整天阴沉沉的给谁看啊，不会是孤儿院出来的吧？"

教室里的人都在围观，无人上前劝说。毕竟都是一些小孩，尚且懵懵懂懂，他们对于一句话是恶意还是开玩笑，以及这随口的一句话会不会对别人造成伤害，全无概念。可他们这种懵懂的行为，很容易摧毁一个人。

"孤儿"两个字刺痛了傅悦，她终于抬头定定地望着那个男生，面上没什么情绪波动，说出口的话却是冷冰冰的："你刚才说我什么？"

"我说错了吗？"男生见得逗了，不禁嚣张了起来，说话也没过脑子，语气不自觉地加重了几分，"你个没人要的可怜虫。"话音刚落，男生的笑声戛然而止，围观的学生纷纷震惊，眼睁睁地看着傅悦抄起椅子，狠狠地砸上了眼前的桌子。

只听一声巨响，椅子弹起些许，掉落在地上，桌子却是摇动了几下，竟然有了裂纹，很是骇人。单是看这桌子的下场，便已经让人不敢去想象傅悦下手的力度，若是这力气用来打人，那后果绝对不堪设想。

周围的学生都被这声音给吓蒙了，怔怔地望着傅悦，都不敢说话，那个男生也傻眼了，身子都有些颤抖，估计被吓得不轻。

傅悦这摔椅子的行为，威胁意味尽显，可她面上云淡风轻，甚至挂着一丝清浅的笑意，正因此才让人不寒而栗。

这还是班里的学生第一次见这个转校生有了笑容，却令人胆寒。傅悦嘴角微弯，定定地望着那个男生，歪了歪脑袋，对他笑道："你倒是继续说啊，看我敢不敢打你。"

这句话直接把人给吓哭了，不知道是谁去叫了老师，班主任过来的时候看见傅悦那骇人的模样，也给吓了一跳。

最后的结果自然是对方家长来学校找事，要求傅悦的家长到场。傅悦知道不会有人来，所以便低头抱胸地靠在窗边，不理会那骂骂咧咧的学生家长。

然而下一瞬，细高跟踩在地面上的声音格外刺耳，傅悦怔住，听到班里有不少人轻声感叹："美女啊……"

下一瞬，那人停在傅悦身边，傅悦视线里出现了一根正燃着的女士香烟，点点火星映入双眼。

傅悦的妈妈来了，还是个事业型大美人，"傅悦是孤儿"的流言也随之不攻自破。那个男孩不过是受了惊吓而已，苏若给了对方一笔钱就草草了事，彼时班级都在上课，空旷的走廊上只有傅悦与苏若二人。

傅悦没说话，面上表情看不分明。苏若站在她身边，夹着女士香烟，说话的语气极淡，却刺痛了傅悦："傅悦，你什么也抓不住。"

尚且年幼的傅悦闻言顿住，无声地咬紧了牙关，硬是没让眼泪落下来。

第十二章　　她的秘密

1.

苏若给傅悦处理完这件事就回去了，临走前，苏若什么也没说，傅悦却格外堵心。她第一次为自己与母亲的关系感到困惑。敌人？战友？或者说她只是母亲的包袱或者义务？真讽刺。

那天傅悦回到教室后，再没有人敢提这件事。先前的事情吓到了不少人，那个男生也被家长带回家了，而先前给他帮腔的人早就吓得躲得远远的，傅悦终于能落得个清净。

没有人敢再找事，也没有人再来烦她。也许就是从那时候起，傅悦心里隐约有了一个模糊的想法：与其做个好人被欺凌，不如做个坏人被惧怕。

当天下午放学的时候，班里的学生第一次没有磨磨蹭蹭不愿意回家，纷纷抄完作业就收拾好书包离开了。傅悦倒是不紧不慢地收拾着自己的东西，反正也没人来接她，她也已经习惯了自己一个人回去，早回晚回都没什么差别。

今天唯一的插曲就是苏若突然回国了。飞机可没那么快，傅悦心里还是有数的，估计苏若也是刚到没多久，就被老师通知了学校的事情，才马上赶过来的。

难怪她一声不吭就回去了。傅悦也不想解释什么，反正苏若也没有问她这么做的原因。即便问了又怎样呢？没有意义。对傅悦来说，所有的解释与行为都没有意义，也不需要有什么意义。

做都做了，后果有什么好担心的？反正该来的迟早会来。

然而傅悦收拾完书包正准备离开时，眼前却堵了一个人，一个女生。

傅悦定睛一看，在心底给对方下了定义：一个长得很漂亮的小巧女生。

"傅悦，你今天中午的时候好帅呀！"那女生说着，一副兴冲冲的模样，伸手就要握傅悦的手，却被傅悦不着痕迹地避开。

她倒也不在乎，继续笑眯眯地道："那家伙平时就经常找事，就是没人敢反抗，你还是第一个呢，而且你是女孩子，好厉害啊！"

傅悦对这些有的没的不感兴趣，只眉头轻蹙，有些狐疑地望着她："你不怕我？"

女生闻言，一时没反应过来傅悦的意思，当即便反问回去："我为什么要怕你呀？"

傅悦言简意赅，似乎不愿意多谈："中午你在场。"

女生又蒙了一会儿，半晌才搞懂她的意思，笑道："不会呀，当时我的确被吓到了，但我觉得你特别帅气！"

傅悦望着她的笑容，不禁顿了顿，有些不适应地撇过头去："那是庆气。"

"哈哈，你意外地很好相处啊，我还以为你很高冷呢！"女孩眨了眨眼，笑容纯净，对傅悦伸出了手，"你好呀，我是陈糯，我以后能不能来找你玩？"

那样的笑容，是傅悦从小到大见过的最干净好看的笑容，是哪怕过了很久，都不会淡忘的画面。傅悦伸出了手，犹豫地握住了陈糯的手。那一刻，她也不知道自己究竟在想什么。

该如何描述那种感觉呢？像是常年身处在黑暗中，本以为已经了无希望，却在抬首的刹那，望见了太阳。想要抓住，想要依赖，想要获救。

很久很久以后，傅悦偶然间跟陈糯提了这天的事，说："糯糯啊，你不知道你笑的时候有多干净治愈。"

彼时的陈糯愣了愣，将颊边的发丝别至耳后，旋即哑然失笑道："那是因为你看不见你笑起来的样子啊。"后来傅悦觉得陈糯的这句话、这个笑容，她是要记一辈子的。

就这样，那天下午放学，傅悦握住了陈糯伸过来的手。后来她也没将此事放在心上，不过陈糯却是当真把她当成了朋友，一有时间就跑过来找傅悦玩，也不理会傅悦冷淡的态度。

傅悦最初还觉得很奇怪，心想这陈糯是不是别有目的。然而时间久了，傅悦才发现是自己想多了。陈糯这姑娘就是太单纯了而已，单纯到有点蠢，甚至有时候吃亏了都不知道，最后还是傅悦帮忙解决问题。

每当傅悦对她说起人心可畏的时候，陈糯就一副懵懂模样，看得傅悦简直没脾气。她没好气地问陈糯是不是缺心眼，结果这姑娘歪了歪脑袋，蹙着眉认真想了会儿，便吐舌笑了笑道：“我觉得将心比心呀，我对别人好，别人也会对我好吧。”

在陈糯的世界里，似乎人与人之间的关系就是这么简单干净，搞得傅悦都不好意思再给她灌输自己的思想了，时间一长，傅悦的悲观心态也稍有好转。以至于她忘记了这世上既然有好人，就必定有恶人。

傅悦和陈糯的关系越来越好，傅悦的性格也开朗起来，不过对外还是凶巴巴的。

初中三年过去，转眼便到了要升高中的时候，填志愿的时候，傅悦询问陈糯的想法，打算二人上同一所高中。

陈糯听傅悦这么问了，便认真想了想，道：“唔，那就青中吧。青中在市里算不错的呢，我哥哥陈程就是青中学生会的会长。”于是乎，二人都报考了青中，也都顺利考上了。

只是不巧的是，青中开学的第一天，就有小团体看傅悦和陈糯不顺眼，估计是以前在初中就看不惯她们俩了，升高中后想来个下马威。

开学就被找事，傅悦没尿，直接怼了回去，双方差点就打起来，幸好被老师及时发现。

那几个女生都不是善茬，结果被同届新生当场怼了，自此傅悦便出了名，全青中上下都知道今年新生里有个叫傅悦的女生特别不怕事。就这么莫名其妙的，傅悦又树立起了人人敬畏的形象。

而傅悦也以写检讨书这种尴尬的方式与陈糯的哥哥陈程见了面，虽然陈程听陈糯的解释后没说什么，但傅悦估摸着他对自己应该不会有什么好印象。

在青中，傅悦依旧习惯独来独往，众人皆知她雷厉风行且手狠，虽不惹人但绝对不吃亏，还是个学霸。而陈糯素来性格开朗，开学没多久便结交了不少朋友，人缘好得很。

所有人都好奇，陈糯这么乖巧可爱的女孩子，怎么就和傅悦做了朋友。其实傅悦也好奇这个问题，不过陈糯爱交朋友是真的，傅悦倒也没什么多余的想法，任她去了。

由于傅悦名声盛，也因此惹来不少人不爽，只是找不到机会挑事。傅悦不以为然，直到后来，陈糯因为她出了事。

那时她代表学校去参加一场英语竞赛，由于在外省，她有半个月没有回青中，一直在忙于准备竞赛，就连手机都很少看，更别说了解青中发生的事。

恰好在那段时间里，陈糯和她的一个"朋友"一起放学回家时遭遇了车祸，陈糯毫发无损，那个女生却因车祸导致了轻微脑震荡和手臂骨折。

由于青中有不少人知道陈糯是傅悦的好友，便有女生打电话联系上了正身处外省的傅悦，告知了她这件事。傅悦当时差点就放弃竞赛买车票赶回去了，她给陈糯打了电话，得知陈糯并没有受伤后才舒了口气，嘱咐她好好休息。

在通话过程中，傅悦清清楚楚地察觉出了陈糯的愧疚之情，傅悦知道这小姑娘感性，便好生安慰了一番，等陈糯的情绪恢复了些许，二人才结束了这次通话。解决了这件事，傅悦也没再多想，随后便全心全意地准备英语竞赛的事宜，再没有主动了解过这件事情的后续。

本来这件事情的热度已经过去了，那位受伤的女生还在住院，有同学去医院探望她，问起这件事到底是怎么回事，那名女生却意有所指地道："我也不是没注意安全呀，谁让我倒霉呢……"

这句话说得隐晦，但只要仔细联想一下，就能领会她暗含的意思。她可不就是在说，出车祸的时候，是因为陈糯她才会变成现在这样。有人不相信受伤女生的话，毕竟陈糯平时人很好，于是就有人拐弯抹角地找陈糯问："陈糯，你当时走在里面还是外面？"

陈糯没想太多，便按照实情回答："我走在里面啊。"却没有多说一句那名女生强行要站在外面的。

不久后，便有人谣传车祸那件事是陈糯一手造成的。有人信，有人不信，

162

虽说不相信的人占大多数，但陈糯的校园生活依旧在继续。

无人再过问这件事情，只是陈糯偶尔去食堂时，会有人用怪异的眼神看她，而陈糯明明知道相信她的人有很多，却也不得不去在意那些不信任她的人的眼神。就这样，时间久了，陈糯开始变得寡言少语。

那时傅悦已经回了学校，了解事情原委后便安慰陈糯道："没事啊，陈糯，也许那个女生只是生气，随口说的呢，毕竟大多数人都是相信你的。我们都在呢，不要管那些戴有色眼镜看你的人。"

当时陈糯对她笑了笑，笑容纯粹干净，竟然让傅悦信以为真，以为这小姑娘真的没有再在意别人的看法。可她是陈糯啊，因为太过单纯，所以最不能忍受的便是被误会，即便在别人看来无关痛痒，却也让她难以承受。

就这样，一个月后，陈糯在青中教学楼的天台上跳楼自尽了。给陈糯送葬的那天，傅悦没掉一滴眼泪，口中自始至终没再出现过"陈糯"二字。

那天一整天都阴沉沉的，傅悦的世界从此再没有太阳。

2.

当天傅悦回校，几个女生将她叫到天台，其中一位便是刚刚出院的那名女生，她们的本意是想让傅悦收敛收敛，顺便将出车祸的真相告诉她。

那名女生看不惯傅悦，却不知该如何给她一个下马威，于是便将目标锁定在陈糯身上，毕竟陈糯是傅悦唯一的朋友，也是傅悦唯一的软肋。

就这样，女生与陈糯放学回去时，有意走在了外侧，这样便有了后来发生的事情。

"我以为也就是擦伤，没想到还害得自己住院了，真亏。"那名女生说着，神色坦然，似乎全然没有意识到自己的错误，"不过陈糯人缘好，就算我造谣了也没几个人相信，不过谁知道她那么小心眼，觉得自己受屈辱了，非要跳楼自杀。"

傅悦心情还算平静："你和她不是朋友吗？"

女生闻言便笑了，语气嘲讽："拜托，谁跟那家伙是朋友啊？我是为了算计她才接近她的，要怪的话就怪你吧，谁让她是你的朋友呢？"

原来如此，真相居然如此简单。傅悦望着她们扬扬得意的模样，心里的冷意无限地泛滥开来。原来人的恶，真的可以达到这种地步。

不一会儿，天台门口被老师和学生挤了个水泄不通，校长和几名警察站在傅悦身后，不敢轻举妄动。

傅悦还记得那个小姑娘曾说过："将心比心，这世上的好人还是很多吧。"

很多吗？存在吗？只一瞬，傅悦出了神，被身后准备已久的警察强行拖了回去。

尘埃落定，场面终于稳定下来。那个女生蹲坐在地上，而被此情此景惊呆的几个同伙瞬间虚脱，晕倒在地。

紧接着，便是医护人员清场，身后围观的学生无数，天台的事惊动了全校。而傅悦，瞬间没了力气，跪倒在地。

彼时她什么都听不见，只怔怔地望着天台边缘出神。陈糯就是从这里跳下去的。傅悦难以想象，那么阳光开朗的一个小姑娘，从这里跃下去的时候该有多么绝望。

可她为什么不说呢？傻姑娘，你为什么要自己扛着呢？为什么不告诉我呢？傅悦的情绪终于崩溃，酸涩在刹那间迸射，毫无征兆地落下泪来，痛哭出声。

糯糯，我好想你啊。

陈糯没有了，傅悦的故事也结束了。

"这便是我所有的故事了，凄凉、荒芜、寸草不生。"

后来的后来，陈程将陈糯的遗书交给了傅悦。

那天傍晚，天气很冷，还下着雪。陈程身穿一身墨色风衣，面无表情地将陈糯的遗书递给了傅悦。他说："傅悦，我本来不想给你的，糯糯的遗书会让你解脱，可我不想。"

傅悦垂眸接过那封素白的信封，没有应声。陈糯因她而死，她没什么好解释的，即便陈糯在遗书中责备她，她也心甘情愿地受着。

"悦姐，"陈程蓦地出声唤她，语气极淡，却嘲讽不已，似乎是在提醒什么，"你好自为之。"随后便头也不回地走了。

傅悦抿唇，眸光微颤，打开信封，将信纸取出来，缓缓展开。信纸边角印着些许碎花，傅悦记得，这是自己送给陈糯的生日礼物。

她没想到会在这种情形下见到自己送出去的礼物。傅悦心情有些复杂，见信纸上只有寥寥数语：

悦悦，是我太放大自己的委屈，不怪你哦。

事情发展到这地步，我已经成为你的软肋啦，既然这件事因我而起，那也由我结束吧。

悦悦，如果好人与恶徒对你来说并无区别，那么就做个好人吧。

好好活着，拜托你。

信纸被风吹得掀起，边角处有磨损，此时被风一吹，信纸竟生生裂了口子。傅悦指尖微颤，鼻子泛着酸楚，视线开始模糊不清。

好好活着，拜托你。这便是陈糯对自己的最后一个请求了。这小姑娘就算是离开了，也温柔得过分啊。

昏黄的路灯亮起，太阳彻底落下，陈糯的一生也终于画上了句号。

傅悦低下头，泪珠如断了线般地砸在信纸上，沾湿了那清秀的字迹，使得字迹缓缓晕染开来。她蹙紧了眉，紧抿着唇，哭得悄无声息，却是最歇斯底里的一次。

那天，傅悦在路口站了一晚上。次日太阳初升之时，有人将一件外套披在她肩头，可她岿然不动，眼神空洞，整个人憔悴又无助。傅淑媛从未见过傅悦这般模样，她心疼得红了眼眶，最终只是伸手将她轻轻揽入怀中，一字一句道："傅悦，我们回家了。"

苏若听闻此事后，迅速回国给傅悦办理了退学，又跟校方多番交涉，才将此事的影响降到最低。紧接着，傅悦被送去心理治疗，被关在屋中整整一个月。刚开始，她会有求死的欲望。对当时的她来说，房间里连笔都沦为危险物。后来慢慢地，她想起了陈糯对她最后的请求，这才努力继续活下去。

这一个月的时间里，经过吃药和疏导，傅悦终于能够重新开口说话，开始有了情绪，逐渐恢复常态。在傅淑媛的强烈要求下，苏若终于同意让傅悦转到南高，却在傅淑媛离开后，对傅悦说："傅悦，你要给我一个承诺。"

彼时傅悦穿着宽大的病号服，靠在窗边出神，傅悦闻言看向她，眼神空洞地道："你要什么承诺？"

苏若好强了大半辈子，没什么特别失败的事，也没为什么红过眼。可当她看见自己的孩子变成这副样子，控制不住红了眼眶。她捏了捏鼻子，哑着声音，几近乞求："傅悦，妈妈不想失去你。"

"我不会死的。"傅悦轻笑，面上没什么情绪，"好好活着，收敛锋芒，我答应你。"

之后，傅淑媛带着傅悦去了 A 市，办理好手续后，她们便一同去旅游。

傅悦终于开始有了笑容，眸中恢复光彩，傅淑媛看在眼里，喜在心里。傅悦想，也许从那时候起，她就感受不到快乐了吧。

不过没关系，既然别人喜欢看她开心的样子，那她就开心好了。午夜梦回时的噩梦与绝望，她自己知道就够了。

她会尽量好好活着。

"后来，我就来到了南高。"傅悦说着，摆弄了几下相框，无奈地轻笑道，"然后又遇上了你这缠人的家伙。"

她这十几年一直过得阴暗清冷，其间只被照亮过两次，皆因中途出现了喜欢追着她不放的人。前者她刚准备放下，后者让她控制不住地想要依赖。

"我喜欢谁就缠着谁，这辈子都甩不掉的那种。"祁南骁长眉轻挑，虽这么说着，眸中却温柔至极。

傅悦摇了摇头，略微后仰靠上沙发，轻声道："我时冷时热，喜怒无常。这么古怪的一个人，你总会离开的。"

祁南骁闻言侧首看向她，眸光微动。半晌，他开口，含着若无其事的笑："你该尝试去接纳别人，让别人走进你的世界，而不是还没开始就先否定。"

一语中的。傅悦微怔，看向祁南骁，二人四目相对，她望见他眸中的坦荡，他似乎已经看透了她心底所畏惧的。

她愣了愣："我……"

166

"能有重提过去的勇气，你已经做得很棒了。"祁南骁收回视线，对她道，"给自己点自信，我陪你重新活一次。"

傅悦没忍住："那你呢？"

祁南骁顿了顿，没立刻应声，眼神黯了黯，陷入沉默。傅悦知道祁南骁也有过去。他的过去，她未曾了解，也有些不敢了解。

"我？"祁南骁摸了摸衣兜中的手机，自嘲地笑了笑，"怕是没机会重新来过了。"

祁南骁的自嘲是发自内心的，傅悦能透过他的眼睛清清楚楚地看出来。她默了默，突然开口："祁南骁，你本性不坏，你自己知道的。可你偏将自己往绝路上逼。"

"我知道啊。"他撑着下巴，神色淡淡，"但悔改已晚，不如干脆自我放弃。"少年清冷淡漠的言语落下，明明说着沉重的话语，却仿佛事不关己。

"曾经有人劝过我，那句话我记了很久。"傅悦望着他，一字一句地道，"如果好人与恶徒对你来说并无区别，那么就做个好人吧。"

祁南骁顿住，侧首与傅悦对视，望见她坚定的模样，心里突然生出几分奇怪的感觉。有希望从黑暗中破土而出，并且有了蓬勃生长的趋势。

她想要拉他一把？隐约意识到这点，祁南骁心头有几分复杂。

半晌，他伸手揉了揉傅悦的脑袋，轻笑道："这种话都敢说出口，你还真是没什么戒心。"

让他重新开始抱有希望，这小丫头心里当真是一点数都没有。

3.

"什么？"傅悦蹙眉，没反应过来他究竟是什么意思。

"你对我说这种话，会让我很感动的。"祁南骁嘴角微弯，望着她道，"傅悦，我真的会一直缠着你不放。"

傅悦抿唇，听祁南骁这么说，不禁有些好笑："你这会儿开始犹豫了？"

他牵了牵嘴角："我怕你受不来。"

"这都在你担心的范围内？"傅悦意味不明地笑出声来，下意识便吐出一句话，"那你昨晚想偷亲我的勇气呢？"

祁南骁闻言愣了愣。傅悦还是第一次见他尴尬，虽然只是一瞬，但足以被傅悦完整地捕捉到。话已出口，傅悦也收不回来了。

"你装睡？"祁南骁眉头轻蹙，哭笑不得地看着她，"为什么？"

傅悦轻声叹息，心里已经做出了决定。她别过头，淡淡地道："你不是要来我身边吗？那你倒是振作点啊。"话一说完她就觉得有些臊，一时有些后悔自己的冲动。

下一瞬，她的下颌被人轻扣住，祁南骁将她的头扳过来，挑眉失笑道："傅悦，不是吧你？"

"我说的不是那意思！"傅悦脸皮薄，伸手就要推开他，祁南骁却在此时腾出手来攥住她的手腕。二人的距离瞬间被拉近，呼吸都近在咫尺。

"晚了，我已经误会了。"祁南骁似笑非笑地望着傅悦，眸中隐有光芒。他抬手，指尖覆上小姑娘滚烫的脸颊，力道温柔。祁南骁轻笑，对她逐字逐句道："傅悦，我可以等你的爱慢慢长大。"

小姑娘不太甘心地挣了挣，落下一声似有若无的喟叹，终于乖顺地敛眸。这一天，傅悦的故事有了续篇，续篇里有爱，有光，有希望，也有祁南骁。

"你为什么叫傅悦过来？！"傅淑媛见傅朗挂断了电话，忙不迭地起身，蹙眉问他。

傅朗闻言侧首望向傅淑媛，眸光有些泛冷："傅淑媛，那是你的祖父祖母，你怎么说话的？"

傅淑媛冷笑道："他们二老除了血缘关系，真能算得上是我祖父祖母？"

"反省反省你刚才的态度，跟长辈能有什么深仇大恨。"傅朗收起手机，抬脚就打算离开书房，却被傅淑媛一把拉住，他侧首，带着几分不耐地道，"干什么？"

"你到底想做什么？"傅淑媛沉下脸，心里没来由地烦乱起来，"他们不喜欢傅悦，所以不会没缘由地突然叫傅悦过来，你究竟怎么想的？"

"傅淑媛，你就不能好好想想？"傅朗吐了口气，嗓音发冷，"你觉得我把傅悦护住，她就真的安全了吗？你也不想想她之前在青中被传成什么样了。"

她愣了愣，似乎明白了什么，却又有些茫然："什么？"

"如果我藏着傅悦，你祖父祖母肯定会自己去查傅悦。"傅朗难得有耐心地跟傅淑媛解释道，"到时候他们能查到什么程度，我可就不知道了。"

傅淑媛无言以对，只得抿紧了唇，陷入沉默。

"你祖父叫傅悦晚上来吃饭，语气别太冲。"

傅淑媛发现自己从来没看透过这二老，如果真要说的话，她能清晰地察觉出祖母对傅悦和苏若的厌恶，而祖父的态度一直很微妙，像是一个旁观者，但又暗藏危机。

兴许是童年时落下阴影的缘故，她一直有意地在疏远祖父祖母，说不上是惧怕，但是能不打交道，她就尽量避开。可今天他们几个人居然还要一起吃晚饭……

她都怕傅悦来了之后会和那两位吵起来，最后再掀桌子走人。毕竟，以傅悦仇视傅家的程度，还真敢这么做。这二老若是生气了，那后果……傅淑媛烦躁地咬了咬唇，这些乱七八糟的事情，真是有够烦的。

"哦，知道了。"傅淑媛松开拉着傅朗的手，一脸失落，打算转过身坐回椅子上，却听傅朗突然淡淡地问道："你跟秦家那个秦致远还有接触吗？"

傅淑媛顿了顿，沉默了几秒，随口答道："早就疏远了。怎么突然问这件事？"她语气平淡，听不出什么情绪。

傅朗眼眸微眯，分不清她面上是何表情，便也作罢，只对她道："如果还有心思的话，就别妄想了。"

"你这话是什么意思？"傅淑媛的语气中终于有了些许的波动，她似乎是察觉到了自己的不对劲，便蹙眉解释道，"你想说就说，不想说就算了，反正我也不感兴趣。"

傅朗淡淡地道："秦家打算送秦致远出国，也许他高三就走，最迟拖到毕业，估计没个五六年不会回来。"

他话音落下，傅淑媛的指尖颤了颤。秦致远瞒着她的事情就是这个？

傅淑媛暗暗地咬牙，做了个深呼吸，随口"嗯"了一声，便对傅朗道："哦，这样啊，幸好我已经跟他绝交了。"

傅朗扫了她一眼，面露怀疑："你高三最好给我在南高安安稳稳的，千万别给我惹事。"

"知道了，不用你操那么多心。"傅淑媛敛眸，遮住眸底涌动的暗波，轻声道，"我心里有数，最近烦心事这么多，谁有心情玩啊。"

傅朗没再多说什么，径直走出了书房。

书房门紧闭的那一瞬间，傅淑媛的脚有些发软，直接跌回了椅子上。她的手有些颤抖，脑中浮现了无数乱七八糟的想法。半晌，傅淑媛从衣袋中摸出手机，她滑开锁屏，望着默认界面里黑名单上的名字出神。

究竟该怎么办？

"该死的……"傅淑媛低骂出声，拧紧了眉，手掌撑在额前，陷入了深深的纠结。

祁南骁将傅悦送到傅家附近的时候，已经是傍晚了。傅悦没让他送到门口，祁南骁也不在乎这点事。他身子略微后仰，侧首看向傅悦："晚点我来接你？"

"不用，我跟傅淑媛一起回去，明天学校见吧。"傅悦轻轻地摇了摇头，说着就打算下车，却被祁南骁拉住了手腕。

他轻笑："离明天早上见面的时间有点长，我想你了怎么办？"

傅悦抿了抿唇，望着他无奈地道："做梦。"

"做梦不够啊。"祁南骁长眉轻挑，模样有些不正经，"我觉得我应该亲下去的。"

"你闭嘴吧。"傅悦迅速地打断他，她脸皮薄，经不起祁南骁开玩笑，忙要将手腕抽出，"快放手，我要过去了。"

祁南骁见这小姑娘害羞了，不禁饶有兴趣地打量着她。半晌，他轻声笑叹，略一施力，便将傅悦扯向自己。

傅悦防不胜防，只觉身体重心蓦地一偏，随即便靠到了祁南骁身旁。

"不亲也行，都不给抱吗？"察觉到傅悦有意地避开了肢体接触，祁南骁嘴角微弯，语气慵懒地道，"不多陪我一会儿？"

"祁南骁，"傅悦无奈，没好气地伸手推开祁南骁，"我要走了，没时间跟你闹。"

祁南骁默了默，伸手捏了捏傅悦的脸颊，对她轻声道："如果有事就打我电话。别逞强，知道吗？"

傅悦闻言顿住，抿了抿唇，半晌才慢悠悠地"嗯"了声，姑且算是答应了。

祁南骁揉了揉她的脑袋："乖。"语罢，他终于松开她，微抬下颌，示意她可以下车了，傅悦见此便打开车门下车了。

傅悦走到傅家大门的时候看到傅淑媛在门口站着，傅淑媛听到了声响，抬头对傅悦笑了笑："悦宝，你来啦？"

傅悦颔首，看了看傅家，又看了看傅淑媛，总觉得她有些不对劲，问："怎么了？"

"嗯？"傅淑媛还以为傅悦是在问傅家的事，便道，"老爷子他们回来了，亲口提了你的名字，让你今晚回家吃顿饭，不知道想干什么。"说完她顿了顿，又补充道，"对了，悦宝，他们还不知道你的事情，咱们吃完饭就尽快走，别发生什么冲突。"

"我知道。"傅悦蹙了蹙眉，"我是问你怎么了。"

傅淑媛闻言微怔，苦笑一声，语气复杂地道："等我想清楚再跟你说吧，我现在脑子还有些乱，不过不是什么大事。"

傅悦也没再继续问下去，傅淑媛便带着她走进傅家。

踏入傅家大门的那一瞬间，傅悦有种似曾相识的冰冷感。傅家没什么变化，就连花园中的花都和从前没什么区别，又或许其实有区别，但被傅悦淡忘了。她心里终究还是排斥这个地方。她抿了抿唇，还是跟上了傅淑媛。

二人来到餐桌前，保姆刚好上完菜准备离开，三人打了个照面，保姆本没什么表情，却在看见傅悦后有些震惊，也只是一瞬，随即便颔首离开了。

傅朗和二老都已落座，恰好还剩下两个位置，傅淑媛走过去落座，傅悦自然坐到她旁边的位置。二人倒是默契,谁也没出声喊"祖父祖母",而二老也习以为常,没有较真。

吃饭的时候,傅悦突然感觉有一道视线落在自己身上,她蹙眉抬头看向对面,正好与傅老爷子对上了视线。

第十三章　对峙

1.

傅悦与祖父的视线对上的那一瞬间，周身气场似乎都冷了几分。

傅淑媛在埋头吃饭，她第一次在这么安静的环境下吃饭，有些不习惯，然而就在此时她似乎察觉出什么，蓦地抬头，果然就看到傅悦在和傅老爷子对视。

傅悦面上没什么表情，目光却是冷的，傅老爷子神色淡淡，直视着傅悦，不知在想什么。

气氛凝重起来。傅朗拿着银叉的手顿住，不用抬头都知道此刻发生了什么，不禁在心中默叹一声，有些发愁。

祖母也觉得不太舒服，便蹙眉望向傅悦和傅老爷子，搞不明白他们到底在做什么。他们俩谁也不移开视线，谁也不开口，就这么僵持着。

傅淑媛都想骂人了。终于，傅悦率先开了口，语气微冷："你看我做什么？"

傅淑媛沉默。这语气真冲。

"傅悦，这么久没回来了，你就这么跟你祖父说话的？"傅朗眉头轻蹙，轻声斥责傅悦道，"你祖父祖母刚来 A 市，就想一家人吃顿饭，你收敛收敛。"

"哦，一家人啊？"傅悦面上没什么情绪，继续道，"行吧，那怎么没想着叫苏若过来啊？"

傅淑媛有些头疼，她就知道会演变成现在这个样子。

"傅悦。"祖母抬眸扫了她一眼，俨然一副高高在上的模样，"傅家人管不了你是没错，但你也别忘了你姓傅。"

傅悦懒懒地挑眉："是啊，当年不同意我改苏姓的不就是你们傅家人吗？到底谁绑着谁啊？"

　　"悦宝……"傅淑媛抿了抿唇，悄悄地伸手扯了扯傅悦的衣角，似乎是想要提醒她什么。傅悦愣了愣，这才反应过来自己方才答应傅淑媛少言的事情，于是便不再多言。

　　傅悦自小便跟傅家长辈反着来，他们说东她就向西，他们让她乖，她一定坏，有时候言语冲撞已经成了一种自我保护的方法，完全是下意识的行为。

　　"的确是傅家绑着你。"傅老爷子却在此时开口，语气淡淡，情绪不明，"但是傅悦，傅家名下的财产有你的份，你觉得你一点好处都捞不到？"

　　傅悦的手顿了顿，她并不知道这件事，闻言难免有些惊讶。她看了眼身侧的傅淑媛，见她也是一脸惊讶，想来她也是毫不知情的。

　　"看你们两个人的表情，估计是苏若从来没跟你们提起过这件事。"傅老爷子眸中晦暗不明，道，"傅家终究是要延续下去的，虽然我们之间有点矛盾，但终究都是傅家人，你们姐妹也都快成年了，这种事提前说出来也好。"

　　傅朗无声蹙眉，看向自己的父亲，突然不清楚他究竟在想些什么。傅淑媛贪玩享乐、游手好闲，所以傅家的产业让她继承的几率不大。可除了她就只有傅悦了，可傅朗根本没有考虑过傅悦这个人选，傅老爷子今天突然提起这个话题，难不成……

　　隐约意识到了什么，傅朗不禁心头微动。傅悦的确聪颖，而且她也百分百地遗传了苏若的办事能力，也能独当一面。某种角度来看，她的确是继承傅家家业的最佳人选。

　　傅悦显然不太明白傅老爷子的意思，眉头轻蹙地说道："我不太明白你的意思。"

　　傅老爷子干脆挑明："傅家现在已经开始考虑家业的继承人了。"

　　"哦。"傅悦的态度有些冷漠，"所以呢，要我和我姐竞争吗？不好意思，我对这没什么兴趣。"

　　如果可以，这应该是傅淑媛的。傅悦的选择有很多，而且她不在乎那些有的没的。但傅淑媛不一样，她生在傅家，长在傅家，局限太大，给她的选择并不多。

傅淑媛拧紧了眉，没说话，脸色却是有些沉了下来。

祖父盯着傅悦，面上的情绪让人捉摸不透。半晌，他牵了牵嘴角，问傅悦："傅悦，你是不是觉得你有很多退路？"

似乎料到傅老爷子接下来会说什么，傅朗立即变了脸色，出声想制止他："爸，现在还不是时候。"

"现在还不是时候？"傅老太太闻言冷哼一声，面上的不屑尽显，"我看早就是时候了，不然这姐妹俩也不会这么狂妄，就该早点把话挑明白。"

傅悦和傅淑媛对视一眼，见彼此眼中都是困惑与不解，傅淑媛便蹙眉问道："你们瞒着我们什么事了？"

"前情我就不说了，事情有些复杂，我就直接告诉你们重点吧。"傅老爷子笑了笑，那笑意却未到达眼底，反而透着一股彻骨的冷，"苏若当年之所以能在国外闯出自己的天地，不过是因为傅家暗地里给了她资金资助，而且数目还不小。也就是说，如果现在傅家撤资，苏若就会输得很惨，你们的命运终究还是掌握在傅家手里。"

随着傅老爷子的话音落下，傅朗紧紧地蹙着眉，满心烦躁，彻底没食欲了。

傅悦和傅淑媛的脸色皆是一变，尤其是傅悦，她面色苍白，一脸难以置信。

他说什么？傅悦轻启唇，想问这件事是不是真的，她怀疑这只是傅老爷子的欺骗手段。然而，她看着傅老爷子笃定闲然的模样，望着傅老太太轻蔑的神情，以及傅朗阴沉的脸色……傅悦突然觉得，自己此刻处在一个很尴尬的境地。她始终坚持的骄傲，在她始终憎恶的家庭面前，居然一直都是那么不堪一击。

"别开玩笑了，你们怎么可能资助苏若？"傅淑媛率先冷静下来，质问傅老爷子。

傅老爷子轻笑："这就说来话长了，信不信看你们。"傅老爷子的可怕之处大概就在于此了，面上悠闲淡然，实则将别人的命运玩弄于鼓掌之中，冷漠至极。

傅淑媛见到傅老爷子这样子后，彻底无话可说了。她信了，深信不疑，而傅悦又何尝不是。

"所以，你们都给我收敛收敛，别成天能耐得不行。"傅老爷子开口，语气冷淡，面上终于没了伪善的笑容，一字一句地道，"傅家可以栽培你们，也可以毁了你们。"

傅悦的双手无声攥紧，微微发着颤。她的骄傲被人无情地捏碎，被风吹刮得不剩分毫。

这顿饭吃得索然无味。傅悦和傅淑媛离开时也没有人送，身后是傅家大宅，却让傅悦觉得遍体生寒。

"悦宝，你别想太多。"傅淑媛抿了抿唇，心里不太好受，但她知道从小跟着苏若生活的傅悦此时肯定更难受。

傅悦没说话，她低着头，傅淑媛看不清她面上的神情，也不知道她是在发呆还是怎么。傅淑媛愣了愣，突然有些心慌。傅悦此时给她的感觉太过熟悉，熟悉得让傅淑媛有些恐慌。太像那天了，傅悦一动不动地在雪天里站了一夜，让人感受不到有任何的情绪波动。看似稳定，却最危险。

"悦宝？"傅淑媛开口才发现自己的声音竟然含了几分颤抖，她按住傅悦的肩膀，轻声唤她，"悦宝，你在想什么？"

不要再发生那种事了。傅淑媛再也不愿回忆起那年深冬，清晨的风冷冽而刺骨，她望见一片雪色间那抹瘦弱的背影岿然不动，了无生气。她再也不要看见同样的事发生在傅悦身上。

"嗯？"傅悦却在此时抬头，神情茫然，和以往并没什么差别，她揉了揉头发，不好意思地笑了笑，"我刚才在想别的事，对不起啊……"

话音刚落，傅淑媛突然紧紧地抱住了傅悦，悬着的心终于渐渐安定下来。

没事就好，没事就好。傅淑媛开口，话语里含着哭腔："傅悦，你不能再让我一个人了……"

傅悦闻言眸光微动，沉默半晌，抬手拍了拍傅淑媛，轻声道："不会的。"

不会的，她不会消失的，这是糯糯最后的愿望，她一定要实现。况且，她也答应过那个男孩了啊，那个男孩也在等着被救赎。所以拜托这个世界温柔点，再温柔点。

这温柔她半分不求，只愿能分给她周围的人，让他们的命运不那么坎坷，远离苦难。她的心愿仅此而已。

傅悦和傅淑媛最终还是分开走了。傅淑媛站在路口处，将备用钥匙交给了傅悦，抿着嘴不说话，模样憋屈，还有些忧心忡忡的。

　　傅悦默叹，歪了歪脑袋看她，挑眉，无奈地问："姐，你到底在担心什么？"

　　傅淑媛似乎踌躇得很，最终她默了默，还是道："悦宝，你真的没事吗？如果你有什么不开心的，一定要跟我说啊。"

　　傅悦安慰般地拍了拍傅淑媛的肩膀，见不远处驶来一辆出租车，忙不迭地挥手将车拦了下来。将傅淑媛塞进车里后，傅淑媛似乎还是不放心，傅悦却没有再迟疑，直接跟司机说了地址，让司机将傅淑媛送过去。

　　直至出租车缓缓地消失在视野中，傅悦才敢将疲惫显露出来，她捏了捏眉骨，眸中晦暗不明，脑子里一团乱麻，不知该怎么理清。

　　深夜还是有些冷的，她裹紧了外套，这才勉强挡了挡风。傅悦将手放进衣兜，指尖触碰到冰冷的手机外壳，也不知是心血来潮还是怎的，拿出手机就点进了通讯记录，视线瞬间锁定了那个备注为"不熟"的联系人。而这个人便是下午给她打来电话的傅朗。

　　傅悦眸光微动，做了个深呼吸，终于将电话给拨了出去。电话响了一会儿，当傅悦打算挂断的时候，电话被傅朗接通了。

　　双方陷入了诡异的沉默。事实上，傅悦不知道自己究竟是哪根筋搭错了，居然会给傅朗打电话。

　　"我还以为你不敢跟我打电话。"最终还是傅朗率先打破了寂静，淡淡道，"知道面对现实了，看来比以前进步了很多。"

　　"我有没有进步还轮不到你来判断吧，我们也没多熟，就见过几次面而已。"傅悦冷笑道，说出口的话下意识地带了刺，"我打电话就是想问你，苏若那事到底什么情况？"

　　"告诉你倒是可以。"傅朗的语气听不出情绪，"相对应地，你把青中的事给我解释清楚。"

　　"我的事跟你有关系？"

　　傅朗毫不客气地道："傅家的事跟你有关系？"

　　傅悦的脸色不太好看，半晌，她无声地咬了咬牙，对着话筒冷冷地道："你先说，这是我最后的退让。"

2.

　　傅朗知道傅悦的性子，也知道她肯定会将青中的事告诉他，便也没再继续纠结先后顺序。他此时正站在阳台处，指间燃着一根烟，烟雾缭绕映上繁星明月，很是安谧，却也空寂清冷。

　　傅朗颔首抽了口烟，语气淡淡："事实就是如此，苏若的公司，傅家的投资不可或缺，但明面上与傅家无关，因此苏若这么多年都没察觉。"

　　"我知道。"傅悦说，"所以我在问你，傅家究竟为什么要帮助苏若？"

　　"这事说来话长，但也很好概括。"傅朗倒是悠闲得很，丝毫不急，"不过我不是很想细说，你只需要知道暗中给苏若资金支持这件事，傅家二老是心不甘情不愿的。"

　　傅悦刚开始没觉得有什么，但傅朗最后这句话总让她觉得不太对劲，便蹙眉问他："傅家二老心不甘情不愿？"

　　"嗯。"

　　"你为什么要把自己单拎出来？"

　　傅朗沉默半晌，声音平淡，没有任何敷衍的意味："这是我的私事了，跟你半点关系没有，你不需要了解。"

　　傅悦发现傅朗不愧是傅老爷子的亲儿子，都一样不按套路出牌，总让人猜不透他们到底在想什么。相比之下，将对她和苏若的厌恶表现得淋漓尽致的傅老太太，傅悦反倒觉得她很顺眼。

　　虽然傅家暗地里给苏若投资的这件事看着挺复杂，但傅朗随便解释几句，傅悦还真没什么可以问的了。

　　所以现在该轮到她回答了。

　　"青中的事情并不复杂。"傅悦道，礼尚往来，她也没打算告诉傅朗太多，"我朋友被人污蔑，然后跳楼自杀了，除此之外没别的了。"

　　"跟你没关系？"

　　"你为什么要这么问？"

"因为明眼人都能看出来你在逃避。"

傅悦沉默，半晌后轻笑，意味不明："是吧，我以前也这么觉得来着，觉得这事跟我脱不了干系，我的确有责任。"

"再说具体点。"

傅悦语气平淡："这是我的私事了，跟你半点关系也没有，所以你不需要了解。"

傅朗闻言微怔，敢情这丫头还记仇，竟把话原封不动地还给他了。以牙还牙，的确有一套。他笑出了声，傅悦听到后蹙眉，正欲开口，却听电话里传来"嘟嘟"声，电话被挂断了。

傅悦"啧"了一声，将手机收了起来，反正傅朗说的话跟没说一样，该面对的还是要面对。傅老爷子方才在餐桌上说的话，此时此刻仿佛又在耳畔响起："傅家可以栽培你们，也可以毁了你们。"傅悦知道，他敢这么说，就真有能左右她命运的能力。

真讽刺，原来她所有的引以为傲，在他们傅家人眼里一文不值。傅悦敛眸，伸手拦下一辆出租车，开门上车，报了地址。

也不知过了多久，傅悦正发着呆，便听司机唤她，她瞬间回神，见已经到小区了，便付钱下了车。傅悦裹了裹自己的外套，猝不及防地打了个喷嚏，她抬手轻揉了揉鼻尖，有些心酸地叹了口气。

不会感冒了吧？这后半夜过得可真够惨。傅悦自嘲地笑了笑，随即抬脚慢悠悠地走向自己所住的居民楼，边走边想着心事，整个人都显得有些丧气。

回家泡个热水澡就睡觉吧，明天还要上学，还要早起。傅悦的眼神黯了黯，慢吞吞地走近居民楼，不经意间抬头的那一瞬，她愣怔在原地。

灯光下，祁南骁双手抄兜半靠在墙壁上，头略微后仰靠上身后的石墙，双眸微合，如此不设心防的模样很是少见。看得傅悦几乎都快要忘记了，他并不是一个纯良至善的少年。

听到声响，祁南骁睁开眼，侧首看向她，二人就这么对视着，无人开口。半晌，祁南骁正过身子，对傅悦轻轻张开双臂，嘴角含着清浅而温柔的笑意，"抱抱？"

他话音落下的那一瞬，傅悦不知怎的鼻子就酸了，酸得她差点哭出来。她撇了撇嘴，几步上前，低垂着脑袋，略显沮丧地牵住了祁南骁的袖口。他的到来很及时，恰到好处的温暖刚好安了傅悦的心。

祁南骁清楚这小姑娘去傅家不会太愉快，却也未曾过问什么，只轻轻地拍了拍她的后背，揉了揉她的脑袋，无奈地轻笑道："说了别逞强，你怎么就是不听话呢？"

傅悦眼眶一酸，眼泪就下来了。泪水涌出的一瞬间她始料未及，太久没用哭泣的方式来宣泄情绪，久违的酸涩感充斥整个胸腔，堵得她呼吸都有些急促，难受得要喘不过气来了。眼泪一出来，仿佛所有被密封好的委屈都一同涌现，吞没了傅悦的理智，惹得她眼泪停不下来。

傅悦知道自己其实是一个很自卑的人，因为自卑，所以要强，她唯一的骄傲与安慰便是母亲。可现在她的骄傲被人踩碎，被人告知她骄傲的资本从来都是别人的施舍。

傅悦甚至找不到自己存在的意义，她害怕自己的这种想法。她活在黑暗中，却比谁都惧怕黑暗；她拒绝希望与光明，却又矛盾地想要被救赎，她真的是过得一团糟啊。

傅悦哭得悄无声息，祁南骁却异常揪心，他柔下声音，将她轻按向自己肩头，一字一句地对她道："傅悦，我在。"

傅悦紧紧攥着祁南骁的袖口，眼泪一个劲地往下滴落，她突然觉得自己这即将枯竭的河道，寻到了希望的水源。

他在，而且会一直在。

傅悦到家的时候，特意去窗边看了眼楼下。见祁南骁还在原地，她便给他发了条短信：我到家了，你也快回去吧。

祁南骁几乎是秒回：免费陪聊，需不需要？

傅悦哑然失笑，她叹了口气，摇摇头，知道祁南骁还在担心自己今天回傅家的事，便打了一行字发过去：我和傅家的关系本来就不好，早就习惯了，就是意外得知了一件事情，让我有点难过，你也不用太担心。

想了想，傅悦抿唇，在手机屏幕上敲敲打打，补充了一句：我母亲的产业，傅家的投资占了很大的比重，甚至能够左右她的事业。

她很慌，她害怕自己唯一的骄傲也会失去了。

祁南骁似乎并不惊讶：多久以前的事？

傅悦不假思索地回道：我妈带我出国的时候，少说有十年了吧。

祁南骁略一思索，敲下一行字：既然这么久了，那你怎么能确定你母亲对这件事一无所知？

傅悦愣了愣，她只顾着惊慌失措，若不是祁南骁这么一提醒，她还真反应不过来。母亲既然有能力闯出自己的事业，那在公司资金这方面的事不可能不清楚。

也许她知道？这么想着，傅悦没来由地有些心安。她想着等有时间的时候，打电话问问吧。她想清楚了，便给祁南骁回复了一条：说得也对，我有空问她吧。时间不早了，你快回去。

祁南骁：晚安，早点睡。

傅悦：晚安。

傅悦发完短信，又看了眼楼下，见祁南骁当真离开后，她这才安心，将窗户给关上。随意地洗漱了一下，傅悦将校服挂在衣架上，将书包收拾好，又将课程表确认了一遍后，这才舒舒服服地躺上床。

喟叹一声，她捏了捏眉骨，疲倦涌来，让她有种躺在云端的感觉。今天发生的事有点多，傅悦现在回想起来，都有点怀疑自己是不是在做梦。她和祁南骁的距离好像突然被拉近了很多，这感觉怪怪的，却又很温暖。

她本以为她这辈子都要窝在自己的世界里，永远都不敢去回忆那段与陈糯有关的往事，但是现在，她终于有勇气去面对了。

陈糯的离开曾让傅悦自我堕落，而如今，傅悦正被人牵引着一步一步地走出那阴影。这所有的改变，皆因为祁南骁。

傅悦抿了抿唇，抬手掩住双眸，视线被遮挡，透过指缝依稀能看见温暖的灯光。

事实上傅悦其实是很害怕被人再次拯救的，因为曾经体会过那种失去希望，重新跌入黑暗的痛苦，所以她开始惧怕被拯救，却又敌不过渴望光芒的本能。

她不想被拯救，也不想拯救谁，但如果有祁南骁，她愿意开始改变自己的这种心态。

傅悦闭上眼，伸手关了灯。就这样吧，希望生活不要再恶作剧了。

翌日，傅悦边吃着三明治边下楼，刚走出电梯就望见了祁南骁，他正靠着车站着。

祁南骁看见了她，便对她招了招手。傅悦几步上前，略有些疑惑地打量他："你怎么来了？"

"我和你一起上学啊。什么叫我怎么来了？"他长眉轻挑，"既然你说我可以站在你身边了，那我总该有点特权吧。"

"行吧，那也不错。"想到以后每天都有顺风车搭了，傅悦倒也没说什么。

随后，刘叔便送二人去了南高。傅悦和祁南骁一同出现在校园时，吸引了不少人的视线。两人之间的相处氛围不同了，祁南骁帮傅悦拿着书包，还一副笑眯眯的模样，众人仿佛都能看见他身后的那条狼尾巴正摇来摇去的样子。

明眼人都能瞧出来傅悦和祁南骁的相处模式有了转变，于是开始有女生低声议论他们是不是在一起了。何梦希暗中观察好久了，听旁边有女生讨论这件事，不禁嗤笑道："祁南骁只是看傅悦漂亮而已，人家又是傅淑媛的妹妹，照顾照顾也没什么吧？"

有女生狐疑道："可是，骁爷对傅悦的态度一直就很不一样啊！"

"也是因为傅悦有点特殊啊。"何梦希似乎有些不耐烦，"你看哪个女生敢对祁南骁冷漠啊，祁南骁说不定就是被这么勾起兴趣的，这傅悦可不简单。"周围的人闻言恍然大悟，想了想还真觉得何梦希说得有道理。

这边议论四起，而身为当事人的傅悦和祁南骁对此一无所知。一到班里，姜贤便凑过来笑眯眯地跟祁南骁道："骁爷，今晚和朋友们出去玩吗？顺便吃顿饭。"

祁南骁扫他一眼，将书包放在桌上："我就算了，你找别人吧。"

傅悦坐在自己的位置上，安安静静地将课本给拿出来。

"不是吧？"姜贤还没说话，坐在前面的韩莘就难以置信地回头，"祁南骁，我宁愿相信你追上悦宝了，也不相信你会不出去玩。"

突然躺枪的傅悦沉默，怎么还扯上她了？

祁南骁闻言哑然失笑，伸手按上傅悦的肩膀，对韩莘意味深长地道："那可不一定啊，万一你的悦宝看我收心了，就真答应了呢。"

"行了吧您，您真是够自信的。"韩莘哼了声，不禁出声打趣道，根本没把祁南骁的话当回事。

"祁南骁最近有点得意忘形啊。"姜贤也摇了摇头，感叹道。

祁南骁默了默，望向傅悦，对她嘴角微弯道："小可爱，你觉得我说得对不对？"

这人要是活在梦里，这会儿得得意成什么样。傅悦暗暗想着，然而这种话她还是不好意思说出口的，只得轻咳一声，很是官方地对祁南骁道："那你继续收心吧。"

这话刚开始听倒是没什么，但是仔细一琢磨，那感觉就不太对劲儿了。韩莘和姜贤对视一眼。当事人傅悦都这么说了，那真就没什么可以怀疑的了。

3.

不远处，徐歆雅疑惑地望着他们那边，她听不见他们在说什么，她却真的开始怀疑祁南骁对傅悦真正的心思。

"你说祁南骁不会真的对傅悦认真了吧？"徐歆雅不放心，问了问身边面色不善的何梦希。

何梦希也不知道该怎么回答，此刻心烦意乱得很，只冷冷道："怎么可能？不然他怎么不公开表态？"没想到一语成谶。

中午吃饭时间，祁南骁、傅悦、姜贤、韩莘四人一起走向校门口，正商量着中午要去吃什么，但周围投向傅悦和祁南骁的视线，却让人觉得有些怪异。

傅悦心思敏锐，大概猜到了什么，果不其然，便听有人低声讨论。

"这傅悦和祁南骁到底怎么回事啊？难不成真……"

"谁知道呢？"

"她可真有本事。"

声音不大，却足够让傅悦他们听见。傅悦有些无奈，虽然她早就想过学校里会有这些乱七八糟的传言，但眼下这情况，的确让她不太舒服。

韩莘听到后正欲开口，却被姜贤轻轻挡了挡。下一瞬，祁南骁道："你们就不能大点声？"

那些人瞬间心虚噤声。

祁南骁似笑非笑地望着她们，眼神却是冷到了极点："讨论这种事那么小声干什么？用不用我带你们去广播室？"

彻底没人吭声了，周围的学生都望过来，或多或少都知道点什么，毕竟今天早上傅悦和祁南骁的确是一起来上学了。

"傅悦长得漂亮，跟我有什么关系？"祁南骁轻笑，伸手将旁边的傅悦揽了过来，不去看她愣怔的神情，一字一句地道，"我性子直，见到喜欢的女生，就想让别人都知道，有问题吗？"

随着祁南骁的话音落下，现场一片寂静。傅悦猝不及防地被祁南骁拉过去，还没有所反应，就听他撂下这么一个平地惊雷。于是乎，傅悦感受到有无数道视线扫在她身上，仿佛要将她一一拆解。

祁南骁对傅悦的真实心思，就以这样的方式被众人知晓了。目送四人离去，在场的学生久久没有反应过来。

刚才祁南骁那句话就是承认了吧？他说什么"喜欢的女生"，不就是当众坦白了他对傅悦的心思吗？

方才还在教室窃窃私语的那几个女生皆是面色复杂，谁都没有说话。所以说祁南骁是真的有认真在追傅悦了？谁也想不到他们俩居然真的能扯上关系啊！

"祁南骁那家伙居然真的……"徐歆雅也是目瞪口呆，难以置信地望着四人离去的方向，到现在都在怀疑祁南骁说话的真实性。

何梦希面色阴沉，她上午刚说完不可能，结果现在就被狠狠地打了脸，心里当真不痛快。

"徐歆雅，你帮我个忙。"何梦希做了个深呼吸，侧首望向徐歆雅，眸中情绪不明，"给陈姣姣发条短信，把傅悦跟祁南骁的事情告诉她。"

徐歆雅闻言顿了顿，随后应了声，却也没多问什么，乖乖地拿出手机给陈姣姣发了条消息，告诉她祁南骁已经公开要追傅悦的事情。发完短信后，她将短信内容给何梦希看了一眼，见何梦希满意地点了点头，徐歆雅这才将手机收起，眉头轻蹙问道："但是我不太明白，这么做有什么意义吗？"

何梦希扯了扯嘴角，道："你记不记得我们暑假有活动的事？"

徐歆雅眨了眨眼，仔细回想了一番，几秒后她一副恍然大悟的模样："你是说那个特训活动吗？"

"没错。"何梦希顺了顺长发，"还有不到一个月的时间我们就要过暑假了，我之前就打听过了，今年是三中和南高的高一部一起参加特训，也就是说陈姣姣肯定是要和我们打交道的。"

"我说你为什么要给她发短信呢。"徐歆雅嘴角微弯，终于明白了何梦希的意思，"到时候可就有好戏看了，被陈姣姣盯上的可是麻烦大了。"

何梦希笑了笑，没应声，眸中情绪看不分明。

"祁南骁的小心思就这么暴露啦？"韩莘边走边道，长叹一声，"真可惜，我还觉得能成为爆点呢。"

傅悦摆摆手："这能当什么爆点啊？"

姜贤跟着补充了句："就是，明眼人不都能看出来？"他说这句话时，神情暧昧，让人免不住浮想联翩。

"说话正经点啊你。"韩莘没好气道，白了他一眼，"让你跟祁南骁学收心，谁让你学他不正经了？"

"我这不是开玩笑嘛。"

韩莘默了默，随即便道："闭嘴吧你。"

傅悦和祁南骁对视一眼，简单地交换了一下想法：嗯，这两个人有问题。

姜贤和韩莘正吵闹着，却听前方传来稳重的男声："少爷，终于找到你了。"

傅悦闻声看向前方，只见说话的人是一位年过半百的男人，身穿讲究的黑色西装，一丝不苟，温润却恭敬，像是管家。而在他身后是一辆深黑色的轿车，傅悦对车不了解，但凭直觉，她能感觉到这车定是价格不菲。

男人见了韩莘和姜贤，礼貌性地笑了笑，随即他的视线不着痕迹地掠过傅悦，没有作声。

韩莘面色微僵，姜贤也面无表情，傅悦略微抬首看向祁南骁，却见他面上神情并无异样，仍旧是那副事不关己高高挂起的模样，但显然眼前这个男人的目标就是祁南骁。

　　果然，祁南骁开口，语气略有些冷淡："找我做什么？"

　　男人颔首，回答道："祁先生找你，希望少爷你能跟我回祁家一趟。"

　　祁南骁长眉轻蹙，下意识就要开口拒绝，然而与男人对上视线后他默了默，最终妥协了。他垂眸，对傅悦轻声道："我先离开一会儿，下午会回来的，好不好？"

　　傅悦点了点头，祁南骁见此便迈步走向了那管家模样的男人，男人替他打开车门，祁南骁径直坐进车里。男人也坐上了驾驶席，祁南骁淡淡地侧首看向窗外："走吧。"

　　傅悦目送车缓缓离去，眉头轻蹙，看向面色复杂的姜贤："那位是……"

　　"祁家的管家，我跟他倒还算挺熟的。"姜贤揉了揉头发，蹙眉道，"祁南骁基本上是他看着长大的，也因此，祁南骁一般不会不给他面子。"

　　"让他来接祁南骁回去，估计祁叔叔是真的有事找祁南骁吧。"韩莘耸肩，无奈地叹了口气，"虽然我觉得祁南骁回去后，他们父子俩也没法好好说话。"

　　傅悦一言不发地听着，突然想起很久以前，自己曾不小心偷听到了祁南骁和他父亲的对话，二人谈话时那剑拔弩张的气氛让她记忆犹新。

　　祁南骁不曾对她提过这些事，傅悦也没有问过。如果说祁南骁不想让自己了解他，傅悦是不信的，所以估计他只是不想给她带来负能量罢了。

　　虽然傅悦潜意识里知道祁南骁的执念与他的家人有关，但她之前没有勇气去触碰，于是便强迫自己忽视掉。可现在傅悦已经下定决心要与祁南骁彼此救赎，便也想要了解祁南骁的事。

　　"祁南骁只是和他父亲关系不和？"傅悦眉头轻蹙，问了句。

　　"也不是，其实祁南骁和他妈也不算和睦。"姜贤说着，有些纠结地抓了抓头发，道，"唉，说来话长，大概是因为祁南骁的父母不太会当家长吧……"

　　"我之前听朋友说祁南骁的妈妈似乎要回来了，可能叫祁南骁回家就是因为这件事？"韩莘抿唇，也有些不确定，但除了这个以外，就猜不到别的什么了。

毕竟祁叔叔和祁南骁见一次就要互相伤害一次，每次两个人都要黑着脸结束谈话，时间久了，别说祁南骁不愿意回家，估计就连祁叔叔也嫌吵架麻烦了，干脆再也不管祁南骁。所以他这次突然叫祁南骁回祁家，肯定是有比较重要的事。

　　"悦宝，我知道一点，但祁南骁好像没跟你提过这些，你如果想知道的话，我可以把我知道的事告诉你。"韩莘侧首看向傅悦，"反正祁南骁也不会介意这个，你们互相了解一下也好。"

　　不承想傅悦轻轻地摇了摇头，婉拒了韩莘的好意。

　　"不用。"傅悦眸光微动，轻声道，"我更想让他自己告诉我。"

第十四章   快乐给你

1.

车缓缓停下，祁南骁长眸微眯，望着眼前熟悉不已的宅子，略有些疲倦地捏了捏眉骨。

"谢谢少爷愿意给我这个面子。"管家淡淡地开口，语气依旧温和，听不出来什么特别的情绪。

"他不就是知道我会给你面子，才让你来找我的吗？"祁南骁意味不明地笑了声，见管家闻言陷入沉默后，他摇了摇头，打开车门下车了。

祁南骁整了整衣服，便听关车门的声音自身后响起，想必是管家也下车了，他道："带我过去吧，早点解决完，我也好早点回去。"

管家颔首，却是轻声问了句："那位就是傅悦小姐吧。"他言语中听不出来什么情绪，似乎只是随意提起。

祁南骁的眸光蓦地冷下来，看向管家，一字一句地道："他调查她？"那个"他"自然是指祁南骁的父亲，祁明川。

"不是。"管家仍是那副从容的模样，"我也只知道她的名字而已。"

知道他不会骗自己，祁南骁便没再开口，随意地挥了挥手，让管家带自己去了祁明川所在的地方。果不其然，他们是去往阁楼的方向。

祁南骁记得祁明川在阁楼上有个办公间，他平时在家就会待在里面。管家将祁南骁带上阁楼，轻轻地推开走廊尽头处的一扇门，带祁南骁走进了房间。

祁明川正坐在檀木桌前看合同，他手边放着一摞文件，再旁边有杯咖啡，还冒着热腾腾的雾气。男人虽然已步入中年，却风华依旧，被岁月添上的成熟稳重，更衬得他气质出众。祁明川仅仅是云淡风轻地坐在那里，却让人觉得有一般无形的压力。

某种意义上来讲，祁南骁不愧是祁明川的儿子，遗传了祁明川不少特性，比如外貌，比如气场，比如那从容不迫的狠厉。

管家眸色微沉，对祁明川轻声道："先生，我把少爷带来了。"

祁明川眼睛都没抬一下，只"嗯"了声，便没了下文。管家的任务是将祁南骁带到，现在任务完成，他也不需要操心别的事情，便一言不发地退出了房间，留下祁南骁和祁明川同处一室。

祁南骁随意地打量着四周，觉得房间的摆设也没什么好看的。看得久了，祁南骁难免觉得无趣，迈步走向祁明川，在桌前站定，开门见山地道："找我有事？"

祁明川不紧不慢地在合同上签好自己的名字，而后将合同放在一旁，看向祁南骁。二人对视，眸中皆冷淡不已。

"你母亲快回来了，到时候你跟我一起去接机。"祁明川淡淡地道，面上没什么情绪，似乎是在谈公事一般，"接机后你去做什么我就不管了。"

祁南骁干脆利索地回道："我最近忙，不去。"

祁明川眸光微冷，威胁似的低声道："祁南骁。"

祁南骁轻声嗤笑，神情有些嘲讽："怎么了？接机这种事又不缺我，况且缺了我，你们也许更开心。"

祁明川闻言顿了顿，半晌后轻笑道："翅膀硬了是吧？"

祁南骁不置可否，神色淡淡地道："我就不去了，估计她也不想见我吧。你们控制不住我，别想了。"

"祁南骁，我是你爸，我不管你谁管你？"

祁南骁嘴角微弯，眼神却冰冷。又来了，以爱为名的控制欲。

"您从小到大除了管我，还了解我什么了？"他轻笑，"别说那么好听行吗？不就是你们的控制欲在作祟吗？别想掌控我的人生，做佼佼者还是做垃圾，我自己说了算。"

祁南骁话音刚落，祁明川面色一沉，冷冷地道："出去！"

祁南骁也无所谓，耸了耸肩便迈步走出了房间，随即重重地将门给带上。

祁明川蹙着眉，抬手捏了捏太阳穴，拿过一旁的文件想继续工作，却无论如何都看不下去。他将文件放下，转而端过咖啡杯浅酌一口，平复心情。

这么多年了，他和祁南骁的关系还是如此僵。想起祁南骁方才那句"不就是你们的控制欲在作祟"，祁明川不禁陷入沉思。

虽说他以前的确经常插手祁南骁的选择，但出发点都是为了他好，为什么会变成现在这样？难道责任真的在他？

与此同时，祁南骁没急着下楼离开，而是面色阴沉地靠在门侧的墙壁上。他许久没有回过这里，心里有些复杂，说不上怀念，但也没那么排斥。

祁南骁捏了捏眉骨，不知怎么就回想起以前的事情。在祁家，祁南骁从小便是被当作精英来培养的，所以祁南骁连正常的童年是什么样子的都不知道。

他的父母对他管教严厉，永远只在乎结果，控制欲强到想要把祁南骁接下来一辈子的路都铺好，让他顺着这条路乖乖地走下去；任何不合他们心意的事，他们就会自行解决，不会去和祁南骁沟通。

祁南骁养的宠物被人偷偷丢掉，日常生活被人全方位监管，即使到了学校，同学的家长也会告诉自己的孩子远离他。祁南骁的一切都被他们掌控着，一丝不确定的因素都不能有。

时间一长，这束缚终于压得祁南骁喘不过气来，他便开始叛逆起来。也许是因为被压迫得太久了，祁南骁叛逆起来格外难管。时间长了，他们父子俩就变成了现在的相处模式。

祁南骁想过要和父母沟通的，他只是不明白为什么他们二人从未关心过自己，却还要插手自己的人生。

一个很简单的问题，但那二位怕是无论如何也不会给出答案了，他们只会觉得自己的所作所为都是为了他好，而他却不领情罢了。既然无法沟通，那就不要沟通了。

祁南骁垂眸，不愿再去回想那些糟心的往事，顺着阁楼楼梯走了下去，便见管家已经候在下面了。见祁南骁下来了，管家看向他："沟通失败了吧？"

他挑眉，不甚在意："什么时候成功过？"

管家默了默，半晌，叹了口气问："少爷，您真的不打算去接机吗？"

"不去。"祁南骁似乎有些疲惫，声音低沉，"万一吵架的话谁都糟心，我先回学校了。"

"我送您。"

祁南骁颔首。回南高的途中，祁南骁正在车上闭目养神，手机却响了。他看了眼，是傅悦，估计是趁着下课时间偷偷打过来的。

他的嘴角无意识地轻扬，指尖滑过接听键，声音不自觉地柔和了下来："怎么了？"

傅悦正躲在厕所单间打电话，没想到他这么快就接了，不禁愣了愣，道："你……你没什么事吧？"

他哑然失笑："我能有什么事？只是吵了一架而已。"

傅悦悬着的一颗心终于落了下来，道："那就好，我还以为你和你父亲会起冲突。"

"起冲突是肯定的，但我又不会挨打，你不用担心。"

傅悦下意识开口："可你不是被你爸用球杆……"话还未说完，她便顿在那儿了，心里暗骂自己嘴快。

然而祁南骁知道她在说什么，便道："姜贤、韩莘他们说的？"

傅悦抿唇，闷闷地"嗯"了声："是我问的，你别生气啊。"

这小姑娘还担心他生气？祁南骁在心底笑叹一声，低声道："我不是生气，只是这种让你担心的事，我不想让你知道。快乐我给你，沉重我就先藏起来，好不好？"

傅悦心里一软，想也没想就应道："好。"

"乖。"祁南骁嘴角微弯，轻声道，"我快到学校了，你回班里吧。"

傅悦应了声，便挂断电话了。

祁南骁收起手机，本来郁结的心情在打完电话后稍微好了些，他身子后仰靠在座位上，继续闭目养神。

就在此时，管家开口："您的变化确实挺大的。"

"我也这么觉得。"祁南骁没睁眼，懒懒地回他道，"而且我以后变化会更大。"

"因为傅小姐？"

祁南骁没立刻应声，而是缓缓地睁开双眼，望向了窗外。半晌，他说了句毫不相关的话："我曾经想要做一辈子的恶人，自己再怎么落魄都无所谓，一定不能活出他们想要的样子。"

管家颔首："现在呢？"

祁南骁嘴角微弯，语气柔和地道："为了她，把自己收拾干净。"

祁南骁回到教室时，又是一个课间。同学们早就习惯了，打了声招呼也就没什么了。

姜贤正在教室门口跟人闲侃，抬头无意间瞥见了他，忙不迭地几步走上前，笑眯眯地问道："回祁家一趟怎么样啊？要不跟我谈谈感想？"

祁南骁笑容闲散，一副事不关己的模样："挺好的，依旧满肚子火。"

姜贤"啧啧"两声，心下感叹祁南骁和他爹果然还是关系不好，面上却没表现出来什么，只道："不是吧，哥，难不成动手了？"

"不至于。"祁南骁扫他一眼，眸光淡淡，"说到这个，你给傅悦多嘴的事，以后注意点。"

姜贤闻言愣了愣，没反应过来："什么多嘴？"

"高尔夫。"

姜贤瞬间会意，轻咳一声，略有些尴尬："行。"他这才想起来，那天考完试，在考场，他和韩莘看到祁叔的车来了，便都有些慌神，说话也就没那么顾忌，告诉了傅悦不少祁南骁的事。

那次祁南骁挨揍是因为有人找南高学生的事，祁南骁看不惯才去教训别人，结果正巧被年级主任给逮了个正着，韩莘和姜贤解释无用，人家直接就打电话通知家长了。

彼时，韩莘和姜贤都还不怎么了解祁南骁和家里的矛盾，只知道祁南骁和父母关系不太和睦，却没想到他们的关系已经恶劣到了那种地步。年级主任给祁明川打了电话后，祁明川没表态，只说了个地址，麻烦主任把祁南骁给送过去，韩莘和姜贤好说歹说才跟着主任一起坐车过去。

那时候祁明川刚跟朋友打完高尔夫，正休息着，主任把祁南骁带过去简单地说明了情况，祁明川了解后便颔首，丝毫没有生气的征兆。可是下一瞬，祁明川突然挥起了手中的金属球杆。接下来的场面，姜贤难忘至极。

虽然这事是韩莘说的，但毕竟他也掺和了。"敢情你这么心疼傅悦，都不舍得让她心疼你？"姜贤低声笑叹，不禁有些感慨道，"不错，不错，看来傅悦真是入了你的心了。"

"早入心了。"祁南骁随意地摆摆手，便进了教室，走向自己的位置。

傅悦正和韩莘说着什么，见韩莘满脸惊喜地指向自己身后，略有些疑惑，转过头去看，就见祁南骁不紧不慢地坐下，对她笑了笑："我回来了。"

阳光下，少年笑容中的温柔被放大了千千万万倍，有什么挠人的情愫涌上心头，袭遍全身。其实祁南骁笑起来的时候很干净。

傅悦眸光微动，颔首道："你回来了。"

明明很简单的两句对话，却让人觉得有粉红泡泡溢了出来。韩莘扶额转移视线，面色复杂地同姜贤对视一眼，不约而同地轻叹一声。这两个人真是……

"对了，你刚才还特意给我打电话问情况，就这么担心我啊？"祁南骁撑着下巴望着傅悦，他嘴角笑意闲然，却有了些许戏谑的意味，"你肯定很喜欢我。"

2.

傅悦本与他对视着，闻言后却是下意识地移开视线，她脸皮薄，明明只是一句无关痛痒的话，她都能不好意思。

不过都到这份上了，这种事情承认也没什么大不了的。想罢，傅悦轻咳一声，有些别扭地道："有一点点，就一点。"话音落下，祁南骁怔住，难得有些动容。

韩莘和姜贤瞪大眼睛看向傅悦，没想到这小姑娘居然会承认，毕竟平时都是很傲娇的。

就在此时，祁南骁突然侧首看向窗外，不说话了。

傅悦敏感地察觉出来不对劲，她眼眸微眯，试探性地再次开口："我就是挺喜欢你的，没什么问题啊。"

祁南骁没吭声，指尖却是动了动。傅悦有些忍俊不禁，显然是发现了什么，便刻意凑过去重复道："我喜欢你，超喜欢你的。"

少女尾音上扬，悦耳的嗓音拂过他的耳郭，使得他的耳朵有些发烫。

该死。祁南骁咬了咬牙，发觉自己心跳加速，强作镇定地道："我听见了，你不用重复。"

傅悦这下终于确定了，她歪了歪脑袋，嘴角微弯："祁南骁，你也会不好意思啊？"

韩莘还真没见过祁南骁不好意思的样子，别说是见了，她都没敢想过祁南骁也会有脸皮薄的时候。傅悦的反撩技能简直优秀！

"我去，不是吧你！"姜贤吓了一跳，他看祁南骁侧过头的时候就觉得不对劲，但没想太多，听傅悦这么说就反应过来了，"祁南骁，你这小子什么时候这么纯情了？"

祁南骁觉得脸都快丢干净了："滚一边去。"

"明明是你说的话啊，我只是确认了一下而已。"傅悦难得看见祁南骁这副样子，玩心大发，便凑过去笑眯眯地看着他，"你脸红真是稀奇啊。"

"傅悦，你厉害了啊。"祁南骁实在是没脾气了，终于不再看着窗外，转过头对傅悦勾唇道，"三秒内我就能让你脸红，要不要试试？"

傅悦当即后退，直觉告诉她祁南骁可能有"阴谋"。

韩莘装模作样地感叹道："不过真是够难得的啊，刚才怎么就没把祁南骁脸红的样子拍下来呢？"

"嘘，这种事情不能声张。"不等祁南骁开口说什么，姜贤便先一步接了韩莘的话，叹息道，"人家会脸红，是有指定对象的，不可外传。"

韩莘闻言思忖几秒，而后一本正经地点了点头："说得有道理。"

祁南骁无语。这两个人不凑一对的话，真可惜了。

四人聊得正欢，全然没有注意到班里有人在观察他们。何梦希看着祁南骁和傅悦之间的互动，心里憋屈得难受，她长叹一声，将书包从桌子里抽出来，想要收拾书包转移一下注意力。

太烦躁了，她完全搞不懂自己究竟在想什么。何梦希无声咬唇，拿着课本的手逐渐用力，立刻传来了书本扭曲变形的声响，她没在意，有些出神。

就在此时，上课铃声响起，语文老师走进教室，拍了拍手，将一摞纸放在了讲台上。

"我刚才查了一下作文，发现我们这个学期的作文任务还没完成，今天是最后一篇了，题目有点冷门，写完会交给学校统一检查，大家要好好琢磨。"老师说着，拿了一根粉笔，转身边在黑板上写边道，"这次的题目是《我的心》。"

她话音落下，学生们看向黑板。

三个大字被语文老师写在黑板上，这次的作文题目就像在故意难为人似的，简简单单的三个字，相关内容却是难想得很。

作文纸发下去后，教室里陷入了一片死寂，学生们都在冥思苦想着作文内容，显然都没什么头绪。

傅悦看着这三个字也忍不住蹙了眉，她抿唇，想了大半天也没有什么灵感，有些丧气地趴在桌上。

语文老师在讲台前坐了会儿，似乎是想起来忘拿了什么东西，便起身走出了教室。教室门被关上后，班里瞬间就讨论开了，尽管十五班是学霸班，但毕竟一个个都还处于容易躁动的年纪，所幸讨论的声音不大，不会吵到别的班级。

这次的作文题目太偏了，就算不限制体裁内容，也不太好写。傅悦也是愁眉苦脸，就在此时，祁南骁轻"嗯"了一声，似乎突然有了灵感一般。

她回头看向他，正欲开口，便见祁南骁随手拿过一个本子，在上面快速地写了什么。傅悦没出声，面露疑惑地盯着他写完。由于傅悦不擅长倒着看字，因此看不出来祁南骁写了什么，便问他："你这么快就有灵感了？"

"也不算是灵感，就是突然想起了从网上看过的一段话，也许能用上吧，先写下来。"祁南骁淡淡地道，似乎真的只是随意地写了写。

他将本子转过去朝向傅悦，方才写下的文字就这么摆在傅悦眼前，字体苍劲，很是好看。

"这里荒芜得寸草不生，后来你来这里走了一遭，万物奇迹般生长，这里是我的心。"

　　傅悦对这段话有印象，她曾经在刷朋友圈的时候无意中看到了这段话，记得好像是……

　　"不是说要倒着读吗？"傅悦轻笑，指了指本子上的这段话，"似乎挺虐的，不过衍生一下，倒是可以当作文来写。"

　　"正着读、倒着读都可以。"祁南骁将本子放在桌上，似笑非笑地望着傅悦，轻声道，"只要你愿意，我怎么读都行。"祁南骁说这句话时目光温柔，看得傅悦心跳都慢了半拍。

　　傅悦愣了愣，随即回过神，迅速转过身去，不再看祁南骁。

　　"喂喂喂，你们两个在干什么啊，怎么扭扭捏捏的？"韩莘偷听好久了，终于忍不住转过头来问他们。祁南骁示意了一下手中的本子，韩莘一眼瞄到那上面的话，然后结合祁南骁方才说的话，瞬间就明白了。

　　她见傅悦这般躲躲闪闪的模样，不禁叹了口气，没好气地看向祁南骁，说："大哥，您写作文都不忘了撩人啊？"

　　"撩人？撩谁？"姜贤本来正用手机搜着作文，听到关键词后，当即抬首看向他们，面色茫然，"你们在说什么啊？"

　　"就是那个段子，你记得吗？"韩莘将手臂撑在桌角，她和姜贤毕竟隔了一条小过道，于是便略微倾身靠过去，将祁南骁写下来的文字口述了一遍。

　　姜贤听着耳熟，当即就想起来这个段子，好笑地道："这个啊，就那个正着读、倒着读的？"

　　"是啊。"韩莘点了点头，望着姜贤一本正经地道，"只要你愿意，我怎么读都行。"话音落下，姜贤浑身僵住，与韩莘对视，见她眸中澄澈，漾着水光。

　　他启唇，却突然觉得喉咙干涩，发不出声音。心跳加速，令他措手不及，心头涌上的情愫虽然朦胧，却让他隐约察觉出了什么。

　　他明明知道韩莘不过是重复了一遍祁南骁的话，这并不是她的本意，但是他怎么……

姜贤眼中的纠结一闪即逝，傅悦却成功地捕捉到了，她估计姜贤已经察觉出他自己的心意了，她侧首看向祁南骁，见他也望着姜贤，面上虽是云淡风轻，但那嘴角的笑意意味深长。显然，祁南骁也发现姜贤不对劲了。

姜贤迅速将那抹不自在给掩去，换上原先那副悠闲的模样，问韩莘："你这什么意思啊？表白我呢？"

"去你的吧。"韩莘哑然失笑，根本没当一回事，伸手指了一下祁南骁，解释道，"祁南骁刚才就这么跟悦宝说的，大庭广众啊，真是太恶劣了。"

姜贤随口应了句："心里没数吗？"

"是啊，"祁南骁突然轻笑，眸色深沉地望着姜贤，"心里没数。"

姜贤瞬间就察觉出来祁南骁重复这句话的意思。

韩莘蹙眉，没搞懂他们俩在说什么，于是很老实地问道："你们两个在说什么啊？"

"没什么，就是单纯地互相嘲讽而已。"傅悦伸手轻拍了拍她，嘴角微弯，"不用想那么多。"

韩莘似懂非懂地点了点头，似乎还真的信了。姜贤轻咳一声，心里突然有些烦乱，便挥了挥手，"写作文，写作文，快没时间了！"正巧他话音落下，语文老师便回来了，教室内迅速恢复了安静，已经有学生开始动笔了，看来大部分人都已经知道该写什么了。

傅悦也有了点灵感，便开始动笔写作文。大半节课的时间刚刚好，傅悦刚落笔，下课铃声就响了起来。

"写完作文的同学把作文交给组长，组长统一交给课代表；没写完的同学放学前交给我，我一会儿就去查人数啊。"语文老师说着，觉得这事挺重要，于是又强调了一遍，"这次作文是要上交批改，最后要交给学校上级部门检查的哦，你们都给我好好写，这个可是影响班级期末评价的。"

学生们巴不得赶紧下课，忙不迭地统一应声道："知道了。"

语文老师这才满意地朗声道："下课！"说完，便干脆利落地拿着自己的水杯走出了教室。班里的气氛瞬间活跃了起来。

见老师走了，傅悦伸了个懒腰，打了个哈欠，稍微放松了下。

"哎哟，总算是下课了！"韩莘从位置上跳了起来，兴冲冲地搬着凳子坐到傅悦旁边，问祁南骁道，"来来来，说说看，你回祁家后怎么了？"

"对了，我还没仔细问你这事呢。"姜贤本来还记着祁南骁刚才语文课上说给自己的那句"心里没数"，但听韩莘突然扯出了这个话题，便也过去插了一脚，"从实招来，你跟祁叔怎么了？"

3.

傅悦其实也挺好奇的，但祁南骁没说，她也就没主动去问，反正不愉快是肯定的，具体她就不清楚了。

"说是我妈过几天就回来了，让我跟着一起去接机，我给拒绝了。"祁南骁扫了眼姜贤，叹了口气道，"然后还是那样，吵了一架就回来了呗。我跟祁明川什么时候正常沟通过？"

"阿姨还真要回来了？"韩莘闻言愣了愣，有些狐疑地道，"怎么这么突然？"

"祁南骁，你不是还有一个月就过生日了吗？会不会是因为这个？"姜贤突然开口，不过有些不确定，"毕竟阿姨很少回来。"

"谁知道她呢。"祁南骁轻声嗤笑，面上神情看不分明，"要是为了这个，她早回来了吧。"他已经疲于去猜测那二位的心思，那种抱有希望又被打击的感受，他体验过无数次，已经不想再体验了。

傅悦抿了抿唇，她看见了祁南骁眼中一闪而过的沉重，也不知道该如何开口。

"算了，不说这种沉重的话题了。"姜贤话锋一转，"你们听说了吗？学校已经下通知了，南高高一暑假要进行军事化特训活动。"

"这个我知道，B市的军事训练基地！"韩莘来了兴致，"听说那边的教官都是小哥哥啊！"

姜贤冷淡地瞥她一眼，道："对，A市警队都给请过去了。能让那些精英去当教官，看来南高费了不少功夫啊。"

"警队精英的话……"傅悦突然有些踌躇地开口，"这不就意味着我们的

198

训练会很辛苦吗？"

姜贤和韩莘一时愣怔。好像是这样的。

与此同时，南高学生会。秦致远将事情处理好后，把文件整理好放在桌子上，便推门走出了办公室。

这层楼都是办公室，基本没有学生。于是当他看到门口靠墙站着的傅淑媛时，显然有些惊讶，虽然只是一瞬，但还是让傅淑媛看出来了。

"事办好了吧。"她双手抱胸，转过身子面对他，微抬下颌示意楼下的南高后墙处，道，"会长，那我可以约你了吗？"

趁着课间还剩下几分钟，傅悦便拉着韩莘一起去接水了。

姑且也算是探探韩莘的口风吧。傅悦拿着自己的水杯，心里有些纠结，她觉得自己有点多事，但看着韩莘和姜贤两个人这么别扭，就难受得不行。

这两个人还是干脆利落点比较好。当局者迷，旁观者清，但韩莘和姜贤这两个人似乎迷糊得不轻，来来回回折腾了大半个学期都没点自觉。

真够能拖的啊……傅悦不禁在心中感叹着。她正出神，被韩莘出声唤醒了："悦宝，你怎么在发呆啊？"

"嗯？"傅悦蓦地回神，眨了眨眼睛，侧首对韩莘笑了笑，"没什么，我刚才想点事情，不好意思啊。"

"没什么，没什么。"韩莘倒是笑眯眯的，完全没把这件事放在心上，"哎，悦宝，你和祁南骁到底是什么情况啊？我之前看你们两个的关系时好时坏的，也不敢问，结果祁南骁就这么坦坦荡荡地承认了？"

"不好说，我还没考虑好，但是现在想想，未来有个人可以一起努力也不错。"傅悦轻声笑叹，耸了耸肩，"我也说不清楚我的感觉，但是我觉得这是一个不会让自己后悔的选择，而且我高中没有谈恋爱的想法，就先放放吧。"

"那就行啦，你们俩现在这样挺好的，以后可以考同一所大学！"韩莘闻言喜笑颜开地道，伸手揽过傅悦，当真替她开心，"虽然我以后会多一份随身携带的狗粮，但我还是很乐意吃的！"

傅悦嘴角微弯，心情被韩莘感染得愉悦不少。韩莘长得漂亮，不拘小节，给人的第一印象很好，她的性格也很受欢迎，经常会带给旁人正能量。

"韩莘。"傅悦突然开口轻声问道，"你和姜贤、祁南骁他们俩认识很久了吗？"

"啊，这倒没有，我和姜贤小时候就认识，祁南骁是我高中才认识的。"

傅悦嘴角微弯："青梅竹马啊，难怪关系这么好。"

韩莘在听到"青梅竹马"四个字后，轻咳一声，隐约察觉出了傅悦的意思，便道："悦宝，我和姜贤不是你想象中的那种，估计以后也不会有什么发展。"

傅悦也懒得再迂回了，干脆问道："你为什么会这么觉得呢？"

韩莘眨了眨眼睛，想当然地道："因为姜贤不会喜欢我啊。"

这小姑娘还没察觉出来啊。傅悦看向她，轻声问："那你呢？"

韩莘闻言蓦地顿住，她从未想过自己会不会，所以一时有些无言以对。

稍微提点一下就好，傅悦也没打算过多干涉。她正侧目，却正好透过玻璃窗望见一前一后走出对面楼的傅淑媛和秦致远。傅悦傻眼了，他们俩又怎么了？

上课铃声响起的时候，秦致远和傅淑媛刚好到了学校的后墙处，这里没什么人，方便说话。

"不好意思啊会长，带着你翘了一次课。"傅淑媛伸手顺了顺长发，她懒懒地倚在墙上，面上没什么特殊表情，仿佛很是坦然。

秦致远扫了一眼她顺头发的手，心里便有数了。傅淑媛一紧张就会有这种小动作，这是下意识的举动，傅淑媛再怎么藏也藏不住。

"又不是第一次了，没什么。"秦致远望着她，内心没什么波动，"你找我什么事？"

"你这么快就开门见山啊？"傅淑媛耸了耸肩，看来没打算这么快进入正题，嘴角微弯，对秦致远道："你都不问问我，明明上次哭着喊着说不要喜欢你，怎么现在又来找你了？"她的语气里含了几分嘲讽的意味。

秦致远眉头轻蹙，开口唤她："傅淑媛。"

"我在呢。"傅淑媛面上笑吟吟的，可笑意未达眼底。她望着秦致远，心中一笔一画地刻下他的名字，往日所有的回忆都被她深埋。

可是怎么办呢？她喜欢他啊，喜欢得不行。

"我很没脸没皮对吧？都到这个份上了，还死皮赖脸地来找你。"傅淑媛这么说着，自觉有些好笑，"估计也是我一厢情愿吧，你是不是早就厌烦我了？"

"没有。"秦致远迅速答她。望见傅淑媛这副样子，他下意识地想要伸手去抱她，最终还是克制住了自己。

他不能这么做，他终究是要走的，一别便是几年，他无法也不能给她留下什么希望。傅淑媛可以不懂事，但他得懂。

"进入正题吧，耽误太长时间也不好。"秦致远垂眸，不再去看傅淑媛，面上神情淡漠，看不出来有什么情绪，"没时间了。"

傅淑媛默了默，轻笑道："也对，没时间了。"

既然没时间了，那就豁出去吧。

"秦致远。"她歪了歪脑袋，打量着秦致远，说出口的话有些沉重，"我高三那年就要辍学了哦。"明明说着至关重要的事情，可傅淑媛的语气仿佛这件事与她并没有什么关系。

秦致远听后蓦地僵住，但他没让情绪表露在外，只是蹙眉看着傅淑媛，想要问清楚这到底是怎么回事："你什么意思？"

"没什么意思啊，就字面意思。"

"不行，你不能辍学。都最后一年了，你就真打算直接放弃了？"

傅淑媛闻言轻笑，神情复杂，让人捉摸不透："秦致远，我放不放弃，要你管？"

秦致远抿唇，半晌，他问她："告诉我理由。"

傅淑媛很干脆："因为我不想看见你。"

他险些就要把自己高三也许就不会在学校的事说出来，顿了顿，他道："这算什么理由？"

"反正已经和校方说了。"

"我去找他们，"秦致远的语气有些生硬，"你不能因为这个辍学。"

"秦致远，你凭什么？"傅淑媛靠在墙上，轻笑道，"你又不喜欢我，现在这样又是干什么？"

心头一股无名火起，秦致远也不知怎么就冲动了，逼近傅淑媛，冷冷地道：

"傅淑媛，你多大了？竟然因为这种原因要辍学？我高三后随时可能出国，到时候你想见都见不到我！"说完最后一句话，秦致远心里突然一阵剧痛，险些喘不上来气。

傅淑媛定定地望着她，半晌，她嘴角微弯："秦致远，我终于等到你主动把这件事告诉我了。"

他咬了咬牙："有用吗？"

"有用，辍学这件事是我骗你的。"傅淑媛与秦致远对视着，她眸中有光芒闪烁，轻声道，"我就问你，秦致远，你喜欢我吗？"

你喜欢我吗？喜欢，没命地喜欢。但是……

秦致远蹙眉，声音沉重，却难得有了些许动摇的意味："傅淑媛，我不能回答你。"

"可我喜欢你。"傅淑媛一字一句地道，"秦致远，我喜欢你。"

秦致远浑身僵住。在他决心将傅淑媛忘记的时候，她却只用不到一秒的时间，就让他前面所有的努力都功亏一篑，傅淑媛啊傅淑媛……

"该死的。"秦致远终于忍不住低骂出声，再也控制不住，伸手揽住傅淑媛，仿佛要将她刻进自己的生命里。

傅淑媛不曾犹豫半分，回抱住了他，指尖微微地颤抖，心中晦涩不已。

有冰凉的液体浸湿了秦致远肩头的衣裳，虽然极其细微，秦致远却顿了顿。傅淑媛将脸深深地埋进他的胸膛，不愿让他看见。

她哑着嗓子，低声道："别看。"

不要再让你看见我哭的样子，再也不要。

第十五章　暑假特训

1.

这个学期过得飞快，半个月后，便迎来了期末检测。

考完试后很快就出了成绩，傅悦年级第一，祁南骁紧跟其后，年级第二。众人纷纷感叹，真是考个试都能排名在一起……

返校领成绩单的那天，老师们正式宣布暑假开始，三天后高一年级的学生在校内集合，准备一起坐车去 B 市参加军事化特训。

那天，整个高一部的楼层都充满学生们的欢呼声。韩莘和姜贤愉快地击掌，姜贤开心过头，抱住了韩莘，却被她一掌推开，之后便是一副委屈巴巴的模样。

祁南骁站在讲台上与老师和同学谈笑风生，在人群中很是耀眼。他感受到傅悦的注视，便望向她笑了笑，立刻引来周围同学的起哄声。

傅悦嘴角微弯，侧首看向窗外，阳光明媚，万里无云。夏天到了啊。

三天后，祁南骁大清早就拎着行李箱来敲傅悦的门。

傅悦刚洗漱完，手忙脚乱地跑去开门，祁南骁那声"早安"还没说出口，就见傅悦步履匆匆地跑向了房间。

祁南骁眉头轻蹙，不知道她为什么这么急。他将自己的行李箱放在墙角，抬高声音问道："你怎么这么慌张啊？"

"别提了……"傅悦的声音从房间内隐约传来，含着几分苦恼，"我昨晚不小心睡着了，东西收拾好后没装进行李箱，现在刚打算放进去。"

"急什么，还有将近一个小时，我特意提前来找你的。"祁南骁倒是不慌不忙，迈步走向客厅的冰箱，打开后拿了一瓶可乐开了。

"我知道啊，但是这样的话就没时间吃早饭了啊。我们七点出发，坐车去B市要将近三个小时的车程呢。"傅悦说着叹了口气，手忙脚乱地将昨晚收拾好放在床尾处的物品放到行李箱中。

她克制不住地打了个哈欠，想起自己昨晚在床上不小心睡着，被子没盖好，一晚上都没睡安稳，现在困得很，估计黑眼圈都出来了。唉，她真是太大意了。

祁南骁想了想，觉得进女生房间这种事不太好，便老老实实地待在客厅，坐在沙发上喝了口冰可乐："那就不吃早饭了，我等会儿出去买点，在车上吃。"

"啊，好！"傅悦忙不迭应了声。

她将行李箱收拾好后，又重新确认了一下带的物品，除了换洗的衣物，她还拿了一瓶补水霜和防晒乳，别的就没什么了，一个箱子绰绰有余。想了想，她将手机充电器拔下扔进了行李箱，这才大功告成。

随后，傅悦便起身去换了衣服，待彻底收拾利索已经是半小时后了，正好到了该去学校集合的时间。

因为这次去B市特训，学校有安排大巴接送，所以祁南骁今天没让刘叔开车送，二人打车去了南高。祁南骁在门口给傅悦买了三明治和奶茶。他一手拎着两个人的行李箱，另一只手则牵着傅悦。大家都在操场集合，所以有点嘈乱，他怕她走到别的班级场地。

傅悦拎着祁南骁给自己买的早餐，很是乖巧地跟着他一起走到了高一（15）班的集合场地。

南高的操场上人声嘈乱，学生们兴奋异常，一个个活蹦乱跳的，压都压不住，各班班主任正在统计人数，一会儿好方便安排车辆。

这次军事化特训需要一个月的时间，南高高一部分上下两批次去参加，傅悦他们是第一批的学生。这次共有七个班去，好在人不算太多，也不是太拥挤。因为都期待着这天的到来，所以学生们都提早来了，点名时也很配合，没一会儿七个班就都统计好了学生人数。

这时，南高校方安排接送的大巴车已经陆续停在了操场上，各班级就开始分配学生坐车了。由于这次排车是倒着排的，因此十五班的学生成功地上了第一辆车，除了几个位置靠后的学生比较倒霉，因为车内座位不够，要和别的班级挤，其余的同学都在一辆车内。

祁南骁让傅悦选个位置，傅悦便随便选了车厢的最后一排，二人坐了过去，傅悦坐在靠窗的位置，祁南骁则靠近过道。

韩莘和姜贤就坐在他们的前面，小打小闹的，很是开心。

"我刚才去偷看了活动安排表，今天下午有开幕式晚会，夜间活动是海滩烧烤！"韩莘回头对二人道，双眼直放光，"太期待了，感觉会很好玩的样子！"

"海滩烧烤？"傅悦闻言挑眉，倒是没想到还会有这种活动，顿时感觉惊喜，"这么看来，这特训还挺人性化的。"

"希望如此，不过估计没这么简单。"祁南骁神色淡淡，他说着，将二人的行李箱放在了上面的架子上，这才拍拍手坐回了自己的位置，"既然是军事化特训，南高还特意请人来当教官，吃苦的可能性比较大。"

"难不成要趁机教育我们？"姜贤脑洞大开，蹙眉道，"就'我爱南高，我爱学习'那种口号？"

此时，车内的学生都已经安顿好，大巴缓缓驶出校园，正式踏上了去 B 市特训营的路。

欢呼声四起，难得的一次集体活动，学生们都兴奋得不行。

赵茹今天将长发挽成了丸子头，穿着简单利索的黑白运动服，整个人看起来清爽明丽。她拍了拍手，车厢内逐渐安静下来，她笑吟吟地对众人说道："同学们，我们现在已经在前往特训营的路上了，这次特训，校方费了不少心思来请专业人员，活动也很丰富，大家可以先期待一下。但是呢，我还是要嘱咐你们几点安全问题和个人问题。"赵茹突然来了一个大转折，开始一本正经地对学生们提要求。其实这些要求都是最基本的，无非就是什么不能擅自行动，休息时不要往特训营外乱跑等等。

傅悦吃完早饭后便有困意袭来，听了赵茹的话更困了，昏昏欲睡。祁南骁侧目看了看傅悦，实在不忍心看她这样忍着困意，便在她耳畔轻声道："困了就睡吧，我守着你。"

傅悦迷迷糊糊地点了点头，动了动脑袋换了一个比较舒服的姿势，便安稳地入睡了。窗户边有个小窗帘，是遮挡阳光用的，祁南骁便顺手拉下，以免扰到傅悦睡觉。

赵茹唠叨完后，就回自己的位置小憩去了，学生们却是放飞自我，得知大部分人都没来得及吃早饭，便有男同学分发起了零食。

分到祁南骁这边的时候，男同学见祁南骁正玩着手机，傅悦在旁边睡得正香，他犹豫了一下，轻声问："骁爷，要吃的不？"

祁南骁看了看他，摆了摆手示意自己不需要，还回了个"谢谢"，搞得男生有一种受宠若惊的感觉。自从祁南骁当众承认自己在追傅悦后，他的变化当真是有目共睹。

韩莘和姜贤正抢着巧克力棒，最终姜贤无奈，只得忍痛让给了韩莘，他无意间望见后座的傅悦和祁南骁，不禁愣了愣。

他们俩一个百无聊赖地玩着手机，另一个正睡得安稳，整个画面看上去温馨又美好。

"啧啧，真是优秀。"姜贤摇了摇头，伸出大拇指指了指祁南骁和傅悦，对韩莘示意了一下。

韩莘回头看了一眼，轻声叹息，幽幽地道："唉，真好啊，我这种就别指望遇上了。"

"哦？"姜贤长眉轻挑，"看来你还挺羡慕他们两个的。"

韩莘没在意，随口回答："当然了啊，谁不想遇见一个很好的人啊？"

"你就没考虑过我？"

韩莘愣了愣，下一瞬难以置信地看向姜贤："你……什么？"

姜贤见她这么惊讶，便有些心虚，随意地摆了摆手，若无其事地笑了笑，道："开玩笑呢，你还当真了？"

韩莘眨了眨眼，不知怎的，她心里有些失望，只得轻咳一声，没好气地道："你少开这种玩笑啊！"

"好好好，以后不逗你了。"姜贤嘴角微弯，晃了晃手机，"来吧，莘姐，联机打游戏？"

韩莘闻言，眼睛瞬间就亮了。

大概一个小时后，韩莘的手机终于彻底没电关机了，她大失所望，不过正好玩手机累了想休息，她便跟姜贤说了声，打算睡觉。

　　韩莘是那种不容易入睡的体质，车厢里有些嘈杂，她始终睡不着。就在韩莘烦躁地再度侧身时，姜贤忍不住了，伸手将耳机给她戴上一个，无奈道："听我的，好好睡觉。"

　　耳边传来舒缓的音乐，韩莘揉了揉眼睛，终于能转移些许注意力，没多久便睡着了。

　　由于南高是第一次举办这种军事化特训活动，所以作为第一批体验者，高一的学生们都很激动。不过终归都是些孩子，两三个小时的车程也闹腾不下来，这次校内集合的时间又早，时间一长，车内就渐渐安静了下来。

　　睡觉的睡觉，玩手机的玩手机，几乎都没有说话的学生。赵茹无奈轻笑，抬起手腕看了看时间，自己也靠在座位上闭目养神。

　　2.
　　韩莘醒过来的时候，已经有学生开始收拾东西了，似乎是快到达目的地了。她揉了揉眼睛，打了个哈欠，还没从睡意中清醒过来，却突然觉得肩膀被什么压到了。

　　韩莘懒懒地抬眸，一眼便望见了姜贤放大版的睡颜，惊得她条件反射地抬起了头。而由于二人睡着时距离极近，因此韩莘抬头的时候姜贤刚好低头，她的唇掠过了他的额头，虽然只是一瞬，却让韩莘浑身僵住。

　　姜贤本还在睡梦中，结果经韩莘这一系列动作便失去了支撑点，冷不防地醒了过来，还差点倒在韩莘身上，幸好他及时稳住了身形。他喃喃地骂出了声，长眉轻蹙，伸手随意地揉了揉发丝，指尖搭在前额，日光照过来，那指尖仿佛盈了光辉。

　　"你……"韩莘说不出话来，她不敢想象二人方才的姿势有多么暧昧，所以此时只能面色复杂地看着姜贤。

　　姜贤尚不自知，茫然地望着韩莘道："什么，快到了吗？"

　　韩莘最终还是决定矢口不提刚才的事情，她憋了半天才道："快了！"

"哦……"姜贤醒了醒神，起身将自己和韩莘的行李从上方的架子上拿了下来，"我先把行李准备好吧。"

韩莘见他将自己的行李箱也拿了下来，忙不迭地要伸手去接："好，我的你给我就行……"

姜贤伸手轻轻拦住她，摇头示意不用："我帮你拿着吧，一会儿人多，跟紧我，别走丢了。"

韩莘愣了愣，不知怎的，心跳又开始加速。她轻咳一声，半晌后点点头。

傅悦是被祁南骁给叫醒的。周围声音杂乱，她睁开眼，尚且没反应过来发生了什么，便一脸茫然地看着祁南骁。

傅悦眸中水光莹莹的，脸颊因为刚睡醒，泛着淡淡的红晕，可爱得让人想捏一捏。祁南骁没忍住，便下手捏了捏傅悦的脸颊，力道轻柔。

他笑："睡好了没？我们快到了。"

"唔……"傅悦这才有些缓过神来，懒洋洋地伸了个懒腰，开口喃喃，"醒啦，醒啦。"

傅悦刚睡醒的模样懒洋洋的，祁南骁眼眸微眯，联想到了家中的糯米，嘴角弧度不禁浮上了几分温柔。

傅悦伸手将窗帘拉开，日光灿烂，洒在手臂上有一股似有若无的暖意。

大巴似乎已经行驶进了特训基地，周围全是山坡、绿树，隐约能看见不远处的几栋小楼，那也许是住宿的地方。车内的学生们瞬间活跃了起来，纷纷提前拿好了自己的行李，就差挤到车门口去了。

"我们也收拾收拾东西吧，马上就准备下车了。"韩莘回头对他们二人笑道，伸手指了指窗外逐渐接近的宿舍楼。

"好。"傅悦忙应了声，却见祁南骁利落地将二人的行李拿了下来，拎在手中，随时准备好下车。

韩莘感叹："这么好啊……"

傅悦轻咳一声，她还没开口，祁南骁便轻飘飘地扫了眼同样拎着两个行李箱的姜贤，嘴角微弯地道："彼此彼此。"

傅悦和韩莘顺着他的目光看过去，看到姜贤的那一瞬间二人都反应了过来，傅悦低声轻笑，韩莘却是不小心红了脸。

"他帮我而已好吧？！祁南骁，你想多了！"韩莘没好气地对他道，又委屈巴巴地看向傅悦，"悦宝你也是，居然会帮腔了，都被祁南骁给带坏了。"

傅悦当即正色，一本正经地道歉："好好好，我错了，以后绝对不开你玩笑。"她说完，自己都没忍住，笑了出来。

韩莘也没憋住，傅悦这模样实在可爱。姜贤有些不解，不知道这三个人在讨论自己什么，正欲开口，大巴便停了下来，赵茹开始安排学生下车站队。

韩莘拉着傅悦第一个冲了出去，对后面的两位少年做了个鬼脸，喊："带好行李来找我们啊！"

车里的学生一窝蜂地挤了出去，祁南骁和姜贤嫌麻烦就没过去挤，反正两个小姑娘一起在外面，他们二人就安心等着最后下车。

等着同学们下车的过程中，祁南骁单手抄兜，神色慵懒，淡淡地问他："你怎么想的？"

二人做了那么多年朋友，即便他这话说得不清不楚，姜贤也瞬间就懂了祁南骁的意思。

"其实就这么做朋友也不错。"姜贤耸了耸肩，算是默认了自己喜欢韩莘的事，不过他对这件事倒是没有什么执念，"反正我们两个认识十几年了，一直就这么玩着的。"

祁南骁听到这个答案并不意外，他闻言挑眉，饶有兴趣地看向姜贤，问他："你确定？"

"确定，我对韩莘似乎没有特别执着。"姜贤想了想，当真觉得自己就是这么想的，"那种想把她绑在身边的冲动，我没有。"

情理之中，毕竟这两个人的关系太过稳定。这事他也管不了，看他们自己吧。想罢，祁南骁略微颔首，对姜贤意味深长地道："那是因为你还没有过危机感。"

姜贤眉头轻蹙，正要问清楚祁南骁这话是什么意思，却见学生已经都下车了，祁南骁也跟着下去了。他无奈，只得闭嘴跟上去。

下车后，二人找到了韩莘和傅悦。在赵茹的安排下，学生们已经排好了队，后面的大巴也陆陆续续地到达了，学生们有秩序地下车排队，随后跟着班主任按照大巴到场的先后顺序去操练场集合，准备分配连队。

　　到场后，南高学生和刚从另一边赶过来的三中学生打了个照面，两个学校一起特训的事情只有少部分学生知道，因此见了彼此，不少学生很是吃惊。

　　特训基地的工作人员很快就到场开始安排学生，这次一共分了五个连，一个连平均分了一百来个人，不算少却也不能算多。本来南高的人是很少的，只是大伙刚知道要和三中的学生一起特训，所以每个连队的人数就多了起来。

　　傅悦在得知他们要和三中高一部的学生一起参加特训后，脑中当即就浮现出了一个人，她抿唇与祁南骁对视一眼，果然也见祁南骁轻蹙着眉。

　　"放心，不会这么巧的。"祁南骁知道傅悦对当时的事心存芥蒂，便伸手揉了揉她的脑袋，算是安慰。

　　他们四个人都被分到了一连，一半学生是南高的，一半学生是三中的，这么安排也许是为了促进两校学生的关系。

　　三中有不少人是认识祁南骁和姜贤的，便互相打了个招呼。

　　3.

　　接下来便是选连长和副连长，从各连的学生中选取，选取方式十分公正，投票决定。五个连队中，一连的连长和副连长是最先确认下来的，毕竟有祁南骁和姜贤这两号人物，他们二人的名字自然是呼声最高的。

　　就这样，祁南骁便成了一连连长，副连长则是姜贤。其余四个连队的这两个职位也都定了下来，学生们又开始讨论起来，不知道接下来要做什么，毕竟大伙都还拎着行李呢。

　　不远处就是一栋楼，有五层，正是他们接下来要居住的宿舍楼。紧接着，特训基地的老师就开始准备分配房间以及安排学生去宿舍安放行李了。

　　人群又开始乱起来。

　　祁南骁攥着傅悦的手腕，二人正听着工作人员的安排，并没有注意其他的事情。因此自然而然地，他们也没有发现在旁边二连的队伍中，有一道视线紧紧地锁住了他们。

陈姣姣望着二人冷笑：傅悦，我终于找到你了。

分好连队后，便有特训基地的工作人员给各连的学生说明了他们各自的训练场地。毕竟一个连队配一个教官，每个教官都有不同的训练方式，因此场地便有了分化。

这操练场也是大得出奇，一连的训练场地被分在了东侧，距离宿舍楼不远，还算好。而被分在外围的五连就比较惨了，离宿舍就有些远了。

说清楚训练场地后，工作人员便带着学生们去了宿舍楼进行房间分配，男生宿舍在二楼和三楼，女生宿舍是四楼和五楼，一楼则是空着的。

由于要分宿舍了，傅悦和韩莘便拿回了行李，男生和女生分开站队上楼，四个人便暂时分开了。

男生的队伍在前面，等他们全部领完各自的用品便去分宿舍了，女生们等他们弄完这才上楼开始分宿舍。到达四楼的时候，正好轮到了傅悦和韩莘，通道口有个人是负责分发床上用品的，一人一份，都是用袋子包装好的。

二人领了自己的那份，便一同去找过道内的舍管人员分房间，分宿舍是随机的，舍管人员将人推进去哪个房间就是哪个房间，刚好有个房间差两个人，她们就被分进去了。

进入房间后，傅悦简单地打量了一下宿舍，姑且还算宽敞，三张上下铺，看来一个房间是六个人，比预想中的要好点。

宿舍里另外四名女生也都是刚刚进房间，此时正打算开始分床，见傅悦和韩莘来了，便打了声招呼。彼此都介绍了一下，傅悦得知有两名女生是三中的学生，分别叫唐智璇和顾柔。

另两名便是南高的学生了，她们都是其他班级的，一个叫李韵，另一个叫刘安然，傅悦和韩莘平时都没有见过她们，并不认识。

刘安然看到傅悦后愣了愣，略有些惊讶地问道："你就是傅悦啊，祁南骁的女朋友？"

话音刚落，傅悦便愣了愣，韩莘不禁哑然失笑道："哟，没想到悦宝的名气都这么大了？"

祁南骁的女朋友？唐智璇和顾柔听到了关键词，唐智璇脸色微变，侧首和顾柔对视一眼，顾柔轻轻抿唇，点了点头，面上并无异色。

"我们不是男女朋友的关系。"傅悦眉头轻蹙，轻声否定道，她其实并不喜欢被人误会，但毕竟当时祁南骁在那么多人面前撂话，她也的确没法解释清楚，只得在心底叹了口气，问，"怎么了？"

"没事，没事，我就是问一句而已！"刘安然忙不迭摇了摇头，跟拨浪鼓似的，"因为我之前只听说过你的名字，成绩又好，姐姐还是傅淑媛，感觉你很厉害呢。没想到居然能分到一个宿舍。"

韩莘眨了眨眼，拍了拍傅悦，笑眯眯地道："哇，悦宝，你都快成传说了。"

傅悦轻笑，并没说话。

六个人寒暄几句后迅速分好了床，傅悦上铺，韩莘下铺。确认好了自己的床位，几个女生便拆开了自己方才领的袋子，拿出床单、被罩、枕套等一系列床上用品，收拾起来。大概十分钟后，六个人的床铺就都收拾好了。

就在此时，有人敲了敲宿舍门，顾柔跑去开门，门外的工作人员推着个小车子，里面放着成套的迷彩服。

顾柔有些茫然，正要开口问，那工作人员便快速解释道："这是特训基地的训练服，要统一着装。你赶紧统计宿舍成员的尺码，自己来拿，快点。"

"哦哦，好的！"顾柔见工作人员还要一个房间一个房间送，动作便也利索起来，不想给人添麻烦。她回头问了声，统计好后，便从车子里翻出了六个人对应尺码的迷彩服。

工作人员颔首，紧接着便去了下一个房间。

顾柔抱着六套衣服，转身关上门，走进了房间："迷彩服来了，咱们带来的衣服都没用啦。"

"啊？！"唐智璇蹙眉，有些难以置信，她本来还好奇怎么会问衣服尺码，原来是为了发衣服。

"学校都没通知啊。"李韵也忍不住吐槽，毕竟行李箱就这么大，大部分空间都用来装衣服了，到这里却得知有训练服，不由得有些沮丧，"唉，那就穿着吧，没办法啦。"

刘安然倒是没什么特别的反应，只叹了口气，接过自己的衣服后就去洗漱间换衣服了。傅悦和韩莘对视一眼，虽事发突然，不过不是什么大事，二人也就接受了。

拆开包装袋后，傅悦发现这是套装，里面除了长裤、短袖以及配套的帽子和腰带，还有一件外套。

"估计是给想防晒的女生准备的吧。"韩莘见傅悦的表情有些疑惑，便耸了耸肩随口猜测道，她将衣服展开，摸了摸质地，还算柔软，至少敏感皮肤是不用担心的。不过毕竟是迷彩服，穿上后也不会太舒服就是了。

待六人都换好了衣服后，已经过去了半个多小时，快到十一点了，几人都有些饿。韩莘揉了揉肚子，正要提议去问问工作人员附近有没有小超市，唐智璇便笑眯眯地拿过自己的行李箱。

唐智璇的行李箱是超大号的，傅悦无法想象这里面装了多少东西。下一瞬，唐智璇将行李箱打开，各式各样的零食简直让人震惊。

宿舍的其余五人目瞪口呆，就连顾柔都没想到唐智璇居然会带这么多零食。硕大的行李箱内，只有四分之一放了衣服，化妆品占了小部分空间，其余则塞满了各种各样的零食。

"还多着呢。"唐智璇见五人这么惊讶，便美滋滋地拉开一个夹层，夹层里又是许多小包装的糖果，"夹层里我都塞满了，就怕来这里不够吃，分你们，不用心疼！"

"这么多零食……"李韵眨了眨眼睛，摇头道，"别说一个月，我一年都吃不了这么多。"

"嘻嘻，一起吃，我特意多带的呢。"唐智璇摸了摸脑袋，丝毫不心疼自己的零食，拿了袋面包就塞到韩莘手中，"韩莘，你饿了的话就先吃吧！"

韩莘感动得都快要掉眼泪了："妹子，你真是太可爱了！"

就在此时，房间角落处传来了广播声："一连到三连的学生请收拾好房间，穿好训练服，戴上帽子，下楼去各自场地集合，重复……"这段话广播了三遍，声音才彻底停下来。

原来每个宿舍内都是配有小音响的，几个女生本来都没注意，听到广播声才反应过来。六个人都是前三个连的，因此现在都要下楼集合。

"我们会不会是要去吃午饭呀？"刘安然边猜测边戴上了帽子。

韩莘闻言纠结了一会儿，最终决定先不吃了，依依不舍地放下了面包。除了顾柔和李韵比较怕晒，穿上了长袖，其余四个人都没打算穿，然而临走前傅悦看了眼窗外，为难地道："怎么办？外面的人都穿外套了。"

四人你看我，我看你，最终齐声叹了口气，乖乖地拿来自己的长袖外套穿上，勒紧了腰带。韩莘不拘小节，把袖口向上挽了些许，露出了一截白嫩纤细的小臂，然后才拉着傅悦跑去操练场。

二人赶去一连操练场的时候，已经有不少学生到了，都穿着迷彩服、戴着帽子，几乎分不出谁是谁了。而傅悦却一眼便能看见人群中正和姜贤谈笑风生的祁南骁。

他身穿迷彩服，衣服整理得一丝不苟，腰带勒出那宽肩窄腰的好身材，令人惊艳。就算穿着迷彩服，他在人群中也是出类拔萃的存在。而他身旁的姜贤也是身形颀长，一身迷彩服衬得他整个人爽朗利索，帽子反戴着，少年略微不正经，却也恰到好处。这两个人似乎到哪里都是人群的中心。

傅悦和韩莘走近时，傅悦和陈姣姣对视了一瞬，陈姣姣正和两位少年攀谈着，面上挂着笑意。

"呀，骁爷，你家小女神来啦？"陈姣姣没打算和傅悦继续尴尬下去，她自觉抬首，对祁南骁笑了笑，"那我就回去了啊。"

祁南骁没应，姜贤也没察觉出什么，自顾自地挥了挥手算是道别，陈姣姣便小跑去了二连的场地。

见傅悦来了也不吭声，祁南骁笑问："生气了？"

傅悦懒懒地抬眸："没有。"

"我没理她。"

傅悦闻言也只是"嗯"了声，但表情明显放松了不少："行吧，我其实不怎么关心的。"

小丫头成天不说心里话，祁南骁无奈地笑叹一声。

一连的学生们都到得差不多了，按照个人情况随意地排了队，傅悦和韩莘一起站到了第二排中间处，祁南骁和姜贤身为连长和副连长，都要站在排首。

就在此时，一声清脆的哨声响彻耳畔，周围渐渐安静下来。

傅悦听到了女生们的抽气声，其中包括韩莘的。傅悦眯眸抬首，见来人是个男子，身着迷彩服，肩宽腿长，鼻梁高挺，薄唇抿着，他的面部线条坚毅流畅，棱角分明，毫无瑕疵。他逆光而来，步履稳重，自带气场。就连傅悦也看得有些出神。

男人刚站定在队伍前，便听女生们发出了新一轮的抽气声，韩莘喃喃地道："我去，这教官太好看了……"

男人扫视全场，几秒后他开口，嗓音低沉："欢迎来到基地，我姓辞，是你们的教官，接下来的一个月，由我来训练你们。"

第十六章　　新来的女医生

1.

"连长、副连长出列。"辞教官道，面上没什么表情。

祁南骁和姜贤出列，辞教官随意地打量了一下他们俩，便颔首让他们归队了。

"特训正式开始之前，我先说明一下。"辞教官开口，声音低沉悦耳，听得女生们又开始小声嘀咕，他没理会，接着道，"特训时长一个月，除了前一个星期的训练项目是固定的，其余时间由我来给你们安排活动。稍后我领队去食堂，午饭过后大家回宿舍午休，晚上有开营式，明天正式开始特训。"

韩莘听了，忙喜笑颜开地低声道："果然是去吃午饭，耶！"

学生们一听今天活动这么少，又不辛苦，便纷纷露出了笑容。

辞教官见他们这般开心，只淡淡地说道："为了让你们尽早习惯我的训练方式，所以下午两点准时在这里集合。"他刻意将"准时"二字咬重。

"辞教官。"有男生笑眯眯地举手问，"如果迟到了会怎样？"

辞教官薄唇微抿，嘴角弧度几不可察："试试就知道了。"

辞教官身穿迷彩服，英姿焕发，似笑非笑的模样映入眸中，惊起波澜。

"悦宝，我真的觉得我们赚了！"韩莘轻声感慨道，"颜控表示再苦再累都不怕啊。"

傅悦点了点头，觉得这教官的确养眼："也许特训时能分散点注意力。"

紧接着，辞教官便带队去食堂了，学生们一路上都很是兴奋激动，说个不停，有些吵闹，有女生笑着打趣："辞教官，你现在不树立威信，就不怕学生以后训练也乱吗？"

辞教官只道："现在让你们放松。"说得好像下午的特训会很残酷似的。大部分人对他的第一印象就是温柔，所以都以为他说的是玩笑话，没放在心上。

姜贤偷偷摸摸地凑到韩莘背后，见她正毫无防备地跟着队伍走，便突然伸手拍了下她的肩膀。韩莘差点就尖叫出来，她本来好端端走着路，肩膀猝不及防地被人拍了下，实在是有些惊悚，脚都给吓软了。

她迅速回头，见是姜贤，便气笑了，当即就要拧他，道："姜贤，你闹什么闹啊？"

"我看你没什么精神，给你提提神。"姜贤一副理直气壮的模样，他躲过韩莘，然后一把握住她的手腕，长眉轻挑，"哟，怎么动作这么软了？"

"别提了。"韩莘忍不住翻了个白眼，她现在饿得胃里火烧火燎的，"我昨晚没吃饭，今天早上也没吃，现在饿得浑身难受，一点力气都没有，你别跟我闹。"

姜贤闻言愣了愣，眉头轻蹙，松开了握着韩莘手腕的那只手，双手抄兜，同她并肩走着，问："你饿你就说啊，当时在车上我给你不就行了，你还用跟我抢？"

"我哪知道你这么好心啊？"韩莘嘟了嘟嘴，显然很是憋屈，"巧克力棒你都跟我抢。"

"我最后忍痛让给你了。"他无奈耸肩，"为了维系我们的关系，我可是很努力的。"

韩莘瞅着姜贤，总觉得他话没说完，便问他："我们什么关系？"

姜贤笑得灿烂："友好的'父女'关系啊。"

韩莘："我当时怎么没打死你？"果然狗嘴里吐不出象牙。

她被他气笑，趁他不注意，迅速地伸手在他腰间拧了一把，虽然力气小，但拧得巧，疼得姜贤倒抽一口冷气。

傅悦在旁边光明正大地观察他们两个人的互动，更加确定了心里的猜测。

"干什么呢？"就在此时，祁南骁来到她身边，他压了压自己的帽沿，嘴角微弯，问她，"出神了？"

"没什么，发了一会儿呆而已。"傅悦摇了摇头，边走边踮脚看了眼队伍前面，不禁有些疑惑地看向他，"你怎么过来啦，不用在前面站着吗？"

祁南骁轻笑，低声答了句什么，周围的学生本来就都在说话，他声音还那么小，傅悦没听清。她眉头轻蹙，将脑袋侧向他那边，问："我刚才没听清，你说什么？"

祁南骁嘴角微弯，见傅悦终于主动靠过来了，便略微俯身凑到她耳边轻声道："我说……我想你了。"四个字从他口中清晰地道出，且他有意放缓了语速，他温热的呼吸拂过她的耳畔，暧昧至极，让傅悦心头一紧。

几乎是在她听出祁南骁语气戏谑的那一瞬间，傅悦就知道祁南骁刚才是故意小声的，他就是为了让自己凑过去。

脸颊温度升高，傅悦耳根发烫，伸手推了推祁南骁，没好气地道："祁南骁，你是不是属狐狸的啊？怎么坏心眼这么多？"

"其实我是狼。"他似笑非笑，模样有些不正经，"要体验体验吗？"

这人真是……傅悦察觉出了他话里的意思，脸颊的温度又升高了，滚烫滚烫的，她撇身掩面，佯装恼怒："你以后少说这种话。"

祁南骁长眉轻挑："哪种话？"

傅悦实在找不到合适的形容词，只得道："你心里有数！"

他又笑："我心里有你，没数。"

祁南骁的脑子里装的都是些什么啊？傅悦实在忍不住了，白了祁南骁一眼，不再说话。反正即使她有一百句训他的话，他也有一万个反驳的理由。

他们闲侃的工夫，一连和二连都到了食堂，三连也紧跟而来。

食堂很大，分为两个大厅，三队分开进入，学生们排好队伍，进入大厅后，从门口拿了餐盘，便按照顺序去窗口打饭了。

这里的伙食竟然不错，有肉、菜、饭，还有汤，不过毕竟每个人参加特训前都是统一缴了费用给学校的。

傅悦食量小，便随意点了些饭菜。倒是韩莘，从端起餐盘的那一刻起就跃跃欲试，恨不得插到前面去打饭。轮到她们二人的时候，要不是傅悦拉着她，估计韩莘会把餐盘堆得满满当当。

打完饭后，韩莘喜笑颜开地带着傅悦占了个位置，刚坐下，便对正在打饭的祁南骁和姜贤二人挥了挥手："这里！"祁南骁比了个手势，意思是知道了。

韩莘放心了，开始埋头大吃特吃。傅悦倒是吃得慢条斯理，她望着对面的韩莘愣了愣，心里无奈地叹息一声。看来即使已经饿过劲儿了，韩莘依旧能吃很多。

傅悦想了想，还是决定善意地提醒下："韩莘，你这样暴饮暴食对胃不好，还容易胖，记得别吃太饱啊。"

韩莘头也不抬，边吃边回应她："没事，我是吃不胖的体质！"

傅悦哑口无言，虽然重点应该是这么吃对胃不好，但是这姑娘的体质也太让人眼红了。她轻声叹息，开始不紧不慢地吃着自己餐盘内的食物，味道比她想象中的要好很多。

祁南骁和姜贤也打好饭过来坐下了，祁南骁坐到她身边，姜贤自然是坐到韩莘旁边，他看了眼韩莘的餐盘，显然有些惊讶，道："不愧是猪啊。"

韩莘吃饭都不忘斗嘴，她喝了口汤顺顺气，瞪了眼姜贤："你见过浑身都是瘦肉的猪？"

姜贤嘴角微弯："那你不还是承认自己是猪了？"

这人好烦！韩莘闷声不响地继续吃饭，对姜贤一副懒得搭理的模样，姜贤却不以为意，笑得灿烂。

祁南骁和姜贤吃得快，他们吃完就在旁边跟邻桌三中的熟人聊天，陈姣姣不经意间看到他们，便端着餐盘走过来，对三中的几个人笑了笑："我能坐过来吗？"

大伙都认识她，忙不迭地给她让出座位："陈美女，来来来，别客气，坐！"

陈姣姣莞尔，施施然地坐了过去，对祁南骁笑了笑，然后垂首敛眸，将颊边碎发别至耳后，从容优雅。

祁南骁却没什么表情，二人对视只有一瞬，他便蹙眉将视线移开，很是冷漠。姜贤见祁南骁这样，多少也察觉出了什么，虽然奇怪，却也没在这个时候问什么，继续跟那几个男生谈笑风生。

祁南骁略微偏了偏身子，靠上了桌子边缘，恰好将被挡住的傅悦露了出来。他尚不自知，然而对面那几名男生却一眼便望见了傅悦，此时她正同韩莘说着话，面上含笑。

女生的黑发扎成马尾，即便是穿着统一的迷彩服，也掩盖不住那窈窕的身段，她的侧颜令人惊艳，眉眼含笑，美得不可方物，让三中的男生直了眼。

陈姣姣见此不禁蹙眉，方才还让她食欲大开的美味饭菜，此时尝起来却味同嚼蜡。她不着痕迹地咬了咬唇，眼神冰凉。

陈姣姣心里五味杂陈。第一次见你这样保护一个女生啊，祁南骁。

2.

吃完饭后，三个连队便原路返回，回到宿舍午休，准备下午安排的训练。

傅悦和韩莘是最先回到宿舍的。韩莘吃饱喝足了，回到宿舍后，踢了鞋就躺倒在床上，舒服地喟叹一声："这床超级软啊，太舒服了。什么军事化特训？简直就是度假！"说罢，伸了个大大的懒腰，一副美滋滋的模样，她随手脱掉外套挂在一旁，裹进被窝就打算睡觉了。

傅悦也有些困倦了，慢悠悠地爬到上铺，松了松腰带，将外套脱下来挂在床边的护栏上，打了个哈欠。就在此时，另外四名女生也陆陆续续地回到了宿舍，此时吃饱喝足后，她们都打算上床睡觉了。

毕竟大家都坐了一上午的车，又收拾了那么多东西，这会儿都被困意席卷了。韩莘睡得快，周围安静不已，渐渐地，傅悦的意识也开始模糊起来。

午休时间结束后，铃声响起，全体去各自的训练场地集合，傅悦整理好衣服，戴好了帽子，将迷迷糊糊的韩莘从床上拉了起来。

韩莘边打哈欠边穿上了外套，傅悦看时间快到了，怕挨罚，就直接给韩莘戴上了帽子，拉着她小跑下楼。所幸时间足够，二人最终没有迟到，成功地在辟野到来之前站好了队。

两点的时候，辟野准时出现在众人的视野中，他扫视着站得姑且算整齐的队伍："站军姿都会吧？"

学生们齐声答："会！"

辞野略微颔首，道："现在练军姿，我说休息再休息。"

学生们都想着这是高一军训时就练过的，很是轻松，然而辞野对于军姿的要求却是十分严格，几乎每个人的姿势都要一一看过，还必须标准。

没一会儿，学生们的额角便冒出了汗珠。辞野拿来了两个硬垫放在一旁，不知有什么用处。

烈日当空，时间久了，便有学生撑不下来，忍不住放松了身体，当即就被他单拎了出来。凑齐三个后，辞野把他们叫过来，示意操练场外围，道："每人五圈，回来后男生二十个俯卧撑，女生三十个仰卧起坐，去。"

烈日炎炎，闷热不已，令人有一种窒息的感觉。汗水顺着面庞滑下，不少人咬紧了牙关硬撑着，四肢僵硬酸痛，却没一个人敢动半分。

毕竟只要一有什么动作，辞野便能把那人拎出来，用尽各种方法把人"折磨"得生不如死。被罚的人归队后，即便双腿直打颤，也是半分都不敢动的。

辞野靠在一旁的树下乘凉，长眸微眯，悠闲又自在。

傅悦由于身体素质过硬，因此这种训练程度也不过是累了些，倒不至于支撑不住，她侧目看了眼身旁的韩莘，对比之下，这差距就出来了。

韩莘显然缺乏锻炼，汗水打湿了她的头发，她咬紧牙关，身子虽然站得笔直，但显然和大多数女生一样，已经累得不行了。

傅悦收回视线，心想如果只是练军姿的话，明天身体应该不会太难受。然而事实证明，她低估了辞野的训练强度。

站完军姿后，辞野一声哨响刚落，学生们便垮了下来，纷纷泄了口气。紧接着，辞野却道："听我哨声做蹲起，一组五个。"

话音刚落，学生们的脸色皆是一变，然而还没来得及出声埋怨便听哨声响起，众人只得乖乖做了一组蹲起。做完一组后，大家根本没有任何喘息的机会，又是第二组、第三组……

大伙本来就因为方才练军姿时身心俱疲，此时几组蹲起下来，腿简直都不是自己的了，又麻又痛，蹲下身再起来都变得很困难。但是没人敢偷懒，辞野眼尖，就算动作慢了半拍都能被他发现，一旦发现就要再加两个。

连傅悦也忍不住暗中咬了咬牙，腿已经几乎没了知觉，她的呼吸乱了几分，肺部也有了痛感，虽然细微，却很不舒服。

太难受了……她本来还能在心里数着蹲起的数量，此时乱七八糟的，也不知道做了多少个，只觉着很累。

终于做完了最后一组蹲起，见辞野握拳轻举示意结束，可以暂时休息，学生们纷纷长吁了口气。

不论男生还是女生，经过这将近三个小时的训练，都累得不轻。有的学生干脆坐在原地休息，也不管地面被太阳晒得滚烫，只想着能尽快休息。

"我的天啊，累死我了！"韩莘叹了口气，直接坐倒在草坪上，捶着酸软不堪的双腿，模样有些痛苦，对傅悦惨兮兮地道，"悦宝，我现在浑身没一个地方是舒服的，腿酸死了。你怎么样？"

傅悦没坐下，她站在韩莘旁边，正伸手随意地拍着大腿，想放松放松。

"还好吧，其实都没什么感觉了。"她垂头看向韩莘，轻声笑叹，"我就说了吧，这次特训绝对不简单。"

"还真是……"韩莘蹙眉感叹，要不是觉得草坪不太干净，她都要躺下了，现在只能半撑着身子，"这辞教官帅是帅，但他是想要咱们的命吧？"

傅悦苦笑，摘下帽子给自己扇了扇风："咱们这到底是幸运还是倒霉啊？"

韩莘想了想，撂下一句话："痛并快乐着吧。"好像是这样的。

祁南骁跟姜贤的交际圈广，不论是南高还是三中的学生，他们不管走到哪儿都有认识的人，一群男生很快打成一片，热络了起来。

不远处传来男生们的聊天声，让傅悦下意识看了过去。日光熹微，阳光透过枝叶间的缝隙洒落，映入眸中，璀璨万分，傅悦略微眯眯，一眼便望见了人群中心的祁南骁。他拿着帽子，懒洋洋地扇着风，外套扣子解开了几颗，神情慵懒，好看得让人移不开眼。

傅悦有一瞬间是看怔了的，心底突然有些柔软。她突然想，如果自己的未来里也有这位少年，那该多好啊。

傅悦收回视线，突然敛眸喃喃道："真好啊。"她能遇见祁南骁，实在是太幸运了。

晒太阳晒得有些久了，傅悦有些口渴，便扯了扯衣领，问韩莘："韩莘，

222

你带水了吗？"

"没啊，我根本把这回事给忘了。"韩莘伸了个懒腰，休息得差不多了，刚起身，大腿处便传来酸痛感，疼得她倒抽了口气。她缓了缓，有气无力地对傅悦道："我也渴了。我记得这里好像有饮水处吧，要不咱们俩去问问辞教官？"

傅悦觉得可行，便跟着韩莘一起去找辞野问了饮水处的位置，得知在东门，距离操练场很近，二人道谢后便直接走过去了。

两个人因为腿酸，都走得很慢，韩莘揽着傅悦的臂弯，感慨道："唉，如果未来一个月里每天都是这种强度的训练，我宁愿爬墙出去，然后坐车回A市。"

傅悦耸了耸肩，有些无奈："只能看辞教官想怎么练了……可能真的是因为我们上午太乱，他干脆直接给我们一个下马威。"

"就算这样，刚才我们过去找辞教官时你看见没？"韩莘撇了撇嘴，"还有几个女生问他要微信呢，虽然辞教官没理，打发走了。"

"都是小女生，不想应付吧。"

"对啊，不过估计他没有女朋友吧。"韩莘说着，重新扎了一下自己的头发，"直觉是这么告诉我的。"

傅悦嘴角微弯："你对辞教官这么上心，姜贤会去蹲墙角的。"

"别闹啦，我跟他什么关系啊。"韩莘没当回事，只以为是玩笑话，笑眯眯地回她，"我和他就是太熟了，才会让别人觉得暧昧，其实并没什么。"二人说着，已经不知不觉走到了东门，傅悦看到了饮水处，便拉着韩莘走了过去。

就在此时，一个女人拉着行李箱从东门走了进来，她探头看了看警卫室，见没人，便有些失望地撇了撇嘴。

女人身材高挑，白色上衣配藏青色外套，外套宽大，高腰牛仔短裤使得一双美腿尽数显露。

慵懒，明艳，令人惊艳。傅悦看了都眼前一亮。

韩莘眨眨眼，轻声道："我去……这特训基地怎么都是些美人啊？"

女人发现了她们，将墨镜上抬，踩着小白鞋走过来站在二人面前。她嘴角微弯，一双桃花眼水光潋滟，轻声问道："小妹妹，能告诉我主楼在哪里吗？"女人说着，眨了眨眼睛，明明只是一个小动作，却让人有种电流通过心头的异样感觉。

真是个美人啊……傅悦在心底感叹了一句，然后稍微回想了一下特训基地的地形，便对女人道："主楼在操练场中心，你顺着这条路直走，分岔口左拐，绕过训练方队后再直走就可以看到了，楼前有国旗。"傅悦记性不错，上午刚来的时候，她只随意看了一眼，现在还有印象。

女人沉吟几秒，确认记住了傅悦说的之后，便对二人莞尔道："好，你们还是学生吧，来这里做什么？"

3.

傅悦和韩莘对视一眼，有些奇怪她为什么不知道特训的事情。难不成是临时调过来的？

"是这样的。"傅悦简单地组织了一下语言，随即开口对女人解释道，"A市的南高和三中联合举办了暑假军事化特训活动，特训基地就是这里，我们两个是参训的学生，活动是从下午开营式后才正式开始。"

"这样啊。"女人瞬间明白了过来，歪了歪脑袋，笑容含了些许歉意，"不好意思，我是刚回国来找朋友的，还没搞清楚这边的情况。"

"刚回国？"韩莘愣了愣，见女人的确是拎着行李箱，看来是女教官的可能性不大，况且教官都已经分好了，她便忍不住疑惑地道，"小姐姐，你是做什么的呀？"

"嗯……应该算医护人员吧，我朋友在基地这边的医务室工作。"女人抿了抿嘴，笑意盈盈，情绪让人看不分明，"朋友跟我说是来'休假'，没想到是这种形式。"

这话听着耳熟，韩莘当即就笑了，随口对傅悦道了句："小姐姐说的话和辞教官当时说的差不多啊，看来都是被骗过来的。"

傅悦想了想，似乎有点印象，她不经意间看了眼女人，却见她听到"辞教官"后眸光微动，似乎有些异样。

"辞教官？"女人顿了顿，问道，"是叫辞野？"

韩莘忙不迭地点头，"是啊，小姐姐，你和我们教官认识？"

女人莞尔，敛眸轻声道："算是认识。"语罢，她握紧行李箱的拉杆，对二人轻轻挥手，便迈步去找主楼了，边走边同她们道别，"谢谢你们，我先过去了。"

傅悦颔首，正要回身走向饮水处，却见脚边躺着一个证书模样的东西，很可能是方才那女人无意间掉落的。

那证书略微打开了些，傅悦看到了女人的证件照，以及姓名一栏：时欢。傅悦的第一反应是，她的名字很好听。

"小姐姐，小姐姐，你东西掉了！"韩莘先一步捡了起来，当即提高音量喊道，所幸时欢还没走出去几步，闻声立刻回来了。

她接过证书道声谢，看清楚是什么证书后，略有些不好意思地笑了笑，道："我把证书放口袋里了，不小心掉出来了。"

傅悦和韩莘表示不用谢，时欢这才拉着行李箱走远了，窈窕的身影逐渐消失在二人的视野中。

"她好像叫时欢，我刚才不小心看到了证书里面的姓名栏。"傅悦说着，收回视线，对韩莘笑道，"估计以后也会看到她吧。"

"她原来叫时欢啊，名字真好听。"韩莘抓了抓头发，虽然这么说着，语气却是有些疑惑，"我刚才也看了眼，那证书似乎是和热带病学有关的，我觉得很少有人会学这个吧？"傅悦闻言顿了顿，脑袋里有了些猜测。

医护人员，热带病学……

"我记得无国界医生好像是必须修热带病学的，不知道她是不是？"傅悦随意地猜测了一下，不过毕竟只是萍水相逢，她并没多大兴趣，便拉着韩莘走向了饮水处。

饮水处有一次性纸杯，二人喝完水后，干涩的嗓子终于得到滋润，让人顿时感觉有了力气。

傅悦和韩莘原路返回，一路上闲来无事，便东聊聊西聊聊，不紧不慢地走向了一连的训练场地。

与此同时，二连的学生训练过后也开始了自由活动，都准备休息会儿，随后就去参加晚上的开营式。

李教官在二连的训练场地有些无聊，随意溜达着来到了一连的场地，见辞野在树荫下背靠树干闭目养神，他慢悠悠地走过去，在辞野身边坐下。

　　"怎么这就休息了？"他哑声道，顿了顿，继续开口道，"不像你风格。"

　　辞野半睁开眼："刚才高强度训练了，差不多就行了。"

　　"还有一个月，悠着点。"李教官颔首，身体略微后仰，似乎是想放松放松身体，"你上次出任务负伤了？"

　　辞野背靠着树，漫不经心地回他："肩膀受了伤，不碍事。"看起来完全没把伤放在心上。

　　不过也对，这种事都已经习以为常了。

　　"难怪你会来这种地方，看来是为了休息。"李教官失笑，关于上次任务的惊险程度他已经听朋友说了，便对辞野道，"不过我可是听说，你救的那个小孩不在任务范围内？"

　　辞野闻言，默了默。

　　辞野当时没什么想法，只想着要救下那个孩子，等反应过来的时候，他就已经拉过孩子将其护在了身后，而这伤就是那时候留下的。

　　"辞队这是善心大发了？"

　　"这只是职责所在。"辞野淡淡地道，随即像是想起什么，开口道，"如果可以，我想让被救的人更多一些。"

　　李教官听着这话觉得耳熟，想了几秒就有了答案，不禁哑然失笑，"辞野，这话可听着耳熟啊。"有关那个人，李教官只字未提，隐晦不已，但偏偏记忆如潮，将辞野推向那年盛夏。

　　辞野微怔，眸光动了动，不可避免地回忆起了多年前的某天，他问了她为什么。女孩眸中盛满了熠熠星辉，神情坦荡："我想让被救的人更多一些。"

　　一个人，一句话，他就记了好多年。辞野低笑，语气中有淡淡的嘲讽意味："是耳熟。"

　　李教官知道勾起他的回忆了，便在心里默叹一声，也没再多提。一时无话，李教官便起身摆了摆手，回二连了。

　　辞野在原地坐了会儿，才不慌不忙地起身，因为他想起还没统计一连学生的姓名。正好傅悦和韩莘刚喝完水回来，他便对她们招了招手，让她们去统计一连学生的姓名，然后把名单送到主楼的资料室里。

傅悦问了具体的楼层后，颔首答应下来，辞野便暂时离开了场地，也不知要去哪里。

傅悦找了张纸，但她在一连认识的人不多，韩莘便拉着她去找祁南骁帮忙，祁南骁没用几分钟，就利索地统计好了。

傅悦没想到这么快就解决了，不禁有些欣喜，抬眸对祁南骁笑道："多亏你啦，不然我还不知道要弄到什么时候。"

祁南骁嘴角微弯，抬手轻揉了揉她的头发："我帮你送过去？"

傅悦摇了摇头，没麻烦他："不用，我和韩莘去就好，你跟朋友玩吧。"

祁南骁似乎还想说什么，然而旁边的男生都在起哄，韩莘拍了拍他的肩膀，表示自己不会让悦宝走丢，他这才放心地让她们过去。

与此同时，辞野整理好资料室中的学生名单，各连队的学生都陆续将名单送来，就差一连的了，他便在这里等着。

靠在窗边，辞野望着窗外的景物，神色晦暗。突然，视野中出现了三名女性，其中二人身穿白大褂，应该是医护人员了。中间那女人身穿藏青色外套，脚蹬白鞋，一双光洁如玉的美腿在日光下有些晃眼。

有点熟悉。辞野的眼眸中蓦地掀起波澜，他面上的淡漠终于被难以置信取代，他紧盯着那道背影，仿佛与记忆深处的那个人重合了。

时欢正和医务室的朋友聊着天，却感觉有人在看着自己，这感觉有几分熟悉，让她下意识回过头去看。然而放眼望去，主楼所有窗前空无一人。

时欢眉头轻蹙。是错觉吗？

傅悦和韩莘寻到了资料室，推门而入，傅悦却瞬间愣住了。只见辞野靠在窗下墙边，表情紧绷。

这是在躲人？傅悦咋舌，有些踌躇地问道："辞教官，你在做什么？"

辞野闻声看向她们，长眉轻蹙，淡淡地道："脚麻了，蹲会儿。"

傅悦和韩莘无语。

辞野不紧不慢地起身，傅悦和韩莘将一连学生的名单递给他，他接过名单，便放到了桌上。他恢复了以往从容疏冷的模样，对二人淡淡地道："你们可以回去了，稍后就去大礼堂参加开营式。"

傅悦和韩莘虽然有点好奇方才的事，但听辞野都这么说了，便没有再问，一起离开了资料室。

确认傅悦和韩莘走远后，辞野这才蹙眉按上隐隐作痛的腿，低骂了一声。刚才他站在窗前，没料到那人会突然看过来，为了躲开她的视线，他蹲得太急，不小心把腿给撞到了。

辞野咬了咬牙，眸色微沉，脑中再度浮现方才他从窗外看到的背影，娉娉袅袅，风姿绰约。就算将这背影扔到人海中，辞野都能一眼定格。只因那背影所属，是他早已深刻在自己生命里的名字——时欢。

"悦宝，你说刚才辞教官是怎么回事啊？"韩莘走出主楼，有些狐疑地抬头看了眼三楼的方向，内心的疑惑始终消散不去，"他为什么要躲在窗前啊？感觉像是在躲人一样，还说自己脚麻了。"

傅悦也有些摸不透情况，想了想，最终还是摇了摇头，叹息道："不清楚。也许真的是脚麻了，蹲下休息休息？"傅悦说完就默了默，笑叹一声，估计辞教官说这话的时候，他自己可能都不信。

至于他究竟在躲什么，就不得而知了。

第十七章　　想看你脸红

1.

天色渐晚，傅悦想起晚上还有活动，便拉过韩莘道："算了，别想了，我们赶紧回去吧。太阳快落山了，一会儿还要去参加开营式呢。"

韩莘这才想起来开营式的事，一拍手，忙不迭地点了点头，跟傅悦一起小跑回了一连的训练场地。

彼时，祁南骁正蹙眉望着主楼的方向，见她们两个人姗姗来迟，不禁"啧"了声。

傅悦刚过来，祁南骁便有些不悦地道："怎么去这么久？我还以为你们两个走丢了。"

"因为一点事耽误了。"傅悦讪笑两声，她和韩莘的确是因为在路上聊天才耽搁了时间，便老老实实地认了错，"你生气了？"

祁南骁本来真有点生气，但见傅悦这样，瞬间就没脾气了，只得咬了咬牙。半晌，他笑叹一声，无奈道："生气了又能怎样？"

好像不能怎样。傅悦见他没脾气了，便笑了笑："不能怎样啊，所以生气也没用啊。"

祁南骁眉头轻蹙："你就不会哄人？"

"哄人？"傅悦没跟他客气，"我怎么不知道你还需要哄的？"

"我倒是不需要哄，我只是觉得你可能需要。"

"祁南骁你……"傅悦被堵得窘迫异常，愤愤地道，"你是不是不知道什么叫脸红？"

"不知道啊。"祁南骁嘴角微弯，歪着脑袋盯着她，"我只知道想看你脸红。"

这回没脾气的换成傅悦了。祁南骁扔过来这么一句话，傅悦简直无话可说，她憋了半天才开口道："我以后绝对要练脸皮。"

祁南骁闻言长眉轻挑，突然俯身凑近傅悦的耳畔，她下意识想要躲开他，然而他将手轻轻地搭上她的肩膀，成功防止了她后退。

"没事，你尽管练。"他哑声低笑，温热的呼吸拂过她的耳畔。

傅悦好不容易平稳的心跳再次加速，胸腔震动，催得那异样的情愫滋生开来。

傅悦眸光微动，当即伸手推开他，这回连话都说不出来了，只能用手背半掩着脸颊，瞪着祁南骁。

就在此时，辞野不紧不慢地到场，傅悦绕过祁南骁，跑向正在站队的队伍，跑的时候还不忘对祁南骁翻个白眼，表示鄙视。

祁南骁愣了愣，旋即哑然失笑，觉得傅悦这样子实在是可爱得紧，然而辞野过来了，他便也去站队了。

学生们经过一下午的残酷训练，算是彻底对辞教官服气了，见他来了，忙不迭地老老实实戴好帽子、站好队，生怕被挑出什么毛病，又要被罚。还没半分钟的时间，一连的学生们都站好队了，没一个人敢出声，队伍里一百来个人都安静得出奇。见此，正偷偷摸摸整理着衣服的韩莘，不禁在心里感叹了一下，也忙规规矩矩地站好了。毕竟被辞野惩罚这种事，实在是令人胆寒。

辞野倒也不急，就这么让学生们站军姿站了五六分钟后，看天色差不多了，才开口道："今天的训练就这样，接下来我带你们去礼堂，开营式结束后，我们五个连队要坐车去B市海边。"

有人小声地问了句："辞教官，请问我们去海边只是去烧烤吧？不会还有别的活动或者训练什么的吧？"

辞野闻言长眉轻挑，道："没有训练，今晚只是放松。"

众人闻言皆舒了口气，现在对于大伙来说，只要没有训练，就什么都好说。

然而一旦想到接下来还有一个月的时间才会结束这漫长的特训，学生们便都有些欲哭无泪。

特训基地的礼堂很大，足够容纳五个连队的人，且绰绰有余。

开营式其实跟学校的开学典礼差不多，先是介绍了该基地的建筑面积和设施等，其次便是各个领导上台演讲，讲解这次特训的意义所在。

领导们说来说去无非就是那些注意安全、用心体验的话，学生们期待的是待会儿的海边烧烤，因此大伙对于现在的这场演讲有些意兴阑珊。

所幸开营式的时间并不长，宣布特训活动正式开始后，学生们便撒了欢，开始欢呼鼓掌，礼堂里回荡着笑声与掌声，好不热闹。

紧接着，各连队的教官便安排自己连队的学生上车，一个连队差不多配两辆大巴，很快学生们都在位置上坐好，兴致勃勃地催司机发车。

彼时天色渐暗，估计到海滩时天就要完全黑下来了，这次海滩烧烤的活动是南高校长和三中校长商量出来的，也是想给学校的老师们放个假。正好 B 市有片海滩，因为位置偏远，所以并没有商业化，也没什么游客，刚好可以安排烧烤活动。

半小时后，车辆依次抵达了目的地，学生们一窝蜂地下了大巴，见海滩灯火通明，原来是班主任和特训基地的工作人员早就布置好了，甚至有的人已经开始烤起来了。

由于现在是自由活动，因此学生们都迅速组成小团体去找自己的烧烤架，大巴周围很快就没了人。

姜贤下车后便直奔海滩，快速地占领了一个烧烤架。祁南骁随便拿了点烤串过来。韩莘拉着傅悦小跑过去，兴奋地道："烧烤，我还没玩过这个呢！"

"等着吧，我跟祁南骁可是专业的。"姜贤嘴角微弯，说着，将烤炉简单地清理了一下，对祁南骁点了点头。祁南骁将栗炭点燃后放进去，待栗炭充分燃烧后，他用一旁配的火钳将炭刨开，铺成火层。

傅悦见二人这么熟练，不禁有些咋舌。韩莘揽过傅悦，笑眯眯地道："安啦，悦宝，我们只需要等着吃就可以。"说完，韩莘对傅悦伸出手，"来击个掌，今晚愉快！"

傅悦嘴角微弯，伸手和韩莘轻轻击掌，掌心相触的瞬间，她轻笑道："嗯，今晚愉快。"

串很快就烤好了，傅悦总觉得缺了点什么，见韩莘从烧烤架旁边的小盒子中翻出了几种调味料，她这才想起还没撒调料。

韩莘的吃货本性在此刻展露无遗，她干脆利落地将酱汁用小刷子涂抹在烤串上，又撒了些孜然，随即便拿了几串吃了起来，边吃还边"啧啧"赞叹。

姜贤一副嫌弃她的表情。他正要拿一串来尝尝，却突然想起来什么，对身侧的祁南骁道："对了，咱们好像没喝的啊？"

祁南骁正有此意，微抬下颌，示意姜贤跟自己去拿饮料。

祁南骁和姜贤拿回了四瓶碳酸饮料，刚好一人一瓶。

四个人边吃烧烤边聊着天，很是愉快。傅悦很久未曾感受过这般热闹的气氛了，她以前独来独往，每次集体活动都是请假待在家里。这么说来，傅悦还是第一次参加学校组织的活动。

"高一就这么过去了，感觉过得好快啊。"韩莘说着，咬了口手中串着的烤饼，望着海边，难免有些感慨，"我们就要高二了，我认识的几个人也该高考了。"

傅悦闻言笑了笑，喝了口饮料，道："还有两年才轮到我们，现在担心什么？"她说完话，正要喝饮料，却被祁南骁握住了手腕。

祁南骁拿过她的饮料瓶掂量掂量，发现已经没了大半，便对她道："差不多了，不能再喝了。"

傅悦眉头轻蹙，心下不禁有些惊讶，这又不是酒，不过是碳酸饮料而已，祁南骁居然都不让自己喝？

旁边的姜贤忍不住笑道："骁爷，你这都操心？就饮料而已，没什么吧。"

"对啊，又不是喝酒，无所谓的。"傅悦闻言忙不迭地点了点头，伸手就想把饮料拿回来。

然而祁南骁将手抬高，傅悦便尴尬地抓了个空。见小姑娘委屈地望着自己，他不禁嘴角微弯，开口对她道："还好意思说呢，喝多了小心晚上要多上几趟厕所。"

傅悦闻言瞬间就蔫了，不禁长叹一声："好好好，不喝就不喝。"

　　祁南骁晃了晃手中的饮料瓶，放到唇边，几口将剩余的饮料饮尽，似笑非笑地道："这听好像比我的好喝。"

　　傅悦瞬间就反应了过来，那是她喝过的。然后傅悦就接收到了韩莘和姜贤一言难尽的眼神，当即红了脸，没好气地白了祁南骁一眼。后者毫不自觉，仍是一副笑眯眯的模样。

　　四人吃完喝完后，其余的学生都还没吃好，因此四人坐在那儿便有些无聊。傅悦和祁南骁打算沿着海边逛一逛，韩莘拉着姜贤站在原地，自觉地给那两人留出独处的空间。

　　傅悦和祁南骁临走前，韩莘还不忘了嘱咐一句："记得早点回来啊，别到时候回来晚了。"

　　傅悦比了个"OK"的手势，伸了个懒腰，便走到海边去了，祁南骁不紧不慢地跟在她身后，二人很是悠闲自得。

　　"真好啊。"韩莘感慨道，望着二人渐行渐远的身影，却是对身旁的姜贤道，"祁南骁在慢慢变好，傅悦正在从过去中走出来，他们两个人彼此救赎，看来咱们当时的担心是多余的啊。"

　　姜贤双手抄兜，嘴角微弯，无奈地道："挺好的，总比秦致远他们强。"随即耸了耸肩，打算去问一下教官活动结束的时间，韩莘便让他去了。

　　姜贤没找到辞野，却找到了二连的李教官，从他那里得知活动结束的时间是八点半，还有不到一个小时，时间还挺充裕的。

　　姜贤回去找韩莘的时候，发现韩莘正和一个男生聊着天，那个男生姜贤并不认识，估计是韩莘认识的三中学生。

　　他们有各自的社交圈，但姜贤还是第一次见韩莘和除他以外的男生聊得这么开心，面上的笑容从未淡过。不知怎的，姜贤心里居然有些烦躁。

　　很快，那个男生便离开了，韩莘刚笑吟吟地跟人说再见，姜贤便回来了，状似无意地问了句："那男生是三中的吧？我没怎么见过？你们关系不错？"

　　"挺好的啊。"韩莘没察觉出姜贤话里的异样，爽快地道，"暖男嘛，在女生这边自动加分的。"

"原来你喜欢那种的？"

韩莘这会儿没想太多，回答也随意了："不一定首选，不过值得考虑。"

韩莘话音刚落，姜贤便长眉轻蹙，他心头紧了紧，突然有了危机意识。

2.

姜贤突然想起上午的时候，下车前，祁南骁对他说的那句"那是因为你还没有过危机感"，此刻回想起来，竟然隐约明白了什么。

姜贤默了默，半晌后问韩莘道："那按你这么说，你找男朋友不就看眼缘了？"

"对啊，看合不合眼缘。"韩莘点了点头，这才有些疑惑地看向他，"你打听这个干什么？"

"也没什么。"姜贤轻笑，对她道，"就是想问问你，你看我顺不顺眼？"

韩莘想了几秒才反应过来，她心跳加速，却只是轻咳一声，正色道："姜贤，我跟你说过别开这种玩笑。"

"韩莘，你好像有点健忘。"姜贤长眉轻挑，从容不迫，"你忘了我在车上跟你说什么了？"

韩莘蓦地顿住，想起在车上，姜贤对她说："以后不逗你了。"

姜贤将话重复了一遍，然后嘴角微弯，望着韩莘愣怔的模样，轻声道："所以你看看，我合不合你眼缘？"

傅悦背着手，在海滩上一步一个脚印，落脚的瞬间，湿软的沙粒无声地裹住鞋底，在边缘处留下些微痕迹。

这海风吹得人很是舒服，傅悦的倦意被轻易勾起，她揉了揉眼睛，有些犯困。两人远离了喧嚷的人群，沿着沙滩走着，这儿附近没什么人，安逸得很。

傅悦转过头看向身后，见祁南骁不紧不慢地跟在她身后，他嘴角挂着笑，比月色还温柔。

"你不过来吗？只跟在我后面有什么好的？"她边走边回头说，"海边就是舒服啊，风吹得我都有点困了。"

"我能跟在你身后就可以了。"祁南骁望着她的背影，嘴角微弯，"最好是能一直跟下去。"

傅悦察觉出他话里的意思，嘴角不经意地上扬。

就这样安安稳稳的吧，余下的时光，她要和这位少年携手走过。傅悦这么想着，却开玩笑道："你就不怕我哪天甩掉你？"

"你随时可以甩掉我。"他轻笑，"反正我还会重新站在你身后。"

这人太会说话了。傅悦有些忍俊不禁，脚步放慢，侧身对祁南骁道："你这么有把握啊？"

"毕竟你那么喜欢我。"祁南骁挥挥手，似笑非笑地看着她，"来，说声给我听听？"

傅悦没理他，习惯了他不正经的模样，便道："我怎么不知道我喜欢你啊？你让我说什么？"

"真的不知道？"祁南骁知道她是装傻充愣，倒也不急，抬脚迈步走向她，神情闲散，"嗯？"他那声"嗯"，尾音略微上扬，低沉悦耳，像是在引诱着什么，蛊惑人心。

傅悦见自己和祁南骁之间的距离不太安全，便下意识地向后退了退，嘴上却还是道："真的不知道啊，我骗你做什么。"

"小姑娘怎么这么口是心非？"他垂眸，打量着身旁女孩无措羞赧的模样，不禁嘴角微弯，道，"我可不问第二遍，所以你考虑考虑要不要说？"

傅悦无奈叹息，只得心不甘情不愿地开口："还行吧。"

祁南骁长眉轻挑，俯首略微靠近她："嗯？"

傅悦暗中咬了咬牙："我说还行吧！"

他嘴角笑意更甚，不怀好意地低声道："你就不能说全点吗，傅悦？"

"我还挺喜欢你的。"傅悦几乎是从牙缝里挤出这几个字的，她退无可退，只得服软。

祁南骁轻笑道："这才乖。"

傅悦撇了撇嘴，没好气地说道："你就知道占我便宜。"傅悦说这话时有些赌气。她双眸水光潋滟，唇微抿，面颊泛着一层淡淡的红晕，羞怯模样尽显。

祁南骁眸微眯，喉间微动，眼底晦暗不明。

"占你便宜？"祁南骁哑声轻笑，伸手揉了揉傅悦的脑袋，含笑开口道，"傅悦，你知道什么叫占便宜吗？"

他的暗示意味再明显不过，傅悦心头微动，意识涣散了一瞬。

祁南骁开口轻声道："闭上眼睛。"

傅悦鬼使神差地、缓缓地闭上眼，由于看不见，因此感官尤为敏感，她能察觉到祁南骁温热的呼吸在接近自己，紧接着，心跳都加速起来。她面颊有些发烫，长睫略微颤抖，紧张极了。

偏就在此时，天边蓦地迸发出五彩缤纷的烟花，漫天华光落于海边，腾出莹莹光晕。

傅悦当即回神，下意识地睁开双眼，伸手就要推开祁南骁。

下一瞬，祁南骁开口，语气微沉地道："傅悦，我等你长大。"

他从来都清楚自己可以做什么，不可以做什么，因此他知道克制。为了她，也为了他们的未来，一切都要慢慢来。

回宿舍的路上，不少学生都在车上睡着了。

宿舍的六个人回到宿舍后都累得不行，挨个冲了个澡，收拾好便去熄了灯，各自爬上自己的床，打算睡觉。

傅悦总觉得韩莘回来后有些不对劲，她的话从来没这么少过，而且还有点走神，傅悦喊都喊不回来，也不知道是怎么了。不过傅悦太累了，一沾上枕头，困意便涌上来，不多久便睡着了。她一夜无梦，舒服得很。

次日一大早，傅悦便被悠扬的铃声吵醒，她早上睡眠浅，稍有什么动静就能把她吵醒，尽管铃声的旋律悠长温柔，但傅悦还是瞬间醒了过来。

原来是到了起床的时间了，傅悦迷迷糊糊地从床上爬了起来。六个人挤在洗漱间收拾了一通，便匆忙戴好帽子去楼下集合了。

每天开早饭的时间是七点半，仍旧是前三个连队先去食堂。

饭后，辞野便跟李教官商量了一下，决定一起去操练场训练。于是乎，两个连队的学生们便受了一上午的折磨。今天上午主要是练习军姿蹲，一蹲就是两个小时，起来的时候没人扶，都会脚软摔倒在地。

　　傅悦感觉自己来到这里后，不过一天时间，双腿就酸痛得出奇，简直都快不是自己的腿了。

　　这辞野简直太狠了！高强度的训练让傅悦都忍不住在心里吐槽，然而身旁的韩莘却格外安静。实际上，今天一上午，她就没听韩莘开过口。

　　韩莘从昨晚回来的时候就是这样，太奇怪了。傅悦念及此，不禁蹙眉，她看向韩莘，不知道昨晚韩莘到底经历了什么。

　　昨晚她和祁南骁去散步后，韩莘不是和姜贤在一起吗，怎么这会儿……

　　等等。傅悦蓦地反应过来什么，她想起姜贤今天早上似乎也格外少话，而且他们两个的相处氛围总是怪怪的，难不成真发生了什么？

　　傅悦想了半天，越想越乱，干脆叹了口气，不再去想，等他们俩主动和好。

　　午休过后，下午的活动是找点。找点，即在划定的范围内寻找到地图上标出的指定区域，用磁卡刷一下打卡器，确认找到了点。一队六个人，再分成三个小组，每个小组拥有一张磁卡、一份地图以及一个对讲机，点有十几处，划定范围是基地方圆百里。

　　分组的时候，傅悦和祁南骁，韩莘和姜贤，剩下的两名女生就自然而然组成了一组。然而分完小组后，韩莘却有意地避开了姜贤，傅悦敏感地察觉出来这点，便主动要求和韩莘一组。这样一来，就成了傅悦和韩莘一组，祁南骁和姜贤一组了。

　　祁南骁眉头轻蹙，虽然不太乐意，但他也察觉出这两人之间的不对劲，便没有提出异议。领了东西，确认好三组的找点任务后，他们便分开行动了。

　　傅悦和韩莘的任务就在集合地附近，二人看着地图摸索路线，很快便寻到了她们所需要打卡的点。

　　傅悦通过对讲机询问祁南骁那边的情况，得知他们那边也解决完了，傅悦便准备回集合地。偏就在此时，走在前面的韩莘发出了一声惊呼，原来是她没看见前面的小坑，不小心摔倒了。

　　听到惊呼声，对讲机那边的人瞬间变成了姜贤："怎么回事？！"

　　"韩莘摔倒了！"傅悦慌张地回道，忙不迭地跑去扶起韩莘，"韩莘，你没事吧？"

"没事、没事，我没看路。"韩莘说完就要起身，可脚踝处传来的剧痛却让她倒抽了一口冷气，低头一看，脚踝处肿了一片。

"崴伤了。"傅悦蹙眉，扶着韩莘，"你先别乱动，我想想办法。"

姜贤冷静地问她："你们在哪儿？"

傅悦正要开口回答，可韩莘听见姜贤这么问却慌了神，忙打断道："我没事，你不用过来找我！"

"我问，"姜贤语气微冷，一字一句地道，"你们在哪儿。"

最终，姜贤还是过来了。

韩莘生无可恋地坐在地上，用手捂着肿起来的脚踝，抿紧了唇。

姜贤快步走了过来。祁南骁双手抄兜，不紧不慢地走到傅悦身边，傅悦和他对视了一眼，用眼神询问祁南骁这到底是怎么回事。

祁南骁略一耸肩，没说话。

姜贤看向韩莘，韩莘却目光闪躲，不愿与他对视，看得姜贤心里有些不是滋味。

一步错，步步错。姜贤现在都想给自己一巴掌，他怎么一冲动就表白了？

早知道会这么尴尬，还不如什么都不说比较好。韩莘闪躲回避的态度，让姜贤知道他们两个现在连朋友都做不成了。

该死的。姜贤咬了咬牙，没让自己继续纠结下去，而是对韩莘淡淡地道："这里离集合地不远，那边有医务室，我送你过去。"说着，他单手揽过她的臂弯，轻轻松松地将她拎了起来。

韩莘面色微僵，开口正欲拒绝，紧接着却被姜贤打横抱起，她猝不及防，下意识地伸出手搭上了姜贤的肩膀。

傅悦见姜贤居然二话不说就把韩莘给抱起来了，不禁挑了挑眉，感叹了声。

"姜贤！"韩莘咬了咬唇，无奈地开口道，"你放我下来，我自己能走。"

姜贤闻言眼眸微眯，俯首看她，却见她即便是在说完这话后，也依旧不敢看他，心想：你就这么想躲着我？

"你自己能走？"姜贤心头生出一股无名火，蹙着眉对怀中的韩莘冷冷地道，"韩莘，你不喜欢我就不喜欢，直接拒绝不就完了？但都这时候了，你还跟我闹什么别扭？"

姜贤冷不丁地发了火，韩莘被他堵得哑口无言，只得垂着头不再出声，两人之间的气氛有些尴尬。

最终，姜贤还是将韩莘送到了集合地。一路上有不少学生都疑惑地看向他们，姜贤目不斜视，毫不在意。

医务室就在集合地附近，姜贤将韩莘放下后，便一言不发地掉头就走。既然他让她这么困扰，那他还是远离吧。

祁南骁跟傅悦对视了一眼后，便去同姜贤一起了，傅悦则带着韩莘去往医务室。

3.

二人来到医务室后，便见时欢坐在办公桌后的皮椅上，她身穿白大褂，内里的衬衫散开两颗扣子，诱人的锁骨若隐若现。

时欢正玩着手机，身子略微后仰，神情慵懒如猫，美得不可方物。

见有人来了，时欢不紧不慢地将手机放下，认出来人是给自己指过路的两位小姑娘，便让受伤的韩莘坐到后面的诊查床上。

"嗨，小妹妹，我们又见面了。"时欢嘴角微弯，语气柔和，"受伤了？"

傅悦扶着韩莘坐到床上，指向韩莘对时欢道："她的脚踝好像崴伤了，已经肿起来了。"

时欢了解后便给韩莘简单地检查了一下，发现并没有伤及骨头，便稍微松了口气，给韩莘喷上外用喷雾剂后，时欢便从小冰箱中取了冰袋，让韩莘冷敷一下。

喷雾剂很快就起了效果，疼痛感减缓些许，韩莘终于不用一直咬着牙。她用冰袋敷着自己扭伤的脚踝，诚心诚意地对时欢道："小姐姐，谢谢你啊。"

时欢摆了摆手："分内之事。你好好休息，我给你开张假条，你这种情况可以休息。"

"真的吗？！"韩莘闻言，当即双眼放光，"那麻烦小姐姐你了啊！"

傅悦哑然，半晌后叹了口气，对韩莘道："你这是因祸得福啊！"

韩莘得知自己可以休息后，心情终于明朗起来，她笑眯眯地正要开口，却听走廊传来了沉稳的脚步声。

由于傅悦正对着时欢，因此她清楚地看到，时欢在听到那阵脚步声后，瞬间就变了脸色。

傅悦愣了愣，还没反应过来，便见时欢已经以迅雷不及掩耳之势蹲下身去，略有些狼狈地躲到诊查床后。这动作太熟悉了，就在昨天，辞教官也这么干过，因此韩莘和傅悦都是一脸茫然，没搞懂发生了什么。

就在此时，辞野走进了医务室。他神色淡淡，扫视了一圈医务室，似乎想找什么，然而最终却没什么收获，他眉头轻蹙，神色看不分明。

她们俩见到辞野后更蒙了。

等等，时欢刚才只是听了脚步声，就知道来人是辞野了？而辞野一进医务室就像是在找人……他们似乎有什么不可告人的秘密？

"我听学生说有人进了医务室。"彼时的辞野已经恢复常态，他看着坐在床上冰敷着脚踝的韩莘，"怎么回事？"

韩莘撇了撇嘴，沮丧地道："没看路，栽坑里了。"

辞野长眸微眯："没人在这儿？"

傅悦不着痕迹地看了眼在床后蹲着的时欢，时欢抬起食指做了嘘声的动作，缓缓地摇了摇头。

好吧，帮她一把。傅悦眨了眨眼，一本正经地对辞野道："对，我们来的时候就没人，也许医护人员出去了吧，我就自己从房间里找了喷剂和冰袋。"

韩莘明白傅悦是想替时欢圆谎，便也附和地点了点头："我的脚踝扭伤了，不过也不算很严重，自己处理就可以。"

她们俩一唱一和，也不像是在撒谎，辞野本来还有些怀疑，闻言却动摇了些许。也许是真的没人在。他薄唇微抿，半晌才淡淡地道："好，那你们尽快处理好，晚饭前集合站队。"

傅悦和韩莘就等他这句话，闻言便忙不迭地应声了。目送辞野离开医务室，傅悦又去门口扫了一眼，见辞野的身影彻底消失在楼道中，她才舒了口气。

傅悦将门关上："他走了，你可以出来了。"

时欢闻言便从床边露出个脑袋，轻咳一声，略有些尴尬地直起身来。

"小姐姐，你昨天下午是不是问完路后就直接去主楼了？"韩莘有些纳闷地问时欢。

见时欢略有些迟疑地点了点头，傅悦当即想到了什么："那时候辞教官站在窗边，也是和你一样突然蹲下了，像是在躲人，是不是看见你了？"

时欢闻言，瞬间便想起昨日下午她和朋友走出主楼时，感觉背后有道熟悉的目光，难怪她回头却没看见什么，原来辞野蹲下去了。

不尿不行啊，但凡事关辞野，时欢就无意识地犯尿。她不禁叹了一口气，想到未来还需要躲藏一个月，便有些愁。

傅悦和韩莘对视了一眼，达成一致，她们都认为时欢和辞野有一段过去。

"小姐姐，你不会是辞教官的女朋友吧？"韩莘随意地猜了猜，"你们俩吵架了？"

"这倒不是。"时欢干脆利落地否认道，她指腹抚过下颌，嘴角笑意含着几分无奈，"至于我们的关系……有点一言难尽。"

这是一场长达五年的始乱终弃，她该如何去叙述呢？

"一言难尽？"韩莘愣了愣，下意识地道，"难不成他是你的老情人？"

韩莘语出惊人，傅悦差点被呛到。而时欢显然没想到韩莘会这么直言不讳，但她猜的又是事实，时欢便轻声笑叹："是啊，老情人。"

时间飞逝，一个月的时间转瞬即逝，不知不觉就进入了特训尾声。

活动最后一天的安排是闭营式，依旧是在那个大礼堂内举行。特训开始的时候，学员们都觉得教官过于严厉和苛刻，然而经过了一个月的相处，彼此之间多少也有了些感情。

五个连队的教官依次上台，与自己连队的学员进行最后的道别，台下的孩子们哭得一塌糊涂，却又无人敢放大哭声，只能断断续续地抽泣。

旁边的韩莘一个劲地掉眼泪，傅悦虽然心里也不太好受，但她情绪内敛，没法像韩莘一样情绪外露，便轻拍着韩莘的后背，好声好气地低声安慰着。

最后一晚，依旧是和特训开始的第一天一样，是海边烧烤。怎么开始，就怎么结束。

这次有提供饮料，不过是要学员自己去仓库那边拿，这个任务交给了韩莘，傅悦去整理串，祁南骁和姜贤依旧负责烤。

韩莘很快就回来了，她将拿来的饮料放在一旁，便去给三个人帮忙了，因此她并没有看见一直在不远处观望的陈姣姣。

朋友拍了拍陈姣姣的肩膀，略有些疑惑地问道："姣姣，你看什么呢？"

陈姣姣眸光微动，笑着摇了摇头："没什么，就发了会儿呆。我们拿饮料了吗？"

"没呢，一会儿再去。"

"我去吧。"陈姣姣轻声道，随即歪了歪脑袋，"你们忙吧，这种小事交给我吧。"

见女生点点头就转过身去忙碌了，陈姣姣嘴角的笑意淡了几分。她看向韩莘方才放在旁边的饮料，若有所思。

也不知过了多久，烤串都已经摆放好，四个人正准备开吃，祁南骁却蹙眉说道："饮料呢？"

"韩莘拿来的。"傅悦说着，看向韩莘，"韩莘，你把饮料放在哪里了？"

"哦哦，对了，还有饮料！"韩莘这才想起来饮料的事情，忙不迭地伸手摸向自己放好的饮料，结果却一无所获。

韩莘愣了愣，有些难以置信地起身找了找，然而她拿来的那些饮料却当真不翼而飞了。

傅悦见韩莘满脸焦急，不禁蹙眉问："怎么回事？"

"我也不知道……但是我真的拿过来了啊，就放在这里了。"韩莘说着，似乎快急哭了，"我记得很清楚啊！"

"可能是有人懒得去仓库，就给拿走了吧。"姜贤随意地猜了猜，他倒是没太在意这件事，只道，"那就再去拿吧。"

傅悦点了点头，说："我过去拿，你们先吃。"说着，她已经起身。

"我陪你去。"祁南骁看向她，当即就要跟着起来，却被傅悦按了下来。

"就这么点路，你们忙了那么长时间，先吃点东西，我去就行，很快就回来了。"

祁南骁虽然不乐意，但傅悦都这么说了，他便只得答应下来。

傅悦这才小跑着去仓库拿饮料。

去往仓库的路是一条林间小路，月光倾泻，清凉的微风抚过肌肤，舒服又清爽。这个时候，路上没什么人，只有傅悦去仓库。

傅悦倒不害怕，不过她正走着，冷不防地听身后有人唤："傅悦？"

她愣了愣，回头看向声源处，一张人畜无害的笑颜便映入眼帘——陈姣姣。

她怎么在这里？傅悦对陈姣姣可谓是半分好感都没有，她眉头轻蹙，没理会陈姣姣，继续走向仓库。

陈姣姣见自己就这么被无视，也没恼，只跟在傅悦后面一同走："真巧啊，我也是来拿饮料的。"

"但是这个巧合让我反感。"傅悦淡淡地道。她说着，径直走进仓库，看到了里面堆放着的饮料箱。

陈姣姣意味不明的嗤笑声自身后传来，语气有些嘲讽："傅悦，你以为我就不讨厌你？"

"我才不管你讨不讨厌我，我也不在乎。"傅悦不想跟她多纠缠，也不想给她什么面子，"但是我讨厌你是真的，希望不要再见面了。"

傅悦拿好了饮料，正欲起身，却听陈姣姣意味不明的笑声拂过耳畔。

陈姣姣的声音听上去有些距离，估摸着站得有些远。

傅悦似乎想到了什么，眸光一冷，瞬间放下怀中的饮料，起身便要冲出仓库。然而为时已晚，陈姣姣已经先她一步将仓库的大门关上了。

"陈姣姣！"傅悦咬了咬牙，一脚踢在门上，"你疯了？！"

"可能吧。"陈姣姣的声音隔着一道门，其中的情绪让人听不出来，"你就好好在里面待一段时间吧，我提前问过了，其他人都拿完饮料了，什么时候来人就得看你运气了。"

该死的……傅悦在心里骂了声。她开口，语气透着一股冷意："陈姣姣，你知道你在做什么吗？"

"知道啊，"陈姣姣笑了声，"但是我不怕！"

傅悦正皱着眉想办法，无意间却瞥到了大门旁边堆放着的货物箱，上面就是一扇窗户，清冷的月光照了进来。

窗户的位置不高，上面有木围栏，但似乎已经破旧。傅悦愣了愣，随即笑了出来。

陈姣姣见里面没声音了，也不打算在此地多逗留，毕竟她离开太久不太好，想罢，她便转身准备离开。

然而就在此时，木头的断裂声在身后响起。陈姣姣蓦地顿住，难以置信地回过头，便见大门一侧的窗户上多了个人，被踹断的围栏在边上摇摇欲坠。

傅悦单膝跪在窗口，手扶着窗沿，眸中光芒冷冽。她嘴角微弯，对陈姣姣淡淡地道："陈姣姣，这儿风景不错，来试试？"

第十八章　　出事了

1.

傅悦只是去拿饮料，却这么久都没回来，三人都觉得有些不对劲，祁南骁有些担心，便去仓库那边找傅悦。

然而他刚接近仓库门口，就被眼前的景象惊了下。只见傅悦双手按着陈姣姣的肩膀，似乎在说什么，而陈姣姣脸上布满了泪痕，模样楚楚可怜。

因为傅悦背对着他，他看不清她面上的神情。陈姣姣见祁南骁来了，忙可怜兮兮地出声道："祁南骁……"

傅悦闻言，身体僵了一瞬，而祁南骁已经来到了她身旁，轻轻地握住了她的手腕，淡淡地道："傅悦，松手。"

傅悦眸光微动。他说什么？

顾不上陈姣姣得意挑衅的目光，她蹙眉望向祁南骁："祁南骁，你刚才说什么？"

陈姣姣见此，心下喜悦更甚。

祁南骁突然一把将傅悦拉过来，一字一句地道："我让你松手，你干吗非要弄脏自己的手？"

傅悦愣了，陈姣姣也愣了。这个转折有点突兀，她们二人都没反应过来。

"陈姣姣。"祁南骁吐了口气，眉宇紧蹙，对陈姣姣冷冷地道，"这是最后一次，以后你再也没有任何机会。"

陈姣姣的眼泪瞬间就下来了："我……"

"为了傅悦，我可以视所有准则为无物。"祁南骁淡淡地道，"包括不对女生动手这一点。"

陈姣姣闻言脸色惨白，说不出一句话。

"陈姣姣，别让我再发现你做这样的事，否则后果自负。"语罢，他便带着傅悦离开了，只留下陈姣姣在原地出神。

祁南骁那个眼神，她是第一次看到，那个眼神太冷了。

半晌，她蹲坐在地，倒抽一口冷气，抱住了微微颤抖的身体。

她是真的不敢了。

次日，学生们终于坐上了返回 A 市的大巴。

陈姣姣坐在座位上，她刚刚收到了朋友给她传过来的文件，是一段短视频，不过一分钟时间而已，内容却十分劲爆。

陈姣姣看完视频后面色有些复杂，她正抿着唇出神，却听身旁的女生长叹一声："我说太奇怪了吧，怎么这么多人不喜欢那个南高的傅悦？"

陈姣姣本来就在想着傅悦的事情，闻言顿了顿，下意识地握紧了手机："什么？"

女生撇了撇嘴，无奈地道："你看她不顺眼，何梦希也不喜欢她，这傅悦就这么不讨喜？"

陈姣姣默了默，心里突然有了些想法，面上却不动声色："是吗？何梦希找你了？"

"对啊，就我情报多嘛，但傅悦家底在那里，已经查不出什么了。"

"我这里有个东西可以给你，是我找傅悦以前的校友拿的。"陈姣姣说着，对女生笑了笑，"你需不需要？我觉得这东西挺有意思的哦。"

女生闻言来了兴致，便凑过去问她："什么东西啊？"

"一段视频。"陈姣姣歪了歪脑袋，笑得意味深长，然后晃了晃手机，低声道，"我倒是可以给你，你只要别说是我给你的就行。"

"好说，好说！"女生忙不迭地点头，"陈姐，你方便告诉我什么内容吗？我好心里有点数。"

"算是傅悦的黑料了吧。"陈姣姣轻笑，"等你看了就知道了。"

与此同时，傅悦打了个喷嚏，她揉了揉鼻子，有些奇怪。大夏天的，她又没着凉，难不成是有人骂自己吗？

"怎么打喷嚏了？"祁南骁蹙眉看向她，"昨晚着凉了？"

"没有。"傅悦摇了摇头，懒洋洋地伸了个懒腰，"可能有点累。"

祁南骁看了眼时间，嘴角微弯地道："睡吧，我守着你。"

傅悦应声，乖乖地闭上了双眼。

在祁南骁身边的时候，她总是很安心，不用担心任何事，只需要放松把自己交给他就好。她已经习惯这份安稳了，不想戒，也戒不掉了。

何梦希和徐歆雅乘了另一辆车，没有和十五班的人坐在一起。

"我本来以为陈姣姣能搞定傅悦，结果还是这样。"何梦希靠在座位上，面色阴沉。

徐歆雅抿了抿唇："梦希，要不就算了吧？"

"算了？！"何梦希闻言，难以置信地看向她，"你逗我呢？"

徐歆雅眉头轻蹙："梦希，你对傅悦太偏执了。"

何梦希正欲开口，手机却传来消息提示音，她蹙眉点开，见是一封邮件，内容就一个视频文件。她下载后便点击播放，由于徐歆雅就在她身边，因此也看见了视频的内容。

短短一分钟的视频，她们二人却在看完后变了脸色。徐歆雅一脸惊讶，而何梦希一脸复杂。何梦希做了个深呼吸，蓦地将手机收起来，咬了咬唇。半晌，她笑出声来。

傅悦啊傅悦，等着瞧吧。

回到 A 市后，暑假才算真正开始了。傅悦拖着行李回到家中后，瞬间松了口气。

一路颠簸，她已然疲倦不堪，却还是将一切收拾妥当，才躺到床上睡觉，这一睡便睡到了次日下午。

傅悦本来还在睡的，却被手机铃声给震醒了。她"啧"了一声，迷迷糊糊中接起了电话，放在耳边没好气地道："谁啊？"

　　手机听筒中传来祁南骁的声音："傅悦，出事了。"他声音低沉，语气认真严肃，听得傅悦瞬间就清醒了。

　　傅悦当即从床上坐了起来，蹙眉问："怎么了？"

　　"你点开南高论坛就知道了。"祁南骁的声音有些沉重，"我想了想，还是觉得先让你知道这件事比较好，我会帮你解决。"

　　傅悦总觉得有一种不祥的预感，当即挂了电话就登录了南高论坛，一眼就看到首页飘红的热帖，鲜红加粗的标题刺痛了她的双眼：《震惊！某傅姓女生转校原因竟因威胁并欺凌他人》。

　　看到这个帖子的楼层数和浏览量，傅悦感觉自己浑身的血液都冷却了。她强作镇定点进了帖子，却发现是匿名发帖，内容只是一段视频，傅悦看了看视频时长，一分钟。

　　视频内容显然是学生在人群中趁乱拍下的，镜头中的少女只有背影，她正一步步地走向天台，而站在她前方的是另一名女生，还有几名女生在她身后站着，不敢上前。

　　最终，视频以被人阻止录制而结束，从始至终，那名背朝镜头的少女都没露面，但那背影赫然与傅悦完美重合。

　　2.

　　傅悦倒抽一口冷气。这段视频，是她当时在青中天台上和那个女生对峙的场景，那时警察和老师都在场，没想到居然还会被学生录下来。

　　是谁发的？嫌疑人无非就那些。傅悦吐了口气，将手机扔到一旁，想先稳稳心神。

　　偏偏就在此时响起来电铃声，傅悦没理会，可这铃声仿佛只要傅悦不接便会一直响下去。她恼了，也不看来电人是谁，就接起电话冷冷地道："我烦着呢，你打什么电话啊？！"

　　电话那边陷入了沉默。紧接着，傅悦便听见听筒中传来了母亲的声音："傅悦，你回趟傅家，我在傅家。"

傅悦从未觉得哪一天会比这天荒谬。她站在傅家大门前有些出神，身边的傅淑媛忧心忡忡地握紧她的手，似乎是想要给她些许鼓励。

二人走进傅家后，便见傅家二老坐在沙发上，苏若和傅朗各自坐在一旁，没一个人的脸色是好看的。

苏若居然回国了。傅悦无法想象这件事已经严重到了什么地步。

"这件事我已经从苏若那里了解了，现在情况紧急，也就不废话了。"傅老爷子率先开口，面色阴沉，"不仅是 A 市南高这边，在邻市青中，这件事也被人故意翻出来了。"

傅朗身子略微后仰，有些烦躁地捏了捏眉骨："这事不好压下去。"

傅淑媛对傅悦解释道："发帖时间是昨天你们回来后，发现时热度已经被带起来了。"

"好。"傅悦很快就接受了现实，她咬了咬牙，强行让自己冷静下来，"所以呢，我要怎么办？"

傅老爷子果断地道："离开 A 市。"

"让她走得越远越好。"傅老太太的脸色不太好看，"傅家的脸都让她给丢干净了。"

傅朗蹙眉："妈，这种时候少说气话。"

"行行行，不说就不说。"傅老太太面色不豫地道，"把这丫头送到 S 省那边的封闭学校，什么时候把这事解决了，就什么时候回来。"

傅老爷子颔首，算是同意了。

"我不同意。"苏若却在此时开口，语气淡淡，"我的孩子，我自己来决定她的去处。"

傅老太太本就心情不好，闻言更直接嘲讽苏若："苏小姐，你有什么资格？有这时间，你还不如多研究下你公司的股份内幕！"

"该研究的是你们傅家。"苏若轻笑道，神色从容，"我公司的资金流转我能不清楚吗？傅家早就不对我构成威胁了，你们撤资我也无所谓，明白？"

傅老太太闻言变了脸色，开口要说什么，却被傅老爷子阻止。

傅老爷子吐了口气，对苏若淡淡地道："现在不提这些，但S省的封闭学校傅悦必须去，她既然犯了这种错误，就该多加管教。"

苏若蹙眉："我有我的——"

她话未说完，傅老爷子便打断她："苏若，这件事如果傅家不出面，你一个人是压不下去的。"

苏若面色微僵，不得不承认傅老爷子这句话是对的。傅淑媛也为难，傅悦见母亲和姐姐这般纠结，顿了顿，问傅老爷子："多久？"

傅老爷子与她对视："你指什么？"

"事情解决的时间，我回来的时间。"

小丫头倒是识相。傅老爷子闻言轻笑，眼眸微眯，道："如果可以，我不打算让你回来。"

"什么？！"傅淑媛难以置信地出声，她正要继续说，傅悦却伸手轻轻拦住了她。

"那就是两年后我毕业了。"傅悦望着傅老爷子，神情坦荡地道，"你把事情解决，我去那所学校，从此两不相欠？"

"可以。"

傅朗紧蹙着眉。苏若咬唇，她对自己的无能为力感到无奈。傅淑媛则握紧了傅悦的手。场面一时静默，似乎都在等一个结果。

"好。"傅悦终于开口，语气淡淡，一字一句地道，"我答应你，离开这里。"

"傅悦？！"傅淑媛难以置信地出声，侧首看向傅悦，震惊得连话都说不出。

傅悦答应去S省的那所封闭式学校这件事的确出乎傅家二老的意料，苏若同样难以理解，她正欲开口，傅朗却拦住了她。

"傅悦，你了解那所学校吗？就这么答应了？"傅朗眉宇轻蹙，望着傅悦，一字一句地道，"任何通讯物都不能带，严格执行校规；学校生活艰苦，半年才能有一次家属探望的机会，无异于是监狱。"

傅悦默了默，半晌，她轻笑道："刚才不知道，但现在知道了。"

傅朗见她这般模样，便问："你真的想好了？"

"我还能选择不去吗？出了这种事，我在这边也待不下去了，我接受能力

250

有限。我知道这件事很难解决，也知道你们是想让我收敛一点，所以这次我答应你们去 S 省，远离这个地方，再苦再累我也受着，但你们要把事情解决好。"她说着，吐了口气，很是平静，"不论曾经谁欠谁，从此以后，都一笔勾销，可以吗？"

她很累。如今，她什么都不想求，只想重新开始，然后安安稳稳地生活。

封闭式学校有它的好处，里面的学生与外界接触很少，没人会恶意探寻其他人的过去与秘密，也没有机会去探寻。她在里面是安全的。所以傅悦只能选择接受，没有别的选择，既然事情已经发生，那就只有想出最好的解决办法，尽管那个办法不是那么尽如人意。

傅老爷子沉默半晌，淡淡地道："好，我答应你。这件事我会给你解决，让你再无后顾之忧，我也会尽快给你在那边安排入学，你过几天就走，在此期间待在傅家。"

看来是要变相软禁了。不过倒也无所谓，反正她除了祁南骁，也没有什么特别想见的人。

沉默许久的傅老太太突然出声："二楼的最东面有一间客房，你可以直接住进去。"

傅悦颔首："那就这样。"语罢，她便转身上楼，头也不回地走向傅老太太所说的那个房间。隐约间，傅悦听到苏若唤了她一声，但她没有回头，全当作听不见了。

3.

傅淑媛的眼睛瞬间就酸了，二话不说便离开了傅家，她需要去冷静冷静，今年，两个对她来说最重要的人都离开了，傅淑媛有些无法接受。

偌大的客厅里，只传来了傅老爷子的一声叹息。

与此同时，祁家。祁明川坐在皮椅上，浅酌了一口咖啡，坐在他对面的是被强行留下来的祁南骁。傅悦那件事闹得不小，其中当然有傅悦是傅家小姐这层关系在。

而祁明川在知道这件事后，成功地拦下了祁南骁。祁南骁显然很不耐烦，祁明川便开门见山地道："傅家的那个傅悦,就是你喜欢的那个人?"

祁南骁知道祁明川早就调查过傅悦,他这么问也不过是意思意思,便蹙眉冷冷地道:"跟你没关系。"

祁明川听出来祁南骁话语中夹带的火气,略一挑眉,不急不躁地道:"这是傅家的事,你别插手。"

"傅家怎样跟我没关系。"祁南骁嗤笑道,语气冷淡,"事关傅悦,这件事我非插手不可。"他才不管什么傅家,但他的姑娘因为这件事受了委屈,他就绝对不能袖手旁观。无关其他,只因她是傅悦。

祁明川摩挲着咖啡杯壁,淡淡地道:"你插手也没用了,事情闹这么大,傅家人肯定已经知道了。"

祁南骁长眉轻蹙:"有话直说。"

"傅家估计会把那小姑娘送走,而且会送得挺远。"祁明川淡淡地道,"还会是不好找到她的地方。"

祁南骁闻言顿了顿。他想过这个可能性,只是一直没敢细想,但如今祁明川都这么说了,他的心情复杂了起来。他开口正欲说什么,手机却振动起来。他蹙眉拿出手机,并不打算接这个电话。

然而视线落在来电显示上面,他却蓦地顿住,当即就将电话接通了。祁南骁平复了一下心情,尽量将声音放柔和些:"傅悦?"

傅悦本来只是抱着试试看的心态给祁南骁打的电话,想跟祁南骁说一声,她本来以为祁南骁这种时候不会接电话的,没想到居然打通了。她愣了愣,没组织好语言,只能支支吾吾地道:"那个……傅家叫我回去了,谈了谈这件事。"

"嗯。"祁南骁没表态,只问,"他们跟你说什么了?"

"也没说什么,我妈也回来了,这还是第一次聚在一起没吵起来,体验还不错。"傅悦说着,勉强勾了勾嘴角,让自己的声音听起来有精神些。然而,她一想到自己即将离开这里,就什么话也说不出来了,千言万语哽在喉间。

很难受,难受到傅悦几乎要说不出话来,但她必须要说,她必须亲自告诉他。尽管满腔酸涩无处宣泄,她还是要同他说清楚的。

傅悦做了个深呼吸,咬咬牙道:"祁南骁,我已经跟我爷爷奶奶谈妥了。"

祁南骁沉默了几秒："怎么说？"

隔着手机听筒，傅悦听不清楚他的语气，也不知道他现在究竟有着怎样的神情。

"我和他们已经说好了。"傅悦听见自己这么说着，"他们帮我解决所有事情，而我……转学去 S 省的封闭式学校，在那里不会有人好奇我，我会在那里毕业。"

别说不同市，现在都不同省了，何况还是两年。

"不可能。"祁南骁当即便拒绝，语气严肃，"傅悦，我不会让你走。"

傅悦就知道他会这样，但她也不知道该怎么说，只得勉强笑叹一声："祁南骁，这其实是最好的办法了。现在舆论这么大，我在这边也待不下去了。"

话已经说到这个地步，其实两人心里都清楚没有别的办法了，只是两人都不愿意接受这个事实罢了。

祁南骁咬了咬牙，轻"啧"一声，没有给傅悦一个正面回复，只问她："你在傅家对吧？我去找你。"

傅悦闻言便下意识摇了摇头，然后才想起来祁南骁看不到，便道："我要在傅家待着，算是另一种意义上的软禁吧……你来了大概也见不到我，我过几天就要去 S 省的学校报到了。"傅悦顿了顿，又说道，"我刚才看了一下，帖子已经被删除了，相关讨论帖也被限制。接下来的事情，会有人处理的。"

傅悦说完，却没有得到祁南骁的回应。她默了默，鼻子有些酸："祁南骁。"祁南骁听到她唤自己，却没有应声，只听傅悦又道，"我好喜欢你。"

祁南骁的心狠狠地揪住，心里的难受突然扩大了千万倍，几乎要将他击溃。傅悦最后那声"对不起"尚未说出口，祁南骁便挂断了电话。

彼时，祁明川一杯咖啡恰好饮尽，见祁南骁这表情，就知道发生了什么。

"冷静下来好好想想，祁南骁。"祁明川突然有些累，捏了捏自己的眉骨，"以前我的确给你造成了负面影响，也不知道该怎么弥补你，但我希望你能好好的。以后你的事我不会插手，但你已经快成年了，这件事你该有分寸。你如果想留住她，不是要紧跟着不放，而是要变得优秀，要有能将她救出来的能力。这不仅是男人的责任，也是给你心上人安稳的方法。"

祁明川的话一字一句都砸在祁南骁心上。祁南骁略微垂首，面上的表情看不分明，祁明川也不急。半晌，祁南骁淡淡地道："祁明川，你劝人的话还是那么不中听。"

祁明川嘴角微弯："你能听进去就算是达成目的了。"

祁南骁不置可否，起身径直走向门口。天色渐晚，也不知他要去做什么。

祁明川挑眉道："怎么？"

"听话归听话，"祁南骁将外套搭在肩上，低声轻笑道，"但我必须见她一面，谁也阻止不了我。"

他喜欢她，谁也阻止不了。

第十九章　时光荏苒

1.

祁南骁将电话挂断后，傅悦愣怔了许久才反应过来，祁南骁还是第一次挂断她的电话。

他果然生气了吧，气她一声不吭就做出如此重大的决定，一别就是两年，两年内还不能有任何的联系，任是谁都不能接受吧。

如果祁南骁真的生气了，那剩下的短短几天，他们会不会就这样再也见不到了？

啊，不能再想了，眼睛都要酸了。傅悦将手机扔到一旁，有些无力地躺在床上，突然不知道该做什么。她望着窗外彻底暗下来的天色，心也沉了下去。

就在此时，有人敲了敲门，傅悦应了声，从床上坐起，便见傅淑媛推门而入。傅悦愣了愣，自觉往边上挪了挪，腾出来一个位置。

傅淑媛反手关上门，一言不发地坐到傅悦旁边，叹了口气，久久没有说话。最终还是傅悦打破了沉默："姐，你不要太难过。"

"秦致远走了，我以为我身边不会再有人离开了。"傅淑媛开口，嗓音有些沙哑，似乎哭过，"悦宝，你知道我现在有多伤心吗？"

傅悦咬了咬唇，一时无言以对，只得伸出手，轻拍了拍傅淑媛的后背。

傅淑媛抽了抽鼻子："悦宝，你真的想好了吗？"

"嗯，就这样吧。"

"祁南骁呢？"

傅悦默了默，随即勉强地笑了声，道："我跟他说了，他可能生气了吧，谁知道呢。"

无论如何，事情发展到现在这个地步，基本已成定局了。她的离开是必然，至于其他的事情，她无力干涉。

"悦宝。"傅淑媛望着傅悦这副模样，终于忍不住问道，"你为什么这么平静？"

是啊，傅悦也很奇怪自己为什么会这么平静，明明是这么严重的事情。但也许，她这不是平静。

"其实我现在很慌乱。"傅悦嘴角微弯，笑意却未达眼底，"但是慌乱到了极点，我发现我什么事都在担心，但又什么办法都没有，所以我就不愿意去思考别的了。"

傅淑媛沉默了许久，最终问傅悦："悦宝，你真的不后悔自己这个决定吗？"

"如果可以，我绝对不会选择离开这里。"傅悦开口轻声道，"但是可惜，我没有别的选择了啊。所以对不起啊，姐姐。"

她还有一声"对不起"，不知道还有没有机会同那个男孩说了。

当晚，傅悦失眠了。她躺在床上辗转难眠，最终实在忍不住看了眼时间，发现已经是凌晨了。傅悦从床上坐起来，她盯着窗外，繁星明月，很是好看。

傅悦正出神，手机传来了短信提示音。她将手机拿过来，随意地扫了眼短信，本以为只是垃圾短信，却没想到是祁南骁发过来的：来后花园，我在等你。

傅悦愣住。她擦了擦眼睛，再三确认不是自己产生了幻觉，便忙不迭地披上外套冲出了房间。

虽然这个时候所有人都已经睡下了，但傅悦还是怕惊动了谁，因此她的动作小心翼翼的。她从后门出去，成功地来到了傅家的后花园。

傅悦一眼便望见了祁南骁，心头微动，当即就走过去道："祁南骁。"

祁南骁闻言心都软了，抬手轻揉了揉傅悦的脑袋，低声道："傅悦，我都要想死你了。"

傅悦眨了眨眼睛："你怎么进来的？"

"我问了傅淑媛，她告诉我后花园这里有面矮墙，我就翻进来了。"

傅悦闻言不禁哑然失笑道："你怎么跟做贼似的？"

"我要真是贼，就把你给偷走了。"祁南骁无奈地道，"谁也找不到你。"

"就是啊，"她笑了笑，"最好是他们都找不到我们。"

他们这一路太过坎坷，眼下还面临着离别，年少时的话与约定都是一些虚无缥缈的东西，没人知道未来会怎样。但傅悦是知道的，她想要眼前这位少年，她贪恋他的所有，不论美好还是缺陷，她都视为温暖。

眼前这个人，她到底还有没有握紧的资格呢？傅悦不敢说，也不敢想。念及此，她有些鼻酸，随即低声道："我还以为你生气了。"

"对不起。"祁南骁知道她是指挂她电话的事情，默了默，叹口气道，"我只是气我的无能为力。"在最无能为力的年纪里，他真的什么都做不了。

傅悦轻轻地摇头，避开了这个话题，轻声道："我去封闭式学校后，是真的完全不能联系你，那边半年才能有一次家属探望的机会，还是需要申请的。祁南骁，你不能忘了我。"

祁南骁听着揪心，分别的事他连想都不敢想，蹙眉道："你想什么呢，我怎么可能忘了你。"

"那你也顺便记着我的话啊。"傅悦趁机嘱咐他，"别趁着我走了，就又开始自我堕落了。你一定要比现在更好，别让我担心。"

祁南骁嗓音有些低沉："我听着。"

"你听着不行啊。"傅悦说着，咬了咬唇，"你记在心里，连同我一起。"

祁南骁默了默，不肯应声，他怕一旦答应下来，这便是他们最后一次见面。他不愿意，也不想。

祁南骁开口淡淡地道："傅悦，我喜欢你。"顿了顿，又道，"我喜欢你，不需要回应。"

傅悦无声地湿了眼眶，她强行将眼泪憋了回去，笑道："行啊，那我的正式回应，就留到未来我们见面的时候吧。"

一定会见面的，一定会。不论跨越多少距离，不论多少年以后，他们一定会见面的。

无论多久，两人相处的时间总是短暂的。时间不早了，傅悦和祁南骁终究要分开。

2.

离开时，傅悦一步三回头，恋恋不舍地走向大宅，祁南骁却突然将她拉了回来，紧紧地拥住了她。不同于以往温柔克制的拥抱，这次他似乎是要将她刻进骨子里。

傅悦闭上眼，伸手揽住祁南骁的腰身，心中酸涩不已。他温暖了她清冷的人生，让她知道了何为人间温柔。他那么好，她还怎么舍得离开他。

不知过了多久，祁南骁才舍得松开拥紧她的手，似有若无地落下了一声轻叹。他开口，坚定地道："傅悦，我不知道接下来还剩下多少恶作剧，但我死也不放手，你摆脱不掉我。"

天知道傅悦有多么努力，才没让眼泪落下来，她点了点头，应下了。

"乖，回去吧，别着凉。"祁南骁克制住自己想要挽留傅悦的心，柔声道。

"我走了。"傅悦点了点头，随即就决绝地进了大宅。

祁南骁目送她开门进屋，直到视线里再也没有那少女的身影。不知过了多久，他缓缓地蹲下身去，从衣袋中摸出手机，想要打个电话，手竟然是颤抖着的。祁南骁暗骂了声，握紧了手机，冷汗从额头顺着棱角分明的脸滑落在地。

傅悦。一想到这个名字，祁南骁心里就一抽一抽地疼，不禁低骂了声："该死的。"

傅悦，那是他的傅悦。他放开了她，他太过无能，留不住她。祁南骁的眼睛都红了。

经此一别，不知二人再遇会是何时了。

三天后，傅悦离开了 A 市，坐上了前往 S 省的飞机，傅淑媛那天哭得一塌糊涂。

韩莘得知此事时为时已晚，了解了事情的全部经过后，她便去安慰傅淑媛了。帖子已经被删除，相关的讨论也都渐渐平息，这场风波看似已经过去了，但远远还没有结束。

这段视频的由来，还有发帖曝光视频的人都还没有被揪出来，这件事就不能画上句号，一切都还在暗中进行。

只是身边没有了傅悦，祁南骁每天都过得格外漫长而无趣。虽然他们相处只有短短半年，但祁南骁已经习惯了身边有傅悦的存在，突然没了她，祁南骁心里空落落的。他曾给傅悦打过电话，却从未打通过。

祁南骁问过傅淑媛关于那所封闭式学校的事，得知那所学校是真的不允许携带任何通讯物后，冷静地接受了这个事实，接受了往后两年甚至更久，都没有机会和傅悦联系的事实。

九月开学后，几乎全校都知道十五班的那名转校生不见了。韩莘身后、祁南骁前面的位置，将会永远空着了。

那位叫傅悦的女生，她的事在暑假就传遍了南高上下，论坛里疯狂讨论着这件事，却一直被删帖，成了绝对不能提起的事情。然而这更加激起了学生们的好奇心，想要知道这件事究竟是真是假。

好不容易等到了开学那天，基本上所有学生都在等着身为当事人的傅悦现身，然而祁南骁和傅淑媛都来了，却始终未见傅悦的身影。

最终，赵茹被学生们追问得实在受不了了，便解释傅悦是因为家里的原因才转的学，和这次舆论无关。但是，没人知道傅悦转学后去了哪里。

学生们都只能各怀猜测，有好意也有恶意，或多或少都在讨论着傅悦。有人说那段视频是后期合成的，是有心人想陷害傅悦；也有人说傅悦真的如视频里那样可怕。

一时间众说纷纭，最终还是青中和南高校方联合将视频中的事解释清楚，表示视频中的场景只是因为一时冲动起了冲突，双方没有任何人受伤。

后来，傅家不知用了什么方法找到了陈糯和那名女生一起走路出事时的监控录像。录像中，可以清楚地看到陈糯身旁的女生是突然摔向马路的，和陈糯一点关系都没有。原来这才是当年的真相，原本议论得热火朝天的众人见此皆沉默。

紧接着，那个视频的发帖人被曝光，是傅悦的同班同学何梦希，并且还挂上了 IP 地址对比，确认是何梦希发的帖子。证据确凿，所有的事实就这样被摆在了眼前，所有人都无话可说。

何梦希从来没想过自己竟然也会有被人用异样的眼光打量的时候，她很想告诉别人其实视频的来源另有其人，却已经没有人信她的话了。最终，何梦希选择了退学。

事情的发展似乎都在情理之中，那些人都受到了应有的惩罚。

没过多久，便有人听说三中的陈姣姣被校方强制退学了，理由不明。

至此，一切尘埃落定。话题热度也渐渐淡了下去，那位来了南高半年就成为风云人物的高一女生，已经成了南高的一段过往。一段人尽皆知，却又无人敢再提起的过往。

为什么无人敢再提起？不过是因为高二（15）班的祁南骁。

他和傅悦的那些事，别说南高了，基本上附近所有高中的人都知道。然而出了这件事后，没人知道祁南骁和傅悦究竟怎么样了。

没人敢打听这件事。他们只知道，自从那名叫作傅悦的女生离开后，祁南骁便再也没有提过"傅悦"二字。那个名字于他来说，究竟是心口的朱砂痣还是途中的温柔风，怕是只有祁南骁自己才知道了。

他身边再也没有任何女生，他活得依旧洒脱。只是自那以后，祁南骁乖顺了很多，成绩进步很快，稳居年级第一，也再没有跟谁起过冲突。几乎所有人都以为祁南骁彻底变好了，傅悦的离开对他的打击也并不是很大。

很多人都是这么想的。直到后来，有人主动挑衅祁南骁，当着他的面诋毁傅悦，却被祁南骁当场警告，众人才幡然醒悟：他不是变好了，只是收敛锋芒。

3.

某天的语文作文课，那天下了雨，雨滴砸在玻璃上脆生生地响，本来没觉得有什么，但衬上这次的作文标题，却让人觉得格外凄凉：《思念》。

这次的作文题目，简简单单的两个字，却总能轻易地勾起一些不那么美好的回忆。祁南骁拿到作文纸后，随意扫了一眼标题便顿住，紧接着他蹙眉将作文纸团起来扔进了垃圾桶，起身径直走出了教室。

没人出声，但彼此心里都隐约猜到了什么。

思念。祁南骁的思念，大家都知道。韩莘看向姜贤，姜贤点了点头，便起身去找祁南骁了。

果不其然，姜贤直奔学校后墙，一眼就望见了正背对着自己、坐在台阶上不知望着何处出神的祁南骁。他的背影有些落寞，姜贤瞬间就知道他在想些什么。

痴情种。姜贤忍不住叹了口气，双手抄兜走过去，一言不发地坐到祁南骁身边。雨滴溅落，风里夹着一丝冷冽。半晌，姜贤问祁南骁："祁南骁，你放不下吗？"

祁南骁扯了扯嘴角："我什么时候放下过？打从见到傅悦的那一刻，我就知道了，"祁南骁无声苦笑，淡淡地道，"这个局我必输无疑。"

姜贤默了默："你们就这样再也不联系了吗？"

"谁都没提这个话题。"他捏了捏眉骨，"我在赌，赌我们还会重逢。"

他孤注一掷，只为了能与傅悦有一个未来，尽管那是很虚无缥缈的东西，但祁南骁愿意去赌。他可以站在她身边，为她照亮前行的路，不惜灭了自己的光辉。

祁南骁记得，他曾在某本书中看到过这么一句话：如果感情无法相等，那么让我成为爱得更多的一方。

可是于他来讲，纵然这感情可以相等，他也想让她不那么辛苦，爱得更少一些。所有的苦痛让他来担，而她平安就好。

傅淑媛最近心情不佳，脸上几乎没有出现过笑容。她送走了秦致远，又送走了傅悦，两个对她来说十分重要的人都离开了，搞得傅淑媛很是惆怅。

傅悦在那边已经入学，通过一番打听，她得知那个封闭式学校十分严格，实行军事化管理，生活也异常艰苦。不打听还好，结果意外得知了一大堆让人丧气的消息，傅淑媛不禁有些失魂落魄地趴在桌上。

"淑媛姐，淑媛姐。"韩莘今天跟傅淑媛出来吃饭，这已经不知道是第几次把她从桌子上拉起来了。她实在看不下去傅淑媛这垂头丧气的模样，便忍不住伸手晃了晃傅淑媛的身子，抬高了声音道："傅淑媛，你清醒清醒行不行？！"

这么大的声音响在傅淑媛耳边，当即就把她给惊醒了，她下意识地坐了起来。

韩莘无可奈何地戳了戳傅淑媛，道："你想什么呢？怎么回事啊？"

"我不放心悦宝那边，然后就打听了一下她所在的那个封闭式学校，想看看管理严不严格，悦宝能不能在里面好好的。"傅淑媛长叹一声，手里把玩着竹签，有一下没一下地戳着摆在面前的章鱼小丸子，无力道，"我打听到了不少，然后我现在后悔知道这么多了，有些事还是不知道比较好。"

韩莘感觉自己已经很久没有听到"悦宝"这个称呼了，突然再次听到这个熟悉的称呼，不禁有些心情复杂。喝了口奶茶，韩莘没懂傅淑媛这句话的意思，便问她道："你说这话什么意思啊？我没太搞懂，解释一下？"

"我跟你说一下 S 省那封闭学校的管理制度吧，就是我打听到的，估计你听完就懂了。"傅淑媛说着，长叹了口气，面色复杂道，"每天六点起来跑操，然后三餐有规定时间，学校里没有任何通讯物品，学生没有与外界联络的机会；军事化管理，家属探望孩子需要申请，半年只有一次机会，这学校做到了完全封闭式管理。"

韩莘听得一愣一愣的，差点就被奶茶给呛着，她顺了顺气。只是听傅淑媛这么说，她便觉得心底发毛，简直难以想象傅悦是如何在那里待下去的。

"这哪里是封闭式学校啊？"韩莘忍不住感叹，"这分明就是监狱吧。"

"所以我现在很担心悦宝，但又什么都做不了。"傅淑媛说着，眼神黯然，"果然有些事还是不知道比较好。"不知道的话会担心，知道了以后却更担心。这就是祁南骁从未提起傅悦的原因吗？明明心里在乎得要死，却要控制自己不要有多余而无力的担忧，否则也只是徒增困扰。

韩莘抿了抿唇，此时的心情也十分纠结，但她也不知道该说什么，最终也只得叹了口气。

"对了，淑媛姐。"韩莘像是突然想起什么，侧首看向傅淑媛，试探性地问道，"你和秦致远的事？"

"他啊……"傅淑媛闻言，神色恢复如常，道，"他上个月就出国了，走得还挺远，我们有时差，咱们过白天的时候他过晚上，永远撞不见。"这话听着有点伤感。

韩莘撇了撇嘴，默叹一声："你们俩也是不容易。"她已经不知道该怎么安慰傅淑媛了，只得伸手拍了拍傅淑媛，没有吭声。

傅淑媛知道韩莘是想安慰自己，但她早就接受了这个事实，因此现在说出来也没觉得有什么。傅淑媛咬了口章鱼小丸子："你别说我，你跟姜贤呢？"

韩莘闻言面色微僵，她轻咳一声，转移话题道："难得的假期，我们再去吃点东西……"

"你还没给他答复？"

"我不知道怎么说，他也不急，就再等等吧。"

傅淑媛叹了口气，撑着下巴，透过窗户望着外面湛蓝如洗的天空，没说话。

希望都能好好的吧。

与此同时，祁南骁窝在祁家打游戏。祁南骁和家里的关系有所缓和，不再恶语相向，吵架的次数也越来越少，逐渐能和平沟通。

祁明川换好衣服从房间里出来，望见客厅中的祁南骁，便问道："我开车去一趟 C 市的寺庙，你要是无聊可以跟着。"最近商业不太景气，有些商人有烧香拜佛的习惯，倒也不是迷信，只是想有个心里寄托，祁明川就属于这类人。

祁南骁正巧无聊，想了想便起身跟着祁明川一起出门了。

祁明川开车带祁南骁到达目的地时已经是下午了，祁南骁随着祁明川上山，他没来过这些地方，反应平平。

到达寺庙后，眼前是一座气势恢宏的庙宇，薄薄的云雾缭绕着，门口两旁种着几棵苍劲的树，扫地僧神情淡然。前来烧香拜佛的人并不多，但各个都神色认真，衬得这寺庙更加庄严肃穆。

祁南骁的心被撼动了一瞬，他收起心底的散漫，眉眼间多了几分正色。

祁明川去请香，祁南骁则随意地逛了逛。不经意间，他望见有人从一位老者那里拿了根红绳，而那老者满脸淡然，看衣着似乎是这里的住持。

祁南骁心头微动，走了过去，问那老者："大师，那红绳有什么用处？"

住持望着他，眸中毫无波澜，声音也淡淡的："可给施主带来吉祥与平安。"

吉祥、平安。听到这两个词，祁南骁无可避免地想起傅悦，现在的她生活艰苦，所在学校管理极其严格。他已经因为心里挂念着傅悦，堵心了好长一段时间了。祁南骁眼眸微眯，问道："我能求一根吗？"

"贫僧多问一句，施主是为谁而求的？"

一语中的。祁南骁沉默了几秒，想了想，最终对主持道："所慕之人。"

住持略颔首，随即拿出一根红绳，示意祁南骁伸出右手，将红绳系在他的腕间。住持低声念着梵语，祁南骁完全听不懂，却也不觉得聒噪，反而认真以待。祁南骁很难解释这种感觉，这腕间的红绳有些沉重，却给他带来了些许希望。

红绳并不收费，祁南骁告别了住持，便去寻祁明川。当他找到祁明川时，祁明川正跪在佛像面前，虔诚地祈祷着。

祁南骁站在拜垫前，久久没有动作。祁明川祈祷完，起身，见祁南骁来了，便打算唤他离开，却眼尖地望见了他腕间的红绳。

祁明川眉头轻蹙，开口正欲询问，却见祁南骁向前一步，不紧不慢地跪下身去。

祁南骁缓缓地将前额抵在拜垫上，动作缓慢而又虔诚。没人知道他究竟在想什么，只是少年那般认真虔诚的模样，令人十分动容。

祁明川很是诧异，紧接着他似乎想起了什么，心下瞬间清明，眸中不禁浮现了几分复杂。这孩子真的长大了。

祁南骁在佛祖面前低了头，心无杂念，只愿佛祖能够听见他的心声，保他心愿成真。又是一拜，他将前额抵上拜垫，触感冰凉，心里千遍万遍唤的都是那女孩的名字。

佛祖，倘若您当真能够听见我的心声，那么希望我这微不足道的祈求，能入您的耳。我不求其他，只求佛祖您大发慈悲，能把所有的苦难都交于我，让傅悦平安就好。

这便是祁南骁所有的祈愿了。

第二十章　我的男孩

1.

白驹过隙，转瞬间便是两年后。

C市机场人来人往，在这座商业大城，似乎每个人都在忙于奔波。碧空如洗，现在是入春时节，空气中都融入了些许极清极淡的花香，微风拂过，令人心旷神怡。

现在已经过了学生报到的高峰期，虽然机场的人依旧多，却比高峰期好多了。来往的人皆神色匆匆，却有一名女孩拎着自己的行李箱，不紧不慢地顺着人流往前走着。

她身材高挑纤细，白衬衫配着一条深黑牛仔裤，脚上踩着一双黑白相间的运动鞋，简单大气，却也穿出了不一般的味道，一路上引来了不少人的视线。看外形她应该是位大学生，只可惜这女孩戴着一副墨镜，看不清她的容貌。

傅悦下飞机后心情甚好，左看看右看看，嘴角的笑意始终退不下。她乘坐的这趟航班很准时，接机的那位估计不会等太久。她从口袋中摸出手机，在最近联系人中翻出了一串电话号码，拨了出去。

电话响了没几声，便被人接起："喂？"

傅悦笑吟吟地对着手机话筒道："姐，你在哪儿啊？我下飞机了，找你去。"

傅淑媛就在机场门口等着。她抱胸靠在车门前，红唇微弯，对电话那边的人道："就在机场门口呢，你赶紧出来，我带你吃大餐。"

"没问题，等我。"傅悦干脆利索地应声，跟着指示牌顺利地走出了机场。

一踏出机场，傅悦便望见了不远处的傅淑媛。她抱胸靠在车门上，化着淡妆，一头栗色的长卷发，一袭白裙，再加一双细高跟，精致又漂亮。

两年不见，傅淑媛的穿衣风格倒是成熟了不少。傅悦抬起墨镜，笑眯眯地迈步走了过去，大老远就对傅淑媛挥了挥手："姐！"

傅淑媛正出神，冷不防听见傅悦的声音，心头微动，抬首望向声源处。她与傅悦对视，见傅悦对她嘴角微弯，不禁愣了愣，旋即轻笑出声，心下几分欣慰之情。

傅悦当真出落得越发楚楚动人了，给人的感觉也和以前不太一样，具体是哪里不一样，傅淑媛说不上来，但是现在的傅悦，让人看了会由衷地感到开心。

傅淑媛给傅悦一个结结实实的熊抱，感叹道："悦宝，我都快想死你了！"

"我也想你啊。"傅悦伸手拍了拍傅淑媛的后背，一本正经地对她道，"真的，傅家人又不会申请看我，我这两年除了见过几次苏若就没见过别人了，感觉都快要与世隔绝了。"

"不容易啊不容易，你终于从那里面熬出来了。"傅淑媛长叹了口气，直起身子，拍了拍傅悦的肩膀，道："走走走，位置都订好了，姐姐带你吃好吃的去！"

傅悦当即应了，傅淑媛将车的后备厢打开，傅悦抬手把行李箱扔了进去，见傅淑媛已经坐进了驾驶席，她也钻进了副驾驶的位置。

不知名的清香袭来，傅悦随意地打量了下车内，一眼便望见了傅淑媛的驾照，不禁挑眉道："姐，你这么厉害吗？这就把驾照给拿下来了？"

"那当然啦。"傅淑媛轻笑道，紧接着叹了口气，"不过话说回来，我为了考驾照都快秃头了，你有空也去试试，能减肥的。"

傅悦闻言随意地耸了耸肩，并没有说话，拿出手机清理了一下未读消息。

二人到达餐厅后，服务员带着她们来到了位置上，傅淑媛订的是单间，二人的口味都差不多，点菜也没花多长时间。服务员给二人分别上了柠檬水后便离开了房间，顺便带上了门。

"我还没把你回来的事情告诉别人。"傅淑媛将包包放在一旁的椅子上，"不过话说回来，悦宝，你胆子可真大啊。"她把玩着手中的玻璃杯，抬眸看向傅悦，

"居然推迟了半年才来报到，你们学校真挺人性化的。"

"没办法，考完试就出国陪苏若去了。"傅悦歪了歪脑袋，笑道，"咱妈动了个小手术，我就在那边陪了她一段时间，结果一不小心就陪了小半年。在封闭学校待久了，都没什么时间观念了，还好提前跟学校说明了缘由。"她说完，喝了口柠檬水，"姐，你呢？"

"我大学就在这里，算不上很好吧，但对我来说不错了。"

傅淑媛高三那年就开始发奋学习了，也因此取得了还算不错的成绩。

二人随便地聊了聊近况，都绝口不提当年的事情。其实二人心里都清楚，这不是在逃避话题，只是因为那些事已经不重要了。人终究是要站在阳光下的，所以，过往的那些故事，就让时间将它们埋藏吧。

时间久了，菜也都上齐了，傅悦饿了一路，此时见菜都上来了，便拿起筷子开吃了。

"对了，韩莘和姜贤怎么样了？"傅悦吃着突然想起了什么，便抬首问了傅淑媛一句。

"唉，别提他们两个家伙了，我都快被他们给急死了，明明在同一所大学却还没在一起。"傅淑媛一提这个就没脾气了，长叹一声，撑着下巴道，"这么多年，还是友人以上恋人未满。"

"情理之中。"傅悦哑然失笑，随即不再多言。自始至终，她们二人的对话中都没有提及"祁南骁"这三个字。

傅淑媛其实一直在憋着，因为她根本不知道这两年里，傅悦和祁南骁究竟是怎样的。可傅悦始终没有提起这件事，而且也完全没有谈这件事的意思，傅淑媛的好奇心也就一直这么吊着。最终傅淑忍不住了，开口试探道："悦宝，你和祁南骁呢？"

傅悦的动作顿了顿，沉默几秒，但是没急着回答，只问傅淑媛："祁南骁怎么样？"

"A大财经系高材生，A大新风云人物，我们学校都有小姑娘去打听他。"傅淑媛撇了撇嘴，"那家伙虽然作，但考上了国内的名牌大学，的确优秀。"说完，傅淑媛才想起来最重要的事，"对了，悦宝你呢，你是哪所大学的？"

傅悦嘴角微弯，喝了口水道："A大。"

"啪嗒"一声，傅淑媛的筷子掉地上了。

与此同时，傅家。傅老爷子推了推眼镜，淡淡地问旁边的傅朗："傅悦回来了？"

傅朗颔首："嗯，今天她去A大报到。"

"是吗？两年过得真快啊。"傅老爷子说着，身子略微后仰，靠在躺椅上，"祁家那个小少爷，我听说也是在A大？"

傅朗闻言顿了顿，半晌，蹙眉道："爸。"

"紧张什么？那丫头已经和傅家没关系了。"傅老爷子说着，看向窗外，"我年纪大了，也没力气折腾了，就放她走吧。"

傅朗眯眸看向自己的父亲，然而阳光下，傅老爷子的表情看不分明。半晌，傅朗无奈地低笑出声，摇了摇头。

2.

A大校园门口，路过的男生们都紧盯着门口那个拎着行李箱走来的女生，她肤白貌美，气质出众。

傅悦望着眼前宽敞的校园，来往的学生络绎不绝，谈笑风生，氛围极佳。她嘴角微弯，不禁感慨：她终于再次回到了他的身边。

A大篮球场。场内正进行着比赛，战况激烈，围观的学生里三层外三层，欢呼声此起彼伏。

球场上最耀眼的那个男孩，此时一个抛投又轻松得分，他嘴角浮现笑意，利索地转身与队友击掌，俊朗的面庞成功地引起了女生们的惊叫。

"祁南骁真是太戳我了，我好喜欢这种类型啊……"

"他今年从新生中脱颖而出啊，太优秀了吧。"

"是啊，就是不知道有没有女朋友，你们有人打听到吗？"

"唔……"女生迟疑了半晌，有些遗憾地顺了顺头发，"这个倒是没人问过，毕竟这才相处了半个学期。但是我看他身边没有过女孩子，估计没有女朋友。"

"这么优秀的人没女朋友？"那女生闻言不禁两眼放光，有些欣喜，握着矿泉水瓶的手紧了几分，跃跃欲试，"我一会儿去送水试试看！"

"对了，你这么说我就想起来了，你可别找尴尬啊，送水就算了吧。"旁边的人当即阻止她，劝道，"他从来不接女生送的水，对女生的示好也视而不见，也不知道他是不是没有找女朋友的意思。"

对方闻言瞬间就泄了气，沮丧地道："怎么这样啊？"

"没办法，事实就是如此。"

女生们正讨论着，篮球比赛已经进入了最后一节的末尾，分差越拉越大，祁南骁那边越打势头越盛。

傅悦途中听女生们说，篮球场那边有人在打比赛，而大部分女生却都只为了看一个人。傅悦几乎是瞬间就联想到了什么，她去小卖铺买了瓶矿泉水，顺便问了一下店主篮球场的具体位置，问清楚后，她拉着行李箱走向了篮球场的方向。

傅悦来到篮球场时，人潮拥挤，声音嘈杂，看来战况还挺激烈的。傅悦被这里三层外三层的阵势给惊得不轻，如此阵势她是绝对挤不进去的，她不禁有些为难，扫了一眼四周，发现最边上有个小围栏，似乎是直通下面篮球场的。

傅悦快步走过去，见周围人都没注意，便拎起行李箱迅速跨了过去，猫腰顺着楼梯走了下去，成功地来到了观众席的第一排边缘处。好巧不巧，傅悦被挤在了最接近篮球队员休息处的地方。

虽然环境嘈杂，但傅悦还是能忍的。就在此时，哨声响起，球赛结束，场外爆发出欢呼声，傅悦下意识抬头望向了篮球场。

祁南骁正垂着头，将篮球服下摆撩起，露出了精瘦的腰身和流畅的肌肉线条，估计没少锻炼。他走向队员休息处，不经意抬眸，与前方不远处的人对上了视线。

祁南骁浑身一僵，顿在原地。两年不见，那个女孩出落得越发令人惊艳，曾经青涩稚嫩的面庞，如今变得精致动人，她的眉眼都一笔一画刻在祁南骁心里。

傅悦望着他，神色复杂，更多的是感慨。她嘴角微弯，随即对他晃了晃手中的矿泉水瓶，似乎是在示意什么。

　　祁南骁无声轻笑，抬脚，逆着光一步步走向她。

　　人群有些躁动，都在奇怪祁南骁怎么突然方向一转来了这边，毕竟这是以前从未有过的事。然而傅悦却觉得这场景很熟悉，一如当年在南高校园，少年在人群中一眼就锁定了她，不顾他人异样的眼光走上前来。也是像现在这样，放着其他女生送的水不喝，非要喝她的。

　　祁南骁在傅悦面前站定，俯首看向她，从容开口："小妹妹，水借我喝口？"日光熹微，他说着与那时类似的话，恍若回到了那温暖的午后。

　　傅悦不顾他人震惊的眼神，笑吟吟地将手中的矿泉水瓶递了过去。

　　这是他们故事的延续，也是故事的开始。祁南骁欣然接过矿泉水，同时也握住了傅悦的手。

　　看见这一幕的学生都震惊了，看不见的学生尚且茫然，都纷纷踮脚想要看清楚篮球场这边的情况。

　　祁南骁将矿泉水瓶放在一旁，握着傅悦的手，嘴角微弯，对她道："水，我收下了；你，我也收下了。"

　　"我可没说要把自己送给你啊。"傅悦有些忍俊不禁，她不着痕迹地打量着四周的女生，随即便歪了歪脑袋，"祁南骁，你可真够招蜂引蝶的啊。"

　　"以后只招惹你。"祁南骁低声轻笑道，伸手捏了捏她的脸颊，"傅悦，好久不见。"

　　好久不见，我爱的人。傅悦笑了，她实在不想低调，上前紧紧地环住了祁南骁的腰身，也不管这样会不会让旁人议论。她窝在他怀中，任由眼眶逐渐湿润，嘴角浮上了欣慰的笑意，她蹭了蹭他的胸膛，喃喃地开口道："祁南骁，我好想你。"

　　时光荏苒，我还是喜欢你。而久别重逢后，彼此仍是少年模样，这真的是莫大的幸运了。

　　祁南骁有意地克制着自己的情绪，将傅悦紧紧地搂在怀中，似乎要将那久违的温暖揉进自己的骨血之中。

"我也很想你。"他俯首在她耳畔轻声道,语气温柔得不像话,"九百多个日夜,我每天都在想你。"大概只有他自己才知道,她离开的那段漫长岁月中,他偶尔午夜梦回想起她,醒后却心中空荡,是种怎样绝望到令人崩溃的滋味。

所幸最终,她还是回来了。

他喜欢的女孩也喜欢他,这大概是祁南骁这辈子最走运的事情了。

祁南骁送傅悦去了宿舍,他站在宿舍楼下,将行李箱递给她。

傅悦将行李箱接到手中,眨着眼睛,瞥见来往的学生望着他们二人低声讨论着,她心里还挺开心的。她耽误了半年时间才过来报到,终于能当众宣示祁南骁的归属权,心里美滋滋的。

"怎么这么开心?"祁南骁顺着她的视线看了过去,那几个低声讨论的学生见此佯装若无其事地走开了,他看向傅悦,长眉轻挑,"被人讨论,我还以为你会生气。"

"也要分什么时候,什么事,为了谁。"傅悦一口气说完,笑吟吟地望着祁南骁,略一耸肩,语气里还有些无奈,"我占有欲比较强,他们讨论越多,我就越开心。"

祁南骁瞬间就明白了她话里的意思,他有些忍俊不禁,只觉这小姑娘实在是可爱得紧。

"你下午忙吗?"傅悦问他道,"晚上一起吃顿晚饭吧。"

祁南骁失笑:"我正打算提呢,晚点我来接你。"

傅悦乖乖地点了点头,随后便拎着行李箱小跑进了宿舍楼。祁南骁望着她的背影,直到傅悦上了楼,他才回了自己的宿舍。

傅悦是推迟报到的,因此事情有点多,她办事利索,但处理好事情后也已经天色渐晚。一天下来,她累得不轻,肚子也开始叫唤了起来。恰好在此时,祁南骁给她发了条短信,傅悦忙不迭地从床上坐了起来,理了理衣服便下楼去了。

二人在附近的美食街挑了一家日式料理店,傅悦进去后点了一份水果寿司和章鱼小丸子，祁南骁点了跟她一样的，然后又要了两杯奶茶。水果寿司和章鱼小丸子很快就上来了，奶茶有些烫，祁南骁便将盖子取下，让奶茶稍微凉一凉。

傅悦套上手套，拿了块水果寿司尝了尝，当即便心满意足地喟叹一声："好久没吃到这种美食了，幸福啊。"

"怎么，你那两年伙食不好？"

"也不能说不好，只是太规矩了，就那些菜式，吃久了也没什么味道。"傅悦哑然失笑，"我可是熬过来的。"

祁南骁闻言眸色微沉，半晌后叹了口气，见傅悦被章鱼小丸子烫得抽气，他便插了个小丸子，吹凉后送到了她嘴边。

傅悦美滋滋地将其吞下，很是满意。

3.

祁南骁的右手因为方才的动作，袖口略微上挽了一些，也因此，他腕间的那抹鲜红勾住了傅悦的视线。

她动作微顿，问祁南骁道："祁南骁，你右手腕为什么要戴一根红绳？"

祁南骁的肤色偏白，而他平时又喜欢穿黑白色调的衣服，因此给人的印象就是清冷淡漠的。所以当傅悦望见他右手腕戴着的那根红绳时，不能说是突兀，只是觉得有些疑惑。

毕竟她觉得祁南骁这种人，是不会佩戴这些饰品的，尤其是像红绳这种有些古旧的腕饰。所以傅悦很好奇他为什么会戴这个。

傅悦耿直地问出来了，她望着祁南骁，有些疑惑。

祁南骁闻言顿了顿，似乎想起了什么，敛眸看了眼自己右手腕间的那根红手绳，想了想，只对傅悦笑了笑："也没什么，就是戴着了。"

"很好看，挺适合你的，不过我倒是不知道你会愿意戴这些小饰品。"傅悦没察觉出来什么，嘴角微弯，单手撑着下颌道，"我记得佩戴红绳是有什么寓意吧？"

祁南骁点了点头，淡淡地道："可以带来幸福与好运，我就戴上试试看了。"

傅悦似懂非懂地点了点头："这样啊……"

"现在我不用了，给你戴上吧。"

"嗯？"傅悦没想到他会这么说，不过她倒是没什么异议，只是觉得有些突然，"可以啊。"

祁南骁闻言便将红绳解了下来，将红绳系在傅悦的右手腕上，他嘴角的弧度几不可察，却温柔至极。

红绳上似乎还残留着余温，贴在傅悦的手腕上，傅悦甚至有一种脉搏跳动都被红绳传递的感觉。

傅悦肤色白皙，手腕纤细，戴上红绳后很好看，祁南骁满意地道："戴上比我好看多了。"

傅悦深以为然，她打量着自己的右手腕，的确挺好看的，那就收着吧。

"对了。"祁南骁突然想起什么，蹙眉看向傅悦，"你不是 A 大新生吗？怎么这么晚才来报到？"

"我高考成绩出来后，在国外陪了我妈一段时间，不过我出国前就跟校方请过假了，所以没什么问题。"傅悦说着，无奈地笑了笑，"唉，其实我根本不知道你也会报 A 大，回国后才听人说你在 A 大，看来我们俩心有灵犀啊。"

祁南骁轻笑，眸中笑意柔和不已："那当然了。"

当年针对他们俩的恶作剧彻底结束，生活终于大发善心地给了他们俩一个重逢的机会。无论过了多久，哪怕心态已经有所变化，哪怕身边的人已经换了又换，哪怕经历了无数个寂寞孤冷的日夜，但只要他看她一眼，他便能够再次坠入爱河。

其实祁南骁心里一直有个疑问，这问题他似乎有答案，却又看不分明，所以他便干脆问道："傅悦，你当年和傅家人说了什么，他们才会让你转去那所封闭式学校？"

"你说我转校的那件事啊……"傅悦想了想，简单地组织了一下语言，对祁南骁一本正经地解释道，"当时我的事情不是被人恶意曝光了吗？我和傅家二老——也就是我爷爷奶奶见面了，他们答应帮我解决那事，但条件是我必须去封闭式学校。"

祁南骁眉头轻蹙，语气沉重："然后你就答应了。"不是疑问，是肯定。

"嗯，但是这个选择我也没那么后悔。"傅悦说着，对祁南骁笑了笑，"你看啊，我们现在都能坦坦荡荡地提起这些事情，看来我们都已经从自己的过去中走出来了。"

从此，他们为过去的故事画上了句号，却又有了新的篇章。而这次的故事，由他们书写。

"是啊。"祁南骁默了默，半晌，低声轻笑，抬首与傅悦对视，开口轻声道，"不计较过往，以后的路我们一起走，好不好？"

傅悦闻言略有些出神，她并没有立刻回答祁南骁，只是抬眸与他对视着，望见他眸中泛着柔和的光晕，也望见了自己的身影。

祁南骁眼中有她，她能看见；祁南骁心中有她，她能感受得到。就像她能够清晰地感受到，自己有多喜欢眼前这位少年。

傅悦嘴角微弯，她听见自己说："好。"时间在此刻放缓，一切都变得柔和而温暖。

祁南骁想起当年的那场雨中，他在心里给自己设了一场赌局，一场与命运对抗、希望渺茫的赌局，所幸最后是他赢了。

他用九百多个孤寂清冷的日日夜夜，终换来了与这个女孩的璀璨未来。

这大概便是祁南骁的引以为傲了。他遇见了一个女孩，后来，那个女孩成了他此生赢得的最幸运的奖励。

周末，祁南骁和傅悦去看了一场电影。看完电影后两人都不怎么饿，于是便绕着 C 市随意地闲逛着。

途经一座小山时，傅悦望见指示牌上说山顶有一座寺庙，她有些感兴趣，便拉着祁南骁上了山。

虽说是她拉着祁南骁上山的，但也不知道怎么回事，后来就变成了祁南骁开路，带她去那寺庙。

寺庙庄严肃穆，傅悦在心底无声赞叹，只觉得身心都有一种被净化的感觉。

进入寺庙时遇到了一些僧人，有的僧人会对祁南骁点头示意，见祁南骁也点头回应后，便会一言不发地离开。

傅悦这会儿不禁有些奇怪了，便扯了扯祁南骁的衣袖："祁南骁，你是不是经常来这里啊？"

　　既熟悉路况，又认识这里的僧人，祁南骁值得怀疑。祁南骁听她这么问不禁顿了顿，然后轻摇了摇头，对她解释道："我只来过一次，之前跟Ａ大的朋友来的，可能这里的僧人记住我了吧。"

　　"这样啊。"傅悦虽然有些狐疑，但似乎也找不出什么毛病来，便也作罢，姑且相信了祁南骁的解释。

　　二人逛了逛，路过禅房时，住持正在门口的菩提树下低声念着梵语，神色平静祥和，没有半分人间烟火的气息。

　　住持诵完梵语后缓缓地抬头望向了傅悦和祁南骁，住持是一位发丝花白的老者，眸中清明淡然，仿佛能看到人心里去。他不紧不慢地走向二人，却是对祁南骁道："施主，禅房坐。"

　　祁南骁点了点头后，便牵着傅悦的手走进了禅房，随即落座。

　　住持居然也认识祁南骁？傅悦这次是真的觉得有些奇怪了，但她并没有说什么，只是乖乖地正襟危坐。

　　禅房内有一股异香，清淡醉人，萦绕周身，让人有一种恍若隔世之感。住持坐在傅悦和祁南骁的对面，他和祁南骁说了些话，都是些佛家用语，傅悦没怎么听懂，但也觉得很有深意。

　　祁南骁只是听着，全程没有发过言，只在最后道了句："谢谢大师。"

　　就在此时，祁南骁的手机振动了起来，他看了眼来电显示，蹙了蹙眉，对住持说了声"抱歉"，见住持点了头，他又对傅悦示意了一下，便出去接电话了。

　　祁南骁离开后，禅房内便陷入了沉默，但傅悦并不觉得尴尬。她沉默半晌，问住持道："大师，他常来这里吗？"

　　住持却没有立刻回答她，只是看了看她右手腕间的红绳，问："施主，这红绳可是方才那位施主给你的？"

　　傅悦愣了愣："是。"

　　住持敛眸，对她淡淡地道："那位施主从两年多前便成了这里的常客，每隔几日便会过来做参拜，这红绳是他初次来这儿的时候从贫僧这里求来的，今日看来是物归原主。"

傅悦有些发蒙，她还没反应过来，下意识地问住持："物归原主？"

"是了。"住持望着她，"那位施主求红绳，为的不是自己，而是为了所慕之人平安喜乐。"

为了所慕之人平安喜乐……

傅悦一时有些失语，喉间仿佛梗了一份酸楚，她缓了好久才再度开口，声音有些颤抖："大师，你说他这两年多来，坚持隔几日便来参拜……"

住持略微颔首，淡淡地道："也是为了那施主的所慕之人。"

A 市到 C 市，单向路程至少要三个小时。祁南骁来这里拜佛祈祷，居然就这样坚持至今，不为其他，只为了求佛祖保她平安。

傅悦的眼眶瞬间酸涩起来，她来不及控制，怔怔地落下泪来。

祁南骁啊祁南骁，她无法想象那九百多个日夜里，他是如何度过那种等待中的煎熬的，又是如何满怀虔诚地戴上求保她平安的红绳。

傅悦无论如何也控制不住自己的泪水与情绪了，疼惜与感动交织在心头，她从未有过如此想要哭泣的念头。

住持望着她，最终移开视线，似有若无地低声叹息。

祁南骁站在寺庙后门外的小路上，他打完电话，将手机收起，正要转身回禅房，就见那小姑娘已经慢悠悠地朝自己走了过来。

他眼眸微眯，见阳光温柔地洒在傅悦的肩头，娴静而美好。

她走到他面前，对他展露笑颜："有人来找大师，我就先出来啦。"

"好，那我们今天就先回去，改日再来拜访。"祁南骁伸手轻揉了揉她的脑袋，轻笑道，"你们说了什么？"

傅悦笑了笑："没什么。"

祁南骁闻言也不多问，伸出手，望着她嘴角微弯，眸中盛满了柔和。

"那走吧。"他开口，语气低沉而柔和，"我们回家。"

走吧，我们回家。

傅悦望着眼前的男孩，将他的眉眼描摹在心底，一笔一画，都是令她心动的痕迹。

"嗯，回家。"她对祁南骁笑了笑，随即将自己的手交给他，腕间的红绳在阳光下有些夺目。祁南骁握紧她的手，二人十指相扣，相视而笑。

佛祖啊，倘若您当真能够听到我心底的祈愿，那么请您给我一个机会，给我一个能够与眼前的男孩共度此生的机会。傅悦虔诚地祈愿着。

春风又起，从此这柔和的景致里，始终有你。

The End

番外一　得偿所愿

1.

傅淑媛回到自己在校外租的房子时，已经入夜了。

她现在大三了，开始忙着实习的事情，这段时间的生活节奏很快，今天难得提前回来，她到家后便倒在了床上。

傅淑媛长吁一口气，眸色沉了沉，想要小憩一会儿，最终认命地起身去浴室冲了个热水澡，将衣服丢进洗衣机，裹着湿发就钻进了被窝。

真累啊，各个方面都累。傅淑媛一沾床就来了睡意，她总觉得自己忘记了什么，但脑子已然迟钝起来，她便没有再多想。

就在她昏昏欲睡之际，床头柜上的手机响了起来，傅淑媛稍微清醒了些，她摸过手机，没看来电人便接起了电话："谁啊？"

听筒对面的人默了默才道："今天很累？"嗓音低沉，带着他独有的清冷，听得傅淑媛的心情瞬间明朗起来。

傅淑媛揉了揉眼睛，裹紧了被子，半张脸都埋在被窝里："还好，又不是一天两天了，今天难得能多休息会儿。"

"那早点睡，我明天再给你打过来。"

"秦致远，你怎么总在不该体贴的时候体贴人啊？"傅淑媛闻言有些哭笑不得，忙不迭地出声制止了他，"不用，正好我跟你说说今天我实习的事。"

傅淑媛这段时间累得不轻，便将自己的快乐与烦恼都通通倾诉了出来，而秦致远在此期间未曾发言，只轻敲话筒示意他在。

把憋在心里的东西都说了出来，傅淑媛舒服了不少，她一看时间，发现都过去半个小时了，不禁问道："一不小心就说了半个小时，你也不嫌我烦吗？"

"不会。"秦致远轻笑道，声音自手机听筒传来，有种别致的磁性在其中，"我想多听听你的声音。"

傅淑媛愣了愣，耳朵有些发烫，她抿了抿唇，失笑道："你竟也会说甜言蜜语了。你现在上课呢吧？没耽误你时间吧？"

"这节课我没去，不然下课后你就已经睡了。"秦致远语气淡淡，"落下的课能补，错过和你说话的时间，可就不能补了。"

傅淑媛嘴角微弯，秦致远这一通电话，让她的心情明媚了不少。

快三年了，三年里，稳定的视频电话与语音电话，是二人的联系方式，携手跨过了异国时差，异国恋也持续至今。

一想到这个，傅淑媛都佩服自己竟然能坚持下来。好在彼此都绝对信任对方，因此他们之间并没有闹过什么大矛盾，即便真的有过几次争吵，秦致远也是无条件低头的那个人。

他们为了这段爱情都付出了太多东西，已经没有什么理由再放开手了。

傅淑媛又同秦致远絮絮叨叨地说了一些日常，虽然是些生活琐事，但秦致远也愿意去了解，她便想起什么就说什么了。然而困意再度袭来，傅淑媛打了个哈欠，说话的声音逐渐弱下，没过多久，秦致远便听对面传来了浅睡的呼吸声。

傅淑媛睡着了。秦致远没开口惊扰她，只是静默地听着女孩沉稳酣甜的呼吸声。

秦致远眸色微沉，久久没有动作，耳畔是心爱之人的呼吸声，他实在不舍得将电话挂断。也不知道听了多久，直到他清晰地察觉出自己对那女孩越发深沉的爱意，让他有了几分恍惚。

是了，他唯一可以确定的事，便是他爱她。他清楚地知道他爱着她，热烈非凡。

不远处传来了朋友的呼唤声，似乎是下课来找他，秦致远便叹息一声，将电话挂断了。

同学快步走过来，怀中还抱着书，眼神疑惑地打量着他："秦致远，都最后一节课了，你不去吗？”

"替我跟教授道歉。"秦致远嘴角微弯，"我要和国内的女朋友打电话，这个不好耽误。"

同学闻言便了然地点了点头，毕竟校内众所周知，商科精英秦致远在中国有个小女朋友，两人三年异国恋恩爱至今，令人不可思议。

"你打算什么时候回国？"同学问他，"今晚有个 Party，你还去吗？"

"再怎样也要跟你们告别的，Party 我会参加。"秦致远哑然失笑道，拍了拍那人的肩膀，"明晚的飞机，不用送了。"

"明晚？"同学闻言愣了愣，显然有些惊讶，"这么快就要回去吗？"

"嗯，在国内有点事，被邀请去大学演讲，时间比较紧。"

同学只得点了点头，虽然有些可惜，但也不好再说什么，便同秦致远一起出去了。

傅淑媛翌日起床时才想起，自己昨晚似乎是说着说着就睡着了，也不知道秦致远是什么心情。她起床的时间秦致远估计已经在睡觉了，她便伸了个懒腰从床上坐起来，换好衣服。洗漱过后，她就打车去了学校。

在学校附近买了份早餐，傅淑媛见时间不早，便忙不迭地给朋友打电话让她帮忙占座，朋友爽快地应下后，她便马不停蹄地奔向了学校。

一进教室，后排角落处的朋友便冲傅淑媛挥了挥手，她赶紧快步走过去，落座后和朋友暗中击了个掌："这风水宝地占得漂亮！"

朋友比了个大拇指："必须的！"

傅淑媛正吃着三明治，喝着奶茶，便听身旁的好友道："淑媛，你听他们说了吗？咱们学校今晚有场演讲，特意邀请了名牌大学的海归精英呢。"

"海归精英的演讲？"傅淑媛没什么兴趣，但还是象征性地问了句，"有多厉害啊？什么系？"

"商业天才，才二十二岁，不太简单。"朋友撑着下颌，神情似乎有些期待，"同龄人啊，你说他有没有女朋友？"

"这种人的时间都用来学习了吧？"傅淑媛忍不住吐槽道，"而且，你怎么知道这精英是男的？"

"对哦，不过我潜意识觉得他是个男的。"

"万一是美女小姐姐呢？这个说不准的。"傅淑媛说着，耸了耸肩，将包装扔进身后的垃圾桶，"对了，这个演讲是必须去的？"

"有点强制性的吧，我也不清楚。"朋友说着，伸手揽过傅淑媛，笑眯眯地轻声道，"不管这些，你陪我一起去看看嘛。"

傅淑媛想都没想便回绝："不……"

"明天的午饭我请客。"

"不是什么大事。"傅淑媛瞬间改口，一本正经地道，"大礼堂是吧？我们晚上早点去，抢前排的位置。"

好友闻言满意地点点头，转过脑袋听起了课。

今天的课程并不算多，傅淑媛难得清闲下来，正好趁此机会给秦致远打了个电话，可没人接。

彼时二人正在前往大礼堂的路上，好友见她有些失落便凑过来问："怎么了？你男朋友没接电话？"

"也许还在睡觉？"傅淑媛撇了撇嘴，将手机收起，"不知道，晚点再打吧。"

"我记得你说你们谈了快三年了，你也真能坚持下来啊。"好友感慨的工夫，二人便到了大礼堂。

此时大礼堂里已经来了很多人，傅淑媛眼尖，一眼便望见了第二排的空闲位置，忙拉着人过去坐下了。

昏黄的灯光温柔地洒下来，傅淑媛不知怎的有些心跳加速。她咬了咬唇，双手抚上心口，一种奇妙而熟悉的感觉游走全身，心跳竟不肯平静。

时间差不多了，演讲开始，礼堂内的灯光暗下，四下皆是漆黑一片。就在此时，前方演讲台上响起了脚步声，不紧不慢，步履稳重。

这脚步声熟悉得要命。傅淑媛僵在座位上，她的眼神难以置信地锁定着演讲台中间的那个人影。明亮的光辉照耀在台上的那一瞬，演讲者终于得以被众人看清。

那人五官清俊，身形颀长，西装革履，煞是好看，却也生出几分拒人千里的感觉。明明是同龄人，他看起来却成熟稳重。

他嘴角始终抿着一抹凉薄的笑意，开口，嗓音低沉："你们好，我是今日受邀的演讲人秦致远。"他话音刚落，傅淑媛便怔怔地落下泪来，任由泪水肆意地涌出眼眶。

简单介绍后，秦致远便进入了正题。他的演讲十分出色，虽然演讲时间并不长，却赢得了学生们热烈的掌声。

傅淑媛一动不动地盯着台上的男孩，如今的他光芒四射，从容稳重，轻而易举便能成为人群之中的焦点，陌生却又熟悉至极。

好友正对秦致远赞不绝口，刚侧首，便见身旁的傅淑媛满脸泪痕地盯着台上的秦致远。

四下本嘈乱不已，现下却渐渐地安静了下来，所有人都狐疑地打量着秦致远和傅淑媛。秦致远演讲过后并没下台，而是望着礼堂某个位置，眉眼间含满温柔的笑意，与方才那清冽的模样截然不同。他轻抬话筒，声音温柔得不像话："傅淑媛，好久不见。"

好友目瞪口呆，问傅淑媛："你们认识？"

"认识。"傅淑媛嘴角微弯，不紧不慢地起身，眸中闪烁着光芒，"他是我男朋友。"

晚上吃饭的时候，傅淑媛一直撑着下颌打量秦致远。

秦致远被她盯得不自在，只得无奈地抬首问道："怎么了？"

"没什么，就是有些感慨。"傅淑媛歪了歪脑袋，嘴角笑意不减，"二十二岁海归精英，我可真是捡了个宝。"

秦致远深以为然，略微颔首道："既然你有这个觉悟了，那记得以后好好珍惜。"

傅淑媛笑眯眯地道："必须的！"

二人虽许久未见，却不见生疏，默契程度一如往昔。傅淑媛喝了口饮料，眨了眨眼："你打算留在国内了？"

秦致远"嗯"了一声："打算开始学习公司的事务，慢慢来吧。"

傅淑媛闻言嘴角笑意更甚，男朋友那么优秀，她也跟着骄傲起来。

就在此时，秦致远看似无意地问了一句："对了，你喜欢什么样的戒指？"他语气淡淡，傅淑媛却顿住了。

许久，她开口，声音都有些颤抖："你问我什么？"

"说说你喜欢的款式，我心里好有点数。"秦致远倒是不急不躁，抬眸与傅淑媛对视，眼神柔和，"我们毕业就订婚，好不好？"

傅淑媛鼻尖一酸，怔怔地望着秦致远，光影斑驳中，她似乎又回到了多年前的南高校园，那个少年对她笑得极致温柔。

年少时的誓言总喜欢以一辈子作为开端，但是何其有幸，她傅淑媛能够遇见这样一个人，他有耐心陪她一起实现所有的誓言，且一陪就是一辈子。

傅淑媛握紧了手，心下的情愫无声地漾起，柔和了世间万物。

她开口道："好。"

2.

傅淑媛是真的很喜欢秦致远，并且想一辈子都喜欢下去。

这个秘密，从她第一眼见到秦致远时起，就深藏于心底，无人知晓。自此以后，经年不忘。

南高开学的前一天晚上，傅淑媛照旧和自己那些朋友们在外面玩翻天，一帮朋友抱着话筒唱着歌。

她踢开脚边碍事的饮料瓶，揽过一旁的朋友，将话筒放在唇边，整个人颓废又茫然。熟悉她的人见她这副模样就知道这丫头又和家里人吵架了。

明天就要开启又三年的新生活，傅淑媛却是满不在乎的模样，她唱累了便将话筒一扔，瘫倒在沙发上小憩。

"不是吧，傅淑媛，你怎么这么快就累了？"有人坐到她身边，伸手轻碰了碰她的脸颊。

"一边去。"傅淑媛挥手挡掉那只手，嗓音有些沙哑，"胃里难受死了，现在几点了？"

那人见她拒绝也不强求，耸了耸肩便将易拉罐放在桌上，拿出手机看了眼时间，对她道："快两点了，你要走？"

"我去洗把脸就走，你们随意吧。"傅淑媛这会儿胃疼得不行，连话都不太想说，只慢悠悠地起身迈步走向门口。

她推开门，一时竟分不清自己是清醒还是晕眩，揉了揉太阳穴，走向了洗手间。走到一半，便有人横在身前，也不知是有意还是无意，挡住了傅淑媛前行的路。

路这么宽敞，这人偏偏就往她这边撞，说不是故意的都没人信。

"你有什么事？"傅淑媛说着便抬起了头，她现在胃疼得很，又很烦躁，根本没心情应付这些乱七八糟的事，因此语气也不免恶劣了些许。

"哟，脾气还挺大的。"男生不怀好意地道。

傅淑媛的眼神越发深沉，蹙了蹙眉，脾气上来了："走开，别挡着。"

"别啊，小美女，你哪个学校的？"男生笑眯眯地拦住她，不怀好意的目光在她身上上下游荡着，"留个联系方式呗？"

傅淑媛不理睬他，径直绕过这人，心想遇上这黏人精真是够倒霉的。

男生似乎是被她的态度所激怒，也变得有些不耐烦起来，当即伸手攥紧她的手腕，不满道："我说你啊，别装了……"

傅淑媛本来就不太舒服，此时那股冲劲儿也上头了，她正要开骂，却听身后传来不紧不慢的脚步声。

与此同时，一道清冽的男声响起："好歹是公共场合，你就这样？"那声音低沉悦耳，却是说不出的清冷疏远，绕在耳畔挥之不去，使得傅淑媛瞬间有些出神。

男生闻声顿时变了脸色，忙不迭地松开了傅淑媛的手腕，向后退了退，轻咳一声，讪笑着道："秦哥啊，对不起啊，我可能认错人了。"

傅淑媛甩了甩手腕，回过头眯眸望向来人，入目的是干净整洁的白衬衫，她微怔，竟不知何时已经与那人如此接近。傅淑媛脑子有些乱，顿了顿，随即抬首打量着对方，却刚好对上了对方的视线。

他五官清俊，面上明明含着笑意，却让人觉得他高高在上，整个人干净又纯粹，很难相信，方才那流里流气的男生居然喊他一声"秦哥"。

"你真奇怪。"傅淑媛这会儿胃疼到脑袋发蒙,想什么便说什么,听得对方顿了顿,旋即失笑。

他使了个眼色,那名男生当即会意,快步离开了现场。

"女孩子大半夜单独出来可是危险行为。"他俯首盯着她,望着眼前少女茫然的模样,不禁喉间微动。

"没事。"傅淑媛眨了眨眼睛,突然伸手攥住了眼前少年的衣袖,轻声笑道,"你长得好看,不怕。"

他长眉轻蹙,本来不喜欢同女孩子有太亲密的接触,但他见这小姑娘随时可能倒在地上的模样,便忍不住伸手扶了她一下:"你在哪个房间?"

傅淑媛是越来越困了。很奇怪,这少年身上的清冽气息竟意外柔和,让她困倦不已。

"215。"她随意地摆了摆手,脑子逐渐空白,双眼一闭,便倒在了眼前人的怀中。

秦致远猝不及防地被少女扑了个满怀,不知不觉有些愣怔。他的手还维持着扶着她的动作,没有反应过来。

半晌,秦致远一垂眸,望见自己的白衬衫上被印上了一个唇印,倒是好看。

秦致远,你在想些什么?他蓦地回神,暗骂自己一声,当即便将那女孩扯开。他缓缓地吐了口气,本着负责到底的心态,按照她方才说的房间号,将这姑娘给送了回去。

当傅淑媛第二天清晨从床上醒来时,对昨晚发生的事情,已然忘记了不少。只依稀记得自己被人缠着不放,然后有个特别帅的小哥哥来搭救了自己,然后自己好像还栽他怀里了……

傅淑媛心烦意乱地揉了揉头发,坐起身来,看了看四周,确认是自己的房间,估计是朋友把她给送回来了。她伸了个懒腰,拿过床头的手机看了眼时间,有点晚了。

今天早上有开学典礼,在南高的大礼堂举行。傅淑媛算了算,就算她不洗脸、不刷牙,直接换好衣服过去也会迟到,索性便不紧不慢地起床。

整理好仪表,她望着挂在衣柜中的南高校服,默了默,最终还是乖乖地换上了，随即拿起手机、拎着包，打车去南高。

果不其然，她到达南高的时候已经校门紧闭，但是开学当天就迟到这种事影响不太好，傅淑媛思忖半晌，悄悄地摸到了南高的后墙处，打量着墙的高度。

不算很高，旁边有棵树可以落脚。傅淑媛向来是个行动派，她将书包往背后一甩，手脚利索地借着树就爬上了墙头，正要往下跳，却瞥见下方草坪上站着一个人。

这个时候怎么还会有学生？！现在收住脚步已经太迟，傅淑媛不禁骂了声，跳下墙头的那一瞬间对那人喊："你快躲开！"

对方迅速反应过来，略一偏首望向她这边，傅淑媛有点傻眼，当即就认出了这少年是昨夜帮自己的人。随后，她便见他长眉轻蹙，似乎是犹豫了一瞬，便正过身子，后退了半步，意味不明。

好在对方躲开得还算及时，傅淑媛这才得以安然落地。她怔怔地望着少年，见他容貌清俊，心里不禁有些异样。

"这么巧，又见面了。"秦致远见这小姑娘有些眼熟，想了想便认出她来，"你是南高的学生？"

"我？"傅淑媛回了神，嘴角微弯，"是啊，我是今年的高一新生，你呢？"

"我也是。"秦致远略一颔首，嘴角的笑意淡然疏离，"我不小心迟到了，没想到会有人用和我一样的方法进学校。"

"有缘千里来相会嘛。"傅淑媛笑了笑，突然上前几步凑近他，"小哥哥，我叫傅淑媛，你叫什么啊？"

少女的面庞明媚动人，眉眼间盈满了笑意，看得他心下微动，随即敛了心神。他不着痕迹地往后退了退："秦致远。"

"秦致远。"傅淑媛轻声念了一遍，旋即抬首，对他莞尔道，"你名字不错啊，我挺喜欢的。"

最后那句"我挺喜欢的"难免让人产生遐想，秦致远不知道她指的究竟是他的名字，还是他这个人。无论哪个，她这句话都有些意味深长。

"那就先这样啊，我去礼堂看看典礼结束没。"傅淑媛也不等秦致远有什么反应，看了眼时间，便同他道别，抓着包，风风火火地直奔礼堂的方向。

刚跑了几步，她就停下脚步，似乎是想起了什么，回过头笑着挥挥手，对秦致远道："秦致远，再见哦！"说完，她就脚步轻快地跑走了。

秦致远杵在原地缄默不语，没人知道他究竟在想些什么。许久，他终于吐出了一口气，心下有些异样，少女明媚动人的模样，在眼前挥之不去。

傅淑媛是风，从别人身边走过时，无意多停留，却令人无法控制地想要去拥有。秦致远从一开始就明白了这点。

二人不同班，也因此，后来的几日就再也没有见过面。傅淑媛刚开始觉得有点可惜，但她向来没心没肺，虽然当初对秦致远挺有好感，但时间久了便淡了。

直到某日下午放学后，朋友去找哥哥的时候拉上了她。只要有饭可蹭，傅淑媛便很开心，于是欢快地跟了过去，没想到在校门口站着的那群男生中，发现了秦致远。

秦致远笑意慵懒，校服外套随意地搭在肩头，单手抄兜，正同人聊着天，那模样竟有了几分随性。

傅淑媛见此差点就按捺不住自己那乱跳的小心脏了，她对这种雅痞风真是喜欢得不得了啊！

只听身边的好友冲着那群人的方向喊了声"哥"，那群人闻言回了头，而正跟秦致远聊天的男生应了声。秦致远也跟着看了过来，刚好对上了傅淑媛的视线，他微怔。

傅淑媛面上挂着明媚的笑意，冲他挥了挥手，无声地道一句"又见面啦"。秦致远读出来这话的意思，鬼使神差的，也伸出手回应了她一下。

这下傅淑媛笑得更开心了。

周围有同伴发现他们二人间的互动，便不怀好意地撞了撞秦致远的肩膀："怎么，你们这是……"

"少来。"秦致远不咸不淡地扫了他一眼，说出口的话毫不客气，"别给我多嘴。"

那人早就习惯了秦致远这副样子，闻言便搭着他的肩膀"啧啧"道："成，不说了，秦哥你自己心里有数就行。这小姑娘长得可漂亮着呢，还是傅家千金，啧啧啧。"

秦致远顿了顿，原来是傅家的千金，秦家和傅家有商业往来，他先前听闻傅家小姐嚣张跋扈，不过如今见了她几次……大抵只是传言吧。

　　自从这次意外相遇后，傅淑媛就天天"偶遇"到这群人，并且还成功地加入了他们的饭局，且每次都要坐到秦致远身边。时间久了，大伙儿心里也都清楚傅淑媛的意思，因此也悄悄地给她制造机会。

　　只是面对傅淑媛如此猛烈的攻势，秦致远却是不急不躁的，让人看不出他到底是怎么想的。好在在傅淑媛的不懈努力下，二人之间的关系算是持续升温了。

　　打篮球时，不论多少女生送水，秦致远都只走向傅淑媛；秦致远向来与人保持距离，但傅淑媛是唯一一个能揽他手臂的人。就连放学的路上，二人都时常一起走。秦致远为傅淑媛打破了很多原则，熟识秦致远多年的人更是震惊。

　　秦致远和傅淑媛仿佛已经习惯了彼此的存在，却又不是众人所想的那种关系。

　　这日晚自习，傅淑媛口渴，拿出杯子却发现杯子空了，她正巧不想在教室里闷着，便借机溜了出去，拿着水杯去楼下的茶炉房接水，顺便偷看一下楼下的秦致远。

　　嗯，真的只是顺便而已。傅淑媛这么想着，便轻手轻脚地凑到秦致远他们班级的后门，踮起脚尖往里瞧，寻找那抹熟悉的身影。

　　只一眼，傅淑媛便在教室后排寻到了秦致远。此时的他正撑着下颌，面前摊着课本，模样认真，似乎是在学习。

　　不可否认，傅淑媛喜欢秦致远的任何一面，但她最喜欢他认真时的模样，那是她心底朦胧的美好，只供她细细珍藏。

　　秦致远似乎察觉到什么，突然侧首望向她这边，二人视线交会的一瞬，傅淑媛蓦地红了脸，他则饶有兴趣地弯起嘴角，似是忍俊不禁。

　　偷看被发现什么的真是丢脸死了！傅淑媛难得觉得羞耻一次，忙不迭地拔腿就跑，一路加速奔出了教学楼，确认四下无人后，这才舒了口气，心跳逐渐平缓下来。那心中小鹿乱撞的感觉说不清楚，但能明显感觉出喜悦在心间肆意地流淌。

她实在太喜欢秦致远了。傅淑媛深吸一口气，嘴角不自觉地上扬，整个人容光焕发。

　　饮水间在东二楼，傅淑媛穿过操场，慢悠悠地来到东楼，沿着楼梯上楼，各个班级都还在上晚自习。不过东楼是年级中较差的班，因此即便是走在楼道中，都能听到那个班里的喧哗声，乱哄哄的。

　　她来到饮水间，接了杯温水便打算回去了，谁知刚走到楼梯口，便听身后有人吹了声口哨，很不正经。脚步声渐近，背后那人笑了声："哟，小妹妹，这么有缘分啊？"

　　这声音很是耳熟，傅淑媛回过头打量了对方几眼，果然是当时在包厢外搭讪的男生，没想到他也是南高的新生。

　　"哦，巧啊。"她不冷不热地应了声，转身就要下楼，却被那男生眼疾手快地攥紧了手腕。

　　傅淑媛一阵反感，顿时挣扎起来，却不想对方略一施力，就钳制住了她。他的语气似乎已经有些不耐："你怎么回事，就不能老实点？"

　　"你给我放手！"

　　在傅淑媛慌张地喊出声时，一声冷喝也同时响起："周鹏。"

　　傅淑媛微怔，与他纠缠着的周鹏也愣住，二人循声望去，只见秦致远面色阴沉地迈步走过来，身后还跟着一个人，是秦致远的朋友，傅淑媛认得他。

　　周鹏似乎低骂了声什么，有些不甘心地松开傅淑媛。秦致远走过来，上下打量了她一番，长眉轻蹙。

　　傅淑媛还没见过他这般冰冷骇人的模样，缩了缩肩膀，敛眸低声道："秦致远，我没事……"

　　"乖，你先走。"秦致远的表情柔和了几分，却哪有半分要放过周鹏的意思，他伸手轻揉了揉傅淑媛的头发，便对身后的朋友道，"送她回教室。"

　　朋友比了个"OK"的手势，便干脆利索地带着傅淑媛走向教学楼。傅淑媛不太放心那两个人，一个劲儿地回过头去看。

　　只见周鹏似是心虚，抬脚就想走，却被秦致远一把拉住。不知秦致远与周鹏说了什么，二人一起走了，也不知道是去做什么。

"傅淑媛，我送你回去后，你可不能再出来啊，秦致远让你回去肯定有他的原因。"男生见傅淑媛一副好奇的模样，不禁提醒她。

傅淑媛虽有些遗憾，但也只得乖乖地回了教室。

日子一天天地过去了，傅淑媛也就把这件事忘了，最终她也不知道那天晚上秦致远和周鹏到底发生了什么。她只知道往后周鹏再遇到她，都是避之不及。

很快便到了高一下学期，过完了散漫悠闲的暑假，傅淑媛背着书包美滋滋地回到学校，却不见秦致远的身影。

之前寒假两人一起出去玩的时候，他明明没有提到开学请假的事啊。因为担心，她问了问秦致远的一些朋友，结果他们也不清楚缘由，她便打电话给他，竟是无人接听。接下来的一个星期里，没有任何人能联系得上秦致远。

傅淑媛开始慌了。可就在她打算直接去秦致远家找他时，秦致远却来学校了，只不过和变了一个人似的。

他疏远了原先的朋友，开始独来独往，性子越发清冷疏离，浑身散发着生人勿近的气息，就连对傅淑媛也是态度冷漠。在开学质量检测的考试中，他竟然冲进了年级前一百名，这样的变化令学生们惊叹不已，纷纷讨论着秦致远是不是要开始学习了。

傅淑媛不明白发生了什么，只听说秦致远的家里人让他学乖一点，尽心学习。可秦致远又为什么会这么轻易地听了家人的话？这其中内幕无人知道。

傅淑媛向来直白，既然自己想不通那便去问当事人。终于，在一天晚自习时，傅淑媛推开了秦致远班级的门。

不顾学生们惊讶的眼神，她径直望向秦致远所在的位置，见他并没有抬头，不禁蹙了蹙眉，心下晦涩，却还是开口道："秦致远，我找你有事，你出来一下。"

全班无人吭声，都知道秦致远自寒假过后便开始与人疏远，脾气更是令人捉摸不透，哪怕他浑身上下都是谜团，却无人敢探索。但大抵也只有傅淑媛能够让秦致远服软了。

终于，秦致远抬眸扫了她一眼，那其中的情绪太过复杂难懂。还不等傅淑媛琢磨出来那个眼神所蕴藏的深意，他便迅速地收敛好了所有的情绪。他放下笔，不紧不慢地起身走向傅淑媛，还顺手带上了教室门，隔绝了教室里那些想要窥探的视线。

秦致远望着站在他对面的傅淑媛，语气坦然而生疏："你叫我有事？"那语气中的漠然，比二人初次见面时还要疏远，听得她眼眶发酸。

这滋味当真不好受。傅淑媛欲言又止，最终深吸一口气，一字一句地问道："秦致远，你到底发生了什么事，就不能和我说说吗？"

秦致远敛眸望着她，见她显露出从未有过的柔弱姿态，心下一紧，却没有开口。有些事还是不要解释比较好，如果她从未知道他对她的喜欢，那么往后即便他离开了，她的日子也会比较好过。

他眉头轻蹙，许久后轻声道："傅淑媛，我们就这样吧。"

傅淑媛僵在原地，她发现秦致远竟也有如此决绝的时候。

"就这样吧？"傅淑媛轻笑，眨了眨眼睛，"你什么意思？我不太明白。"

"那我就再说明白点。"秦致远望着她，一字一句地道，"傅淑媛，你以后要和我保持距离。"

虽然傅淑媛已经有了心理准备，但当她真的听到这句话时，心里还是很难受："你就不能告诉我原因吗？"她苦笑道，眼眶里已经有些湿润，却还强行挂着笑意，"真的一点都不能透露吗？"

秦致远移开视线，不再去看她，语气略有些生硬地对她道："我玩腻了，不想玩了，这个理由可以吗？"秦致远说完这句话后，心狠狠地沉了下来。他觉得自己还是不适合说绝情话，尤其对方是傅淑媛。但他依旧没有作声，顿了顿，也不等傅淑媛说什么，转过身淡淡地对她道，"你回去吧，以后也别来找我了。"

空气似乎凝滞了一会儿。

"秦致远。"傅淑媛略微沙哑的嗓音响起，秦致远身子一僵，知道她哭了。傅淑媛望着他的背影，深吸一口气，硬是把眼泪给憋了回去，"我很失望。"

道出这四个字后，她转身就走："那以后少见面吧。"伴随这最后一句，她心底最后的一点希望之光也无声黯下。

傅淑媛从来没有如此清楚地感受到，秦致远这个名字将在自己的人生路上渐行渐远，直至彻底消失。她没有哭，只是麻木地向前走着。回到班级里，她趴在桌子上睡觉，没人察觉出她的异样。

而与此同时，秦致远却还在自己的班级门口站着，久久不动。他望着傅淑媛离去的方向，眸中晦暗。他该如何同她说，其实自己也许高二就要远赴海外留学，家人态度强硬？而自他小时候起便照顾他的祖母此时病重卧床，他又如何能反抗？

如果没有这些变故，如果这些事情再晚些到来，其实秦致远是想对傅淑媛说一句"喜欢"的。可惜这个机会，他没能等到。那份隐秘的情愫，终究只能埋藏在岁月里了。

可秦致远又庆幸，若他出国留学已成定局，他未曾对她表过态，那她也不会知道自己对她的感情。也只有这样，在他远走后，她才能毫无挂念地生活下去，直到遇到更好的人。

他们的故事，终究只能停留在最美好的那个节点了。

后来，全校都知道一直跟在秦致远身后的傅淑媛的口中再也没出现过秦致远的名字，二人相遇如同陌生人一样。

秦致远的成绩突飞猛进，很快稳定在年级前十，又因处事能力强而进入了学生会。没过多久，会长因事离职，秦致远便直接登上了会长的位置，成了南高有史以来第一位高一就当上会长的人。

学生们感慨之余，开始在意逐渐学坏的傅淑媛——不知从何时开始，傅淑媛成了老师们眼中的问题学生。

没人知道这究竟是为什么，只有傅淑媛的朋友知道，每次傅淑媛睡梦中唤的都是那少年的名字。

日子就这么一天天过去了，时间久了，傅淑媛心里的那道坎也淡了。

某日晚自习，傅淑媛去了图书室，刚好学生们都在上自习，她能在那里一个人待会儿。图书室在一栋小楼里，楼里都是活动室，现在空旷无人，整栋楼格外安静。

图书室在四楼，傅淑媛要爬楼梯上去。由于这栋楼不常用，所以是声控灯，傅淑媛想了想，看了看四周，确定没有人，便清了清嗓子，喊道："秦致远。"

话音刚落，一楼的声控灯亮起。

随后，傅淑媛每上一层楼，便喊一声"秦致远"，灯也会随之亮起来。只有在这时，傅淑媛才敢稍微坦露出自己的心思。如今二人疏远，傅淑媛只能靠这种方式来安慰自己——只要一喊他的名字，就有光。

第四声"秦致远"落下，傅淑媛登上最后一级台阶，灯如常亮起，她垂眸舒了口气，心中沉寂一片。然而下一瞬，前方却传来男声："傅淑媛？"嗓音低沉悦耳，很是熟悉。

傅淑媛浑身僵住，怔怔地抬起头，一眼便望见了图书室门口的秦致远，只见他拿着一本书，神情有些复杂地望着她。

最后的结果是傅淑媛落荒而逃。这是她活这么久以来，第一次这么慌张。她飞奔下楼的时候，险些被绊倒也不曾停歇，没命地向前冲。她不知道自己为什么要跑，但是她很害怕。

不知过了多久，直到傅淑媛跑到了南高的后墙，才恍然发现自己竟然跑过了大半个学校。汗水顺着脸颊滴落，她低低地喘息着，站在原地良久，不知道在想什么。

一腔委屈来得太突然，傅淑媛嘴角一撇，蹲下身号啕大哭。与秦致远对峙的时候她没哭，没有他的日子里她没哭，可今天那点小心思被他意外撞破，傅淑媛哭得一塌糊涂。她说不清楚是为什么，可是她真的觉得好难过。

后来的故事如常进行。高二那年，傅淑媛意外得知秦致远即将出国的消息，二人重归于好，却在不久后相隔两地。

时间终究流逝得很快，这一路变数太多，所幸最后的结局是美好的。

深夜里，傅淑媛蓦然睁开双眼，气息有些不稳。

身边的男子温柔地将她揽入怀中，轻吻着她的额头，问道："做噩梦了？"

听到他的声音，傅淑媛的情绪才缓缓地平复下来，她眨了眨眼睛，翻身搂住他的腰身："我梦到我们以前的事了。"

秦致远顿了顿，半晌后哑然失笑，揉了揉傅淑媛的脑袋："那看来真是噩梦。"他给她留下的伤痛，是这辈子都弥补不了的。

"苦中带甜啊。"她笑了笑，窝在他怀中，心神安宁，"现在幸福就好啦！睡觉吧，明天还要早起呢。"

　　秦致远"嗯"了声，揽住她。一室寂静，他突然轻声唤她："傅淑媛。"

　　"嗯？"

　　"我爱你。"

　　傅淑媛怔住，许久，她眼眶酸涩，笑着应道："我也是。"

　　傅淑媛喜欢秦致远，人尽皆知。可秦致远喜欢傅淑媛，只有他一个人知道。他对她的感情并不见得比她对他的浅，那份心动不见消退，反而更为浓烈。

　　他喜欢她，只有他自己知道，就够了；他爱她，只要她能够体会到，就好了。

　　反正以后人生的路还长，他会握着她的手，一起走下去。

番外二　竹马绕青梅

1.

考试过后，学生们进入了懈怠期，都开始沉迷玩乐，宿舍里一天到晚也没几个人在。

明明即将迎来暑假，韩莘却还是闷闷不乐的，舍友心知肚明，也没有办法安慰。

韩莘和姜贤，因为某些不可避免的问题吵架了。

都知道韩莘和姜贤是青梅竹马，从幼儿园到大学都在一起读书，姜贤对她是百分百的宠爱，众人也都觉得他们之间只差一个男女朋友的身份。

以往二人吵架冷战，姜贤撑不了多久就会来哄韩莘，可是这次吵架过后，二人已经很久没有联系了，而且姜贤平时本来就忙，这么一来，二人见面的次数更是屈指可数。这感情当真不是淡化了一星半点。

今天有同学说好一起出去吃饭，舍友顺便问了一下韩莘的意见，果不其然，被韩莘婉拒了。舍友只得叹了口气，换好衣服离开了。

韩莘窝在寝室里看剧，抱着一堆零食很是舒服，只是她总忍不住出神，然后再去看今天的日期。终于，在不知第多少次看向日历时，韩莘受不了自己了。无可奈何地合上电脑，咬了咬牙，长叹一声，神色黯淡了下来。

今天是姜贤的生日。

"啊……烦死了。"韩莘有些痛苦地揉了揉头发，握着手机很是纠结。到底要不要给他打电话？虽说是她单方面在闹别扭，但是姜贤处理问题的态度也

296

不端正啊，永远都没有正经的时候。现在都上大学了还没点正行，韩莘是真的不喜欢他这点。

韩莘对自己没脾气了，她以前怎么不知道自己这么别扭？所以到底要不要打电话？她正纠结着，手机冷不防地振动起来，她吓得一个激灵，连忙去看来电显示，见不是自己所期待的，便轻叹了口气。

接起电话，她有气无力地道："怎么了？"

"韩莘，你没来啊？"

这声音有点耳熟，但韩莘想不起来是谁，便蹙了蹙眉："你是？"

"我是李明轩啊，姜贤的朋友，我们之前见过几面的。"

姜贤身边的朋友韩莘基本都认识，听这名字也有点印象，便道："想起来了，有什么事吗？"

"是这样的，今天我们一群人不是出来玩了吗，本来想顺带着给姜贤庆生的，结果他生病了。"

韩莘闻言顿了顿："所以呢？"

李明轩讪笑几声："韩莘，你正好没来，能不能替我给姜贤买点药，给他带过去？反正你也知道他住哪里。"韩莘张口就想拒绝，然而李明轩又补一句，"我们现在这位置，就算立刻过去也要一个多小时……"

她纠结了几秒，无奈地道："好吧，我过去。"

"好嘞，谢谢韩莘姐！"李明轩忙不迭地道。他挂断电话后，当即给某位"生病在家"的人发了条微信：兄弟，我只能帮你到这里了，加油！

没多久，姜贤就回了他一个 OK。

李明轩心满意足地收起手机，笑得意味深长，看来今晚要撮合成一对小情侣了。

韩莘快速地收拾好东西，便出了门。

李明轩没说姜贤生了什么病，估计就是感冒发烧之类的。校外有药店，韩莘买了点感冒药，就打车去了姜贤的住所。她到达时，天色已经暗下来了，韩莘蹙眉叹了口气，心想这李明轩要是能早点给她打电话，她也不会这么晚才过来了。

韩莘走到姜贤家门口，正要按下门铃，却见大门是虚掩着的，她心下一紧，心想难不成姜贤家遭到抢劫了？

这个应该不可能。难道是姜贤发烧烧晕了，回来的时候门都忘了关？

韩莘有些狐疑，放轻脚步，推门而入。屋内的灯光是暖橘色，视觉上让人觉得非常舒服，空气中氤氲着些许花香，她顿了顿，反手带上了门。

姜贤这房子挺大，韩莘记得他的卧室是在楼上，便走到了楼梯口，上了楼梯。她越往上，那花香越浓郁。

韩莘感觉踩到了什么柔软的东西，她垂眸去看，是花瓣。

花瓣？不知怎么，韩莘脑中竟然萌生了一种感觉，不自觉地放缓了脚步，耳畔传来似有若无的吉他声。

韩莘顿了顿，来到姜贤的卧室门口，犹豫了一瞬，终于将门推开。

房间内的灯光柔和浪漫，木地板上铺满了花瓣，花香让人恍惚。姜贤坐在床边，穿着白衫黑裤，怀中抱着吉他，敛眸轻声弹唱着，嗓音深情而温柔："拥抱着你，呼吸着你，你就是我最甜的氧气，温柔地说是真的喜欢你，浪漫轻声的耳语……"

韩莘浑身僵住，怔怔地望着眼前的大男孩，他眉眼如初，仍旧是那个足以惊艳她整个青春的男孩，仍旧是那个能让她怦然心动的男孩。

韩莘的眼眶有些湿润。他是姜贤，是从她童稚时期便与她并肩的人。他唱的一字一句深情款款，极尽温柔。

不久一曲终了，姜贤抬眸看向韩莘，动作轻缓，似乎是有些踌躇。他与她对视半响，彼此皆是缄默。

终于，姜贤轻咳一声，将吉他放在一旁，局促地抿了抿嘴，讪笑道："这样算正经了吧？"

韩莘闻言愣了愣，意识到他对自己当初骂他不认真的事耿耿于怀，有些忍俊不禁。她笑叹一声，眸中却是泪光闪烁："你骗我啊，你哪儿生病了？"

"是生病了啊，相思病。"姜贤嘴角微弯，坦然地道，然后对她张开怀抱，笑得慵懒，"来抱一抱？"

韩莘毫不客气地扑了过去，窝在姜贤怀中，攥紧他的衣裳，感受熟悉的他的气息。

"姜贤，你这也太老套了。"她将脸贴上他的胸膛，嗓音有些沙哑，却是含着笑意，"但我很受用。"

姜贤喟叹一声，心满意足地搂着小姑娘，等了这么多年只为这一瞬间，他欣慰极了。

亦步亦趋，从开始到结局，仆仆来赴的执迷。

2.

一年后，傅悦和祁南骁暑假出游的计划还是被耽搁了下来，因为傅淑媛和秦致远结婚了。

举办婚礼的当天，秦家和傅家大摆酒席，宾客络绎不绝，场面很是热闹。

姜贤最近两年时常在商界露面，也因此结识了不少人，受邀宾客有认识的人，便免不了客套的问候。韩莘同姜贤说了声，便率先溜去了化妆间。

进入房间后，化妆师还在给傅淑媛上妆，并没注意到有人进来。但傅悦听到门口的声响便望了过去，见是韩莘，便笑着打了声招呼："韩莘，好久不见！"

傅悦身穿纯白小礼裙，窈窕动人，长发披肩，面上化着淡妆，一颦一笑皆是恰到好处的惊艳。

"悦宝，"韩莘有些欣喜，忙不迭地上前给了傅悦一个大大的拥抱，"好久不见！"

傅悦身边站着的是西装革履的祁南骁，两年不见，他的眉眼倒是越发俊朗，同傅悦站在一起，着实登对。

"你家姜贤呢？"祁南骁侧目看向门口，确认韩莘是独自过来的，不禁眉头轻蹙。

韩莘耸了耸肩："外面呢，估计得等会儿才来。"

"你们俩可算在一起了。"傅淑媛好不容易抓住开口的机会，便对韩莘道，"兜兜转转这么多年，姜贤也是不容易。"

"还说我呢，你和秦致远不也是这样？"韩莘闻言笑叹，"这次真的要走进婚姻的殿堂了，几年异国恋可不容易啊。"

傅淑媛嘴角微弯，伸手指向傅悦和祁南骁："这两人也不容易啊。"

傅悦听到后哑然失笑。的确如此，这么一看，没有哪一个人的恋情是畅通无阻的。

傅淑媛终于整理好了妆容，她起身，洁白无瑕的婚纱无声地散落，掩住了她的双足。

傅悦望着傅淑媛，见她眉眼间盈满了幸福，此番模样也是从未有过的惊艳。都说穿上婚纱的女人最美，看来这句话的确没错。

祁南骁长眉轻挑："果然人靠衣装。"

傅淑媛没好气地瞪了他一眼："你就不会说点好话？我看悦宝穿婚纱的时候，你还会不会这么说。"

祁南骁嘴角微弯，懒懒地道："那哪儿能一样啊。"

就在此时，随着姜贤的一声"千里送新郎，礼轻情义重"，化妆室大门被推开。秦致远身着白色西装，身形颀长，面庞俊朗，眸中如含星辰大海。

他在看到傅淑媛后有片刻的出神，随即迈步走向她，轻执起她的手，在傅淑媛的手背落下一吻，旋即抬眸对她道："很漂亮。"

傅淑媛有些忍俊不禁，戳了戳秦致远的脸颊，笑道："我等这天很久了。"

秦致远握紧了她的手："彼此彼此。"

婚礼现场高朋满座，很是热闹。

仪式进行时，傅淑媛一袭洁白的婚纱十分华美，她转身时，裙摆划出了柔美的线条，整个人美得不可方物。交换戒指后，傅淑媛抬首与秦致远对视，二人相视而笑，从此，二人的余生都离不开彼此。

"女人穿上婚纱就是漂亮啊。"傅悦不禁出声感叹道，随即笑了笑，"真好。"

祁南骁侧目望向她："很羡慕？"

傅悦歪了歪脑袋："多少有点吧。"

"这好办。"祁南骁低笑，伸手揽过她，在她耳畔轻声道，"他们毕业结婚，那我们也毕业结婚。"

傅悦闻言蓦地僵住，半晌，挑眉望向祁南骁："祁南骁，你这样会让我很想亲你的。"

　　祁南骁哑然失笑，伸手捏了捏她的脸颊，笑得意味深长："乖，回家怎么亲都行。"

　　抛花球时，也不知是有意还是无意，傅淑媛一抛，韩莘正巧就接住了。

　　韩莘还没反应过来，便发现自己抱着花球的手被人握住了，她愣了愣，侧首见姜贤握着她的手，一本正经地对她道："沾点喜气，下一对就是我们了。"

　　周围的人瞬间反应过来，祝福声与掌声响起，韩莘没好气地推了一下姜贤，却是笑着的："想得美啊你。"

　　姜贤揉了揉她的头发，嘴角微弯道："万一哪天美梦成真呢？"

　　他的心愿很简单，亲朋好友平安喜乐，以及他爱的人，有朝一日能够成为他的爱人。

　　来日方长，他愿意等眼前女孩的爱慢慢茁壮。

番外三　　与你共白头

1.

南高百年校庆那天，邀请了往届毕业生中的成功人士回校演讲。

据可靠消息称，此次校庆邀请的演讲者，是祁氏财团的现任CEO（首席执行官）。

南高学生们议论纷纷。有学生说，其实这祁氏财团的CEO，曾是南高出了名的校霸，性格恶劣，无恶不作。虽不知这话的可信程度，但众人不禁都期待起几日后的百年校庆来。

当祁南骁收到邀请函时，他正坐在沙发上看电影，怀中的人正抱着一桶爆米花，扫了眼他亮起的手机屏幕，出声提醒他："祁南骁，短信来了。"

祁南骁眉头轻蹙，不太乐意地挪开搭在傅悦腰上的手，拿过手机随意地看了几眼短信。他收到的短信向来都与工作有关，他本来打算看完就放下手机的，结果看清楚短信内容后，他顿了顿。

傅悦察觉出他的异样，便摸过遥控器将电影暂停，有些疑惑地问道："怎么了？"

"喏。"祁南骁将手机屏幕侧向她，"南高百年校庆，请我过去演讲。"

傅悦定睛一看，还真是。

"请你演讲？"她略一挑眉，饶有兴致地道，"你好大排场啊。那到时候，你要怎么跟学生们介绍你的那些光辉事迹啊？"

"谁年轻时不犯点错，我还算是迷途知返的那种，不错了。"祁南骁理所当然地道，语气却是有些无奈，"秦致远当年可是高一就当了学生会会长，是南高的历史上从未有过的，他这种正面例子，南高怎么没请他过去？"

"我姐怀孕了啊，前段时间刚检查出来。"傅悦说着，将爆米花放到一旁的桌上，"秦致远可有的忙了，哪有空参加校庆。"

"他们动作倒是快。"祁南骁轻"啧"了声，看来这校庆是必须得去了。念及此，他心底叹息，手却是无声地抚上了傅悦的腰身，隔着轻薄的布料，意味深长地摩挲着。

温热的呼吸洒在脖颈处，傅悦有些发痒，她微抬身子，伸手推了推他，有些不满地道："行了啊你，怎么逮着机会就揩油？"

"宝贝，这是合法行为啊。"祁南骁低笑道，随即轻吻着她的锁骨，其间意味再明显不过，"我们也要一个，等下次校庆就没我的事了。"

祁南骁的美男计屡试不爽，傅悦晕晕乎乎地被他抱着，心里却在想：如果她也中标了，那下一个演讲者的名额，是不是就要落到姜贤头上了？

几日后，南高校庆如期举行。

祁南骁将车停好，自行下车后便替傅悦打开了车门。

傅悦略微倾身，替他理了理领带，眉眼间尽是柔和的笑意："你现在这副模样，还真没人能想到你曾经是一个问题学生。"

祁南骁闻言不禁哑然失笑，俯首轻吻她的额头："那还不是多亏了你。"若不是她，他是否能走到今天的位置还不一定。

傅悦嘴角微弯："好好表现。"

今日南高校庆，学校里热闹非凡，处处都是欢声笑语。

南高校园仍是他们当年在这里学习时的样子，南高的每一处都承载着满满的回忆，就连学生们在操场上嬉闹的模样，也让人有种恍然隔世的感觉，生出些许感慨。

演讲开始前，傅悦随便挑了个位置坐下了。傅悦是美人，所以无论在何处，人们总会第一眼就关注她，偶尔有南高的学生会因好奇而过来询问她的身份，傅悦便会笑着解释自己曾是南高的学生。

有个女生震惊地问道："哇，小姐姐，你不会就是今天的演讲人吧？！"经她这么一说，周围的人也纷纷看向傅悦，眼神里充满好奇。

"不是哦。"傅悦莞尔道，颇有些神秘地回答她，"我是陪演讲人过来的，他在后台呢。"

正如傅悦所说，此时此刻的祁南骁正在后台和仍是教导主任的周震聊着天，气氛轻松愉悦，提起过往的事不禁发笑。

"你这小子终于长大了啊。"周震感叹着，颇有些欣慰地打量祁南骁。

曾经意气风发的少年，如今已然成熟稳重起来，那刺人的锋芒被他悄然收敛，他成长为最优秀耀眼的模样，令人欣慰。而周震眼角多了些皱纹，整个人也没有多年前那般的凌厉苛刻。

"是啊，没辜负您当年的教导。"祁南骁弯唇，言语真挚，"谢谢您。"

"行了行了，态度突然这么好，搞得我还有些不适应。"周震忙摆了摆手。

很快便轮到优秀毕业生演讲了，在场的人都屏息凝神，看着一名男子迈步上台，他西装革履，身形颀长，容貌英俊，迈着从容的步履，站定在演讲台前。

灯光在他眉眼间漾开，女生们纷纷爆出一阵低呼：这人便是祁氏财团的现任 CEO——祁南骁。

祁南骁随意地做了自我介绍，便听台下一个胆大的男生大声问："祁学长，听说你曾经是问题学生，是真的吗？"话音落下，全场哗然，虽已经听说过这件事，但学生们还是想听听当事人的说法。

傅悦不禁嗤笑，喃喃道："黑历史啊黑历史……"

台上的祁南骁默了默，随即便从容地应道："是真的。"

那男生没想到会得到这样的回答，但还是追问道："哪种程度的啊？"

"你们能想到的坏事，我都做过。"

学生们闻言更躁动了，他们实在无法将眼前的成功人士与不良少年联系在一起。

"不过，我很后悔荒废了我最宝贵的青春时光。"祁南骁再度开口道，嗓音低沉，成功地平息了礼堂内的讨论声，"后来我遇到了一个能管住我的人，才让我知道生而为人的意义有很多，然后我就逐渐走上了正轨。其实我来这儿演讲，没什么大道理好说。毕竟我曾经也不是什么三好学生，知道道理说多了，你们也不想听。"他说着，神情略带着几分漫不经心，"可是相信我，有朝一日，你会遇上一个人。那个人能让你放下所有的骄傲，让你想要成为更好的自己。"

现场静默许久，半晌，才有学生问他："那学长，你遇见的这个人现在在哪儿？"

祁南骁闻言轻笑，眉眼间浮现了些许温柔，望着礼堂某处，含笑道："我比较幸运，那个人现在已经成了我的夫人。"

话音刚落，全场爆发出一阵惊叹声，女生们已经不可抑制地发出羡慕的感叹，男生们也唏嘘不已。

傅悦遥遥地对上他投来的视线，无声地挑了挑眉，对着他比了个大拇指，还俏皮地眨了下眼。

祁南骁演讲完毕的时候，全场的掌声震耳欲聋，大抵也有被狗粮喂饱的原因，众人情绪都有些激动。

当晚吃过饭后，二人准备开车回去。祁南骁俯身替傅悦扣上安全带，便听她喃喃道："祁南骁，我好像才发现我们的青春真的过去了。"

他动作微顿，眸中晦暗不明。一代新人换旧人，纵使环境依旧，但那群人早就不复当初的青春了。

"那又怎样？"半晌，祁南骁开口，嗓音有些沙哑，"我也是你青春里的一道风景，但是我会陪你一辈子，让你时常能回忆起那些人和事。"

"嗯，也对。"傅悦想了想，祁南骁的话也不无道理，她伸手揽住他的脖颈，倾身吻上他，声音中满是笑意，"那我就勉为其难，跟你一起度过余生了。"

2.

多年后，某个春光明媚的下午，小丫头坐在桌子前，握着笔，神情有些苦恼。

傅悦刚给女儿泡好奶粉，见小家伙这样，便在她身边坐下，轻声问她："悦悦，有什么问题吗？"

"我……我又忘了自己的名字怎么写了。"小丫头噘着嘴，气呼呼的，而书的封面上只有一个有些歪扭的"祁"字。

傅悦闻言有些忍俊不禁。也是，她才三岁，虽然时常练字，但是忘了一些字怎么写也是正常。

"来，妈妈教你。"她说着，轻轻地握住女儿的手，一笔一画地在"祁"字后面补上了剩下的两个字：耽悦。

写完后，傅悦轻揉了揉小耽悦的头发，道："耽悦是个词语，你可以直接记住哦。"

"那耽悦是什么意思呀？"

"耽悦啊……"傅悦闻言眉眼间漾满了柔和的笑意，"意思就是深爱，甚喜。"

小耽悦忙不迭地点头："很美好的一个词语呢！"

"是啊。"她笑，"你就是爸爸妈妈的小美好嘛。"

孩子的注意力转移得很快，小耽悦对诗词很感兴趣，不一会儿就开始翻书看了，从小就这么好学也不知道是遗传了谁。傅悦在一旁看着女儿，偶尔会教小家伙认她不认识的字，见她认真标注下来，当真是可爱得很。

祁南骁刚从公司回到家，望见的便是妻子与女儿在一起的和谐美好的画面。

"才始送春归，又送君归去。"祁耽悦逐字逐句地读下来，好奇地问傅悦，"妈妈，送君归去哪儿？"

傅悦正欲回答，听身后传来了不紧不慢的脚步声，随即，她被人轻轻地揽入怀中。祁南骁吻了吻傅悦的额头，又伸手揉了揉祁耽悦的头发，轻笑："去我怀里。"

傅悦怔了一瞬，旋即失笑。

是了，那也是一场春光。少年和少女阔别了整个青春，终有幸重逢，从此便是他们一生的故事了。

番外四 祁南骁的童年

祁南骁活得不快乐。这份不快乐，自儿时起便跟随着他，摆脱不掉。

祁明川是商界有头有脸的人物，他的夫人是名媛，肤白、貌美、气质好，二人还有一个俊俏乖顺的儿子，这种家庭在外人看来既美满又幸福，羡煞旁人。

但只有祁南骁知道，父母对他的控制欲已经强到所有他的事他们都要插手，他们必须无时无刻不掌控着他的生活，迫使祁南骁沿着他们为他铺好的人生之路走下去。

祁南骁曾经反抗过，然而在父母沉重的"爱"面前，一切的行为都是徒劳。连祁南骁自己都不信，可他确确实实曾经有过一段逆来顺受的日子。

父亲冷酷强硬，精英商人身上的冷漠和果敢，在他身上体现得淋漓尽致，他看向祁南骁的眼神里永远不包含多余的感情，莫大的压力压在祁南骁的肩头，让他无法逃避。而母亲又要求他礼仪到位，不论何时都要保持得体的微笑，任何情绪不得外露，否则容易被别人抓住把柄。

祁南骁从来都听着，也麻木地做着。可这虚伪的面孔未免太令人作呕，人怎么可能只有微笑这一种表情？

也许在那所谓的"豪门"中，自我的情绪本来就是不需要的，而祁南骁虽然有着令无数人艳羡的家世，却仿佛是一只成日被困在笼中的金丝雀。

上学后，周围的同学都知他家世显赫，纷纷前来示好，母亲提醒他不能与任何人成为交心挚友，不能将自己的软肋露出。而祁南骁自小便知，身边的那些笑脸都只是因为他的家庭，并非出自他们的本心。

渐渐地，他不再轻易地对他人付出真心，凡事皆留三分余地，包括对人的好感，也会被他有意识地控制住。祁南骁觉得自己很悲哀。

他本想就这么按着父母给自己铺好的路走下去，但是升入初中后，祁南骁和班里一个叫杨斯年的男生走得比较近，倒不是因为对方的家庭与祁家有商业往来，两个人只是单纯的合得来。

杨斯年是在普通家庭长大的孩子，和祁南骁是同桌，偶尔交流时发现彼此的共同话题很多，二人的关系便好了起来。

那是祁南骁第一个真正意义上的朋友，无关家庭，无关私欲，只是友情。

祁家的管家每天接送祁南骁，还会定时向祁明川汇报祁南骁在学校的情况，因此祁明川是知道祁南骁在学校中交了个朋友的，并且两个人关系还很好。

结果一番调查后，祁明川发现对方不过是一个平庸至极的孩子，不禁心下有些不满，但他明面上没表达什么，只是提醒祁南骁适度来往后，便没了下文。

而那时的祁南骁刚收获了人生中的第一个朋友，父母那些死板的说教全被他抛之脑后，哪里还顾得上要与人保持距离这一点。

有一次，他答应去杨斯年家吃晚饭，祁家的管家开车将二人送到杨斯年家，问好大概结束的时间后便离开了。

杨斯年家是普通的小高层，不似祁家是气派的欧式别墅，但祁南骁并不觉得有什么，跟杨斯年回家后，他礼貌地向杨父、杨母问了好。

三室一厅的房子不算特别宽敞，却意外温暖，祁南骁很难讲清楚那种感觉，那大抵就是家里应该有的感觉。可惜，他从未在自己家有过这种感受。

"你就是南骁吧？我经常听斯年提起你呢。"杨母说着，给他递来一杯水，面上的笑意是祁南骁从未见过的真挚，"我们家比较普通，也没什么有趣的东西，希望南骁你别太拘束啊。"

祁南骁摇了摇头："不……挺好的，很有家的感觉。"

杨母闻言，不禁哑然失笑道："家的感觉不都一样吗？"

一样吗？祁南骁认真地思考了一下，有些疑惑。

吃饭时，杨斯年和父母谈笑风生，气氛融洽，祁南骁从未有过这样的体验，不禁感叹了声："你们的关系真好啊。"

只是不经意的一句话而已，杨斯年闻言却笑出声来，搭上他的肩膀，笑道："不瞒你说，我家三个人还真不是平起平坐的。"

"哦？"祁南骁略一挑眉，"怎么说？"

"哈哈，在我们家啊，斯年他妈妈是老大，做主的那个。"杨父替杨斯年回答道，面上带着浓浓的笑意，"斯年排第二，而我是大男人，我得让着他们，心甘情愿排第三。"虽然这么说着，但他眉眼间的笑意却暴露了他的愉悦。

"说什么呢你？"杨母佯装生气地轻推了丈夫一下，"说得好像我欺负你似的。"语罢她自己都笑了，不好意思地对祁南骁道，"南骁，斯年他爸平时就没个正行，喜欢开玩笑，你别在意啊。"

一家人相处融洽，这是人间最朴实无华的幸福，也是每个人归属感的由来。祁南骁喉间微动，心下突然有些晦涩。半晌，他牵了牵嘴角，笑道："你们很恩爱啊，挺好的。"

杨母闻言不好意思地摸了摸头发，笑容却是幸福的，嗔怪地拍了下身旁的杨父，却惹来对方爽朗的笑声。

祁南骁找借口说自己口渴，便去厨房接水了。踏入厨房，他反手掩上门，拿了杯子，拎起一旁的暖瓶倒水着。祁家喝的从来都是矿泉水，杨斯年家是烧的水，祁南骁还没有喝过这种水。倒水时水汽蒙眬了祁南骁的视线，恍惚了他的心神。

原来这就是家啊，小打小闹，能够开玩笑，不用猜想桌上其他人的心思，随心而行，一家人和睦相处，有话直说。

原来家和家是不一样的。祁南骁试图盖住心底抑制不住的情绪，然而却是徒劳。想起杨母先前的那句话，他不禁苦笑一声，心底涌上了些许酸楚。

果然不一样。祁南骁想着，心里坦然了几分。

完全不一样啊，甚至没有任何可比性。一个是囚笼，一个是家，怎么能相比呢？祁家没有分毫的温暖，那种冰冷令他窒息。

也是从那时起，祁南骁恍然发现，父母给自己铺设的那条大路虽然宽广坦荡，一路伴随着鲜花与掌声，却有可能是自己承受不来，也不愿去承受的。

祁南骁回家时，天色已经完全暗下来了。他进门后，发现祁明川正坐在沙发上办公。

祁南骁没在意，本想直接回房，却冷不防地被唤住："祁南骁，你今天去你那个朋友家里吃饭了？"

祁南骁闻言顿了顿，想到应该是管家将自己的行踪报告给父亲的，便"嗯"了声："对，我吃完晚饭了。"

"我跟你说过很多次。"祁明川眉头轻蹙，"永远不要和谁过度接触，你和你朋友关系是有多好，好到你竟然能去他家做客？"

祁南骁没说话，神色淡漠，并不认同祁明川的观点。

祁明川吐了口气，道："你那个朋友只是普通家庭长大的孩子，你没必要跟他保持朋友关系，就像今天你去他家做客，能给你带来什么好处？"

又来了，又是这些。不知怎的，祁南骁突然没了耐性，直接开口问道："在你的世界里，人与人之间是不是只存在利益关系？"

"你说什么？"

"是，杨斯年是普通家庭，无法给我带来好处，我承认。"祁南骁一字一句地对祁明川道，这是他第一次顶撞自己的父亲，"但我今天才知道什么才是真正的家，什么才是真正的父母。"他说完，自嘲地笑出了声，"我真的觉得我还不如一个普通家庭的孩子拥有得多。"语罢，不待祁明川回应什么，祁南骁便径自上了楼，重重地关上了自己的房门。

他丝毫不后悔说出这番话。次日却传来了杨斯年一家人搬家去别的省的消息，速度很快，没有留下任何痕迹。

事发突然，所有人都觉得惊讶。祁南骁联系不上杨斯年，打电话也无人接听，他几乎是瞬间就明白过来什么，当即冲出班级想要去找祁明川问清楚，却在校门口被祁明川的秘书拦住。

秘书一副冷漠的神情，说出口的话也不近人情："少爷，祁总是为了你好，你不能有软肋。"杨斯年一家人离开的内幕不言而喻。

祁南骁停下脚步，面色阴沉下来，双手无声地握紧。为了他好，什么都是为了他好。

"成。"半晌，祁南骁低笑，声音冰冷，"你们真牛啊，真的。"

后来，祁南骁让祁明川明白了什么叫一步错，步步错。祁明川骨子里有着一般人没有的硬气，祁南骁是他的亲儿子，自是将这份硬气学了个透。杨斯年事件作为一个契机，让祁南骁的反骨彻底地暴露了出来，从此一发不可收拾。

自此以后，祁家那个向来乖顺礼貌的温润少爷，变成暴躁乖戾的问题少年。没有人知道究竟是发生了什么，才会让祁南骁有如此转变，就连祁明川也是一知半解。

祁南骁开始夜不归宿，不理会祁氏夫妇的追问，逃离管家的监视范围，和一些朋友整日疯玩，他让往日所有熟悉他的人都大失所望，心里却有些释然。

这一系列的行为，是为了报复父母还是报复当年无能为力的自己，他并不知道，也不重要。他想让所有人都对他失望，这样才能开始新生活，但他好像已经活成了更荒谬的人。

他活成了父母最不喜欢的样子，可自我放纵的生活真的让他开心了吗？祁南骁不知道。

一年又一年，就在他几乎已经习惯自我堕落时，他遇见了一个女孩。那个女孩的眸中深不见底，浑身上下都散发着冷漠的气息，却让祁南骁有一种似曾相识的感觉。他觉得他们是同类人。

其实祁南骁心中藏了一个秘密。那女孩转学来的那晚，并不是他与那女孩最初的相遇。

早在初冬时节，这小姑娘刚来到 A 市时，他便已经见过她了。那时正逢假日，他和朋友一同去了一个热门的旅游景点，谁知刚好碰上了傅淑媛和她。身边的朋友想要出声打招呼，却被祁南骁拦下。

祁南骁盯着那个女孩，见她眉眼间与傅淑媛有几分相似，但气质与傅淑媛截然不同，她脸上分明挂着笑意，眸中却空洞晦暗。

视野所及，她是最绝妙的那抹风景。后来趁她离开，祁南骁上前佯装偶遇傅淑媛，顺便打听了下那女孩的消息，才得知她是傅淑媛的妹妹，下学期要转学来南高。

此后，祁南骁的这个寒假似乎变得漫长枯燥起来。再后来他们相遇了，算不上是蓄谋已久，却是祁南骁单方面期待已久的久别重逢。

她叫傅悦，哪怕转学来了南高，却依旧极难接近。她态度虽然随和，却是无形中拒人于千里之外。她只活在自己的世界中，只孤独地守着她一个人的秘密，拒绝任何人的靠近。而这副模样，像极了曾经的祁南骁。

他活了十几年，吃瘪的次数一只手就能数过来，却在傅悦那儿频频栽跟头，说不恼怒是假的，但他发现自己在她面前，一点脾气也没有了。

起初，祁南骁只是对傅悦感兴趣罢了。可日子一天天过去，他就这么清醒地看着自己沉沦，感受着那份好奇无声地转换成极为陌生的柔软情愫，那是他从未有过的情感。

祁南骁这才认真地反思。最终，他发现他是真的喜欢上这姑娘了，这情愫来得莫名其妙，但他在面对她的时候，他的理智被击得溃不成军。

虽然中间的故事有些曲折，不过所幸傅悦终于能够对他敞开心扉。只有他自己知道，那天晚上傅悦对他讲述她的过往时，他心底的欢喜是如何翻涌而上。

和傅悦并肩的日子里，祁南骁在努力地变好，让自己变得更优秀，更配得上她。

可他们被迫分开了两年多，无法互通音信，只听说她所在的学校很是艰苦。后来，无数个失眠的夜晚里，他都会想起她。

他不信神佛之说，却愿意为了他的姑娘虔诚祈祷。当他跪在佛前祈祷时，心里念了千千万万遍的，都是祝她平安喜乐。哪怕让他过得再糟糕一点也无所谓，他只希望她能好好的，即便可能未来与她牵手的人并不是他，他也祈愿她安康。

祁南骁非常清楚地知道那时的自己仿佛无药可救一般，这辈子只能爱上傅悦这个女孩子了，别的人他容不下。

他是真的喜欢她，喜欢到不惜让自己卑微进尘埃里，不惜一切代价也想将她托举上岸，让她迎接光明。所以他不会轻易放下的，因为他有纠缠一辈子的决心。

两年之约，这是一场赌局，赌注是两人的一生。

幸运的是祁南骁最后赌赢了，和他的小姑娘一起。

感谢看到这里的宝贝们啊，下面是我没什么营养的碎碎念，读过且过。

这本书的全文加上番外近二十二万字，不多不少，但我在创作过程中的纠结与欣喜，却是数不胜数的。

读过我第一本书的读者大抵知道，这本书相较我的第一本书来说，并不能算是标准意义上的甜文。

这故事里，祁南骁和傅悦的故事都沉重不已，他们不是十全十美的主角，他们有不太好的过往，也都曾在深渊中踽踽独行。

我曾经害怕他们得不到你们的喜爱，不过幸好还是有人深爱着他们的。这两个人都不算是好人，但他们遇见彼此，就是得到救赎的开始。

这红尘万丈，人生能够被爱点亮，真的很不容易。

这本书在创作过程中并不算顺畅，存稿时正好赶上我学习生涯中关键的一年，压力很大，又因为自身原因，情绪时常崩溃，所以卡文是常有的事。可这本书对我意义非凡，它储藏了我许多隐忍的情绪与故事，让我有一个温柔港得以栖息。

也许是因这书的不平凡之处，所以写完结局的那天深夜，我辗转难眠，脑子里空荡荡的，心里总觉得缺了些什么，那份失落让我至今难忘。

这种糟糕的状态让我沉闷了近一周，才逐渐恢复过来。后来我又将全文读了一遍，修改了些错字和逻辑问题，发现每每看到傅悦的故事，我的心就会抽痛，那滋味难以言说，但实在不好受。

原谅我有自己的私心，在构思傅悦的人设的时候，不经意间让她有了我的影子，也许只有这样，看到傅悦有美好未来的时候，我的心里会好受一些。

我是真的非常爱这篇文，也是真的特别喜欢始终陪伴我的你们。

当我满身疲惫自我怀疑时，拿起手机看见你们的留言，笑容就能重新回到我的脸上。万物皆有缝隙，那是阳光照进来的地方，虽渺小，却足够了。

实体书上市的时候，我已经成为一届新生，在新的校园里，开始了三年的新生活。

希望彼时的我能给你们带来充满爱意与正能量的作品，也希望你们在迷茫时阅读我的书的时候，能够在我笔下的故事里，找到坚持下去的理由。

我这人不太会表达感情，这篇后记说到现在好像也没什么内容，你们随便看看就好。其实只要知道我爱你们，就足够啦。

只希望翻开这本书的你们，都能够被这世界温柔以待，能够收起棱角，去好好地拥抱世间的美好。

愿你们有朝一日遇见一个温暖的人，然后好好地过完这一生。

沈南肆

2018.06.05 深夜